Georg Wolf Dieter Gracher, geboren 1949 in Bad Gastein, studierte an der Pädagogischen Akademie Salzburg, arbeitete seit 1976 als Fachlehrer für Deutsch und Geschichte an der Hauptschule Bad Hofgastein und trat 2011 in den Ruhestand. Im Emons Verlag erschien »Hahnbalz«.

GEORG GRACHER

Herbstfrost

ALPEN KRIMI

emons:

FSC
www.fsc.org
MIX
Papier aus verantwortungsvollen Quellen
FSC® C083411

Umschlagfoto: iStockphoto.com/ingmar wesemann
Umschlaggestaltung: Tobias Doetsch
Druck und Bindung: CPI – Clausen & Bosse GmbH, Leck
Printed in Germany 2011
ISBN 978-3-89705-903-0
Alpen Krimi
Originalausgabe

EINS

Gendarmeriemajor Oskar Jacobi erfüllte seiner Tochter Nadine so manche Wünsche. So auch solche, die sich auf die Neugestaltung ihres Zimmers bezogen. Paps hatte sich überhaupt sehr zu seinem Vorteil verändert, fand Nadine. Nur noch selten ließ er den Erzieher raushängen, aber in einem Punkt war er unerbittlich: An ihrem Schlafzimmer, dem ehemaligen Gästezimmer, durfte nichts verändert werden. Absolut nichts! Dabei passte der neoklassizistische Stil so gar nicht zu einem fast siebzehnjährigen Mädchen, das hip sein wollte. Melanie, Paps' Freundin, sagte das auch, nur Alex und Oskar waren nicht dieser Meinung.

Alex Wohltan, Sohn gut situierter Eltern und HAK-Schüler in der Matura-Klasse, war ein supercooler Typ, doch sein Geschmack war etwas verstaubt – wie der von Paps. Stur behauptete er, ansprechendes Design sei nicht etwas, das der Zeitgeist dazu mache. Im Gegenteil: Guter Stil und Qualität seien zeitlos. Typisch Alex! Na ja, beim Sohn einer Kunsthistorikerin nicht unbedingt eine Überraschung. Hauptsache, *ihm* gefiel das Schlafzimmer.

Zugegeben, das superbequeme Himmelbett und die riesigen Schränke und Truhen hatten was. Aber selbst diese Vorteile wogen nicht auf, dass sie, Nadine, ein solches Schlafzimmer niemandem zeigen konnte. Auf betretenes Schweigen oder verlegenes Grinsen als Reaktion hatte sie nämlich keinen Bock. Allein die Deckenmalerei »Artemis und ihre Gespielinnen beim Bad«: Einfach ätzend! Gott sei Dank konnte sie den Schinken nicht sehen, wenn sie im Bett lag.

***

Der laute Seufzer ließ ihren Patenonkel, Chefinspektor Hans Weider, irritiert hochblicken. Mit der Tischplatte verschraubte er eben das letzte Teil an einem ergonomischen Schreibtisch. Geistesgegenwärtig versuchte Nadine ein Lächeln. Hans durfte ihre gemischten Gefühle nicht in den falschen Hals kriegen. Paps war handwerklich nicht ungeschickt, reichte aber als Heimwerker bei Weitem nicht an seinen Freund und Kollegen heran. Kunststück! Hans war Tischler gewesen, ehe er sich bei der Gendarmerie beworben hatte. Eine akut gewordene Lack- und Stauballergie hatte ihn zum Berufswechsel gezwungen.

Letztes Wochenende hatte Hans den Parkettboden verlegt, diesen Samstag sämtliche Vertäfelungen montiert und die Möbel zusammengebaut. Alex und Nadine waren ihm dabei zur Hand gegangen, so gut es ihnen eben möglich gewesen war.

»So, fertig!« Hans Weider erhob sich aus der knienden Stellung. »Jetzt fehlen nur noch die Vorhänge. Helft ihr mir, den Schreibtisch vors Fenster zu stellen?«

Nadines Miene hellte sich auf, und Alex und sie fassten mit an.

Schließlich war alles an seinem Platz. »Na, Gott sei Dank, du lächelst wieder«, sagte Weider. »Eben noch hatte ich fast den Eindruck, das Zimmer gefällt dir nicht. Jedenfalls nicht so, wie es sollte.«

Sie umarmte ihn und drückte ihm einen dicken Kuss auf die Wange. »Ach, Hans, sag doch so was nicht! Es ist einfach *super* und genau *so*, wie ich es haben wollte.«

»Ja, es ist wirklich megacool, Hans«, bestätigte Alex.

Weider kniff ein Auge zu und flüsterte verschwörerisch: »Noch cooler wär es allerdings, wenn auch das Schlafzimmer in diesem Stil eingerichtet wär, nicht wahr?«

»Erwischt«, lachte Nadine gequält. »Aber es lohnt sich nicht, darüber zu diskutieren. Außerdem wäre es undankbar Paps gegenüber.«

Weider schmunzelte. »Ich glaube auch, du kannst mit dem Erreichten zufrieden sein. Schade, dass Oskar und Melanie nicht da sind. Dieser Mord an dem Wohnbau-Treuhand-Fuzzi ist eine verdammt harte Nuss. Nimmt uns ganz schön in Anspruch. Morgen hab ich schon wieder Sonntagsdienst. Aber was ist nun mit der Jause?«, fragte er unvermittelt. »Ich glaube, die haben wir uns redlich verdient.«

»Steht alles drüben in der Küche«, sagte Alexander. »Ich hab das Clausthaler nur ein bisschen gekühlt, wie du es magst. Wir können auch auf die Terrasse –«

Weider winkte ab. »Lass nur, Alex. Wär schön auf der Terrasse, aber ich muss wegen der übertauchten Grippe ein bisschen aufpassen.«

***

Während der Jause griff Weider das Schlafzimmer-Thema noch einmal auf. »Hat dein Vater eigentlich nie mit dir darüber gesprochen, warum er das Gästezimmer in dem Zustand lassen will?«

»Doch, hat er«, sagte Nadine. »Ein einziges Mal. Ich weiß, dass früher beide Schlafzimmer bis auf die Deckenmalereien identisch waren. Aber vor neun Jahren, als ich noch bei Mom gewohnt hab, hat jemand versucht, Paps mit einer Ladung Tonarit in die Luft zu jagen. Dabei ist der Raum ziemlich zerstört worden – auch die Deckenmalerei. Paps war in dieser Nacht zum Glück nicht daheim.«

»Ja, zum Glück«, wiederholte Weider, den Blick in die Ferne gerichtet. »Der Fall Sökos war der größte, den unser Referat jemals bearbeitet hat. Im Vergleich dazu ist der jetzige ein Lercherl. Und du, meine liebe Nadine, wärst vor neun Jahren fast Halbwaise geworden.«

Nadine wurde blass. Alex füllte Weiders Bierglas auf. »Ich glaube, ich verstehe, warum Oskar so am Gästeschlafzimmer hängt«, sagte er zur Überraschung beider. »Wenn es damals so beinhart zugegangen ist, wie du sagst, dann stellt das unversehrt gebliebene Schlafzimmer möglicherweise eine Art Talisman für ihn dar. Sein Beharren auf dem Status quo ist jedenfalls nicht nur ein nostalgischer Tick, da bin ich mir sicher.«

»So, da bist du dir also sicher?«, äffte Nadine ihn nach. »Dann hätte er ja *sein* Schlafzimmer so einrichten können, wie es vorher war. Hans, du hast ihm doch beim Restaurieren geholfen: Warum habt ihr das nicht so gelöst?«

»Es hätte zu viel gekostet«, sagte Alex, Sohn wohlhabender Eltern und noch reicherer Großeltern, an Weiders statt. »Das weißt du doch. Ein Schlafzimmer wie deines ist ein kunsthistorisches Juwel. Hans ist Fachmann, er wird dir das bestätigen. So etwas kannst du heut gar nicht mehr bezahlen, jedenfalls nicht mit dem Gehalt eines Kriminalbeamten.«

Weider nickte. »Alex hat recht. Du solltest dein Schlafzimmer hin und wieder wirklich unter diesem Aspekt betrachten, Nadine.«

»Werde ich tun, wenn du uns mehr über den Fall Sökos erzählst«, kam es postwendend zurück. »Paps hat ja nur gesagt, dass damals ein Anschlag auf ihn verübt worden ist. Über das Drumherum hat er sich bisher ausgeschwiegen.«

Weiders Brauen zogen sich zusammen. Er kannte Nadines Beharrlichkeit.

»Du weißt, dass ich über Interna nicht reden darf«, sagte er, »schon gar nicht über die vom Fall Sökos.« Aber sein Tonfall klang nicht ganz so entschieden wie der Wortlaut. »Zudem gilt in dieser Sache nicht nur die übliche Amtsverschwiegenheit«, fügte er um Nachdrücklichkeit bemüht hinzu. »Jeder von uns ist damals mündlich und schriftlich zum Stillschweigen vergattert worden. Order von ganz oben!«

»Die Omertà der Bullen also«, sagte Nadine respektlos, bevor sie ihren Patenonkel eine volle Minute im eigenen Saft schmoren ließ. »Aber Hans«, gurrte sie schließlich, »das ist doch alles schon so lang her. Fast zehn Jahre. Und niemand kann so spannend erzählen wie du.«

Hans Weider wusste es nur zu gut: In Nadines Händen wurde er zu Wachs. Er war unfähig, ihr etwas abzuschlagen. Auch Alex sah ihn erwartungsvoll an. No na! Ein Kriminalfall, bei dem der Vater seiner Zuckermaus mehrmals in Lebensgefahr geraten war, konnte ihn nicht kaltlassen. Nur ein Holzklotz hätte da kein Interesse gezeigt.

Nach dem letzten Bissen knusprigen Schweinebauchs spülte Weider mit einigen Schlucken Clausthaler nach und wischte sich dann mit dem Handrücken energisch den Schaum von den Lippen.

»Also gut. Aber ihr müsst mir alle heiligen Eide schwören, dass ihr die Geschichte für euch behaltet. Sollte es dumm hergehen, könnte ich meinen Job verlieren, wenn ihr es nicht tut. Und Oskar dürft ihr es schon gar nicht sagen. Der macht sonst Schaschlik aus mir. Euer Wort drauf!«

Nadine hob die Hand wie zum Schwur: »Wir würden nie etwas tun, was dich in Schwierigkeiten bringen könnte, Hans. So gut dürftest du uns doch kennen, oder?«

Weiders Blick glitt suchend durch die Küche. »Hm, wenn ich schon erzählen soll …«

Alex war bereits aufgestanden, ging zum Kühlschrank und entnahm ihm eine neue Flasche Clausthaler und für Nadine und sich gespritzten Traubensaft.

»Tja, wie war das damals doch gleich?«, begann Weider, blies den Rauch seiner Selbstgedrehten genussvoll in die Luft und genehmigte sich noch einen Schluck Bleifrei.

»Wenn ich mich recht erinnere, ist der Fall im Gasteinertal so richtig ins Rollen gekommen.« Er runzelte die Stirn und nickte dann bekräftigend. »Doch, ja, im Gasteinertal. Genauer gesagt im Kötschachtal, oben am Reedsee …«

ZWEI

Der tausendachthundert Meter hoch gelegene Reedsee zählt zu den schönsten Bergseen der Hohen Tauern. Eingebettet in eine Senke zwischen Graukogel- und Tischlermassiv wirkt er, von den umliegenden Gipfeln aus betrachtet, in der Mitte fast schwarz, in Ufernähe dagegen lichtgrün. Unwillkürlich erliegt der Betrachter der Illusion, in ein Auge zu blicken. Die verschiedenen Nadelhölzer, die den Wimpernkranz bilden, verstärken diesen Eindruck noch.

Im Herbst lösen sich die mannigfachen Grüntöne des Reedseegrabens in einer grandiosen Farbenvielfalt auf. Zwischen orangefarbenen Lärchen und blaugrünen Latschen mäandern dann abgeblühte Bergwiesen in unterschiedlichsten Rot- und Ockerschattierungen dem See entgegen, wo Torfmoos, Heidekraut und Riedgras üppig wuchern. Doch auch deren kräftige Farben verblassen neben den knallgelben Schwefelflechten auf den Uferfelsen bis zur Unauffälligkeit.

Ganz und gar nicht unauffällig ist dagegen der Tischlerkargletscher am Tauernhauptkamm. Wie ein riesiges Hermelin-Cape umsäumt er die bunte Palette des Reedseegrabens, und obgleich kilometerweit entfernt, erscheint er vor dem türkisblauen Himmel so nah, als bräuchte man nur die Hand auszustrecken, um ihn zu berühren.

***

Sarah Feldbach war freie Fotojournalistin. Zu anderer Zeit und unter anderen Bedingungen hätte sie das überwältigende Panorama sehr genossen, doch nicht an diesem Oktobermorgen.

Sie war nervös. Nein, es war mehr als das: Sie hatte Angst. Und zwar so sehr, dass ihr die Knochen schmerzten. Sarah Feldbach kannte dieses Gefühl gut. Sie hatte es schon einmal ertragen müssen – vor langer Zeit in Dachau. Achtzehn Monate und fünf Tage.

Am Morgen ihres fünfzehnten Geburtstags waren plötzlich

keine schwarzen Uniformen mehr im Lager zu sehen gewesen. Erst nach bangen Stunden des Wartens war die Hoffnung zur Gewissheit geworden: Die Zeit der Angst und der Erniedrigung war vorbei. Es gab wieder eine Zukunft. Tagsüber. Aber nachts war die Angst noch immer da. Und da blieb sie auch – bis weit in die fünfziger Jahre hinein. Nacht für Nacht fuhr Sarah Feldbach schweißgebadet im Bett hoch und zitterte wie Espenlaub. Es war immer derselbe Traum: Ein SS-Mann kam frühmorgens in die Baracke, um sie *auszusondern*. Oft waren die Bilder so schlimm, dass sie sich abends vor dem Einschlafen fürchtete. Erst als sie ihren späteren Mann kennenlernte, wurde es besser, und die Alpträume suchten sie seltener heim. Ganz war sie sie jedoch nie losgeworden. Auch nach so vielen Jahrzehnten nicht.

Die drei Burschen, die in ihrer unmittelbaren Nähe am Seeufer saßen, trugen keine schwarzen Uniformen, dafür aber schwarze Lederjacken, schwarze Hemden, schwarze Jeans und sorgfältig eingefettete schwarze Springerstiefel.

Sarah Feldbach war um vier Uhr morgens vom Hotel »Grüner Baum« losgegangen, um den Sonnenaufgang am See nicht zu verpassen. Nach etwa einer Stunde Gehzeit hatte sie die jungen Männer hinter sich bemerkt. Sie hielten konstanten Abstand, kamen nicht näher, überholten sie nicht. Rastete sie, blieben auch sie stehen. Ging sie weiter, so folgten sie ihr wieder. Den gesamten langen Weg hinauf sagte niemand von ihnen ein Wort, so als sei längst alles gesagt worden, was zu sagen war.

Oben am See mussten die jungen Männer zwangsläufig an ihr vorbeigehen. Sie hatte sich auf einen bemoosten Felsbrocken direkt am Weg gesetzt. Sie grüßten nicht, wie das unter Bergwanderern üblich ist, sondern ignorierten sie.

Sarah Feldbach kannte dieses Durch-einen-Hindurchsehen. Besser gesagt: Sie erkannte es wieder.

Werde ich jetzt im Alter plötzlich hysterisch?, fragte sie sich. Was haben mir die Burschen denn getan, dass ich ihnen alles zutraue? Ich bin doch keine überdrehte Jungfer, die sich nur deshalb in die Berge begibt, um in jedem harmlosen Wanderer einen verkappten Wüstling zu sehen.

Inzwischen war die Sonne aufgegangen. Die Farben des Reedseegrabens übertrafen jeden Ansichtskartenkitsch. Sarah Feldbach hatte schon ein paarmal auf diesem Stein gesessen, auch zusammen mit ihrem Mann Arik, der vor zwei Jahren gestorben war. Heute jährte sich sein Todestag, der Grund, weshalb sie zum See aufgestiegen war. Sie beide hatten den Platz hier sehr gemocht. Früher. Jetzt machte ihr die Stille nur Angst. Sogar der See bedrückte sie. In seiner lauernden Unbeweglichkeit wirkte er bedrohlich.

Mit zittrigen Händen packte sie ihr Lunchpaket aus. Die Burschen jausneten bereits. Hartwurst, Bierkäse, Landbrot. Dazu tranken sie Dosenbier und rülpsten laut.

Es waren normale junge Leute mit Durchschnittsgesichtern. Vielleicht etwas ungehobelt und nicht besonders intelligent, aber auch nicht besonders dumm. Alle drei trugen das Haar kurz geschnitten. Nur einer von ihnen war blond.

Der Tod ist blond, seine Augen sind blau. Er trifft dich sicher, und er trifft dich genau.

Idiotisch! Warum fiel ihr gerade jetzt dieser makabre KZ-Spruch wieder ein?

Verstohlen blickte sie sich um. Der Weg zurück ins Tal verlor sich nach wenigen Metern in den hohen Latschen, und die Senke, in welcher der Bergsee lag, schränkte die Sichtweite zudem stark ein.

Ob noch andere Touristen heute hierherkamen? Bestimmt. Aber wann? Wer sonst stand schon um vier Uhr morgens auf, um zum Reedsee zu wandern?

***

Beinahe hätte sie ihren Tee verschüttet. Der Blonde, der ihr am nächsten saß, hatte sie beobachtet und ihre nervösen Blicke bemerkt. Ohne den Kopf zu bewegen, sagte er: »Otti, geh hinauf auf den Hügel und sieh nach, wo der Heimo bleibt.«

Der Angesprochene, ein schmächtiger Jüngling mit dunklem Bürstenhaarschnitt, grinste breit und schaute ebenfalls zu Sarah Feldbach hinüber, bevor er sich erhob und zwischen den Latschen verschwand.

Nach zwei Minuten, die ihr wie eine Ewigkeit vorgekommen waren, rief er von oben herunter: »Der Heimo ist nirgendwo zu sehen, Rolf!« Für Sarah Feldbachs Ohren klang es wie: Es wird uns niemand in die Quere kommen.

Quatsch, so klang es nicht! So durfte es einfach nicht klingen! Warum reimte sie sich das zusammen? Das grenzte ja schon an Verfolgungswahn. Nein, das *war* bereits Verfolgungswahn!

Gab es denn irgendeinen Anlass für ihre Panikattacke? Was war bisher schon passiert? Nichts! Das waren nur drei junge Männer, die einen Ausflug machten, eine Bergpartie, und jetzt auf ihren Kumpel warteten. Und anschließend würden sie weitergehen, zur Scharte hinauf. Ganz bestimmt würden sie weitergehen.

Der gedankliche Strohhalm, an den sie sich klammerte, hielt gerade mal zehn Sekunden. Dann packte Rolf seine Jause weg, stand auf und kam auf sie zu. Wie hypnotisiert starrte Sarah Feldbach auf den Zahnstocher, der zwischen seinen Zähnen auf und ab wippte. Sie wollte ebenfalls aufstehen, wollte davonlaufen, konnte aber nicht. Sie war nicht imstande, auch nur einen Finger zu rühren.

Ich muss irgendetwas sagen, schoss es ihr durch den Kopf. Mit großer Überwindung lächelte sie das jugendliche Ungeheuer an. »Wunderschön, so ein Sonnenaufgang, nicht wahr?« Ihre Stimme war ruhig und gefasst – so wie immer, stellte sie erstaunt fest.

Rolf ließ eine kleine Ewigkeit verstreichen, ehe er sich zu einer Antwort bequemte. Den Zahnstocher nahm er dabei nicht aus dem Mund. »Wir sind nicht wegen des Sonnenaufgangs hier.«

Damit hatte er ihr die nächste Frage in den Mund gelegt. Sie konnte ihr nicht ausweichen. »Nein? Und warum dann?«

Diesmal antwortete er sofort: »Soviel wir wissen, sind Sie eine reiche Witwe, Frau Feldbach. Gehören zu den EBIs, wie das in unserem Jargon heißt.« Jetzt nahm er doch den Zahnstocher aus dem Mund. »Was soll ich lange herumreden? Man hat uns den Auftrag erteilt, Ihnen Sterbehilfe zu leisten.«

Er klang dabei höflich bedauernd, so wie ein Portier, der auf Nachfrage antwortet: Nein, tut mir leid, es hat niemand für Sie angerufen. Noch immer sah er durch sie hindurch, als fixierte er eine Person, die sich irgendwo hinter ihr befand. In seinen blaugrauen Augen war nichts zu lesen, jedenfalls nicht, dass er sich nur einen geschmacklosen, makabren Scherz mit ihr erlaubte. Die

Augen waren glanzlos. Scharführer Pfeiffer hatte solche Augen gehabt.

Obwohl es in ihrem Kopf zu rauschen begann, zwang sie sich weiterzusprechen: »Was ist das, ein EBI?«

»EBI ist die Abkürzung für ›etatbelastendes Individuum‹. Europa ist bekanntlich hoffnungslos überaltert, Frau Feldbach. Wenn Sie den Löffel abgeben, ist das zwar nur ein Tropfen auf die überhitzten Pensionskassen, aber immerhin ein Schritt in die richtige Richtung.«

Sie wollte schreien, nur mehr schreien. War dieser kollektive Wahnsinn denn nie zu Ende? Fand er immer wieder neue Nahrung – und neue Opfer?

»Warum gerade ich?«, fragte sie, anstatt zu schreien.

»Wenn es Sie tröstet: Sie sind nicht die Einzige. Zu viele alte und unproduktive Leute bekommen zu viele und zu hohe Pensionen. Am Grund des Reedsees brauchen Sie kein Geld mehr, Frau Feldbach. So dienen Sie dem Staat am besten.«

»Woher kennen Sie meinen Namen?«

Es war eine naive, eine idiotische Frage. Sie entsprang allein der Angst, das Gespräch könnte jeden Augenblick zu Ende sein. Doch Rolf schien es nicht eilig zu haben.

»Wir bekommen Listen mit den Daten der Leute, die zu entsorgen sind. Auf einer dieser Listen steht Ihr Name. Ganz einfach.«

»Quatsch nicht so lang, Rolf! Du weißt, es ist uns strengstens untersagt, mit Delinquenten zu sprechen.« Der zweite Schwarzlederne war nervös geworden. Während er sprach, vermied er es, Sarah Feldbach anzusehen, und starrte stattdessen angestrengt hinauf zu jener Lücke im Latschengebüsch, die den Weg ins Tal markierte.

»Mach dir nicht gleich in die Hosen, Gerd«, wies Rolf ihn lässig zurecht. »Falls du dich ablenken willst, kannst du den Sack mit Steinen füllen. Aber vorher bringst du mir noch die Wäscheleine.« Er wirkte konzentriert, als er einen Totschläger aus der Lederjacke zog.

»Halt! Keine Bewegung! Eine Pistole ist auf euch gerichtet.«

Die beiden Burschen zuckten zusammen, als hätte jemand einen Böller gezündet.

»Langsam umdrehen!« In der Männerstimme lag Autorität und die unmissverständliche Bereitschaft, zu handeln.

Gerd und Rolf wandten sich um. Ein alter Mann in Wanderkleidung stand vor ihnen. Groß, hager, mit kurz geschnittenem weißem Haar. Er hatte bestimmt mehr als siebzig Jahre auf dem Buckel, wirkte aber kein bisschen greisenhaft. In der rechten Hand hielt er eine Pistole. Woher er so plötzlich gekommen war, konnten sich weder die Schwarzledernen noch Sarah Feldbach erklären.

***

»Komm, Opa, bleib cool! War doch alles nur Spaß. Wir wollten die Oma doch nur ein wenig erschrecken. Ist das Ding überhaupt geladen?« Rolf schien den ersten Schock schon weggesteckt zu haben. Anscheinend war er der Hartgesottenste von den dreien.

»Das *Ding* ist eine Glock«, sagte der Weißhaarige, »und wenn du noch einen Schritt in meine Richtung machst, wirst du sofort feststellen, ob sie geladen ist.«

»Is' ja gut. Reg dich mal ab, Opa! Was soll das Theater überhaupt? Willst du hier die große Wildwestshow abziehen, oder was?«

»Ich ziehe gar nichts ab. Aber ihr zieht ab, und zwar sofort! Und baut lieber nicht auf den guten Otti, der ist sicher schon über alle Berge. Oder vielleicht doch nicht?«

Der scharf peitschende Knall überzeugte Rolf. Die Glock war geladen. Um den dritten Schwarzledernen aus den Latschen hochzuscheuchen, hatte der Alte einen Schreckschuss abgefeuert. Er musste Augen haben wie der sprichwörtliche Luchs.

»Komm raus, Otti, sonst wird die Sache für uns alle gefährlich!«

Otti war das schwächste Glied in der Gruppe. Wahrscheinlich hatte man ihn deshalb weggeschickt, bevor man Ernst machen wollte. Nur der Wunsch, vor seinen Freunden zu glänzen, mochte einen Mitläufer wie ihn letztlich bewogen haben, sich an den bewaffneten Fremden heranzupirschen. Jetzt kam er mit erhobenen Händen aus der Deckung.

»Sehr vernünftig«, schnarrte der Alte. »Und nun schnappt eure

Rucksäcke und verschwindet! Sollte ich euch auf dem Weg ins Tal irgendwo sehen, schieße ich ohne Warnung.«

Die drei ließen sich das nicht zweimal sagen. Nach einer solchen Baisse kamen sie mit einem Unentschieden noch verdammt gut davon. Eine Minute später waren sie nicht mehr zu sehen.

»Können Sie aufstehen, Frau Feldbach?« Die Stimme des Mannes klang ruhig und entspannt. Ganz anders als vorhin, als es für sie beide um Leben und Tod gegangen war. Sarah Feldbach betrachtete das faltige, braun gebrannte Gesicht. Es wirkte asketisch, aber nicht unsympathisch. Eine volkstümliche Ausgabe von Gregory Peck, stellte sie amüsiert fest. Hoffentlich wusste er das nicht. Männer waren so grenzenlos eitel.

»Ich glaube schon«, sagte sie. Mit seiner Hilfe erhob sie sich, aber ihre Knie waren noch immer weich wie Pudding.

»Ich heiße Bernd Vogt«, sagte er, während er rasch ihre Sachen in den Rucksack zurückpackte. »Über alles andere reden wir später. Wir müssen schleunigst von hier weg. Und zwar hinauf, nicht hinunter! Die drei Typen werden zunächst einmal Kassasturz machen, und dabei wird ihnen eines rasch klar werden: Sie dürfen es nicht dazu kommen lassen, dass wir nach dem, was passiert ist, mit der Außenwelt in Verbindung treten. Unter keinen Umständen! Das würde für sie Gefängnis bedeuten. Also werden sie uns einen Hinterhalt legen.«

»Ich glaube immer noch zu träumen«, sagte sie. »Sind diese Wahnsinnigen wirklich hier gewesen?«

Vogt nickte energisch. »Ja. Und sie werden zurückkommen – und auch wenn sie einen gewaltigen Dachschaden haben: Für das, was sie vorhaben, langt ihr Grips allemal. Sie werden alles daransetzen, uns noch in der Senke zu erwischen. Auf keinen Fall lassen sie uns ins Tal absteigen, und den Weg zur Palfnerscharte hinauf werden sie uns ebenfalls verlegen, aber dazu müssen sie sich teilen.«

»Und wo sollen wir dann hin?«, fragte sie. Die Angst war zurückgekehrt. Er bemerkte es.

»Nur die Ruhe! Ich weiß einen dritten Weg, den die Burschen bestimmt nicht kennen. Die sind nicht von hier. Der Steig beginnt am hinteren Ende des Sees und führt durch Latschenfelder zum Gamskarlsee und zur Lainkarscharte hinauf. Dort ist ein Hinterhalt nicht mehr möglich. Da gibt's keine Latschen mehr, nur noch Geröllhalden, und das Kar ist frei einzusehen. Außerdem kann da jeder Hubschrauber bequem landen.«

»Aber das schaffe ich doch nie«, sagte sie verzagt. »Ich hab noch immer ganz zittrige Beine.«

»Doch, das können Sie. Denn ich kann Sie leider nicht tragen. Bin schon fünfundsiebzig und kein Herkules mehr.«

»Wie charmant! Eben wollte ich mich noch für meine Rettung bedanken, aber unter diesen Umständen verschiebe ich das lieber.«

Bernd Vogt schmunzelte. »Sie scheinen den Schock ja bereits überwunden zu haben.«

Sie seufzte. »In diesem Leben gelingt mir das sicher nicht mehr. Aber sei's drum, gehen wir.«

***

Es wurde ein langer, zermürbender Aufstieg durch schwieriges Gelände. Nur hier und da die Andeutung eines Jägersteigs. Die Vermutung Vogts, dass die Schwarzledernen diese Route nicht kannten, schien sich zu bestätigen. Jedes Mal, wenn Sarah Feldbach eine Verschnaufpause einlegen musste und zwischen den Latschen rastete, beobachtete Vogt die Umgebung mit dem Feldstecher.

Lange Zeit nicht das geringste Anzeichen von Verfolgern. Doch dann ohne Vorwarnung Gepolter in einem Graben rechts von ihnen.

Nicht nur Sarah Feldbach zuckte zusammen. Um ein Haar hätte Vogt in die Latschen hineingeschossen. Erst im letzten Moment begriff er, dass sie einem Rudel Gämsen zu nahe gekommen waren. Etliche Geißen und Kitze flüchteten panisch durch die Felsrinne steil nach oben. Aber die Gefahr war noch nicht gebannt. Auch die Verfolger konnten das Scharren der Hufe auf den Felsen gehört haben. Mit zitternden Knien folgte Sarah Feldbach ihrem rasch ausschreitenden Begleiter.

***

Am späten Vormittag erreichten sie den Gamskarlsee. Die Lacke unterschied sich vom Reedsee wie die Nacht vom Tag. Schmucklos und unansehnlich lag sie im kahlen Felsenkar, beeindruckte nur durch ihre Klarheit. Am Grund konnte man jedes Steinchen sehen.

Vogt wusste, er konnte von der Lainkarscharte aus mit seinem Funksprechgerät mehrere Schutzhütten kontaktieren, und stieg hinauf. Sarah Feldbach blieb am See zurück. Sie hätte keinen Schritt mehr gehen können. Von einer windgeschützten Kuhle aus sah sie Vogt zu, wie er die letzten zweihundert Meter zur Scharte zurücklegte, und bewunderte seine Rüstigkeit. Er war mindestens zehn Jahre älter als sie, aber unglaublich zäh.

Während er über Funk Hilfe anforderte, winkte er ihr von oben zu. Zwischendurch suchte er mit dem Feldstecher immer wieder die Lainkarroute ab, um nicht noch im letzten Moment unangenehm überrascht zu werden. Schließlich kam er wieder herunter.

»Ich hab das LGK in Salzburg und die Flugambulanz benachrichtigen lassen. Der Hubschrauber wird bald hier sein.«

Sie atmete auf. »Gott sei Dank. Hoffentlich kommt er rechtzeitig.«

»Keine Angst. Die Burschen haben keinen blassen Schimmer, wohin wir uns verdrückt haben, sonst wären sie längst da. Und sollten sie wider Erwarten doch hierherfinden, bemerken wir sie schon von Weitem. Dann möchte ich sehen, wie sie es anstellen, uns zu kassieren.«

Er hob den Saum seiner Windjacke, und Sarah Feldbach sah den Pistolengriff aus dem Schulterhalfter ragen. Der Anblick hätte sie beruhigen sollen, doch sie fühlte sich nur unangenehm berührt. Gewaltbereitschaft wirkte auf sie wie ein Schlüsselreiz und löste selbst dann Angst aus, wenn die Gewalt zu ihrer Verteidigung angewendet werden sollte.

»Woher kannten Sie eigentlich meinen Namen, Herr Vogt?« Noch während sie sprach, wurde ihr bewusst, dass sie Rolf dieselbe Frage gestellt hatte.

Der Gletscherwind fuhr Vogt durchs dichte weiße Haar. Er setzte sich neben sie zwischen die schützenden Felsen.

»Ich kenne Sie schon seit Tagen, Frau Feldbach. Aber es ist

wohl besser, ich fange dort an, wo man eine Geschichte immer anfangen soll: nämlich am Anfang.«

Während sie auf den Helikopter warteten, berichtete er ihr von Ereignissen, deren Authentizität sie aufs Heftigste bezweifelt hätte, wäre ihr an diesem Morgen nicht ähnlich Unglaubliches widerfahren. Fasziniert hörte sie zu.

DREI

Leopold Gruber war ein Mensch mit bescheidenen Bedürfnissen. Das Seniorenheim »Dr. Jirî Cermak« bot dem pensionierten Lehrer fast alles, was er sich von einem ruhigen Lebensabend erwartete. Die Lage des Hauses am Stadtrand von Salzburg war traumhaft, das Haus stand ausreichend entfernt von jeder Hauptverkehrsader, und doch war man bei Bedarf mit dem Bus in zwanzig Minuten im Zentrum. Das Essen entsprach bürgerlichem Standard, Gruber mochte die leichte Hausmannskost, und im Übrigen war man sein eigener Herr. Man konnte kommen und gehen, wann man wollte.

Komfort und Bewegungsfreiheit hatten freilich ihren Preis, doch Dr. Cermak konnte es sich erlauben, teuer zu sein. Seine Dreißig-Betten-Villa hatte bis vor Kurzem den besten Ruf genossen, und noch im letzten Jahr war die Vormerkliste entsprechend lang gewesen.

So weit, so gut. Alles wäre Friede, Freude, Eierkuchen geblieben, hätte sich nicht der sogenannte *natürliche Abgang* in den letzten Monaten auffallend beschleunigt. Vier ausgesprochen rüstige Senioren waren innerhalb weniger Wochen verstorben. Zwei an Herzinfarkt, einer an Gehirnschlag und schließlich ein Diabetiker an der tödlichen Kombination von Beinfraktur im Hochgebirge mit Insulinmangel.

Anhäufungen von tragischen Zufällen waren natürlich möglich. Gruber zählte weder zu den Zeitgenossen, die das Gras wachsen hören, noch neigte er dazu, aus jeder Mücke einen Elefanten zu machen. Doch die mysteriösen Umstände, unter denen sein Schachpartner Eberhart Gschwandtner ums Leben gekommen war, besaßen keineswegs Insektenformat.

Der begeisterte Alpinist Gschwandtner wäre wohl kaum allein zur Hochalmspitze in den Hohen Tauern aufgebrochen, hätte ihm sein Begleiter Egon Scharf nicht buchstäblich im letzten Moment abgesagt. Beide saßen schon fast im Zug nach Kärnten, da wurde Scharf zu einer Verwandten gerufen, die angeblich im Sterben lag. Trotz des Vorfalls wollte Gschwandtner nicht auf die Tour verzichten. Das wunderbare Bergwetter lockte zu sehr.

Man hatte ihn später am Fuß einer Wand gefunden, in die er mit seinen siebzig Jahren normalerweise keinesfalls eingestiegen wäre. Und allein schon gar nicht. Gschwandtner war ein Mensch gewesen, der seine Grenzen kannte.

Der ärztliche Befund besagte außerdem, dass er nicht unmittelbar an den Folgen des Absturzes gestorben war. Wohl hatte man Kopfverletzungen sowie Schien- und Wadenbeinfraktur festgestellt, Todesursache war aber Unterkühlung gewesen. Zuvor hatte akuter Insulinmangel ihn ins Azidose-Koma fallen lassen, aus dem er nicht mehr erwacht war. Die Ironie dabei: In seinem Rucksack befanden sich zwei Ampullen Insulin und Spritzen, paradoxerweise unbeschädigt. Ob diese Gschwandtner davor bewahrt hätten, in dem schwer zugänglichen Gelände zu erfrieren, stand freilich auf einem anderen Blatt, denn er hatte weder sein Funksprechgerät noch seinen Piepser bei sich. Wieder so ein Leichtsinn, der nicht zu ihm passte. Der Piepser wurde übrigens später in seiner Garçonnière in der Villa Cermak gefunden.

Trotz dieser Vorbehalte konnte bis dahin alles noch mit rechten Dingen zugegangen sein. Dass aber Scharf, der verhinderte Begleiter Gschwandtners, auf der Heimfahrt von seiner Schwester einen tödlichen Infarkt erlitt, war schon mehr als nur ein makabrer Zufall. Und dass sich die sterbende Schwester zudem noch bester Gesundheit erfreute, war dann endgültig der krasseste Misston in dieser Kakophonie von Ungereimtheiten.

Das letzte Detail hatte Gruber auf eigene Faust recherchiert, bevor er seinen alten Schulfreund anrief: den Sicherheitsdirektor a. D. Dr. Bernd Vogt. Vogt kannte das zurückhaltende Naturell des Studienkollegen und wusste, Gruber hätte ihn nie einer Lappalie wegen bemüht. Also ließ er seine Verbindungen spielen und bat um diskrete Nachforschungen. Die Kriminalabteilung des Salzburger LGKs, Referat 112, »Delikte gegen Leib und Leben«, nahm sich der vier verdächtigen Todesfälle an – und brachte damit eine Lawine ins Rollen.

Alles begann mit der Exhumierung Gschwandtners. Die Gerichtsmediziner mutmaßten, dass die Handgelenke des Mannes gefesselt gewesen seien, ehe der Tod eingetreten war. Diese Vermutung reichte aus, um das entsprechende Kärntner Referat um einen Lokalaugenschein auf der Hochalmspitze zu ersuchen.

Bei der Befragung des Pächters der Celler Hütte konnte der sich an Gschwandtner erinnern. Er sei hervorragend ausgerüstet gewesen und wollte seinem Alter und Können entsprechend die häufig begangene Route über die Winklscharte zum Gipfel nehmen.

Wie hatte er dann eine Wand hinunterstürzen können, die sich ganz woanders befand? Und warum hätte der bedächtige Gschwandtner seine Routenplanung in letzter Sekunde ändern und den berüchtigten Schrofenweg über den Winklkees wählen sollen? Der Pächter wusste es nicht.

Wer sonst noch an diesem Tag zur Hochalmspitze aufgestiegen sei, wollte der ermittelnde Beamte wissen. Trotz idealen Wetters sehr wenig Leute, erinnerte sich der Wirt. Einige Einheimische, eine größere Gruppe Holländer und drei junge Oberösterreicher. Letztere seien übrigens gleich nach Gschwandtner losgegangen.

Trotz hinreichender Nachforschungen gelang es nicht, die Identität der drei Burschen festzustellen. Ein schlüssiger Beweis, dass Gschwandtner nicht verunglückt, sondern ermordet worden war, konnte ebenfalls nicht erbracht werden. Doch immerhin reichten die Verdachtsmomente aus, um auch die Exhumierung Egon Scharfs zu erwirken.

Bei Gschwandtners Kumpel wurde die Truppe von Gendarmeriehauptmann Jacobi fündig. Laut erstem Obduktionsbericht war die Todesursache Herzversagen gewesen, den Auslösefaktoren hatte man aber nicht mit letzter Konsequenz nachgespürt. Schließlich war der Mann zweiundsiebzig Jahre alt und Raucher gewesen. Nun aber wurde die Leiche noch einmal in der Gerichtsmedizin untersucht, und man bemerkte den Einstich in der linken Achselhöhle.

Der Rest war Routine. Jemand hatte Scharf auf dessen Heimfahrt eine Atropinsulfat-Lösung injiziert. Ein Quantum, das für den Exitus eines Elefanten gereicht hätte. Jacobis Leute suchten Scharfs Schwester auf, um den Ablauf des entsprechenden Tages nachzukonstruieren. Die alte Frau beteuerte, ihren Bruder nicht angerufen zu haben.

In ihrer Gemeindewohnung lebte auch ihr Sohn Hermann. Alkoholkrank, geschieden, arbeitslos. Einen ganzen Nachmittag ohne Sprit hielt er nicht mehr durch. Ja, gab er schließlich zu, er habe seinen Onkel angerufen. Drei junge Burschen hätten ihn in seiner Stammkneipe darum gebeten. Sie hatten Hermann randvoll mit Bacardi abgefüllt, gab der Wirt zu Protokoll. Und Geld sei auch im Spiel gewesen. Wie sonst hätte er am Ende eines Monats noch zwei Blaue haben können?

Hermann gestand weiter, der Onkel habe ihm, als er eintraf, eine Szene gemacht und angekündigt, er werde zur Polizei gehen, falls seinem Freund Gschwandtner auf der Hochalmspitze etwas zustoßen sollte. Er habe da so seine Ahnungen aufgrund gewisser Vorfälle in der Villa Cermak.

VIER

»Scharf wusste also irgendwas«, murmelte Sarah Feldbach. »Und die Äußerungen, die er seinem Neffen gegenüber machte, führten schließlich auch zu seiner Ermordung?«

Vogt nickte. »Sie sagen es. Der Schaffner des Retourzuges kann sich an den Abend noch erinnern. Kein Wunder: Er wollte dem betagten Fahrgast die Endstation ankündigen und stieß im Abteil auf einen Toten.«

»Und im selben Zug«, ergänzte sie, »saßen auch drei junge Männer in schwarzen Lederjacken und schwarzen Jeans, hab ich recht?«

»Sie kennen die Geschichte schon?«, fragte er mit hochgezogenen Augenbrauen.

»Häkerln Sie mich nicht! Erzählen Sie lieber weiter!«

Rasch wurde Vogt wieder ernst. »Ja, sie waren im Zug. Saßen dem Schaffner nach sogar kurze Zeit im Nebenabteil. Aber wie sollte er denn auch ahnen, dass diese Typen die Mörder Scharfs waren? Immerhin kann er sich an sie erinnern, aber das ist leider auch alles. Ihre Spur endete im Nichts – wie im Fall Gschwandtner. Wir traten auf der Stelle, aber wenigstens bot die Analogie beider Fälle, die Verbindung zur Villa Cermak, eine Handhabe für weitere Ermittlungen. Jacobi hielt mich immer auf dem Laufenden, vor etlichen Jahren war er als junger Leutnant meine rechte Hand. Beide Senioren waren anscheinend getötet worden, weil sie etwas Brisantes entdeckt hatten. Präventivmorde also, professionell geplant, aber eher dilettantisch ausgeführt. Die Diskrepanz ließ auf die Befehlshierarchie einer größeren Gruppe schließen. Jacobi blieb also dran. Nicht umsonst nennen ihn Kollegen und Medien auch den ›Terrier‹. Leopold Gruber hatte ja noch von anderen überraschend Verblichenen in der Villa Cermak berichtet, also wurden zwei weitere Damen exhumiert.«

»Lassen Sie mich raten: Auch sie sind keines natürlichen Todes gestorben?«

»Bingo! Beide starben jeweils an einer Überdosis Rohypnol. Auch diese Morde wären ohne Leopold Gruber wohl unentdeckt geblieben. Letztlich war aber die Achillesferse der Meuchler einzig und allein die konservative Landbevölkerung gewesen. Die Villa Cermak liegt nun einmal am Land, auch wenn man bei Bedarf sofort in der Stadt ist.«

»Was, bitte, hat das denn mit den Morden zu tun?«, fragte Sarah Feldbach ein wenig verständnislos, als ein leises Wummern in der Ferne allmählich in ihr Bewusstsein drang.

»Gemach, gemach! Brandbestattungen sind am Land noch nicht die Regel, trotzdem wurden verstorbene Cermak-Pensionisten in den letzten Jahren auffällig oft eingeäschert. Das führte zu bestimmten Gerüchten. Um diesen nicht neue Nahrung zu geben, hatte man bei Gschwandtner und Scharf auf Einäscherung verzichtet, und auch die beiden zuvor angesprochenen verblichenen Damen wurden konventionell beerdigt. Wären ihre Leichen verbrannt worden, hätte es Jacobi wohl kaum geschafft, Cermak mit den Morden an Gschwandtner und Scharf in Verbindung zu bringen. So aber hatte er kein schlechtes Blatt in der Hand. Er knöpfte sich Cermak und ebenso Dr. Gotthelf vor, der für die Totenscheine zuständig gewesen war. Grobe Fahrlässigkeit beim Ausstellen pathologischer Befunde war alles, was man dem Arzt am Zeug flicken konnte. Cermak dagegen hatte keine mächtige Interessenvertretung im Rücken, und so clever sein Anwalt auch agierte, die pausenlosen Vernehmungen hielt er nicht durch. Die Beweislast und die Ankündigung, weitere Gräber öffnen beziehungsweise die Urnenasche untersuchen zu lassen, ließen ihn zusammenbrechen. Nach tagelangen Verhören platzte er schier vor Bereitwilligkeit, sich den ganzen Dreck von der Seele zu reden. Staatsanwalt und Untersuchungsrichterin hatten ihre helle Freude an ihm. Wir jedoch nicht. Seine Geständnisse zeigten nur, wie weit wir davon entfernt waren, den Fall abzuschließen.«

***

Vogt hielt kurz inne und lauschte dem Rotorengeräusch des Hubschraubers, das nun deutlicher zu hören war. Dann fuhr er fort: »Cermak war nicht der Chef einer überschaubaren Leichenfleddererbande, wie wir zunächst angenommen hatten. Im Gegenteil: Er schien nur ein kleines Rad zu sein – Täter und Opfer zugleich.

Jahrelang hatte er seinen Schutzbefohlenen mit schmutzigen Tricks Geld aus der Tasche gezogen. Für besonders hinfällige Gäste war er sogar zeichnungsberechtigt gewesen, und nicht wenige hatte er beerbt – zulasten ihrer nächsten Verwandten. Wie gesagt: Cermak hatte dieses Vorgehen Jahre hindurch praktiziert und war dabei immer leidlich diskret vorgegangen. Aber irgendwann lässt die Gier alle Aasgeier unvorsichtig werden. Bei Cermak war es vor drei Jahren so weit gewesen, als er einer herzkranken Frau lebensrettende Medikamente vorenthalten hatte. Hatte es anscheinend nicht erwarten können, die reiche, anhanglose Witwe zu beerben.«

»So eine wie mich«, warf Sarah Feldbach ein.

»Ja, eine wie Sie«, bestätigte Vogt. »Doch der Clou kommt erst noch: Irgendwann ist die Schweinerei einem noch größeren Aasgeier aufgefallen, und der hatte Cermak dann am Haken. Cermak musste von da an die Hälfte jedes ergaunerten Schillings auf ein Nummernkonto in Liechtenstein überweisen. Bis heute hat er keine Ahnung, mit wem er sein Blutgeld teilte. Kommunizierte mit dem geheimnisvollen Mitwisser immer nur über wechselnde Telefonnummern. Er lieferte die Infos, die Person im Hintergrund bestimmte von nun an das Tempo. Sie zwang ihn, Patienten in immer kürzeren Abständen tödliche Mengen Rohypnol zu verabreichen.

Vier weitere Meuchelmorde blieben unbemerkt, erst der Argwohn Gschwandtners und Scharfs brachte Cermak & Co. letztlich in Zugzwang. Die eilig ausgeführten Aktionen hatten Pannen zur Folge. Die größte von ihnen: Sie übersahen den ebenso unauffälligen wie diskreten Pensionär Gruber. Exekutive und etliche Senioren, die nun am Leben bleiben, sind dem alten Lehrer zu Dank verpflichtet. Ich wäre zum Beispiel allein nie auf den Gedanken gekommen, die drei Schwarzledernen könnten Ihnen etwas antun. So aber sind sie mir aufgefallen, als ich sie zwei Tage hintereinander in der Nähe vom ›Grünen Baum‹ hab rumlungern sehen. Sie gaben hohe Trinkgelder und fragten die Bedienung aus – und zwar nur nach einem Gast. Nach Ihnen, Frau Feldbach! Aber Auskünfte einholen, das konnte ich immerhin auch. Gelernt ist schließlich gelernt. Als Sie gestern Mittag zu Ihrer Tischnachbarin sagten, Sie wollten heute bei Sonnenaufgang am Reedsee oben sein, da stand für mich fest, dass ich Sie begleiten würde – in angemessenem Abstand, versteht sich.«

***

Vogt machte eine Pause. Sarah Feldbach fröstelte. Sie musste sich kräftig räuspern, ehe sie ein Wort herausbrachte. »Ich werde mich auch bei Herrn Gruber bedanken.«

»Das wird ihn sicher freuen«, sagte Vogt lächelnd. »Er bekommt selten Besuch.«

Zögernd, als würde er nach Worten suchen, fuhr er fort: »Jacobi und seine engsten Mitarbeiter ermitteln in diesem Fall noch immer – äußerst diskret, versteht sich. Warum, können Sie sich wahrscheinlich denken. Die Medien kennen bis dato nur einen Bruchteil der Wahrheit. Offiziell hält man Dr. Cermak, den ›Rohypnol-Killer‹, für den Hauptverantwortlichen. Damit das bis auf Weiteres auch so bleibt, möchte ich Sie bitten, alles, was ich Ihnen jetzt erzählt habe, vertraulich zu behandeln. Und zwar so lange, wie es Hauptmann Jacobi geraten erscheint. Versprechen Sie mir das?«

»Ich verspreche es.« Ihrem Lebensretter konnte sie einen solchen Wunsch wohl kaum abschlagen.

»Danke. Jacobi ist übrigens schon auf dem Weg zu unserem Hotel.«

»Apropos ›Grüner Baum‹: Ich habe Sie noch nie dort gesehen. Ich meine: Sie wären mir doch sicher aufgefallen.«

»Danke für die Herbstblumen!«

Sie musste grinsen. »Sie haben wahrscheinlich in einem der anderen Häuser Ihr Zimmer?«

»Nein, es grenzt direkt an Ihre Suite, hab ich das noch nicht erwähnt?« Vogt musste schreien, um sich verständlich zu machen, da der Helikopter mit einem Höllenlärm zur Landung ansetzte.

***

Dem Arzt der Flugambulanz erklärte Sarah Feldbach, sie habe sich vermutlich überanstrengt und einen leichten Schwächeanfall erlitten, es ginge ihr aber schon wieder viel besser. Einer den Kreislauf unterstützenden Injektion entkam sie allerdings trotzdem nicht. Minuten nach dem Start wurden sie und Vogt schon wieder auf einer Wiese hinter dem »Grünen Baum« abgesetzt.

Jacobi wartete im Foyer auf sie. Er muss wie ein Irrer gefahren sein, dachte Sarah Feldbach. Na ja, er sieht ohnehin so aus, als hätte er den Führerschein in der Lotterie gewonnen. Seine melancholischen Hundeaugen lugten penetrant naiv aus dem sie umgebenden Faltennetz. Bei näherer Betrachtung war da jedoch die unleugbare Ähnlichkeit mit Albert Einstein, die den ersten Eindruck einer Dumpfbacke Lügen strafte.

»Guten Tag, Frau Feldbach. Hallo, Bernd! Ich nehme an, Sie beide wollen sich ein wenig frisch machen? Treffen wir uns in etwa einer halben Stunde? Wär Ihnen das recht?«

Auch die sonore Stimme passte nicht zu dem einfältigen Gesichtsausdruck des Mannes. Wie schnell erlag man doch der Verlockung, von der Physiognomie eines Menschen auf seinen Geisteszustand zu schließen. Sarah Feldbach schüttelte kaum wahrnehmbar den Kopf.

»Ach ja, noch was«, knüpfte Jacobi an. »Vor der Tür zu Ihrer Suite steht ein junger Mann. Inspektor Wegener wird für Ihre Sicherheit verantwortlich sein, solange Sie noch hier logieren.«

»Was soll das heißen: *Solange ich noch hier logiere*? Ich hab eine weitere volle Woche gebucht.«

Jacobi breitete die Arme aus. »Wir reden später drüber, einverstanden?«

»Einverstanden. Kommen Sie also beide in einer halben Stunde in meine Suite.«

FÜNF

»... und während wir auf den Hubschrauber warteten, hat mir Dr. Vogt von diesem bestialischen Dr. Cermak erzählt. Das war's aber auch schon im Großen und Ganzen.«

Die zwei Herren waren pünktlich gewesen und saßen jetzt in der opulent ausgestatteten Hotelsuite einer erstaunlich gut erholten Sarah Feldbach gegenüber. Sie sah frisch und ausgeruht aus, hatte rosige Wangen. Vielleicht zwitschert sie ja hie und da einen, dachte Jacobi respektlos. Der gesunde Teint und das bisschen Übergewicht standen ihr jedenfalls gut, genauso wie das einfache beige Kostüm.

Auf dem Glastisch vor ihnen stand ein Tablett mit Kanapees, daneben eine Flasche Röderer.

»Greifen Sie zu, meine Herren! Nur nicht so schüchtern! Ich hab mich schon vorweg bedient. Am Gamskarlsee habe ich keinen Bissen runtergebracht, aber vorhin hat mich plötzlich der Heißhunger befallen. Wollen Sie den netten jungen Mann vor meiner Tür eigentlich nicht hereinbitten? Er steht doch eh umsonst davor. Oder glauben Sie tatsächlich, diese Neonazis besäßen die Frechheit, bis hierher vorzudringen?«

Jacobi erhob sich, um seinen Assi hereinzuholen.

»Hm, ich weiß nicht, ob man diese Kerle als Neonazis abtun sollte, Frau Feldbach«, sagte Vogt zweifelnd. »Ihr Outfit weist sie zwar als solche aus, aber ...«

»Was – aber?«, fragte Sarah Feldbach streitlustig. »Das Programm der Schwarzledernen ist eine Selektion mit eindeutiger Prämisse. Seit Menschengedenken hat Vergleichbares nur die SS durchgezogen. Sie haben doch alles selbst mitbekommen. Ich sehe jedenfalls keinen grundsätzlichen Unterschied zwischen diesem unsäglichen Rolf und einem Ernst Kaltenbrunner. – Setzen Sie sich und greifen Sie zu, junger Mann!« Die letzte Bemerkung galt Inspektor Wegener, der dankend Platz nahm.

»Ich bitte Sie, Frau Feldbach! Es geht doch nicht darum, in welcher politischen Ecke diese Leute anzusiedeln sind«, sagte Vogt, um Beschwichtigung bemüht. »Zunächst einmal handelt es sich um eine Organisation, die alte Leute umbringt – mit Methode, wohlgemerkt ...«

»Ich denke, auch den Ausdruck ›Organisation‹ sollten wir vorläufig noch vermeiden«, unterbrach ihn Jacobi, der die Kohlensäurebläschen in seinem Sektglas so konzentriert beobachtete, als sei er einer nobelpreisverdächtigen Erkenntnis auf der Spur. »Der Fall Feldbach – Sie entschuldigen, wenn ich das so unpersönlich sage, gnä' Frau –, also: Der Fall Feldbach hat unsren Verdacht zwar erhärtet, speziell durch die Äußerungen der drei Burschen, aber ein Beweis für eine organisierte Gruppe ist das noch lang nicht. Wir wissen, dass die Bande aus etlichen jungen Leuten besteht, sonst hätten sie damals nicht gleichzeitig im Eilzug und auf der Hochalmspitze zuschlagen können. Aber vielköpfige Jugendbanden mit wirrem Gedankengut sind heutzutage leider nichts Ungewöhnliches. Und dass alleinstehende ältere Menschen mit Vorliebe überfallen werden, das erleben wir ja tagtäglich.«

»Du sagst es«, bestätigte Vogt. »Gerade im letzten Jahr haben sich solche Delikte gehäuft. Ihre Aufklärungsrate hingegen bleibt beschämend niedrig.«

»Unsre ist immerhin höher als die in manch anderen Bundesländern«, verteidigte sich Jacobi. »Aber zurück zum Thema: Das Ansteigen von Gewaltverbrechen an Senioren einer einzigen Gruppe anzulasten, das wäre jedenfalls eine sehr gewagte These. Ich kann mich nur wiederholen: Wo sind die Beweise?«

»Was Frau Feldbach und ich am Reedsee zu hören bekamen, ist *mir* Beweis genug«, sagte Vogt völlig unaufgeregt. Er hatte Jacobi ausgebildet und wusste, dass sein ehemaliger Schüler jetzt den Advocatus Diaboli spielte. »Und warum bekamen wir es zu hören? Weil ich – ausgehend vom Fall Cermak – die richtigen Schlüsse gezogen habe, als ich diese Totenvögel hier im Kötschachtal aufkreuzen sah. Wäre nichts passiert, hätte ich gedacht, ich würde nach zehn Jahren in Pension noch immer meiner berufsbedingten Paranoia aufsitzen. Aber es *ist* etwas passiert! Und das ist ein guter Ansatz, um einige symptomatische Fälle erneut aufzurollen. Unter den geänderten Aspekten würde man sicher Indizien zutage fördern, die man bei früheren Routineuntersuchungen übersehen hat, wenn man es mal so ausdrücken möchte.«

»Jetzt wirst du aber unsachlich, Bernd«, sagte Jacobi. Seine Märtyrermiene hätte einen Jacopo Tintoretto zweifellos zu einem Meisterwerk inspiriert.

»Darf ich auch mal etwas sagen?«, meldete sich Wegener zaghaft zu Wort, nachdem er sich mit einem Schluck Röderer Mut angetrunken hatte. Er war ein dunkelhaariger Schlacks und mit seinen zwanzig Jahren der mit Abstand Jüngste in der Runde. Außerdem hatte er einen Heidenrespekt vor dem Chef, wie Jacobi intern im Referat 112 genannt wurde.

»Nur zu, Werner!«, ermunterte ihn Jacobi. »Deshalb sitzen wir ja hier.«

»Ich halte solche Perversionen durchaus für möglich und relativ leicht durchführbar. Seien wir doch ehrlich: Wenn ältere Menschen ums Leben kommen, sei es durch Unfälle, Infektionen oder durch sonstige widrige Umstände, dann sucht man die Ursache zunächst bei ihnen selbst. Sie waren eben alt, haben nicht schnell genug reagiert, hatten Wahrnehmungsdefizite, eine schwache Konstitution et cetera. Kurz und gut: Tödliche Unfälle und Krankheiten von Senioren passen einfach wunderbar in unser Schema. Sie sind etwas Normales und werden, vielleicht unbewusst, nicht genauso kritisch hinterfragt wie der Tod jüngerer Mitbürger. Analog dazu werden auch die Ermittlungen bei Todesfällen von Senioren geführt: als Pflichtübungen, die sich nicht selten in der Datenaufnahme erschöpfen.«

»Wollen Sie vielleicht behaupten, am Referat 112 würde so gearbeitet, wie von Ihnen eben geschildert?«, unterbrach ihn Vogt.

Wegener lief knallrot an und blickte entsetzt zum Chef hinüber. »N...nein, natürlich nicht! Darauf wollte ich natürlich nicht hinaus.«

»Schon gut, Werner«, beruhigte ihn Jacobi. »Lass dich von Dr. Vogt nicht aufziehen. Was du da gesagt hast, enthält durchaus ein Körnchen Wahrheit.«

»Ein Körnchen?«, entrüstete sich Sarah Feldbach. »Ich würde eher sagen, Herr Wegener hat gerade das Kernproblem unsrer abendländischen Gesellschaft angesprochen: die Entsolidarisierung als Folge des ständig gepredigten Egoismus und Hedonismus! Das Infragestellen des Generationenvertrags ist eins unsrer vielen sozialen Paradoxa: Obwohl die sogenannten Alten ein immer wichtigerer Wirtschaftsfaktor werden, verdrängt man sie gleichzeitig immer stärker aus dem kollektiven Bewusstsein. Rolf und Konsorten sind vielleicht Extremisten, haben aber nur das ausgesprochen, was diese Spaß- und Augenblicksgesellschaft sowieso schon denkt: Alte Leute sind eine Last. Sie bringen dem Staat nichts, kosten ihn aber viel.«

»Weil Sie gerade Rolf erwähnt haben«, knüpfte Vogt an und blickte zu Jacobi, »hat man ihn, Gerd und Otti schon erwischt?«

Der Gefragte schüttelte den Kopf. »Nein. Sie sind spurlos verschwunden.« Wieder fixierte er sein Sektglas. »Und wenn ich sage *spurlos*, dann meine ich auch *spurlos*. In den letzten Tagen sind sie von mehreren Leuten gesehen worden, aber niemand kennt sie, und niemand hat sie beim Wegfahren beobachtet. Nach deinem Funkspruch habe ich sofort Gasteiner Kollegen in die Klamm beordert. Umsonst. In den letzten zwei Stunden keine Spur von drei Jugendlichen in schwarzen Klamotten im Klammtunnel.«

Vogt winkte ab. »Wahrscheinlich haben sie sich getrennt, vielleicht sogar die Kleidung gewechselt. Sind einzeln mit der Bahn gefahren oder irgendwo untergekrochen. Gibt dir das nicht zu denken? Diese Gründlichkeit – selbst nach einem Misserfolg! Welche primitive Gang würde schon ein derartiges Sicherheitsnetz für ihre Mitglieder aufziehen? Und hast du schon vergessen, was Gerd gesagt hat? Es ist ihnen verboten, mit Delinquenten zu sprechen. Das sind Strukturen, Oskar, ich sag dir, das ist nicht nur ein zusammengewürfelter Haufen von Verrückten. Aber vielleicht solltest du uns einmal erklären, wie du Organisation definierst.«

»Wir sollten jedenfalls nicht mit Kanonen auf Spatzen schießen, solange wir nicht mehr wissen«, versuchte Jacobi abzuwiegeln.

»Psychopathen sind keine Spatzen«, entrüstete sich Sarah Feldbach erneut. »Dr. Vogt hat mir absolute Diskretion auferlegt. Eine Sünde für jede freie Journalistin, aber ich werde mich dran halten. Spielen Sie also die Gefährlichkeit von Rolf & Co. nicht herunter. Viel eher sollten Sie in mir eine Verbündete sehen. Möglicherweise habe ich sogar einen Tipp für Sie.«

»Einen Tipp?« Jacobis buschige Augenbrauen wanderten fast bis zu seinem Haaransatz hinauf.

»Genau! Einen Tipp, der Ihnen vielleicht weiterhilft.« Er hatte sich die Skepsis wohl allzu deutlich anmerken lassen, denn augenblicklich legte sie nach: »Sie glauben mir nicht? Dann werde ich Ihnen wohl das Gegenteil beweisen müssen.«

Sie trank einen Schluck Sekt, stellte das Glas etwas zu heftig auf den Tisch zurück und blickte die Männer der Reihe nach an, ehe sie ihren Tipp preisgab.

»Vor circa einem halben Jahr führte ich ein sehr sonderbares Gespräch mit einer Freundin. Ich hätte mich nie mehr daran erinnert, wenn ich heute nicht diesen Alptraum erlebt und Dr. Vogt mir nicht vom Seniorenheim Cermak berichtet hätte. Damals hab ich das, was Ruth Maybaum mir erzählt hat, für eine Spinnerei ihres Bekannten gehalten und deshalb nur mit halbem Ohr zugehört.«

»Ruth Maybaum? Die TV-Moderatorin?«, fragte Wegener atemlos.

Sarah Feldbach nickte. »Genau die, junger Mann. Befreundet bin ich eigentlich mit der Mutter, Ruth treffe ich nur gelegentlich. Aber eben bei einem dieser Treffen erzählte sie mir, dass ein Bekannter Kontakt zu einem Journalisten habe, der ungeklärte beziehungsweise aufklärungsbedürftige Todesfälle nachrecherchiert.«

»Das tun hunderte Journalisten«, sagte Jacobi wenig begeistert.

»Aber in diesem Fall betreffen die Todesfälle Senioren, die alle das fünfundsechzigste Lebensjahr überschritten hatten«, schob sie nach.

»Der Name des Journalisten?« Der Terrier alias Jacobi nahm Witterung auf. Aber Sarah Feldbach schüttelte den Kopf. »Ruth hat keinen Namen genannt, und ich habe nicht danach gefragt. Ich sagte schon: Als sie davon zu plaudern begann, habe ich schnell das Interesse verloren. Aber der Journalist behauptete wohl, die von ihm recherchierten und von der Polizei längst ad acta gelegten Todesfälle seien allesamt kaschierte Meuchelmorde gewesen. Verschiedene Todesarten, aber einheitliches Tatmuster. Außerdem stellten sie nur die Spitze des Eisbergs dar. Klarer Fall von übertriebener Sensationsmache, dachte ich damals. Nach dem heutigen Tag stehe ich der Theorie allerdings nicht mehr so skeptisch gegenüber.«

»Aber den Namen von Maybaums Bekanntem wissen Sie?«

»Nicht nur den Namen. Ich kenne ihn persönlich. Es ist Paul Basidius.«

Jacobis Miene verdüsterte sich. »Doch nicht etwa der Abgeordnete Paul Basidius?«

»Sie sagen es.«

Die Verdammten des Hieronymus Bosch hätten nicht jammervoller dreinschauen können als der Terrier.

SECHS

Am nächsten Morgen in Salzburg hatten Jacobi und Oberst Anselm Waschhüttl, sein unmittelbarer Vorgesetzter, einen Termin bei Sicherheitsdirektor Hofrat Dr. Kandutsch. Um Punkt neun ließ sich Jacobi von Kandutschs Sekretärin anmelden.

Das Büro des SIDI war das größte im Präsidium des Landesgendarmeriekommandos und verdiente eher die Bezeichnung Reitschule. Nur wenige Räumlichkeiten am Franz-Hinterholzer-Kai Nummer 4 beeindruckten mit solcher Weitläufigkeit, in den Büros des Fußvolks herrschte zumeist drangvolle Enge. Alles in der Kanzlei war riesenhaft: die nach Osten zur Salzach blickenden Fenster, die beiden Ölschinken an den Seitenwänden, die Motive aus der fürsterzbischöflichen Vergangenheit Salzburgs zeigten, die zwei Philodendren in den Zimmerecken und der Schreibtisch, auf dem sich das Telefon und ein Schnellhefter beinahe verloren.

Der korrekte Waschhüttl war bereits an Ort und Stelle und saß Kandutsch gegenüber – nicht am Schreibtisch, sondern in der gemütlicheren Sitzecke rechts vom Eingang, wo der SIDI um diese Tageszeit stets sein zweites Frühstück einzunehmen pflegte. Pünktlich um acht Uhr fünfundvierzig wurde es ihm von der Kantine serviert. Ein Ritual, das in sechs Monaten sein Ende finden würde. Kandutsch stand kurz vor der Pensionierung.

Eben deshalb sah Jacobi für seinen Antrag schwarz. Kandutsch war ein sympathischer älterer Herr, humanistisch gebildet und von einer Leutseligkeit, die Untergebene zumeist als angenehm empfanden. Aber würde er unmittelbar vor dem Ruhestand seine, Jacobis, Theorie auf ihren Wahrheitsgehalt hin untersuchen lassen? Eine Theorie, die Verbrechen unterstellte, wie sie nur aus der NS-Zeit bekannt waren?

Und selbst nach einem allfälligen Placet Kandutschs würden noch etliche Hürden zu überwinden sein. Eine der kleineren würde im Mammutprogramm an zusätzlicher Arbeit für das Referat 112 bestehen. Eine effiziente SOKO müsste gebildet und unzählige archivierte Fälle müssten neu aufgerollt werden. Die dabei geforderte Akribie würde die Frustrationstoleranz so manches Kollegen bis aufs Äußerste strapazieren. Dennoch wären die internen Schwierigkeiten mit Geduld und Spucke zu bewältigen. Die größeren Hürden waren externer Natur. Die heimischen Exekutivbehörden waren wie überall auf der Welt unentwirrbar in den politischen Filz verstrickt. Logische Folge: ein Kompetenzgerangel kakanischer Prägung! Die Angst vor den Medien und vor Panik in der Bevölkerung konnte die Ermittlertätigkeit dann vollends zum Erliegen bringen.

Aber die allergrößte Hürde saß freilich hier am Tisch und sah Kandutsch beim Frühstücken zu. Sollte der SIDI wider Erwarten grünes Licht geben, würde Waschhüttl an ihm vorbei Kontakt mit Wien aufnehmen, woraufhin man dem Referat 112 die Untersuchung der Altenmorde entziehen und sie der Stapo beziehungsweise der EDOK übertragen würde.

Doch all die Bedenken sah man Jacobi nicht an. Die stereotype Leichenbittermiene war sein standardisierter Gesichtsausdruck. Kandutsch gab seinen Gruß freundlich zurück und bat ihn, Platz zu nehmen. Waschhüttl rang sich ein kaum wahrnehmbares Kopfnicken ab. Er mochte den um zehn Jahre jüngeren Kollegen nicht, was auf Gegenseitigkeit beruhte. Jacobi hatte sich mit Radfahrertypen immer schwergetan. Er selbst war unter der Ägide seines Gönners Vogt innerhalb weniger Jahre zwei Mal befördert worden, Waschhüttl hatte darauf keinen Einfluss gehabt. Doch kaum hatte sich Vogt in den Ruhestand verabschiedet, begann Jacobi auf der Stelle zu treten, und seine Ermittlungserfolge wurden von nun an auffällig oft der umsichtigen Leitung Waschhüttls gutgeschrieben.

»Na, dann legen Sie mal auf den Tisch, was Sie haben, Oskar«, ging Kandutsch gleich in medias res. Als er von Jacobi vorab in groben Zügen informiert worden war, hatte sich seine Begeisterung in Grenzen gehalten.

Jacobi berichtete nun im Detail über die Ereignisse am Reedsee und spielte dann die auf Band aufgenommenen Aussagen Sarah Feldbachs und Bernd Vogts ab. Schließlich listete er Punkt für Punkt die Parallelen zum Fall Cermak auf.

Obwohl Kandutsch und Waschhüttl anschließend nicht zur Tagesordnung übergehen konnten, meldeten sie ähnliche Vorbehalte an, wie Jacobi sie am Vortag selbst noch geäußert hatte. Eine Mordssauerei sei es gewesen, was diese Rabauken Frau Feldbach angetan hatten, keine Frage, trotzdem könne man sie nur wegen Psychoterrors und groben Unfugs drankriegen. Vorausgesetzt natürlich, man bekäme sie zu fassen. Leider hatte Vogt die drei nicht identifizieren können – trotz stundenlanger Suche im EKIS am Gasteiner Gendarmerieposten.

Unterm Strich blieb, dass es zu einem tätlichen Angriff nicht gekommen war. Abgesehen davon wäre selbst ein solcher noch kein Beweis für die Existenz einer Killer-GesmbH gewesen. Auch augenfällige Parallelen zum Fall Cermak konnten daran nichts ändern.

***

»Wir gewichten die Aussage des Sicherheitsdirektors a.D. natürlich dementsprechend, aber einen Beweis für die Existenz einer derartigen Organisation enthält auch sie nicht«, beendete Kandutsch mit säuerlichem Grinsen sein Resümee, während er sich die Krümel des letzten Schinkensalzstangerls aus dem Schnurrbart klaubte. »Ergo wird die Bildung einer SOKO vorläufig nicht erwogen. Die Betonung liegt dabei auf *vorläufig*. Im Fall Cermak wird selbstverständlich weiterermittelt. Sollte an der Sache mehr dran sein, will ich nicht wieder hören, wir hätten geschlafen. Aber gehen Sie's bitte diskret an, meine Herren! Diskret! Ich muss wohl nicht ausführen, warum. Und wenn Sie Beweise für Ihre Theorie vorlegen, Jacobi, dann scheue ich auch nicht davor zurück, mit den Herren im Ministerium Tacheles zu reden. Sie sollen nicht denken, dass der alte Kandutsch um jeden Preis Trouble vermeiden will, nur weil er ohnehin demnächst in Pension geht. Ja, ja, ich weiß, dass Sie das denken. Aber erst einmal sind *Sie* am Zug, Jacobi. Beweise! Bringen Sie mir Beweise! Zum Fall Feldbach wird es ein allgemein gehaltenes Kommuniqué des Inhalts geben, dass die Überfälle auf ältere Leute in den letzten Jahren zugenommen haben und die Senioren daher aufgefordert werden, sich noch mehr in Acht zu nehmen.«

***

Das »Café Tomaselli« war an diesem Nachmittag stark besucht, sodass der Abgeordnete Basidius kaum jemandem auffiel. Zum Teil lag das an seiner dunklen Ray-Ban-Sonnenbrille, hauptsächlich aber an seiner hübschen eurasischen Begleiterin, die die Blicke nur so auf sich zog. Ruth Maybaum war nicht nur ausgesprochen attraktiv, sie war auch eine fähige Journalistin. Jacobi las jede Woche ihre Kolumne in »KONTUR« und sah sich, wenn es seine Zeit erlaubte, auch ihre TV-Reportagen an. Nun ja, anscheinend war sie mit Paul Basidius befreundet, aber es gab Schlimmeres. Vor allem änderte die Freundschaft nichts an Jacobis Dankbarkeit Sarah Feldbach gegenüber. Sie hatte das Treffen mit den beiden ermöglicht, war aber selbst nicht zu überreden gewesen, ihren Aufenthalt im »Grünen Baum« abzubrechen. Sie begründete ihre Weigerung damit, dass Vogt weiterhin auf sie aufpassen würde und die Schwarzledernen sicher keinen zweiten Versuch wagten. Im Gegenteil: Rolfs freimütiges Geplauder am Reedsee sollte die Gruppe vielmehr gezwungen haben, in Deckung zu gehen und abzuwarten, wie die Exekutive auf Sarah Feldbachs Aussage reagierte. Um allen Eventualitäten vorzubeugen, hatte Jacobi zu ihrem Schutz Wegener in Gastein zurückgelassen.

Noch tags zuvor hatte er stundenlang auf ihren Anruf gewartet und sich den Kopf zerbrochen, wie er Basidius oder Ruth Maybaum den Namen jenes Journalisten entlocken konnte, der recherchiert hatte. Dass Basidius die getarnten Altenmorde im Parlament bisher noch nicht zum Thema gemacht hatte, war seltsam genug. Ausgerechnet Basidius, der schon nach der Mistgabel schrie, wenn irgendein Ochse auch nur leise furzte! Die Zurückhaltung konnte nur zweierlei bedeuten: Entweder war an der Geschichte weniger dran, als er, Jacobi, vermutete, oder – und das hielt er für die wahrscheinlichere Variante – Basidius und der mysteriöse Ermittler wollten den besten Zeitpunkt zum Zünden der Bombe abwarten.

Bei diesem Gedanken lief Jacobi ein Schauer über den Rücken. Er stellte sich vor, wie Basidius, der ihm jetzt gegenübersaß, im Parlament ans Rednerpult trat und die Öffentlichkeit mit den Beweisen eines Gerontozids konfrontierte. Und die Exekutive hatte mal wieder keine Ahnung gehabt.

»Nein, meine Infos habe ich nicht von der Stapo«, beantwortete Basidius seine diesbezügliche Frage. »Soviel ich weiß, hat dort niemand auch nur die geringste Ahnung von den Seniorenkillern.«

Ein unerwartetes Dementi. Kaum einem Abgeordneten wurden bessere Kontakte zur Stapo nachgesagt als Basidius.

»Was Ruth und ich wissen«, fuhr er fort, »oder sagen wir besser: *zu wissen glauben*, das haben wir von einem Journalisten – einem von der Sorte, die den einsamen Wolf spielen. Er hat mir das Versprechen abgenommen, Exekutive und Öffentlichkeit erst dann zu informieren, wenn er hieb- und stichfeste Beweise für seine Theorie vorlegen kann.«

»Sie wissen, wie zynisch sich das anhört?«, fragte Jacobi. »Inzwischen könnten Dutzende von Menschen sterben – und das nur wegen der Eitelkeit und Geldgier eines Sensationsreporters, der die Lorbeeren allein ernten will.«

Basidius hob abwehrend die Hände. »Ich habe gesagt, ich habe ein Versprechen gegeben. Nicht dass ich es bis in alle Ewigkeit halten würde. Ruth hat mir von den Ereignissen am Reedsee erzählt und mich gedrängt, Ihnen den Namen unseres Bekannten zu nennen.«

»Dann sagen Sie ihn mir«, verlangte Jacobi, »egal, was Sie dem Mann versprochen haben! Ich muss so bald wie möglich mit ihm reden. Und selbst wenn er keine wasserdichten Beweise für seine Theorie vorlegen kann: Nach allem, was Sie bisher angedeutet haben, hat er uns gegenüber einen riesigen Wissensvorsprung, und der muss zum Schutz der Allgemeinheit verringert werden. Jetzt, sofort! Ich denke, wir haben uns verstanden?«

»Warum so grob, Jacobi?«, sagte Basidius lächelnd. »Dass man bei mir mit Drohungen nicht weit kommt, dürfte auch Ihnen bekannt sein.«

»War ich zu direkt? Das tut mir leid.« Jacobi nippte an seinem Kaffee, dann setzte er die Tasse ab. »Aber wenn *Sie* mir nicht weiterhelfen, dann muss ich mein Glück bei Frau Maybaum versuchen.«

Das war mehr als deutlich. Die Immunität des Volksvertreters schützte Basidius. Ihn zu einer Aussage zu zwingen, war ohne Druck der Medien schwer zu bewerkstelligen, aber gerade die Medien musste Jacobi zu diesem frühen Zeitpunkt tunlichst außen vor halten. Da war es einfacher, Ruth Maybaum direkt die Daumenschrauben anzusetzen. Sie konnte sich nicht hinter Immunität verschanzen.

»Der Mann heißt Kurt Schremmer«, sagte sie, ohne Basidius einen Blick zuzuwerfen. »Er wohnt hier in Salzburg, Pauernfeindstraße 6.«

Die Pauernfeindstraße, eine Nebenstraße der Vogelweiderstraße, befand sich nicht gerade in der feinsten Wohngegend der Mozartstadt, sondern in Schallmoos, und auch das kleine blassgrüne Haus mit der Nummer 6 war nicht das, was man sich gemeinhin unter dem Domizil eines erfolgreichen Autors und Journalisten vorstellte. Dabei konnte man Kurt Schremmer durchaus erfolgreich nennen. Noch vor der Fahrt nach Schallmoos hatte Jacobi seine Leute auf Trab gebracht und sie über Schremmer recherchieren lassen. Jetzt legte er den Hörer seines Autotelefons auf und suchte in der vollgeparkten Straße einen Platz für seinen Wagen.

Er hatte Glück. Direkt vor dem Haus Nummer 6 wurde eine Lücke frei. Ein schwarzer 5er BMW parkte aus und fuhr langsam an ihm vorüber. Am Steuer saß ein Mann mittleren Alters. Markantes Gesicht, schwarzer Rollkragenpulli, anthrazitgrauer Anzug.

Doch es war nicht allein die Kleidung, die Jacobi den Beruf des Mannes erraten ließ. Priester, Mönche und Nonnen umgab eine ganz besondere Aura. Der Mann im BMW war Priester, das stand für Jacobi fest. Aus langjähriger Gewohnheit notierte er sich das Kennzeichen des Wagens, stieg dann aus und läutete an der Haustür.

»Hauptmann Jacobi?«, fragte jemand von drinnen.

»Ja.« Jacobi hielt seinen Ausweis in angemessener Entfernung vor das Guckloch.

»Ruth Maybaum und Paul Basidius haben mir Ihre Adresse gegeben. Ich nehme an, ich spreche mit Kurt Schremmer?«

»Einen Moment!« Ein Schlüssel drehte sich zwei Mal im Schloss, und zwei Riegel wurden zurückgeschoben.

Kurt Schremmer war mindestens eins neunzig groß, ein Kerl wie ein Scheunentor. Der zwanzig Zentimeter kleinere Jacobi musste zu ihm aufschauen.

»Sie sind ein sehr vorsichtiger Mann«, sagte er mit einem bezeichnenden Blick auf den Doppelriegel an der Haustür.

»Und Sie wohl ein besonders mutiger, was?«, gab Schremmer nicht eben freundlich zurück. Seine leuchtenden Augen passten zum dunklen Teint und den lackschwarzen Haaren. Man sah ihm nicht an, dass er Kontaktlinsen trug.

»Kann ich den Ausweis noch einmal sehen?«, fragte er. Jacobi kramte ihn wieder hervor. Schremmer studierte die in Folie geschweißte Karte sorgfältig, bevor er sie zurückgab, zur Seite trat und den Besucher hineinließ. Als Jacobi an ihm vorbeiging, stieg ihm ein Eau de Toilette in die Nase, das ihm fast die Schuhe auszog. Flogen die Damen tatsächlich auf Patschuliduft? Schremmer galt als großer Womanizer, auch das hatte Jacobi auf der Fahrt hierher von seinen Kollegen erfahren.

Die Wohnung war geräumig, das Mobiliar alt, aber gemütlich. Der Schreibtisch im Arbeitszimmer sah verdächtig aufgeräumt aus. Er stand auch nicht am Fenster, wo, nach den Abdrücken im Teppich zu schließen, früher sein Platz gewesen war, sondern an einer Seitenwand. Geringfügigkeiten – aber sie entgingen Jacobi nicht. Über dem Schreibtisch hing ein echter Kumpf. Eine Ansicht der Darscho-Salzlacke im burgenländischen Seewinkel. Ein wunderbares Bild. Jacobi wäre jede Wette eingegangen, dass sich dahinter ein Wandsafe verbarg.

Sie gingen ins nebenan liegende Wohnzimmer. Auch hier waren der niedrige Wohnzimmertisch und die beiden ausgeblichenen Fauteuils auffällig vom Fenster weggerückt worden. An den Druckstellen im anatolischen Teppich konnte man sehen, wo die Möbel ursprünglich gestanden hatten.

»Was zu trinken?«, fragte Schremmer. »Ach so, ich vergaß: Sie sind ja im Dienst.«

»Ich bin im Dienst, ja«, sagte Jacobi, »aber ein so freundliches Angebot schlage ich nicht aus. Einen Manhattan trocken, wenn's nicht zu viele Umstände macht.« Er ließ sich unaufgefordert in einen der Polstersessel fallen und nestelte seine Zigaretten aus der grauen Lederjacke.

»Ich bin Nichtraucher«, sagte Schremmer.

»Schön für Sie. Ich versuche schon seit Jahren aufzuhören.«

Jacobi blies bereits kleine Rauchringe in die Luft, als Schremmer zum ersten Mal grinste. Er ging zum Bücherbord, das sich über die gesamte gegenüberliegende Zimmerwand erstreckte, und drückte neben einer Brockhaus-Enzyklopädie auf einen unscheinbaren Knopf. Die dreistöckige Bücherrückenattrappe glitt zur Seite und gab den Blick auf eine gut bestückte Hausbar frei.

Eis klimperte in ein Kristallglas, Schremmer warf eine Olive dazu, goss Bourbon, Angostura und Vermouth drüber und brachte dem Besucher den Drink.

»So recht?«

Jacobi kostete. »Wunderbar. Sie trinken nichts?«

»Später. Ich hatte vorhin schon einen.«

»In Gesellschaft eines Priesters, der einen schwarzen BMW fährt?«

Schremmer bemühte sich gar nicht erst, Überraschung zu heucheln. »Und Sie kommen also geradewegs von Paul Basidius und Ruth Maybaum? Alle Achtung, Sie verlieren keine Zeit.«

Die Kummerfalten in Jacobis Gesicht vertieften sich. »Dabei ist gerade die Zeit mein Problem. Wenn Sie mir den Namen des Priesters sagen, ersparen Sie mir einige Anrufe.« Er zückte sein Notizbuch. »Die Nummer des Wagens habe ich aufgeschrieben. Sie lautet …«

»Geschenkt«, unterbrach ihn Schremmer. »Der Mann heißt Dr. Franz Behrens. Ich vermute, Sie wollen seine Adresse?«

»Wäre hilfreich.«

»Behrens wohnt im Heiligenkreuz-Spital, Großgmain, St.-Georg-Straße 1 bis 3. Das Krankenhaus wird von Gladius Dei geführt. Er ist der Leiter.«

»St. Georg war der Drachentöter. Nicht unpassend für eine Organisation wie Gladius Dei.« Jacobi trug Namen und Adresse sorgfältig in sein Notizbuch ein, während Schremmer mit einem Kugelschreiber spielte, der auf dem Wohnzimmertisch gelegen hatte.

»Sie sind nicht zufällig jener Jacobi, der voriges Jahr diesen Serienkiller aufgespürt hat? Wie hieß er doch gleich?«

»Krug. Wolfgang Krug. Ja, das war unser Referat.« Jacobi zügelte seine Ungeduld. Er spürte, dass Schremmer grundsätzlich nicht abgeneigt war, sich ihm anzuvertrauen. Die Frage war aber, *wie viel* von seinem Wissen er preisgeben würde.

»Man sagt, Sie seien bis zum Abschluss eines Falls verschlossen wie eine Auster«, tastete sich Schremmer weiter. Jacobi zuckte die Schultern. »Kommt auf den Fall an.«

Jacobi spürte, dass es sich jetzt entscheiden würde. Schremmer war der Prototyp des einsamen Wolfs, vertraute nur sich selbst. Hin und wieder, so hatten seine Kollegen herausgefunden, engagierte er Privatdetektive, die ihm zuarbeiteten. Sich mit der Polizei kurzzuschließen, hatte er bisher vermieden. Aber jetzt hatte er Angst. Ziemlich viel Angst sogar! Und wer Angst hatte, der suchte Schutz. Darin sah Jacobi seine Chance. Mit Zwang war bei Typen wie Schremmer nichts zu erreichen.

Das Schweigen dauerte an, bis Schremmer schließlich nickte. Er schien sich zu einer Entscheidung durchgerungen zu haben. »Ich werde Sie in alles einweihen«, sagte er.

»In alles?«, fragte Jacobi zweifelnd.

Schremmer nickte. »In alles. Denn ich kann mir nicht vorstellen, dass ich nur eine Minute Ruhe vor Ihnen hätte, wenn ich es nicht täte.«

Jacobi nahm einen Schluck aus dem Kristallglas. Jetzt bloß nichts überstürzen! Er ließ es langsam angehen: »Also gut. Welche Rolle spielen Ruth Maybaum und Paul Basidius in Ihrer Geschichte?«

»Sie sind Informanten, sonst nichts. Natürlich nehmen sie auch regen Anteil am Fortschritt meiner Ermittlungen, und wenn ich den entscheidenden Durchbruch geschafft habe, werden sie die Ersten sein, die davon erfahren. Für Paul ist ein solcher Fall ein tolles politisches Vehikel, und Ruths Sender wird als erster mit der Doku on air gehen – wenn sie fertig recherchiert ist.«

»Eine ziemlich symbiotische Beziehung, die Sie drei da unterhalten, oder?«

»Kann man so sehen, wenn man will.«

»Seit wann kennen Sie die beiden?«

»Paul hat mir Ruth vor einigen Monaten vorgestellt. Ihn selbst kenne ich schon seit der Schulzeit. Er hat mir einmal sehr geholfen, als es mir dreckig ging.«

Das muss wohl vor deinem Bestseller über die geheimen Atommülltransporte gewesen sein, dachte Jacobi. »Alpenstrahlen« war der Titel des Buches gewesen.

»Und weiter …?«, begann Jacobi, verstummte aber wieder.

»Ich weiß, Sie sitzen auf Nadeln.« Schremmer grinste. »Würde mir an Ihrer Stelle genauso gehen. Aber diese Geschichte lässt sich nicht in einer Minute erzählen. Ich hole uns noch einen Drink.«

Er ging wieder zur Hausbar und gab Jacobi damit die Gelegenheit, eine Wanze an der Unterseite des Wohnzimmertisches zu platzieren. »Sagt Ihnen die Bezeichnung ›Sökos‹ etwas?«, fragte Schremmer über die Schulter, während er sich den Drinks widmete.

»Nein, nie gehört«, sagte Jacobi wahrheitsgemäß. »Eine politische Gruppierung?«

»Vielleicht. Jedenfalls sind das die Leute, nach denen wir beide suchen. Sökos steht als Abkürzung für Sozialökonomen. Ein Zynismus, der nicht mehr zu überbieten ist.«

Für sich selbst goss Schremmer einen einfachen Scotch ein. »Behrens meint, es handle sich um einen Geheimbund, der sich als Korrektiv unsrer überalterten Gesellschaft versteht, doch ich halte die Bezeichnung Mörderbande für angemessener. Oder wie würden Sie einen Verein bezeichnen, der es als seine vordringliche Aufgabe ansieht, alte und kranke Personen zu töten, weil sie den Staat zu viel kosten?« Er kam mit den Drinks an den Tisch zurück.

»Und woher wissen Sie das alles?«, fragte Jacobi.

Schremmer winkte ab. »Später. Reden wir erst einmal über die Ziele der Sökos. Dazu gehören auch Disziplinierung der Spaß- und Konsumgesellschaft, Austrocknung des Drogensumpfs, restriktive Zuwanderungspolitik, Kampf gegen Sozialschmarotzer und Staatsparasiten, wie sie es nennen, rigide Anhebung des Pensionsalters, Zurückdrängen der Frauen an den Herd und so weiter und so fort. Man kennt das ja.«

»Allerdings. Klingt wie das ewig wiedergekäute Vokabular der extremen Rechten. Also doch eine politische Gruppierung?«

»Vermutlich. Die Sökos haben nicht nur ähnliche Ideale und Zielvorstellungen wie Alt- und Neonazis, sie sind auch ähnlich straff organisiert. Es gibt bei ihnen Alpha-, Beta- und Gamma-Kader. Die Gamma-Leute sind fürs Grobe zuständig, werden vorwiegend aus der Rechtsextremisten- und Satanistenszene rekrutiert und treten in Dreiergrüppchen auf – so wie früher die Mordkommandos der SS. Jedes von ihnen ist auf eine spezielle Zielgruppe angesetzt, vor allem auf alleinstehende Senioren, deren Ermordung in der Regel als Haushalts-, Heimwerker-, Auto- oder Brandunfall getarnt wird. Andere Meuchler organisieren das spurlose Verschwinden von Urlaubern und Ausflüglern, und wieder andere verüben raffiniert kaschierte biochemische Attentate auf Patienten in Hospizen, Pflegeheimen und Krankenhäusern.«

»Sie meinen Attentate, die letales Organversagen zur Folge haben?«

»Sie sagen es. Die dafür zuständige Sanitätsbrigade besteht aus kaltschnäuzigen Intellektuellen, ist speziell auf Ärzte, Pflegerinnen und Zugehfrauen angesetzt und entwickelt subtile Methoden, um diese Helfershelfer gefügig zu machen. Scouts beobachten wochenlang den Personalkader eines Objekts, ehe man bestimmte Leute aufs Korn nimmt: Leute, die Drogen abzweigen, die brutal mit Schutzbefohlenen umspringen, die Hilfeleistung verweigern oder gar fahrlässig töten.«

Jacobi schüttelte den Kopf. »Nehmen Sie's mir nicht übel, aber das fress ich nicht. Dagegen sträubt sich mein ganzer gesunder Menschenverstand. Das ist doch absurd!«

Schremmer blickte vielsagend an die Decke. »Ach? Aber dass viele tausende Kranke in der Dritten Welt an gefälschten Medikamenten sterben, dagegen sträubt sich Ihr gesunder Menschenverstand wohl nicht?«

Jacobi blieb die Antwort schuldig, und Schremmer lächelte grimmig.

»Ihre Skepsis ist Ausdruck eines typisch abendländischen Selbstbetrugs: Dass etwas Derartiges bei uns nach 1945 nicht mehr möglich ist. Aber trösten Sie sich, mir ist es anfangs genauso ergangen. Vielleicht hilft es Ihnen, wenn wir die Statistik des Innenministeriums heranziehen. Etwa hundert bis zweihundert Morde werden hierzulande jährlich nicht als solche erkannt. Sagen die amtlichen Stellen, aber das ist eine verdächtig niedrige Rate. In Deutschland geht man von zweitausend Tötungsdelikten aus, die schlichtweg übersehen werden. Ärztliches Fehlverhalten befördert im selben Zeitraum beispielsweise dreimal so viele Menschen ins Jenseits. Jetzt rechnen Sie einmal hoch: Wenn die offiziellen Stellen zweihundert beziehungsweise zweitausend Morde zugeben, dürfen Sie, ohne sich dem Vorwurf der Übertreibung auszusetzen, eine wesentlich höhere Dunkelziffer annehmen. Sie dürfen nicht vergessen, dass die Sökos auch in Süddeutschland ihrem inferioren Handwerk nachgehen! Nehmen wir einmal fünfhundert Delikte als gegeben an und zählen einen Anteil aller offiziell vermissten Senioren dazu«, fuhr Schremmer fort. Jacobi hatte die statistischen Angaben nicht im Kopf, wusste aber, dass es sich um eine stattliche Zahl handelte.

»Selbstverständlich sind weder die hypothetischen fünfhundert noch alle als vermisst geltenden Senioren von den Sökos umgebracht worden«, kam Schremmer dem zu erwartenden Einwand zuvor. »Aber ein gar nicht so kleiner Prozentsatz davon. Darauf können Sie Gift nehmen, zum Beispiel das von den Sökos bevorzugte Rohypnol.«

»Das hört sich immer mehr nach einer Milchmädchenrechnung an. Gibt es denn keine Beweise?«

»Warten Sie, bis ich fertig bin. Addieren Sie erst einmal zu unsrer hypothetischen Zahl nur ein halbes Prozent aller Haushalts-, Arbeits-, Auto-, Brand- und Urlaubsunfälle von Senioren. Nicht zu vergessen die Opfer von Masseninfektionen in Pflegeheimen und ähnlichen Einrichtungen! Und schließlich noch den größten Posten: einen Bruchteil all jener Alten und Kranken, deren Ableben zwar überraschend, aber letztlich nicht wirklich unerwartet erfolgte. Zusammengenommen ergibt das abermals hunderte von Tötungsdelikten. Morde, von denen niemand weiß, die niemandem aufgefallen sind und die in keiner Statistik auftauchen! Und jetzt können Sie mir natürlich ins Gesicht sagen, was meine Hypothese doch für eine Milchmädchenrechnung ist. Und wissen Sie was? Da zucke ich mit keiner Wimper. Nicht *ich* will etwas von Ihnen, Jacobi, *Sie* wollen etwas von *mir*! Außerdem weiß ich, dass ich recht habe.«

Jacobi hob beschwichtigend die Arme. »Bitte, regen Sie sich wieder ab. Wäre ich zu Ihnen gekommen, wenn ich glauben würde, an der Sache sei nichts dran? Aber seien wir mal ehrlich: Die Dimensionen, die Sie gerade aufgezeigt haben, sind grotesk. Natürlich rechnet jeder Staat pro anno mit einer mehr oder weniger hohen Dunkelziffer an nicht entdeckten Morden, geht dabei aber hauptsächlich von Einzeltätern aus.«

»Logischerweise. Über siebzig Prozent dieser Tötungsdelikte finden im engeren Familien- oder Bekanntenkreis statt.«

»Sie sagen es. Ihre Theorie hingegen unterstellt einen gezielten und organisierten Massenmord an einer bestimmten Bevölkerungsgruppe. Da werden leise Zweifel doch wohl erlaubt sein. Wie sollte ein derartiger Gerontozid jahrelang unentdeckt geblieben sein? Das ist schlichtweg nicht vorstellbar. Die Behörden hätten doch längst Hinweise aus der Bevölkerung erhalten.«

»Haben sie auch, Jacobi. Haben sie. Aber immer nur zum *Einzelfall.* Woran soll denn auch ein Zeuge erkennen, dass die von ihm zufällig beobachtete oder entdeckte Tat Teil eines Massenexekutionsprogramms ist? Auf so eine Idee kommt doch niemand. Kein Zeuge, kein Gendarm, kein Journalist, niemand! Und schon gar nicht bei uns, die wir doch den einschlägigen historischen Ballast mit uns herumschleppen. Den Gedanken, solch eine Bestialität könnte sich auf die eine oder andere Art wiederholen, schiebt jeder möglichst weit von sich. Und genau darin sehen die Sökos ihre Chance. Sie üben ihr inferiores Handwerk äußerst diskret aus. Immer nach dem Motto: ›Lieb Vaterland, magst ruhig sein!‹ Wenn es die Situation erfordert, ziehen sie sich auch schon mal für einige Monate zurück – wie etwa nach dem Fall Cermak, der einigen Staub aufgewirbelt hat.«

»Sie haben den Fall mitverfolgt?«

»Natürlich, Jacobi. Und nicht nur den. Die Stärken der Sökos sind Diskretion, Koordination und Disziplin. Und ihre Bluthunde sind gut dressiert. Fallen die Lederjackenträger trotzdem einmal auf, tun sie das schlechtestenfalls als kriminelle Jugendliche, aber nie als Sökos. Verstehen Sie? Sie beschmutzen ihr eigenes Nest nicht, um den einschlägigen Jargon zu gebrauchen. Die Organisation gibt jungen Entwurzelten, was ihnen bis dahin gefehlt hat: Gemeinschaftsgefühl, Geborgenheit, eine geregelte Arbeit und dadurch materielle Sicherheit. Aber dafür besteht sie auf bedingungslose Unterwerfung und Erfüllung der verlangten Aufgaben. Und beides bekommt sie. Niemand schert aus. Dennoch hat man Sicherheitsschotten eingebaut: Gamma-Leute haben nur zu jenem Beta-Führungsoffizier Kontakt, der sie angeworben hat, und selbst den kennen sie nur unter seinem Codenamen. In der Regel kommunizieren sie ausschließlich mit gleichgestellten Gamma-Sökos, dabei dient ihnen eine Anstecknadel mit einem emaillierten schwarzen Schäferhund- oder Wolfskopf als Erkennungszeichen.«

»Sehr sinnig«, warf Jacobi ein. »Die blutige Meute eines blutigen Herrn.«

»Die Anstecknadel erfüllt aber noch eine weitere Funktion«, fuhr Schremmer fort. »Ein Beta-Mann kann so einen Gamma-Söko erkennen, ohne sich selbst als Söko outen zu müssen. Wie schon gesagt ist es den Gammas nicht gestattet, den Beta-Kader von sich aus zu kontaktieren. Order erhalten sie über Telefon oder Botendienste, ihre chiffrierten Vollzugsmeldungen schicken sie an eine Postfachadresse. Nur im Notfall dürfen sie bestimmte Nummern anrufen. Die Beta-Krisenmanager vermitteln dann nach Bedarf Ärzte, Fluchtwagen, Rückzugsquartiere – oder versorgen sie mit Geld. Apropos Notfälle: Angeblich müssen sich alle Sökos ihre Blutgruppe unter die linke Achsel tätowieren lassen.«

»Wieder eine Analogie zur SS. Die Affinität zu den Nazis ist augenscheinlich, zumindest was die kleinen Fische anlangt. Wer aber sind die großen? Wer sind die Alpha-Wölfe?«

»Genau das ist die Einser-Frage.«

Jacobi neigte seinen Oberkörper vor. »Noch einmal, Herr Schremmer: Warum wissen Sie so viel über diese Organisation?«

Schremmers Lippen verzogen sich. »Warum drängeln Sie so, Jacobi? Man nennt Sie zwar den Terrier, aber sagt man Ihnen nicht auch nach, Sie hätten die Geduld einer Katze? Davon merke ich leider nichts.«

»Sie haben vorhin gesagt, Sie würden mich in alles einweihen. Ich drängle deshalb, weil Sie sich wie eine Primadonna zieren.«

Schremmer drehte das Whiskyglas mal in die eine, mal in die andere Richtung. »Also gut: Ich weiß diese Dinge, weil ich endlich einen kleinen Fisch an der Angel habe. In drei Jahren mühevoller Kleinarbeit habe ich einen Berg von Indizien zusammengetragen, aber letztlich drohte alles wegen eines entscheidenden Details zu platzen: Es war mir nicht gelungen, einen einzigen stichhaltigen Beweis für die Existenz der Sökos zu erbringen. Ich wusste, dass es sie gab, stand aber trotzdem mit leeren Händen da. Bis vor drei Wochen. Da wandte sich ein an HIV-1 erkrankter Student an Pater Behrens und gestand ihm, ein Söko zu sein. Sie können erraten, warum?«

»Hm, möglicherweise hat sich seine Einstellung zum Wert des Lebens geändert.«

»Sie sagen es. Von Bruno Grabowsky haben wir erstmals etwas Greifbares über die Sökos erfahren. Wir kennen jetzt Namen, Ziel und Struktur der Organisation.«

»Das bringt uns zum Ausgangspunkt zurück. Ich brauche die Adresse von Grabowsky«, sagte Jacobi und blickte dabei vielsagend zu einem altertümlichen Telefon auf dem Schreibtisch.

Schremmer schnaufte. »Mann, haben Sie's eilig! Aber gut: Er wohnt in Lehen, Gaswerkgasse 19a. Ihre Eile könnte ich auch als Mangel an Vertrauen auslegen.«

Jacobi hob beschwichtigend die Hände. »Kein Mangel an Vertrauen, nur dringend gebotene Vorsichtsmaßnahme. Sollte Behrens oder Ihnen etwas passieren, muss ich mir doch wenigstens Grabowsky sichern.«

»Wie tröstlich für Franz und mich. Aber leider ist Grabowsky mindestens genauso gefährdet wie wir beide.«

Jacobi schüttelte den Kopf. »Eigentlich dürfte er für seine Kumpane keine Bedrohung darstellen. An uns Kiberer kann er sich nicht wenden. Es sei denn, er will den kümmerlichen Rest seines Lebens im Gefängnisspital verbringen. Nichts kettet stärker aneinander als gemeinsam begangene Verbrechen, und ein Grabowsky, der sich mit dem Tod vor Augen in seiner Gewissensnot an einen Priester wendet, ist für solche Barbaren erst recht zu abstrakt.«

»Unterschätzen Sie die Sökos nicht, Jacobi! Sie würden den alten bourgeoisen Fehler machen, Barbarei mit Dummheit gleichzusetzen. Man hat Grabowsky vor wenigen Tagen in häusliche Pflege entlassen, und dreimal dürfen Sie raten, wer diese Pflege übernimmt. Er wird von Sökos überwacht, da geh ich jede Wette ein.«

Jacobi fluchte gotteslästerlich. »Und warum sagen Sie das erst jetzt?« Er sprang auf, stürzte zum Telefon und wählte eine Nummer. »Hans? – Ja, ich bin's. Hör zu: Bruno Grabowsky, an HIV-1 erkrankt, wohnhaft in Lehen, Gaswerkgasse 19a, ist sofort in Schutzhaft zu nehmen. Sofort! Aber passt auf! Er könnte von jugendlichen Mördern überwacht werden. Kriegen sie euch spitz, töten sie ihn. Ich brauche diesen Zeugen, hörst du? Und benachrichtige das MEK! Lenz soll das übernehmen.« Er legte auf.

»Und wie wird das jetzt ablaufen?«, fragte Schremmer. »Werden Sie auch mich überwachen lassen?«

Drauf kannst du deinen Arsch verwetten, dachte Jacobi, sagte aber: »Nur wenn Sie's ausdrücklich wünschen. Wie schätzen Sie denn Ihr persönliches Risiko ein? Wissen oder ahnen die Sökos etwas von Ihren Recherchen?«

»Will's nicht hoffen, aber auszuschließen ist es nicht. Wer sich mit Profis einlässt, sollte immer auf alles gefasst sein.«

Jacobis Stirn legte sich erneut in sehenswerte Kummerfalten. »Wem sagen Sie das?« Aber er bereute die ironische Zweideutigkeit schon, während sie ihm noch entschlüpfte. Nicht nur die Sökos, auch den Amateur Schremmer durfte man nicht unterschätzen.

»Wie steht's nun mit dem Einblick in Ihre Recherchen?«, versuchte er es im dritten Anlauf, und Schremmer zierte sich nicht länger. Er ging zum Schreibtisch und entnahm der obersten Lade einen umfangreichen Schnellhefter und eine Diskette.

»Hab ich erst vorhin ausgedruckt. Ist also auf dem neuesten Stand. Die Originaldiskette liegt in einem Bankschließfach.«

Jacobi hatte sich vom Fauteuil erhoben. »Vielen Dank.« Er nahm Mappe und Diskette entgegen, als handle es sich um sakrale Gegenstände. Doch kaum hielt er sie in Händen, setzte er sich auch schon wieder und fragte: »Wie haben Sie die entscheidenden Infos eigentlich erhalten? Von Grabowsky persönlich oder auf dem Umweg über Pater Behrens?«

Man konnte es Schremmer ansehen, dass er geglaubt hatte, Jacobis Besuch fände mit der Übergabe des Dossiers das erhoffte Ende. Seufzend nahm auch er wieder Platz.

»Ich habe nur mit Behrens gesprochen.«

»Telefoniert?«

»Nein, *face to face*.«

»Wann und wo?« Jacobi sah angelegentlich zum Fenster hinaus, spürte aber, dass Schremmers Widerstand gegen seine Art, zu fragen, wuchs.

»Vor drei Wochen im Heiligenkreuz-Spital. Das sagte ich Ihnen bereits.«

»Nein, Sie sagten nur, Grabowsky habe sich Pater Behrens anvertraut. Nicht, wann und wie *Sie* an die Infos gekommen sind.«

»Es war einen Tag nach dem Gespräch zwischen Grabowsky und Behrens. Am letzten Dienstag vor vierzehn Tagen.«

»Schon irgendwie seltsam, nicht? Grabowsky wendet sich ausgerechnet an den Klinikleiter von Gladius Dei, um sein Gewissen zu erleichtern? Hätte er nicht auch einen gewöhnlichen Ordensbruder aufsuchen können?«

»Nein. Abgesehen von einem sehr betagten pensionierten Pfarrer ist Behrens der einzige Priester im Krankenhaus. Gladius Dei ist übrigens eine Kongregation, kein Orden, also ist Behrens auch kein Ordensbruder. Und drittens finde ich es ganz und gar nicht seltsam, dass Grabowsky sich an Behrens gewandt hat. Als er eingeliefert wurde, pfiff er gesundheitlich bereits aus dem letzten Loch. Er konnte nicht mehr damit rechnen, dass die Ärzte ihn noch einmal stabilisieren würden.«

»Okay. Dann verraten Sie mir aber noch eines: Warum hat sich Behrens an Sie und nicht an uns gewandt?«

»Grabowsky hat ihm vor seiner Beichte das Versprechen abgenommen, die Polizei außen vor zu lassen.«

»Aber wenn es sich bei dem Gespräch tatsächlich um eine echte Beichte gehandelt hat, dann war das Versprechen doch überflüssig. Als Beichtvater hätte Behrens ohnehin mit niemandem darüber reden dürfen. Auch nicht mit Ihnen.«

»Ich habe keine Ahnung, ob es sich um eine Beichte im sakramentalen Sinn gehandelt hat.«

»Das sind doch alles Haarspaltereien. Wenn Behrens schon einen Dritten eingeweiht hat, hätte er sich auch an uns wenden können.«

»Eben deshalb hat er *mich* angerufen. Er wusste, dass ich die Polizei nicht hinzuziehen würde. Jedenfalls nicht freiwillig. Und darüber hinaus war ihm bekannt, woran ich arbeitete. Auch er ist wie Paul Basidius ein Jugendfreund und hilft mir, wenn sich die Gelegenheit dazu bietet.«

»Schön für Sie, so viele Freunde zu haben. Was für ein Mensch ist Behrens denn so?«

Schremmer dachte eine Spur zu lang nach, ehe er antwortete. »In erster Linie ist er Priester und Mitglied seiner Kongregation. Lebt streng nach deren Regeln und geht ganz in seiner Arbeit für das Heiligenkreuz-Spital auf. Erst danach ist er Manager und Geschäftsmann. Aber auch darin ist er sehr gut.«

»Sie sagten, er hilft Ihnen, wenn sich die Gelegenheit dazu bietet: Das hört sich an, als käme er damit irgendwelchen Verpflichtungen nach.«

Schremmer stieß geräuschvoll Luft durch die leicht geöffneten Lippen aus. »Sie hören wirklich das Gras wachsen, Jacobi, aber Behrens ist außer seiner Kongregation niemandem verpflichtet und hat sicher eine weißere Weste als wir beide.«

»Er ist also integer wie das sprichwörtliche neugeborene Lamm?«, provozierte Jacobi weiter. Schremmer neigte sich wie ein kampfbereiter Sumoringer vor.

»Ja. Das ist er. Wollen Sie es schriftlich?«

Jacobi legte die Fingerspitzen aneinander. »Gut. Vielleicht ist er das wirklich, aber wie steht's mit seinem Umfeld? Sie erwähnten vorhin, die Sökos würden sich auch ans Personal von Krankenhäusern und Pflegeheimen ranmachen. Mal angenommen, das HKS wäre so eine Anstalt, und nehmen wir weiter an, dass Behrens durch Grabowskys Eröffnungen verschiedene Vorkommnisse in seinem Verantwortungsbereich plötzlich in einem neuen Licht sieht. Damit würde der Ruf der Anstalt auf dem Spiel stehen. Was also tun? An die Kripo kann er sich nicht wenden, also ruft er in der Not seinen diskreten Freund Kurt an.«

Schremmer lachte laut auf. Der Gefühlsausbruch klang echt.

»Hin und wieder wirft man ja der Kripo vor, es mangle ihr an Phantasie, aber den Vorwurf kann man Ihnen bestimmt nicht machen, Jacobi! Sie stechen jeden Märchenerzähler mit Leichtigkeit aus. Aber warum verbeißen Sie sich ausgerechnet in Behrens? Lesen Sie doch erst mal meine Aufzeichnungen, und dann reden wir weiter.«

Jacobis Mienenspiel war bemerkenswert. In ihm zeichneten sich bodenlose Scham und tiefste Schwermut ab. »Herr Schremmer, ich kann es nur noch einmal betonen: Ich weiß Ihr Entgegenkommen wirklich zu schätzen.« Er deutete auf den vor ihm liegenden Schnellhefter. »Trotzdem sollten wir die Kirche im Dorf lassen. Dem Volumen nach zu schließen, enthält die Mappe eine umfangreiche Bestandsaufnahme von Verbrechen.«

»Verbrechen, die von den Sökos begangen wurden.« Schremmer zerbiss die Worte wie Nüsse.

»Okay. Aber höchstwahrscheinlich enthält sie keine Hinweise auf die Drahtzieher. Sie selbst haben betont, Grabowsky sei die erste heiße Spur gewesen, und diese beginnt nun einmal im HKS. Daran kommen wir nicht vorbei. Warum war Behrens vorhin bei Ihnen?«

Hatte Jacobi geglaubt, den Journalisten mit der Frage in Verlegenheit bringen zu können, so sah er sich getäuscht. Schremmer schüttelte über seine Borniertheit nur nachsichtig den Kopf.

»Gestern hat mich Ruth Maybaum angerufen.« Er sprach langsam und prononciert, als sei das bei einem so begriffsstutzigen Gast wie Jacobi eine Notwendigkeit. »Ihre Freundin Sarah Feldbach hatte sie gebeten, einem Kriminalbeamten einen richtungsweisenden Tipp zu geben. Ich sagte, dass mir so ein Vorgehen sehr ungelegen käme. Ich stünde kurz vor dem Abschluss meiner Recherchen, kurz vor dem Durchbruch. Aber sie ließ nicht locker. Behauptete, Basidius sei auch dafür, die Behörden einzuschalten, und wir – damit meinte sie uns drei – würden uns schon zu lange in einer juristischen Grauzone bewegen. Da wusste ich, woher der Wind wehte, und entschied mich schließlich fürs kleinere Übel: für Sie, Jacobi.«

»Verbindlichsten Dank.«

»Ich rief Behrens an«, fuhr Schremmer fort, »da er auf die veränderte Situation vorbereitet werden musste. Natürlich bekam er Angst, fürchtete um den Ruf der Klinik. Aber nicht aus den Gründen, die *Sie* ihm unterstellen! Auch jemand mit weniger Phantasie kann sich ausmalen, was passiert, wenn ein Krankenhaus in den Sog eines Medienhypes gerät. Schon der leiseste Hauch eines Verdachts gegen das Personal hätte katastrophale Folgen. Das HKS könnte zusperren, vom irreparablen Imageschaden für Gladius Dei gar nicht zu reden. Deshalb besuchte mich Behrens heute. Wir kamen überein, seinen Namen unerwähnt zu lassen, weil er für die Behörden ohnehin uninteressant ist. Aber nun haben sich die Dinge ja leider anders entwickelt.«

»Ja, das haben sie.«

***

Kaum saß Jacobi wieder im Wagen, rief er sein Büro an. »Melanie? – Gib mir bitte Hans! – Hans? – Habt ihr Grabowsky? – Was heißt, das MEK kann nicht zaubern? Sind sie wenigstens vor Ort? – Na, Gott sei Dank! – Jetzt quengle bloß nicht wegen dieser blöden Abhörgenehmigung rum, die kriegt ihr schon noch von der Zehentner. – Wie bitte? Sie kann ›Gefahr im Verzug‹ nicht mehr hören? Dann lasst euch eben was anderes einfallen! Sag ihr, Schremmer hält Beweismaterial zum Fall Cermak zurück. Beweismaterial, das dem Fall eine völlig neue Dimension geben wird. – Nein, das ist kein lauwarmer Bluff! Morgen bekommt sie ein Dossier über unaufgeklärte Morde an Senioren, bei dessen Lektüre es ihr die Fußnägel aufrollen wird. Leider hat mir Schremmer wesentliche Infos vorenthalten. Und frag mich jetzt nicht, warum ich das weiß, ohne sein Dossier gelesen zu haben! Das spür ich im Urin, du Reisgänger. Jedenfalls hören wir ihn ab, klar? – Ich fahr jetzt in die Gaswerkgasse und dann nach Hause. Auch ein Kiberer ist ein Mensch, und laut UNO-Charta hat jeder Mensch ein Recht auf Erholung und Freizeit.«

Er legte auf, knallte das Blaulicht auf das Dach des Quattro und gab Gas. In der üblichen Jacobi'schen Rallye-Manier raste er durch Vogelweiderstraße, Sterneckstraße, Gabelsberger Straße, Nelböck-Viadukt, Saint-Julien-Straße, über die Lehener Brücke und durch die Ignaz-Harrer-Straße, bis er schließlich vor dem Haus 19 der Gaswerkgasse hielt. Trotz dichten Verkehrs hatte die Fahrt nur Minuten gedauert.

Er hätte sich den Parforceritt sparen können. Das MEK hatte den Einsatz bereits erfolgreich beendet. Ohne Schüsse, ohne Verwundete. Die übliche Qualitätsarbeit Redls, dessen Zug auf derartige Einsätze mit einem Minimalaufgebot an Leuten spezialisiert war. Nicht zuletzt deshalb standen nur wenige Gaffer vor der Mietskaserne. Die drei Festgenommenen, Grabowsky war einer von ihnen, saßen zum Abtransport bereit in den Einsatzwagen. Man hatte nur noch auf ihn, Jacobi, gewartet.

Er stieg aus. Leutnant Lorenz Redl kam ihm entgegen und berichtete in knorrigem Pinzgauer Dialekt, dass der Einsatz ein Kinderspiel gewesen sei. Man habe Grabowsky allein in der Zweizimmerwohnung angetroffen, schwach und entkräftet im Bett liegend. Wenig später seien seine beiden Betreuer von einem Drink im Lokal um die Ecke zurückgekehrt, und der Zugriff sei erfolgt, als sie nichts ahnend die Wohnungstür aufschlossen.

Jacobi bemerkte, dass eine der festgenommenen Personen eine junge Frau war. Bisher war er davon ausgegangen, dass die Sökos ein reiner Männerbund waren.

Grabowsky sah erbarmungswürdig aus. Der Tod blickte ihm bereits aus den Augen. Seinen Papieren nach war der Kfz-Mechaniker und Mechatronikstudent achtunddreißig Jahre alt, aber Jacobi hätte ihn für einen ausgepowerten Fünfzigjährigen gehalten. Redl erriet seine Gedanken: »Wenn der nicht freiwillig auspackt: Hart rannehmen könnt ihr den nicht.«

»Wird nicht nötig sein. Was er uns an Infos liefern kann, wissen wir zum Teil bereits. Ich habe schon ausführliches Material erhalten. Grabowsky ist nur als Zeuge wichtig. Übrigens muss dir der Kerl nicht leidtun. Der hat mehr auf dem Kerbholz, als er jemals abbüßen kann. Schafft ihn ins Krankenrevier der VZA und lasst ihn rund um die Uhr bewachen. Wahrscheinlich wird man versuchen, ihn aus dem Verkehr zu ziehen. Wir nehmen ihn uns morgen vor.«

Redls Augenbrauen zogen sich zusammen. »Du rechnest mit einem Anschlag in der VZA? So wichtig ist der Mann?«

Jacobi zuckte mit den Schultern. »Jedenfalls glauben die Leute, die ihm ans Leder wollen, er sei wichtig für uns. Habt ihr übrigens fein hingekriegt, die Aktion. Zigarette?«

Redl war Nichtraucher, grinste aber trotzdem geschmeichelt. Irgendwann hatte sich die Chiffre für persönliche Wertschätzung zwischen ihnen beiden etabliert.

***

Jacobi startete den Wagen, als das Autotelefon zu läuten begann.

»Was gibt's, Hans?«

»Na, was wohl? Gleich nachdem du Schremmers Haus verlassen hattest, hat er mit einem gewissen Behrens telefoniert. Willst du's hören?«

»No na!« Jacobi steckte sich den Kopfhörer ins Ohr, fuhr los und schaltete wieder auf Rekorderbetrieb.

»Heiligenkreuz-Spital, Behrens.«

»Ich bin's – Kurt. Dieser Gendarmeriehauptmann Jacobi war eben bei mir. Leider hat er dich wegfahren sehen und sich dein Autokennzeichen notiert. Weiß der Teufel, warum. Er hat mich nach deinem Namen und deiner Adresse gefragt ...«

»Du ... du hast Sie ihm doch nicht etwa gegeben?«

»Was hätte ich denn tun sollen? Eine Weigerung hätte ihn noch misstrauischer gemacht, als er ohnehin schon war. Es hätte einen einzigen Anruf gebraucht, und in zwei Minuten hätten ihm seine Leute deinen Namen und deine Adresse durchgegeben.«

»Bist du verrückt?« Behrens war total aus dem Häuschen. »Wir hatten doch ausgemacht, du hältst mich unter allen Umständen da raus! Kannst du dir die Schlagzeilen ausmalen, wenn die Kripo unser Spital auf den Kopf stellt?«

»Die Angst scheint dir wirklich das Gehirn zu vernebeln. Was hast du denn zu befürchten? Übrigens solltest du dir überlegen, was du sagst! Möglicherweise wird mein Telefon schon angezapft. Jacobi hat nicht den Eindruck gemacht, als würde er so etwas auf die lange Bank schieben. Nachdem Ruth mich gebeten hatte, ihm Einblick in mein Material zu geben, hatte ich doch keine Wahl mehr. Ich musste ihm das Dossier überlassen – zusammen mit dem Gedächtnisprotokoll, das du über dein Gespräch mit Grabowsky angelegt hast. Aber zur Panik besteht kein Grund«, fuhr er fort. »Jacobi ist dafür bekannt, die Medien kurzzuhalten, solange er nicht weiß, wie der Hase läuft. Darin ist er mir sehr ähnlich. Ich denke, er wird diskret ermitteln und die Öffentlichkeit erst dann informieren, wenn er den Kopf der Sökos kennt. Alles andere wäre unlogisch. Eine Hoppla-jetzt-komm-ich-Nummer zieht der bestimmt nicht ab. Damit würde er die Sökos-Führung nur warnen. An eurem Haus ist der Kelch der Seniorenmorde bisher ohnehin vorübergegangen, also was soll's? Und wenn es zu gegebener Zeit zum medialen Großreinemachen kommt, dann wird das HKS als unwichtiger Nebenschauplatz mit ein paar Kratzern davonkommen.«

»Mit ein paar Kratzern? Du hast wirklich das Gemüt eines Rossmetzgers. Sollte man nicht vielleicht doch intervenieren? Schließlich steht der Ruf von Gladius Dei auf dem Spiel. Die ›Neue‹ und andere linke Medien würden uns nur allzu gern was am Zeug flicken.«

»Du wiederholst dich. Und an Intervention solltest du nicht einmal denken, sonst passiert genau das, was du vermeiden willst: Jacobi wird an die Kandare genommen oder gleich vom Fall abgezogen. Und dann werden die Medien erst recht aufmerksam. Dieser kleine Terrier ist nämlich nicht der Typ, der sich mit einem Maulkorb im Zaum halten lässt. Aber noch ehe *er* daran denkt, sich an die Medien zu wenden, hätte das Basidius in diesem Fall längst vor ihm getan. Oder glaubst du im Ernst, Paul ließe sich die Sökos von irgendjemandem wegschnappen? Und schon wieder stehst du samt deinem Spital im Brennpunkt des allgemeinen Interesses. So rechts kann die ›K. u. K.‹ gar nicht stehen, dass sie sich einem solchen Hype verweigern würde.«

»Was soll ich deiner Meinung nach also tun?«

»Jacobi wird dich über Grabowsky ausfragen. Sag ihm einfach alles, was für seine Ermittlungen von Bedeutung sein könnte. Wir haben das ja vorhin erörtert.«

»Und sonst?«

»Was sonst?«, fragte Schremmer scharf.

»Ach, nichts, vergiss es!«

»Genau das will ich dir auch geraten haben. Wenigstens bis auf Weiteres.«

Nach dieser Empfehlung hatte Schremmer aufgelegt. Jacobi war mit dem Gehörten nicht unzufrieden. Längst war er am Parkplatz Franz-Josef-Kai angekommen. Er stieg aus, ging die paar Meter zu Fanni Huts Würstlstand am Makartsteg zu Fuß und gönnte sich eine Portion Bosna extrascharf und ein Pils, bevor er endlich nach Hause fuhr.

***

Zurzeit lebte er allein in der großen Dachterrassenwohnung in einem Altbau am Ignaz-Rieder-Kai. Die wertvolle Immobilie hatte er von seinen wohlhabenden, aber früh verstorbenen Eltern geerbt. Der Vater war Anwalt und Wirtschaftstreuhänder gewesen, die Mutter Kinderärztin. Jacobi, ihr einziger Sohn, hatte unbedingt Kriminalbeamter werden wollen und diesen Beruf gegen ihren Willen ergriffen. Erst vor Kurzem war seine Ehe mit der lebenslustigen Werbegrafikerin Maruschka Todt geschieden worden. Ihre Auffassung von partnerschaftlicher Loyalität hatte sich von der seinen grundlegend unterschieden. Schon Monate vor der Scheidung war sie mit Tochter Nadine ausgezogen und wohnte jetzt in einem Gemeindebau in Wals. Nadine war inzwischen sieben Jahre alt und pendelte in unregelmäßigen Intervallen zwischen ihrer Mom und ihrem Paps hin und her.

Jacobi hatte noch immer daran zu knabbern, dass seine Kleinfamilie zerbrochen war, doch davon abgesehen fühlte er sich in seinem Heim auch allein recht wohl. Nicht nur, weil er Kindheit und Jugend hier verbracht hatte, sondern weil er sich auch bemüht hatte, das Penthouse instand zu halten. Mit der fachkundigen Hilfe von Freund Hans Weider war ihm das respektabel gelungen.

Die mannshohen Fenster und die doppelflügeligen Terrassentüren ließen viel Licht in die hohen Räume und nahmen dem neoklassizistischen Mahagonimobiliar die Strenge. Die Buchenholzparkettböden und die grünlich weißen Zimmerdecken hellten zusätzlich auf. Im Gegensatz zu den übrigen Zimmern war die Küche modern eingerichtet und in zeitlosem Schwarz-Weiß gehalten, was der Höhe und Weitläufigkeit des Raumes entgegenkam.

Jacobi setzte sich eine Kanne Tee auf und ging damit ins Herrenzimmer hinüber, in dem er sich am liebsten aufhielt. Die mächtigen Schränke und Bücherborde, der imposante Kamin, die schwere Sitzgarnitur aus Büffelleder und der Billardtisch gaben dem Raum seine besondere Note, ebenso die allgegenwärtigen Messingaccessoires: Stehlampen, Kandelaber, Beschläge, Halterungen – alles aus Messing. Jacobi stand zu seinem Mahagoni-Messing-Tick, obwohl er den Raum nach der Trennung von Maruschka einige Monate lang nicht mehr betreten hatte. Doch die Zeit relativierte selbst die traumatischen Erinnerungen eines gehörnten Ehemanns.

Ehe er es sich in seinem geliebten Ohrensessel vor dem Kamin bequem machte, rief er noch Vogt an und informierte ihn über den Ermittlungsstand, als ob es kein Dienstgeheimnis gäbe. Vogt war sichtlich perplex, wie rasch sich nach dem Ereignis am See der Verdacht auf organisierten Seniorenmord verdichtet hatte. Doch bei aller Betroffenheit vergaß er nicht, seinem ehemaligen Protegé zum Fortschritt der Ermittlungen zu gratulieren.

»Es ist auch dein Erfolg«, relativierte Jacobi. »Grüß mir Frau Feldbach und richte ihr noch einmal meinen aufrichtigen Dank aus. Hätte sie das Treffen mit Ruth Maybaum und Basidius nicht vermittelt, dann würden wir jetzt nicht so weit sein.«

»Ich werd's ihr sagen. Ein gut gemeinter Rat noch: Geh vorsichtig mit den Leuten von Gladius Dei um. Ich kenn die Brüder. Verfügen über beste Beziehungen. Ein Fingerschnippen von ihnen, und schon bist du diesen Jahrhundertfall los. Und behalte auch Schremmer im Auge! Er ist bekannt dafür, Behörden an der Nase herumzuführen. Nichts spornt ihn mehr an, als mit Kiberern in den Wettstreit zu treten. Hat fast immer ein allerletztes Ass im Ärmel. Also, bis später! Servus!«

»Servus!«

Während des Gesprächs hatte ein anderer Anrufer angeklopft: Es war Weider.

»Sag mal, hast du neben Melanie noch was am Laufen? Dein Telefon ist ja dauernd besetzt.«

»Jetzt red bloß keinen Stuss! Außerdem hättest du's übern zweiten Hausanschluss probieren können. Was gibt's denn so Dringendes?«

»Schremmer ist eben angerufen worden. Die Person hat durch einen Verzerrer gesprochen, unsre Tontechniker werden die Originalstimme rekonstruieren, aber das kann dauern. Es war nur ein kurzes Gespräch, trotzdem hatten wir mit der Fangschaltung Erfolg. Der Ruf ging von einer öffentlichen Telefonzelle aus, die am Grünmarkt steht.«

»Super! Dann haben wir den Anrufer ja gleich.«

»Spar dir deine Süffisanz und hör dir an, was wir haben.« Er schaltete das Gespräch zu.

»Schremmer.«

»Sind Sie allein?«, fragte die verfremdete Diskantstimme. »Ich hätte wichtige Informationen für Sie, kann aber auch später anrufen, falls es Ihnen –«

»Ich *bin* allein. Also, wer sind Sie, und worum geht es?«

»Mein Name tut nichts zur Sache. Die Infos betreffen die Sökos. Ich nehme an, Sie sind interessiert?«

Die Antwort ließ auf sich warten. Jacobi war klar, warum. Der Anrufer konnte nur ein Insider sein, da ihm das Kürzel Sökos geläufig war. Das bedeutete in der Schlussfolgerung, dass die Sökos über Schremmer Bescheid wussten. Diese Erkenntnis konnte den Journalisten nicht kaltlassen.

»Kommt darauf an, was Sie zu bieten haben«, sagte er schließlich zurückhaltend.

»Vor zwei Stunden wurde ein Sökos-Mitglied verhaftet. Ich nehme an, das geht auf Ihre Kappe?«

»Wollen Sie mir drohen?«

»Im Gegenteil. Mit Grabowsky können die Kiberer eh nicht viel anfangen. Wen sollte der schon verraten?«

Schremmer schien zu begreifen. »Heißt das, Sie könnten umfassendere Infos liefern als Grabowsky?«

»Jetzt kommen wir der Sache schon näher. Ich kenne einen Mann, von dem ich mit Bestimmtheit weiß, dass er ein Beta-Führer ist.«

»Und warum sollten Sie mir seinen Namen verraten? Sie gehören doch selbst zu den Sökos.«

»Vielleicht. Aber selbst wenn, dann nicht mehr lange. Ich möchte mich verändern, aber so eine Luftveränderung kostet. Sie verstehen?«

»Ich verstehe. Wie viel wollen Sie für den Namen?«

»Hunderttausend Schilling.«

»Hunderttausend? Schon ein bisschen happig für eine Info ohne Echtheitszertifikat.«

»Aber der Mann kennt den Alpha-Führer, so viel ist sicher. Außerdem: Was sind schon hunderttausend für Sie? Mit dem Knüller über die Sökos werden Sie doch ein Vielfaches von dem abschöpfen.«

»Trotzdem werde ich ohne nähere Angaben eine solche Summe nicht lockermachen.«

»Sagt Ihnen der Name Marlene etwas? Der Beta-Mann hatte die diesbezüglichen Anordnungen gegeben.«

»Die Aktion hat aber nicht geklappt.«

»Spielt das für unseren Deal eine Rolle? Kommen Sie morgen um einundzwanzig Uhr auf den Lagerplatz hinter dem Friedhof, auf dem Ihr Großvater mütterlicherseits begraben liegt. Keine Polizei! Muss ich wohl nicht extra betonen, oder?«

»Und wer garantiert mir, dass dieses Treffen keine Falle ist?«

»Niemand. Entweder Sie kommen, oder Sie lassen es bleiben. Sie entscheiden.«

»Fünfzigtausend. Und Sie erzählen mir jetzt noch etwas, woraus ich schließen kann, dass Sie wirklich mehr wissen als Grabowsky.«

Eine Zeit lang war nichts zu hören. »Also gut«, sagte der anonyme Anrufer dann endlich. »Der Beta-Mann, von dem hier die Rede ist, arbeitet in einer Firma, die ihre Wurzeln im alten Ägypten hat.« Dann war die Verbindung unterbrochen.

»Und, was sagst du nun dazu?«, fragte Weider aufgeregt.

»Ich sage dazu: Findet raus, wo Schremmers Großvater begraben liegt. Alles Übrige morgen um acht im Büro. Sei mir nicht bös, Hans, aber ich muss noch Schremmers Dossier lesen. Also, gute Nacht!« Jacobi legte auf.

Nachdem er im Kamin Feuer gemacht hatte, schob er den stummen Diener mit dem Teeservice an den Ohrensessel heran. Auf Alkohol verzichtete er bewusst, schließlich wollte er noch an die fünfzig Seiten lesen.

Einige der im Dossier angeführten Fälle weckten in ihm Erinnerungen. Es handelte sich um unaufgeklärte Raubmorde an alleinstehenden älteren Personen. Delikte, die in Salzburg, in angrenzenden Bundesländern und in Oberbayern verübt worden waren. Ähnliche Déjà-vu-Erlebnisse bescherten ihm die Vermisstenanzeigen, die Schremmer mit dem Vermerk »Kapitalverbrechen nicht auszuschließen!« zu den Akten gelegt hatte.

Doch die meisten Namen waren in keinem Kriminalarchiv zu finden, Jacobi las sie zum ersten Mal. Unfälle und Todesfälle ohne offensichtliches Fremdverschulden. Etwa aufgrund des Untergangs des Ausflugsdampfers »Erzherzogin Sophie« auf dem Traunsee vor mehreren Jahren. Tagelang hatten die Medien damals darüber berichtet. Ein alter, überhitzter Kessel war explodiert, der ebenso alte Kahn binnen zwei Minuten voll Wasser gelaufen und gesunken. Fünf Passagiere und zwei Besatzungsmitglieder hatten schwimmend überlebt, bis Rettung vom Ufer nahte, mehr als dreißig Passagiere – durchweg Senioren – und zwei weitere Besatzungsmitglieder waren ertrunken. Der gerettete Matrose schwor Stein und Bein, er habe vom Deck des sinkenden Schiffs aus einen Taucher im Wasser gesehen. Die ermittelnden Beamten protokollierten die Aussage, sahen aber keinen kausalen Zusammenhang zum Untergang der »Erzherzogin Sophie«. Nach Meinung der Sachverständigen hatte eine Fahrlässigkeit des Maschinisten zu der Katastrophe geführt. Laut Zeugenaussagen war der Mann betrunken gewesen und hatte höchstwahrscheinlich die Überhitzung des Kessels nicht bemerkt. Da er ebenso ertrunken war, konnte die Stegreifexpertise nie durch Fakten erhärtet werden. Das Wrack ruhte noch immer am Grund des Traunsees, und zwar an dessen tiefster Stelle. Eine Bergung hätte Millionen gekostet. Klagen von Hinterbliebenen waren abgewiesen worden.

Schremmer hatte sich Kopien der Protokolle besorgt und war jedem einzelnen Hinweis nachgegangen. In einem ausrangierten Wohnwagen am Westufer des Traunsees spürte er einen Obdachlosen auf, der den Untergang des Schiffs zufällig mitverfolgt hatte. Zur fraglichen Zeit hatte er nicht nur einen, sondern gleich drei Taucher gesehen. Sie waren eine Stunde vor der Katastrophe in einem Ruderboot auf den See hinausgefahren. Einige Zeit nach der ohrenbetäubenden Explosion hatte das Boot wieder aufs Ufer zugehalten. Die Männer in den Neoprenanzügen hatten nicht einen Schiffbrüchigen an Bord, obwohl die Hilfeschreie minutenlang über den See gehallt waren, ehe sie schließlich verstummten. Als die drei am Ufer anlegten, hätten sie gelacht, berichtete der Penner entsetzt. Sie hätten gelacht, während draußen auf dem See Menschen ertranken.

Nein, er sei nicht zur Gendarmerie gegangen. Man hätte ihm, einem stadtbekannten Säufer, ohnehin nicht geglaubt. Also habe er sich den Weg erspart.

Zudem hatten Lebensmittelspenden an zwei Pflegeheime im oberösterreichischen Innviertel ein ähnliches Massensterben zur

Folge gehabt wie das Schiffsunglück auf dem Traunsee. In dem Fall war eine Salmonelleninfektion für neun betagte Heiminsassen letal verlaufen. Die Darmbakterien waren durch Tiefkühlgeflügel übertragen worden, doch Heimleitung und Kommunalpolitiker wollten keinen Wirbel um Lebensmittelspenden machen, deren Ablaufdatum überschritten gewesen war. Das Unglücksprotokoll wurde also diskret zu den Akten gelegt.

In einem weiteren Fall, gar nicht so lange her, hatte eine klassische Pilzvergiftung zum Tod von zwölf Heiminsassen geführt. Ein pensionierter Eisenbahner hatte einen Korb mit Steinpilzen in der Küche des Methusalem-Heims unweit der Stadt Braunau abgegeben. Einigen Pilzen fehlten anscheinend die Hüte, was aber bei der großen Menge nicht sonderlich aufgefallen war. Die lange Latenzzeit bei Knollenblätterpilzvergiftungen tat ein Übriges, und als die ersten Symptome, Durchfall, Erbrechen und starke Dehydration, auftraten, wurden sie nicht mit der Pilzschenkung in Zusammenhang gebracht. Der Anstaltsarzt diagnostizierte Darmgrippe. Am dritten Tag trat die trügerische kurze Phase der Besserung ein, die man den verabreichten Medikamenten zuschrieb, dann aber zeigte sich bei zwölf Betroffenen die typische Gelbsucht. Eine Rettung war nicht mehr möglich. Am fünften Tag starben alle Behandelten an Leberversagen. Erst im Nachhinein wurde Pilzvergiftung durch Fahrlässigkeit als Ursache festgestellt. Der verantwortliche Küchenchef kam trotz der vielen Todesfälle mit einer bedingten Strafe davon, und die zuständige Kriminalabteilung des LGK Oberösterreich sah keinen Grund für weitere Ermittlungen. An wen hätte man sich auch wenden sollen? An das geistig behinderte Küchenmädchen, das die Pilze geputzt und geschnitten hatte? Oder an den Rentner, der schon jahrelang für das Heim Pilze sammelte und nach dieser Tragödie psychologische Betreuung benötigte?

Schremmer hatte in beiden Fällen die Herkunft der todbringenden Lebensmittel bis zu den tatsächlichen Spendern zurückverfolgt. Es war eine mühselige, zeitaufwendige Arbeit gewesen, aber seine Hartnäckigkeit hatte sich gelohnt. Die Tiefkühlkostfirma, von der die Hühnchen-Spenden stammten, hatte in eben jenem Sommer drei Biologiestudenten als Urlaubsersatzkräfte eingestellt, deren Identität Schremmer eruieren konnte. Im Dunkeln blieb jedoch, ob sie die Hühnchen präpariert hatten, und die Frage, ob im Knollenblätterpilzfall dieselben drei Burschen am Werk gewesen waren. Fest stand, dass drei junge Leute lockeren Kontakt zu jenem Pilzsammler gepflegt und ihn wiederholt auf ein Bier eingeladen hatten. Einmal auch, als er gerade mit einem Korb voll Pilze aus dem Wald gekommen war. Der Pensionist kannte nur die Vornamen der Burschen, die jedoch nicht mit jenen der Ferienarbeiter übereinstimmten.

Ähnlich bestialisch wie in der Villa Cermak waren in einer namentlich genannten geriatrischen Klinik im Wienerwald zwei Krankenpflegerinnen und ein Arzt gegen Patienten vorgegangen. Und das jahrelang! Sie hatten die ihnen Anvertrauten so raffiniert und unauffällig zu Tode therapiert, dass sie keinen Verdacht erregt hatten. Bis Schremmer dahintergekommen war.

Mit einer Charme-Offensive hatte der Journalist einer Pflegerin einen vagen Tipp entlockt. Es hatte ihn nicht nur mehrere Dates gekostet, bis die Frau sechs Fälle von angewandter Euthanasie bestätigt hatte. Unter vier Augen, wohlgemerkt. Unter keinen Umständen wäre die Zeugin bereit gewesen, ihre Aussagen an offizieller Stelle zu wiederholen. Dazu war die Angst zu übermächtig.

Die Haushaltsunfälle wirkten ebenso unverdächtig, wie die Liste lang war. Hinter den Namen standen die offiziellen Todesursachen: etwa Gasvergiftung, Gasexplosion, tödlicher Stromstoß beim Hantieren an elektrischen Leitungen, unter Alkoholeinfluss im Bad ertrunken, ausgerutscht und das Genick gebrochen oder auf dem Nachhauseweg erfroren. Beim Fensterputzen beziehungsweise Balkonstreichen abgestürzt, mit brennender Zigarette eingeschlafen und an Rauchgasen erstickt, Tetanus infolge einer nicht beachteten Verletzung, Kreislaufzusammenbruch infolge Insektengiftallergie und so weiter und so fort.

Ebenso nüchtern hatte Schremmer Auto-, Freizeit- und Urlaubsunfälle kommentiert. Er zeichnete penibel nach, wie die Unfälle vermutlich herbeigeführt worden waren. Eine häufig angewandte Methode schien zu sein, einem Pensionisten vor der Heimfahrt so viel Alkohol aufzunötigen, dass der Promillepegel später bei der Obduktion festgestellt werden konnte.

Die Handschrift der Täter war im Nachhinein nicht leicht zu lesen, denn an drei ortsfremde junge Leute im Umfeld der Opfer konnte sich nur selten jemand erinnern, und manche Zeugenaussagen waren anzweifelbar. Sie waren ganz offensichtlich durch Suggestivfragen provoziert worden. Der Verdacht, die Beteiligung von Dreiergruppen sei für Schremmer zur fixen Idee geworden, war nicht allzu weit hergeholt. Seine Rechnung schien zu lauten: Unfalltod plus drei Unbekannte in der näheren Umgebung ist gleich Sökos-Mord.

Trotzdem beeindruckte Jacobi die umfangreiche Auflistung der getürkten Unfälle, denn den überwiegenden Teil hatte der Journalist sauber recherchiert. Mit anderen Worten: Die Indizien für die getarnten Meuchelmorde waren, wenn schon nicht erdrückend, so doch schlüssig.

Beim Aufspüren von vorgetäuschten Selbstmorden war Schremmer nicht weniger erfolgreich gewesen. Etwaigem Misstrauen von Angehörigen hatte man hierbei durch exzellent gefälschte Abschiedsbriefe vorgebeugt.

Jacobi überflog einige der in Telegrammstil verfassten Schreiben: »Ich sehe keinen Sinn mehr darin, mein Leben in trostloser Einsamkeit zu Ende zu leben.« Oder: »Wenn man sein Leben mit niemandem mehr teilen kann, wird es sinnlos.« Oder: »Fünfzig Jahre Arbeit für ein Leben auf dem Abstellgleis? Nein, danke!« und so weiter.

Die Brieftexte – jeweils ein Satz und die Unterschrift – nahmen im Dossier eine ganze Seite ein, doch nicht ein Angehöriger der vermeintlichen Selbstmörder hatte Zweifel an der Echtheit der letzten Zeilen geäußert. Schremmer verfolgte die Spur der Abschiedsbriefe und wurde in einem Atelier fündig, das einem Bilder- und Urkundenfälscher gehörte. Doch der Mann kannte seine Auftraggeber nicht, wusste nicht einmal, dass ein Großteil der Aufträge vom selben Absender stammte. Man schickte ihm stets Schriftproben und Scheck per Post, und er hinterlegte die verlangte Arbeit in einem Post- oder Bahnhofsschließfach. Natürlich ahnte er den Zweck der Briefe, glaubte, Erbberechtigte wollten den beschleunigten Abgang der Erblasser mit diesem Kniff kaschieren. Der moralische Aspekt seines Tuns schien ihn nicht im Geringsten zu stören. »Seine Haltung gleicht der eines Waffenhändlers, der zwar Waffen verkauft, aber niemanden eigenhändig umbringt«, hatte Schremmer angemerkt.

Es waren Kinder gewesen, die ihn vor etlichen Monaten auf die getürkten Selbstmorde aufmerksam gemacht hatten. Ein siebzigjähriger Pensionist und Witwer in einem Lungauer Dorf hatte sich erhängt. Nicht ungewöhnlich in Zeiten wie diesen, aber die Kinder, die ihn beinah jeden Tag in seinem herrlich verwilderten Garten besucht hatten, äußerten Zweifel am Selbstmord von Opa Callaballa. Der hatte sich doch längst damit abgefunden, seine Söhne und Töchter nur dann zu sehen, wenn sie Geld brauchten. Trotzdem war da dieser seltsame Brief: »Niemand wird mich vermissen, am allerwenigsten meine Kinder.«

Die Worte passten zur Logik der Erwachsenen, aber alles zusammen passte nicht in das Denkschema der Mauterndorfer Kinder. Warum hätte sich Opa Callaballa umbringen sollen? Er wartete jeden Tag auf den Besuch seiner fünf jungen Freunde. Sie berichteten ihm von ihrer Welt, er erzählte ihnen Witze oder lustige Anekdoten und freute sich über ihren kindlichen Humor. Nie vergaß er, Berge von Gummibären und andere Leckereien für sie bereitzuhalten. Die Eltern der argwöhnischen Kinder versuchten ihre Sprösslinge zur Räson zu bringen und ihnen den Mund zu verbieten, schließlich bekam man nur Schwierigkeiten, wenn man mit so obskuren Geschichten hausieren ging. Die »obskuren Geschichten« bezogen sich im Speziellen auf drei junge Leute in schwarzer Lederkluft. Die Kinder beharrten darauf, sie am Tag vor Callaballas unerwartetem Freitod in seinem Haus gesehen zu haben, obwohl er doch sonst nie Besuch von auswärts bekam.

Albin, einer der renitenten Sprösslinge, kannte den Journalisten persönlich, denn der *Kurtl* Schremmer kam schon seit Jahren auf den Bauernhof seines Vaters, wenn er sich für einige Tage ins Outback zurückziehen wollte. Albin erzählte ihm, was ihm Kopfzerbrechen bereitete, und fand in *Kurtl* einen willigen Zuhörer.

Wenig Erfolg hatte Schremmer hingegen bei seinen Recherchen bezüglich vermisster Senioren. Hier stellten Zeitfaktor und Abgeschiedenheit der in Frage kommenden Tatorte eine meist unüberwindliche Hürde dar. Zeugen waren Mangelware, und festzustellen, wo die Vermissten zuletzt gesehen worden waren, war faktisch unmöglich. Junge Männer in schwarzen Lederjacken? Fehlanzeige! Niemand konnte sich erinnern.

Dennoch blieb für Jacobi als Resümee: Schremmer hatte effizient ermittelt. Das musste man ihm lassen. Eine zu diesem Zweck abgestellte SOKO hätte kaum mehr Informationen zusammentragen können. Der Journalist war der geborene Tüftler, ging mit viel Intuition an den Fall heran. In den Sökos hatte er die Story seines Lebens gewittert und verfolgte ihre Spur nun entsprechend ambitioniert.

Die große Pendeluhr im Herrenzimmer schlug zwei. Jacobi fröstelte – nicht nur unter dem Eindruck des Gelesenen. Das Feuer im Kamin war erloschen. Er stand auf, um den Aschenbecher zu leeren, und schenkte sich aus der Kanne nach. Doch auch der Tee war längst kalt geworden.

Die letzten fünf Seiten im Schnellhefter wurden von einer Büroklammer zusammengehalten. Es handelte sich um das sogenannte Gedächtnisprotokoll. Angeblich von Behrens angelegt, nachdem Grabowsky auf der Schwelle zum Jenseits in seinem Beisein sein Gewissen erleichtert hatte. Allerdings wurde kein Wort darüber verloren, wie er ausgerechnet ans Heiligenkreuz-Spital und an Behrens geraten war.

Die Taten Grabowskys und seiner Spießgesellen waren akribisch aufgelistet und chronologisch geordnet worden. Ein Dutzend Morde ging allein auf Grabowskys Konto. Struktur und Organisation der Sökos waren so beschrieben, wie Schremmer es bereits getan hatte: Die Gamma-Kader kannten nur die Stimmen beziehungsweise die Codes ihrer Herren. Immerhin wusste Grabowsky, wie lange die Loge schon bestand, da er von Anfang an dabei gewesen war, zur Identität seiner Auftraggeber konnte er trotzdem nicht den geringsten sachdienlichen Hinweis geben.

SIEBEN

Punkt acht war Jacobis »Sechserpack« im Büro versammelt. Kontrollinspektor Hans Weider besorgte die Koordination im Innendienst. Er war die zentrale Anlaufstelle. Seiner Initiative verdankte die Abteilung die hypermoderne EDV-Armierung. Als Enddreißiger nutzte er die elektronischen Medien, EKIS und andere Datenspeicher souveräner als so mancher Jungspund. Außerdem war er stellvertretender Spusi-Chef, kurz: Hans Weider war das Mädchen für alles.

Abteilungsinspektor Leo Feuersang und Gruppeninspektor Max Haberstroh waren ehemalige MEK-Beamte. Sie waren Jacobis verlängerter Arm im Außendienst, seine verlässlichen Ermittler und Vernehmungsspezialisten.

Leutnant Lorenz Redl vom MEK, von seinen Freunden auch Lenz genannt, wurde von Jacobi regelmäßig zu brisanten Fällen hinzugezogen. Trotz seiner Jugend galt er bereits als mustergültiger Einsatzleiter, war aber ebenso als Personenschützer und Sprengstoffexperte gefragt. Dass er zudem noch ein exzellenter Schütze und Nahkampfspezialist war, verstand sich bei einem MEK-Mann fast von selbst. Sein Ruf als Bodyguard hatte ihm sogar den Weg nach Wien geebnet, aber der Pinzgauer wollte Salzburg nicht verlassen – teils aus privaten Gründen, teils, weil er sich im Referat »Delikte gegen Leib und Leben« schon mehr zu Hause fühlte als im eigenen Korps. Was Jacobi sagte, war für ihn das Evangelium, und wenn es darum ging, nicht akkordierte Aktionen des Chefs zu decken, so log er Kandutsch und Waschhüttl ohne Wimpernzucken ins Gesicht.

Ein Jahr jünger als er war Inspektorin Melanie Kotek, ein dunkelmähniger Männertraum mit Idealmaßen und Jacobis persönliche Assistentin. Vor ihrer Polizeikarriere hatte sie als Model und Promifotografin wesentlich besser verdient, ihre adlige Abstammung war dabei sicher nicht eben hinderlich gewesen.

Von einem Tag auf den andern hatte sie dann beschlossen, Polizeifotografin zu werden, doch ein Rest von Vernunft hatte sie davor bewahrt, ihre bis dahin ausgeübten Jobs gänzlich an den Nagel zu hängen. Mit unwiderstehlichem Charme, Hartnäckigkeit und auch ein bisschen Protektion hatte sie sodann zielstrebig ihre Aufnahme in die Kriminalabteilung des LGK Salzburg betrieben. Mittlerweile hatte die einstige Schulabbrecherin und Schickeria-Motte die Abendmatura gemacht und würde demnächst für den dreijährigen Akademielehrgang freigestellt werden. Nach dessen Abschluss stand es ihr frei, als Leutnant ans Referat 112 zurückzukehren.

Doch es war nicht nur der Job, auf den Melanie Kotek abfuhr. Sie war auch unsterblich in den fünfzehn Jahre älteren Jacobi verliebt. Alle im Referat wussten es, und so mancher Kollege hatte ihr – nicht ganz uneigennützig – schon nahegelegt, die Geschmacksverirrung doch von einem Psychiater korrigieren zu lassen.

Jacobis Trennung von Maruschka hatte dennoch nichts mit Melanie Kotek zu tun gehabt. Im Gegenteil: Nach der Scheidung vor acht Monaten war Jacobi zu Melanie eher auf Distanz gegangen. Er wollte so bald keine neue feste Bindung eingehen, und für ein Gspusi war sie ihm zu schade. Wenigstens hatte er sich das einzureden versucht, hatte dabei aber die Rechnung ohne die Wirtin gemacht.

Im Dienst kannte er keine Berührungsängste. Da verließ er sich voll auf Kotek und seine anderen vier. Sie waren loyal und einigermaßen resistent gegen den Druck von oben und außen, soweit man das überhaupt von einem Menschen sagen konnte. Nicht zufällig war das Sechserpack bei einem Durchschnittsalter von nur achtundzwanzig Jahren das effizienteste Team von Ermittlern, das jemals im Referat seinen Dienst getan hatte.

Man konnte die Spannung im Raum fast knistern hören, dennoch ließ Jacobi sich nicht drängen. In aller Ruhe holte er den Schnellhefter aus seiner speckigen Aktentasche.

»Max, kopier mir das, bitte. Für jeden ein Exemplar.« Er drückte Haberstroh das Grabowsky-Gedächtnisprotokoll in die Hand. »Gibt's noch Kaffee?«, fragte er angelegentlich, als stünde nur eine öde Bahnhofsschlägerei auf der Tagesordnung. Kotek runzelte die Stirn, ging aber kommentarlos zur Kaffeemaschine. Die Jeans umspannte ihren knackigen Hintern wie eine zweite Haut. Jacobi war nicht der Einzige, der ihr hinterhersah.

»Wie ihr wisst«, begann er endlich, »wurde die Bildung einer SOKO zum erweiterten Fall Cermak nicht genehmigt. Begründung: Die Mordanschläge auf alte Menschen häuften sich zwar, konkrete Beweise für organisierte Seniorenmorde gäbe es aber nicht. Und keine Beweise, keine SOKO. Ein so schwerwiegender, aber unbewiesener Verdacht könne nur allzu leicht zum medialen Bumerang fürs Referat werden. So weit, so schlecht. Aber die Entscheidung war auch zu erwarten gewesen. Fundierte Beweise können wir bis jetzt tatsächlich nicht beibringen, selbst das umfangreiche Dossier von Schremmer ändert nichts daran. Sehr wohl aber enthält es, was Kandutsch und Waschhüttl gestern eingefordert haben: jede Menge Indizien. Indizien für die berechtigte Annahme, dass sich der Fall Cermak zum größten Kriminalfall in unsrer jüngeren Geschichte auswachsen könnte. Eines muss man Schremmer nämlich lassen: Er scheint eine Nase für die größten Misthaufen in der Republik zu haben. Dementsprechend lang ist er bereits am Ball. Im Gegensatz zu ihm sind wir bisher an die Causa Cermak mit zu wenig Phantasie herangegangen. Wenn rauskommt, wie lange die Sökos schon ungestraft alte und kranke Mitbürger massakrieren, dann werden uns die Medien in der Luft zerfetzen.«

»Wer sind diese Sökos eigentlich?«, fragte Redl.

»Einen Augenblick noch, Lenz. Gleich nach dem Briefing werdet ihr euch die restlichen Unterlagen und die Diskette kopieren und bis morgen Abend lesen. Max kopiert euch schon mal das Grabowsky-Protokoll, damit ihr vorweg einen Eindruck bekommt, mit wem wir's zu tun haben. Nach der Lektüre des Dossiers werdet ihr alle Kopien vernichten. Alles klar?«

Er nahm einen Schluck vom Kaffee, den ihm Kotek gebracht hatte, während die anderen ratlose Blicke wechselten.

»Und nun das Wesentlichste im Telegrammstil.«

Jacobi referierte kurz über die Sökos und ihr Programm. Weider stellte die Frage, die nicht ausbleiben konnte: »Ist das eigentlich noch unser Job? Die Fälle Cermak, Feldbach und Grabowsky fallen vielleicht noch in unsere Zuständigkeit, aber bei den Dimensionen, die sich hier andeuten, müssten doch längst Stapo und EDOK ran.«

»Mach dir nicht gleich wieder ins Hemd, Hans! Sind bereits

eingeschaltet«, knurrte Jacobi. »Seit gestern. Basidius hat Firlinger informiert. Die Stapo war bisher ebenso ahnungslos wie wir, hat also denselben Wissensstand und Auftrag: weiterzuermitteln, und zwar mit größtmöglicher Diskretion. Diskretion hat äußerste Priorität. Selbst eine allfällige Chance auf erfolgreiche Beweissicherung hat dahinter zurückzustehen. Waschhüttl wird uns noch früh genug zurückpfeifen. Da müssen wir nicht päpstlicher sein als er und die Flinte gleich ins Korn werfen.«

Weider hob beschwichtigend die Hände. »Is' ja gut, Oskar. Komm wieder runter!«

Jacobi grinste. »Weiß schon, warum du dich wehrst. Du bist arbeitsscheu, das ist dein Problem.« Er wedelte ihm mit dem Dossier vor der Nase herum. »Du wirst über jede Person, die hier drinnen genannt wird, sämtliche verfügbaren Daten ausheben. Einige Namen findest du sogar in unserem Archiv –«

»Und ich werde selbst die unwichtigste Kleinigkeit ins Analogieprogramm einspeisen, schon klar, Oskar.«

»Hoffentlich! Und wag es ja nicht, in absehbarer Zeit ohne signifikante Überschneidungen bei mir anzutanzen. Womit wir bei der Arbeitsteilung wären. Wir haben uns um drei Leute zu kümmern: Schremmer, Grabowsky und Behrens. Von Behrens müsste was zu erfahren sein. Er ist nervös. Außerdem zweifle ich sein Copyright auf das Grabowsky-Gedächtnisprotokoll an. Ich glaube, Schremmer hat es für ihn geschrieben. Die Frage, die zu klären ist: Warum schiebt er Behrens als Verfasser vor?«

Jacobi breitete die Hände in der für ihn typischen Manier aus. »Ich kann mir, ehrlich gesagt, keinen schlüssigen Reim drauf machen. Vielleicht ist Behrens tatsächlich nur die Randfigur, als die Schremmer ihn zeichnet, aber vielleicht soll er auch von irgendwem oder irgendetwas ablenken. Jedenfalls ist er um den Ruf der Klinik sehr besorgt. Nach dem Besuch im HKS heute Nachmittag werden wir hoffentlich mehr wissen.«

»Aha, du pickst dir wieder die Rosinen raus, und die harten Nüsse wie Schremmer und Grabowsky überlässt du uns, was?« Kotek durfte sich so lockere Sprüche erlauben.

Er schüttelte den Kopf. »Du wirst mich ins HKS begleiten, Melli. Leo und Max, ihr besucht Grabowsky in der Krankenstation der VZA und vernehmt ihn zu seinen Aussagen.« Schnell verbesserte er sich: »Zu seinen *angeblichen* Aussagen. Werden sehen, was dabei rausschaut. Ich hab das Gefühl, an dieser Beichte ist so einiges faul, nicht nur der Protokollant. Nun zu Schremmer: Er ist, um bei Mellis Diktion zu bleiben, die härteste Nuss von den dreien und die Schlüsselfigur im ganzen Spiel. Ich bin überzeugt, dass er mehr über die Sökos weiß, als er bisher preisgegeben hat. Und er rechnet nach wie vor damit, zeitlich ein paar Längen vor uns Dumpfbacken, als die er uns gerne sehen will, durchs Ziel zu gehen.«

»Immerhin bist du der erste Kiberer, der überhaupt was von ihm erfahren hat«, hielt Kotek dagegen. »Statt berufsbedingter Paranoia wäre vielleicht mal ein bisschen Dankbarkeit angebracht.«

»Dankbarkeit, meine Liebe, ist keine politische Kategorie. Das hat einst ein Staatsmann gesagt, der es wissen musste. Schremmer hat uns nur gezwungenermaßen einsteigen lassen. Einsteigen! Mehr nicht.«

Kotek zog in unnachahmlicher Art eine Augenbraue hoch. »Mag sein, dass er etwas zurückhält«, räumte sie ein. »Du hast eben die Metapher vom Wettlauf gebraucht. Vielleicht billigt er sich einfach einen kleinen Vorsprung zu, um unsere größere Potenz auszugleichen.«

»Potenz? Mhm. Hast du dich etwa in seine Antonio-Banderas-Visage vergafft, dass du ihn gar so vehement verteidigst?«

»Vehement? Ich erlaube mir doch nur, die Perspektiven ein wenig zurechtzurücken!«

Sie blickte auf die mittlerweile verfügbaren Fotos von Schremmer, die auf Jacobis Schreibtisch lagen, und nahm eines in die Hand. »Davon abgesehen ist er zweifellos ein attraktiver Mann. Macht einen souveränen, unkomplizierten Eindruck. So einer kommt bei Frauen an.«

»Habt ihr eigentlich herausgefunden, auf welchem Friedhof Schremmers Großvater begraben liegt?«, wechselte Jacobi schleunigst das Thema.

»Ja, irgendwo in Russland«, sagte Weider. »Er ist 1944 bei Welikije Luki gefallen und – wenn überhaupt – in einem Massengrab beerdigt worden.«

»Was?«

»Reg dich nicht gleich wieder auf!«, beschwichtigte ihn Weider. »Der unbekannte Anrufer hat eine Chiffre benutzt. Wahrscheinlich hat er angenommen, dass Schremmer sie zu deuten weiß, etwaige Zuhörer aber nicht.«

»Und? Kannst du sie deuten?«

»Ich denke schon. In Itzling draußen gibt es ein russisches Emigrantenlokal namens ›Welikije Luki‹. Direkt dahinter befindet sich ein Lagerplatz der Firma Baufritz.«

»Könnte hinkommen«, murmelte Jacobi. Kein Wort der Anerkennung für Weider, der noch am Vorabend Himmel und Hölle in Bewegung gesetzt hatte, um diese Daten auszuheben. Solche außergewöhnlichen Leistungen fielen unter die Selbstverständlichkeiten, die der Chef von seinen Mitarbeitern erwartete.

»Lenz, das ist dein Job. Schremmer weiß, dass wir ihn beschatten und abhören. Wenn er zu dieser Bar fährt, wird er versuchen, unsre Leute abzuhängen, um den vermeintlichen Informanten nicht zu vergraulen.«

»Warum vermeintlich?«, fragte Kotek. »Du glaubst an eine Falle?«

»Natürlich ist das eine Falle. Der Anrufer wird nicht dort sein. Die Sökos sind viel zu nervös, als dass sie das zulassen würden. Erst fliegt Cermak auf, dann die Pleite am Reedsee. Und gestern die Verhaftung Grabowskys. Der Mann steht schon mit einem Bein im Grab, ist also ein ziemlich unsicherer Kantonist. Damit aber noch immer nicht genug: Sie haben erst jetzt von Schremmers Aktivitäten erfahren. Wahrscheinlich wurde Behrens überwacht, und erst dadurch sind sie auf den Journalisten gestoßen. Schremmer, der große Investigator! Da heulen die Alarmsirenen. Die Forderung von hunderttausend Schilling verrät jedenfalls ein gewisses Kalkül. Ich bin mir sicher, dass Schremmer für eine Schlüsselinformation gegebenenfalls sogar mehr bezahlt hätte. Dass sich der Informant auf fünfzigtausend hat drücken lassen, sollte die Legende vom kleinen Ganoven untermauern. Also, Lenz, wie sieht demnach euer Plan aus?«

»Die Beschatter lassen sich zum Schein abhängen –«

»Zum Schein ist gut: Schremmer fährt immerhin eine Dodge Viper mit vierhundert PS.«

Redl zuckte mit den Schultern. »Das ist doch völlig powidl.

Leo, Max und ich fahren schon am späten Nachmittag zum ›Welikije Luki‹ und klemmen uns unters Gerümpel am Lagerplatz.«

»Gut. Passt trotzdem auf, dass die Lederjacken nicht vor euch dort sind. Sie werden bewaffnet sein, aber lasst euch auf nichts ein. Und wenn die Aktion halbwegs glimpflich verlaufen ist, fragt ihr Schremmer sofort nach der ominösen Marlene und nach dieser ägyptischen Firma.«

»Nicht nach einer ägyptischen Firma. Nach einer Firma, die ihre Wurzeln in Ägypten hat«, präzisierte Kotek.

»Richtig. Und während Schremmer später in Itzling ist, wirst du seine Wohnung filzen. Hinter einem Kumpf-Bild im Arbeitszimmer befindet sich vermutlich ein Wandsafe. Und schau dir auch die Hausbar hinter dem Bücherbord genau an.«

»Immer diese krummen Touren! Muss das denn sein?«

»Es muss! Du kannst dir ja im Nachhinein einen Haussuchungsbefehl besorgen, wenn es dein Gewissen beruhigt. Heute wirst du ihn von der Zehentner aber sicher nicht mehr bekommen.«

»Und welchen Grund soll ich angeben? Zurückhalten von Beweismaterial – wie bei der Abhörgenehmigung, oder was?«

»Warum nicht? Klingt doch einleuchtend.«

»Du weißt aber, dass eine Abhörgenehmigung und ein Haussuchungsbefehl zwei Paar Stiefel sind. Für eine behördlich genehmigte Haussuchung müssen dringende Verdachtsmomente auf eine schwere Verfehlung vorliegen.«

»Oder es muss um Leben und Tod gehen. Da passt es doch gut, dass Schremmers Leben bedroht ist. Wir müssen ihn schützen – auch gegen seinen Willen, und dazu brauchen wir die nötigen Infos.«

»Also doch wieder Gefahr im Verzug?«

Jacobi nickte. »Darauf wird es wohl hinauslaufen.« Dann sagte er etwas leiser zu Kotek: »Gehst du mit mir noch mittagessen, ehe wir zum Heiligenkreuz-Spital hinausfahren?«

»In die Kantine?«

»Ja. Oder hast du was gegen unsre Kantine? Es gibt Knoblauchsuppe mit Sahnehäubchen, Leberkäse mit Kartoffelpüree und Gurkensalat und zum Nachtisch Topfenstrudel.«

»Ein herrliches Menü. Und anschließend zu Behrens? Sollte er dein Verhör wider Erwarten ohne gröbere Verschleißerscheinungen überstehen, so wird ihn letztlich wohl deine Knoblauchfahne zur Kapitulation zwingen. Du weißt doch, wie stark du Knoblauch ausdünstest.«

»Ich ess ihn halt nun mal gern. Was ist jetzt? Gehst du mit mir mittagessen oder nicht?«

»Hab ich denn eine Wahl? Sage ich Nein, setze ich mich möglicherweise auch in andrer Hinsicht wieder auf Diät.«

Plötzlich hatten es Weider, Redl, Feuersang und Haberstroh furchtbar eilig, Jacobis Büro zu verlassen.

***

Grabowsky blieb auf Anraten seines Anwalts stumm wie ein Fisch. Immer wieder konfrontierten Feuersang und Haberstroh ihn mit seinen eigenen Aussagen. Letzterer las ihm und Dr. Stanislaus Potocnik sogar Wort für Wort Behrens' Gedächtnisprotokoll vor. Lediglich die Bezeichnung Sökos ersetzte er dabei durch den Allgemeinplatz »Gruppe«.

Grabowsky bezichtigte sich in dem Schreiben der Morde an acht Witwen und vier Rentnern, die allesamt mit ihren Pkws verunglückt waren. Die Unfälle hatten ausnahmslos bei schlechter Witterung stattgefunden, und einige der Fahrer waren leicht alkoholisiert gewesen. Bei keinem der Totalcrashs hatte irgendwer den Verdacht geäußert, die Autos könnten manipuliert gewesen sein. Und doch war genau das der Fall gewesen. Grabowsky hatte zugegeben, raffinierte Handicaps in die Chassis eingebaut zu haben. Bei plötzlich blockierender Lenkung oder drucklosen Bremsen waren die Fahrer chancenlos gewesen.

Die stereotype Replik Potocniks dazu: Sein Mandant habe mit den unterstellten Gräueltaten nicht das Geringste zu tun, es müsse sich um eine Verwechslung handeln oder um einen sehr üblen Scherz. Pater Behrens, der Leiter des Heiligenkreuz-Spitals, sei ihm zudem persönlich bekannt und die Unterstellung, der gottesfürchtige Gladius-Dei-Mann sei der Verfasser dieses Horrorpamphlets, absurd. Ehe also nicht restlos geklärt sei, woher die Infos der Behörde stammten, werde sein Mandant nicht zu ihnen Stellung nehmen. Sollte das Referat 112 die Quelle nicht preisgeben, so habe sie Beweise für die Verquickung seines Mandanten in die hier aufgelisteten Straftaten vorzulegen. Andernfalls sei sein Mandant unverzüglich freizulassen.

Die Haftentlassung der zwei Kumpane Grabowskys, die ihn bewacht hatten, einer gewissen Silvia Moospitzner und eines gewissen Harald Klausen, hatte der Anwalt Potocnik bereits erwirkt. Gegen die beiden lag nichts vor. Auffällig dabei war, dass weder der Todkranke noch seine beiden Kollegen sich unter normalen Umständen einen Spitzenanwalt wie Potocnik hätten leisten können, aber dieser gab keine Auskünfte über seinen Auftraggeber. Er ließ lediglich durchblicken, dass ihm das Mandat von einer Firma erteilt und eine Anzahlung überwiesen worden sei.

Der Anwalt war dafür bekannt, kein heuriger Hase zu sein. Er nahm jeden Mandanten, solange das Kleingeld stimmte. Die Straftaten, die Grabowsky zur Last gelegt wurden, waren allerdings derart scheußlich, dass selbst Potocnik es für besser zu halten schien, vorsichtige Distanz zum Auftraggeber zu wahren.

Der Witwenkiller hatte den Wortgefechten zwischen Potocnik und dem ergrimmten Feuersang scheinbar apathisch zugehört. Doch der Wirbel an seinem Krankenbett begann ihn stärker zu nerven, als er sich anmerken ließ.

»Das ist doch alles Bockmist, was ihr da redet«, krächzte er plötzlich. »Ladet den gefälligst woanders ab! Mich interessiert der ganze Scheißdreck nicht. Ich bin am Abkratzen, versteht ihr? Am Abkratzen!« Mit sichtlicher Anstrengung wandte er sich Feuersang zu. »He, Bulle! Du machst eigentlich einen vernünftigen Eindruck, aber warum frisst du dann so brav, was auf diesem Fetzen da steht? Warum glaubst du, dass Behrens meine sogenannte Beichte ausgerechnet Schremmer gegeben hat, ha?«

Das ratlose Stirnrunzeln Feuersangs ließ Grabowsky deutlicher werden: »Schremmer ist doch Journalist, oder? Und zwar einer, der ständig hinter *crazy news* her ist.«

Jetzt nickte Feuersang. »Ja, das könnte man so sagen.«

Grabowsky musste ein paarmal Atem holen, ehe er weitersprechen konnte. »So, könnte man also sagen, ja? Und da kommt ihr nicht mal auf die Idee, dass er sich diesen Schwachsinn aus den Fingern gesogen hat, bloß um einen Aufreißer zu landen und euch zu leimen?«

Feuersang hätte Grabowksy mit Wonne seine ganz persönliche Meinung aufs Auge gedrückt, beließ es aber bei einer Floskel: »Hier geht es um ernste, um *sehr* ernste Vorwürfe, Bruno, und denen muss in jedem Fall nachgegangen werden. Können Sie mir nicht wenigstens sagen, wer Sie ans Heiligenkreuz-Spital vermittelt hat? Das ist doch eigentlich eine Klinik für Gestopfte. Wie also sind Sie dorthin gekommen?«

»Das Heiligenkreuz-Spital hat auch eine Abteilung für Kassenpatienten«, mischte sich der beaufsichtigende Arzt ein.

Feuersang schnaubte erbost. »Herr Doktor! Leiten *Sie* die Vernehmung oder *ich*?«

»Sie *haben* sie geleitet, Herr Inspektor.«

»Abteilungsinspektor.«

»Bitte, dann eben Herr *Abteilungsinspektor*! Aber die Zeit ist längst überschritten. Sehen Sie nicht, wie hinfällig der Patient ist? Eine weitere Beanspruchung kann ich beim besten Willen nicht verantworten.«

Feuersang versuchte es ein letztes Mal: »Durch Ihr Schweigen bringen Sie viele Menschen in Gefahr, Bruno. Vielleicht auch solche, die Ihnen in den letzten Wochen geholfen haben.«

Grabowsky zuckte nur mit seinen knochigen Schultern. Ein Götz-Zitat ohne Worte.

***

Unmittelbar nach Feuersangs Bericht wurde Jacobi telefonisch in Waschhüttls Büro zitiert. Kaum war er eingetreten, legte der Oberst auch schon los: »So geht das nicht, Jacobi. Wir sind hier weder im Pentagon, noch haben wir dessen Kapazitäten. Weider blockiert fast alle Leitungen des Referats, und das gesamte LGK jagt nur noch diesem … diesem Hirngespinst von Ihnen hinterher. Die übrige Arbeit bleibt liegen. Abgesehen davon haben Sie es nicht mal der Mühe wert gefunden, Hofrat Kandutsch und mich in Ihr Monsterprojekt einzuweihen. Außerdem haben Sie vergessen – rein zufällig natürlich –, mich über die Festnahme dieses Aidskranken in Kenntnis zu setzen. Wie heißt er doch gleich?«

»Bruno Grabowsky, Herr Oberst. Ich war eben dabei, einen

provisorischen Bericht auf Band zu sprechen, als ich zu Ihnen gerufen wurde. Und die Formulierung *Hirngespinst* muss ich zurückweisen. Es war vereinbart, im Fall Cermak weiterzuermitteln, und nichts anderes tun wir. Mittlerweile erhärtet sich der Verdacht, dass wir einem der größten Verbrechen der Nachkriegsgeschichte auf der Spur sind.«

»Soso. Überheben Sie sich nur nicht! Ich nehme an, Ihre diesbezüglichen Vermutungen stützen sich auf die Phantastereien eines gewissen Kurt Schremmer. Ich erinnere mich noch mit Schaudern an seinen Reißer ›Alpenstrahlen‹. Wer hatte denn am Ende den Scherben auf? Wir, das LGK! Eine anrüchigere Informationsquelle haben Sie sich wohl nicht aussuchen können, was?«

»Schremmers Ermittlungsergebnisse basieren manchmal auch auf Spekulationen, das ist wahr«, räumte Jacobi ein, »aber er wäre kein guter Journalist, würde er nicht hie und da instinktiv auf den Busch klopfen. Und selbst mit diesen Blindschüssen trifft er häufig ins Schwarze. Wie auch damals mit den geheimen Atommülltransporten. Die haben ja tatsächlich stattgefunden und waren nicht im Geringsten ein Hirngespinst.«

Gelassen hielt Jacobi dem Was-erlauben-Sie-sich-Blick seines Vorgesetzten stand, doch hinter seinen Dackelstirnfalten rumorte es kräftig. Wer hatte Waschhüttl auf Schremmer gebracht? Seine Leute bestimmt nicht. Die konnten den Oberst allesamt nicht leiden. Der Tipp musste von außen gekommen sein.

»Und selbst wenn die Grabowsky-Akte nur aus Spekulation bestehen würde, wie Sie unterstellen«, fuhr er fort, »so stünden immer noch der unbekannte Teilhaber Cermaks und der Mordanschlag auf Sarah Feldbach zur Debatte.«

Er ließ bewusst unausgesprochen, wer in beiden Fällen der Initiator der Ermittlungen gewesen war und damit Schlimmeres verhütet hatte. Waschhüttl, der monomanische Beamte, hatte den Weltmann Vogt nie gemocht – eine Gefühlsregung, die auf Gegenseitigkeit beruhte. Vogt war als Sicherheitsdirektor ein Ass gewesen und hätte seinen behäbigen Nachfolger Kandutsch im direkten Vergleich zehnmal in den Sack gesteckt. An seinen Mitarbeitern hatte er vor allem Intuition und gesunden Menschenverstand geschätzt. Aktenerlediger und Radfahrer hatte er verabscheut und das Waschhüttl nicht nur einmal spüren lassen. Eben deshalb hätte dieser seine Stellungnahme liebend gern ignoriert. Aber Vogt hatte mächtige Freunde – und Feinde, die ihn immer noch fürchteten.

»Jacobi, Sie haben drei offene Fälle auf dem Schreibtisch liegen. Den Kindesmissbrauch in der Zeller Bankiersfamilie, den Totschlag respektive Mord am Prügelgatten von Altenmarkt und schließlich den Tennengauer Pferdeschlitzer, der höchstwahrscheinlich auch den Senner auf der Postalm auf dem Gewissen hat. Und bei dieser Arbeitsauslastung fällt Ihnen nichts anderes ein, als einer Schimäre nachzujagen?«

Waschhüttl trat den geordneten Rückzug an. Er kannte die Dickköpfigkeit seines Untergebenen – und seine Furchtlosigkeit. Schon einmal hatte Jacobi es auf eine Suspendierung ankommen lassen und eine Weisung ignoriert. Der Erfolg hatte ihm im Nachhinein recht gegeben, und er, Waschhüttl, hatte ihn unter massivem medialem Druck rehabilitieren müssen. Seit diesem Vorfall verfügte Jacobi über beste Kontakte zu namhaften Journalisten.

»Natürlich hätten wir jede Menge zu tun, Herr Oberst. Aber die genannten Delikte sind Peanuts im Vergleich zum Fall Cermak, das wissen Sie so gut wie ich. Letzterer hat unbedingte Priorität. Wir können es uns nicht leisten, ihn zurückzustellen. Schon allein nicht wegen der Zeitbombe Schremmer! Sie werden meinen Bericht erhalten, dem selbstverständlich auch das Dossier beiliegt, das Schremmer uns überlassen hat.«

Jacobi stellte sich Waschhüttl beim Lesen des Dossiers vor und empfand dabei grimmige Genugtuung. Nach der Lektüre würde sich der Feigling in einem apokalyptischen Alptraum wähnen. Und zwar nicht etwa, weil ihm der Gedanke an das Schicksal der Ermordeten so zusetzen würde, nein, weil ihn die Angst vor den Schlagzeilen nicht mehr schlafen ließe: »Organisierter Massenmord an Senioren! – Gerontozid! – Gendarmerie jahrelang ahnungslos!«.

»Was Priorität hat, Jacobi, das erfahren Sie vorläufig noch von mir«, sagte Waschhüttl seidenweich. »Aber gut. Sie bleiben weiter dran, halten aber Hofrat Kandutsch und mich auf dem Laufenden. Und zwar ohne die Verzögerungen, die bei Ihnen an der Tagesordnung sind. Ich will über jeden Ihrer Schritte informiert sein. Haben wir uns verstanden?«

»Haben wir. Liegt sonst noch was an?«

»Nein, das war alles.« Waschhüttl vertiefte sich in eine Akte, als hätte der missliebige Untergebene den Raum bereits verlassen.

***

Jacobi gab sich keinen Illusionen hin. Natürlich hatte Waschhüttl Schiss. War an der Sache was dran und hatte er nicht rechtzeitig die nötigen Maßnahmen ergriffen, konnte das unterm Strich einen heftigen Karriereknick für ihn bedeuten. Es war anzunehmen, dass er nach der Lektüre des Dossiers umso nachdrücklicher darauf drängen würde, die Akte Sökos an die Stapo weiterzureichen.

Aber nein! Plötzlich wusste Jacobi, was sein Widersacher vorhatte: Schließlich durfte es ja gar keinen Fall Sökos geben! Mit diesem Vorschlag würde sich Waschhüttl ans Ministerium wenden, und es war nicht ausgeschlossen, dass man in einem ersten Reflex versuchen würde, die unappetitliche Angelegenheit aus Staatsräson zu unterdrücken.

Schremmer konnte man Geld anbieten. Den Fehler, ihm zu drohen, würde man nicht begehen. In Behördenkreisen war bekannt, dass der Journalist auf Druck allergisch reagierte. Um seinen drohenden Karriereknick in einen fulminanten Karrieresprung umzuwandeln, würde Waschhüttl zu diplomatischer Hochform auflaufen. Und wenn man Schremmer im Sack hatte, dann hatten Stapo und Geheimdienste freie Bahn. Man würde die Sökos in einer Blitzaktion zerschlagen, ihre Killer peu à peu der Justiz übergeben und sie dann einzeln in Hochsicherheitstrakten verschwinden lassen. Alles ganz leise.

Jacobi spürte Galle aufsteigen. Zurück im Büro bestellte er Weider und Kotek zu sich.

»Lass mich raten«, sagte seine Freundin, »Waschhüttl hat dich von den Sökos abgezogen und den Fall endgültig der Stapo übergeben?«

»Nein, hat er nicht. Noch nicht! Aber es kann sich nur noch um Tage handeln. Sollte es wirklich so weit kommen, werde ich allein weiterarbeiten.«

»Vielleicht siehst du ja auch zu schwarz, Oskar. Waschhüttl

hat doch eine Heidenangst vor den Medien. Er wird es nicht darauf ankommen lassen, öffentlich als Vertuscher in der Luft zerrissen zu werden. Schließlich ist Kandutsch auch noch da.«

»Der wird Waschhüttl letztlich nachgeben.«

»Warum sollte er?«

»Würdest du dich vielleicht sechs Monate vor deiner Pensionierung mit einem Minister anlegen?«

»Du … du meinst …?«

»Ja, das meine ich. Nach der Lektüre des Dossiers wird Waschhüttl nichts Eiligeres zu tun haben, als es nach Wien zu faxen – mit entsprechendem Kommentar und Anregungen. Kann durchaus sein, dass man dort seine Vorschläge goutiert. Eben deshalb müssen wir Dampf machen. Hans, wie kommt ihr voran?«

»Wir haben erst einen kleinen Teil der von dir geforderten Daten ausheben können. Frühestens in zwei, drei Tagen kannst du mit brauchbaren Resultaten rechnen. Hoffe ich jedenfalls.«

***

Nach dem verzögerten Mittagessen fuhren Kotek und Jacobi zum Heiligenkreuz-Spital hinaus. Der ehemalige Herrensitz thronte inmitten gepflegter Parkanlagen auf einer Anhöhe des Hacklwalds. Gladius Dei hatte das Anwesen aus einer Konkursmasse relativ preiswert erstanden, es restauriert und anschließend für den Klinikbetrieb adaptiert. Das Haupthaus bestand aus drei Trakten, die ein eckiges U bildeten. In zweien davon befand sich die Privatklinik, in einem das Kassenspital. Die in jeder Hinsicht feudale Privatklinik entsprach anspruchsvollen Hotelstandards, der allgemeine Trakt partizipierte daran und wurde zudem vom Land unterstützt. Dem Hörensagen nach war die medizinische Versorgung im öffentlichen Teil nicht weniger gut als im privaten.

Vor dem begrünten Innenhof gabelte sich die Zufahrt. Die Mittelstraße führte geradeaus weiter in eine Parkgarage hinunter, während man rechts und links in eine Umfahrungsallee einbog. Den Innenhof konnte man nur auf Kieswegen betreten, Autos waren dort unerwünscht. Jacobi parkte in der beschrankten Garage. Unter den hier geparkten Nobelkarossen gab sein Urquattro den Bettler auf der Prunkhochzeit. Verirren konnte man sich hier nicht. Überall waren Hinweistafeln angebracht.

***

Das Autotelefon machte sich bemerkbar. »Lenz, was gibt's?«

»Schremmer hat sein Haus vor einer Viertelstunde verlassen und ist stadtauswärts Richtung Thalgau gefahren. Sieht so aus, als will er in diesen VIP-Golfclub. Unsre Leute bleiben dran.«

»Okay. Sonst irgendwas Neues?«

»Nein, vorläufig nicht.«

Jacobi legte auf. Kotek und er fuhren mit dem Aufzug in die dritte Etage. Beim Verlassen der Kabine wurden sie von einer hübschen Pflegerin angesprochen.

»Wohin wollen Sie, bitte?«

»Zu Pater Behrens.« Jacobi zeigte ihr seine Dienstmarke.

»Polizei? Worum geht's denn?«

»Das, mein Fräulein, werde ich Ihrem Chef sagen. Wo ist sein Büro?«

»Geradeaus, dann rechts, die dritte Tür.«

»Vielen Dank.«

Als sie nach rechts abbogen, warf Jacobi einen Blick zurück. Das Mädchen stand noch immer am selben Fleck und schaute ihnen nach.

Die junge Dame in Behrens' Vorzimmer war nicht minder attraktiv. Vielleicht ist ein angenehmes Äußeres ja Grundvoraussetzung für einen Job in der Klinik, überlegte Jacobi.

»Hauptmann Jacobi und Inspektorin Kotek, Pater«, meldete sie durch die Sprechanlage.

»Ich lasse bitten!«, kam es zurück.

Sie traten ein. Das Chefbüro war ähnlich groß wie Kandutschs Allerheiligstes, nur wesentlich schlichter eingerichtet. Die Außenwand war verglast und bot einen herrlichen Panoramablick auf die Parkanlagen und den Hacklwald, die übrigen Wände waren eierschalenfarben getüncht. Ein weinroter afghanischer Teppich bedeckte den größten Teil des Parkettbodens. Seine düstere Ornamentik beherrschte den Raum. Der Biedermeierschreibtisch in Fensternähe und die beiden Besucherstühle davor verloren sich in dem weitläufigen Raum. An der linken Seitenwand hing ein überdimensioniertes schwarzes Holzkruzifix, darunter stand ein Betschemel, dessen Arm- und Knieauflage mit weinrotem Samt gepolstert waren. Ein schmaler Schrank und eine spartanische Couch an der gegenüberliegenden Wand komplettierten das karge Mobiliar.

Gott und der Gast sind wichtig, der Inhaber des Büros ist nur ihr Diener, das strahlte dieses Ambiente aus.

Behrens war hinter dem Schreibtisch aufgestanden und ihnen entgegengegangen.

»Grüß Sie Gott, Herr Hauptmann, Frau Inspektorin! Ich hatte Sie eigentlich früher erwartet, mein Freund Kurt Schremmer hatte Sie mir ja schon gestern avisiert. Aber setzen Sie sich doch. Felicitas, bring uns bitte Kaffee.«

Behrens war ein stattlicher Mann und hatte einen kräftigen Händedruck. Der bläuliche Schimmer auf Kinn und Wangen zeugte von kräftigem Bartwuchs, Augen und Lippen verrieten einen Hang zum Genuss, doch darüber hinaus wirkten seine Gesichtszüge bieder und eher nichtssagend. Letztlich erinnerte nur der anthrazitgraue Anzug mit dem kleinen goldenen Kreuz am Revers daran, dass Behrens Priester war und einer ziemlich reaktionären Kongregation angehörte.

Jacobi fiel als Erstes auf, dass die Ängstlichkeit, die Behrens beim Telefongespräch mit Schremmer gezeigt hatte, nicht symptomatisch für ihn zu sein schien. Aus Erfahrung wusste er auch, dass es Männer mit nichtssagenden Gesichtszügen meist faustdick hinter den Ohren hatten.

Sie nahmen am Schreibtisch Platz. Behrens' Stirn furchte sich kummervoll.

»Eine schreckliche Sache, nicht wahr? Wenn nur die Hälfte von dem stimmt, was Kurt recherchiert hat, dann gute Nacht, Image! Die Medien der ganzen Welt werden sich auf unser Land stürzen wie die Aasgeier. Wieder einmal!«

Jacobi nickte. »Ist leider anzunehmen. Apropos Recherchen: Schremmer sagte, das Gedächtnisprotokoll zu Grabowskys Aussagen hätten Sie geschrieben. Stimmt das, oder hab ich ihn falsch verstanden?«

»Wie? Ach so, ja, natürlich. Das hab ich geschrieben. Grabowsky, tja, ein wirklich tragisches Schicksal, aber gewiss nicht unverdient!«

Jacobi nahm einige DIN-A4-Bögen aus seiner Aktentasche und gab sie Behrens zur Ansicht.

»Ja, das ist das Protokoll«, bestätigte Behrens, nachdem er die ersten Zeilen gelesen hatte. »Vor drei Wochen stand er frühmorgens plötzlich hier in der Tür. Das Vorzimmer war unbesetzt, Felicitas war irgendwo unterwegs. Ich kannte den Mann nicht, aber sein Aussehen sprach Bände. Der Tod grinste ihm bereits aus dem Gesicht.

›Pater, ich muss unbedingt mit jemandem sprechen‹, sagte er. ›Ich habe ein furchtbares Verbrechen begangen. Mord, Pater! Mehrfachen Mord! Aber jetzt hat es mich selbst erwischt. Ich weiß, ich hab nicht mehr lang zu leben. In ein paar Wochen kann es schon vorbei sein, dabei heißt es doch: Gottes Mühlen mahlen langsam.‹ Dann lachte er so schauerlich, dass es mir eiskalt den Rücken hinunterlief.

›Wollen Sie beichten?‹, fragte ich ihn, und er lachte wieder.

›Sparen wir uns diesen Zinnober‹, sagte er. ›Ich will nur mit Ihnen reden. Ganz einfach reden! Kapiert?‹

›Setzen Sie sich und erzählen Sie‹, sagte ich. Ehrlich gesagt war mir nicht ganz wohl dabei, aber er begann schon zu reden. Zunächst über seine Herkunft und Jugend. Eine ziemlich trostlose Angelegenheit. Bald aber kam er zum Wesentlichen. Berichtete, wie ihn die Sökos angeworben hatten und er schließlich zum professionellen Killer geworden war. Je länger er erzählte, umso gelöster wurde er und umso übler mir. Zwölf Menschen hatte er auf dem Gewissen, alles Menschen, die trotz fortgeschrittenen Alters heute noch leben könnten.

Obwohl ich im Voraus wusste, dass er sich weigern würde, versuchte ich ihn zu überreden, sich den Behörden zu stellen. Erwartungsgemäß bezeichnete er meinen Vorschlag als lächerlich. Er sei doch sowieso bereits zum Tod verurteilt, warum also sollte er sich dann noch der Polizei stellen. Außerdem würde er seine Verhandlung ohnehin nicht mehr erleben. Dann nahm er mir das Versprechen ab, ihn nicht zu verpfeifen. So drückte er sich tatsächlich aus.«

»Wie sind Sie ihn wieder losgeworden?«, fragte Kotek.

»War kein Problem. Als er sein Herz – eine Mördergrube im wahrsten Sinne des Wortes – ausgeschüttet hatte, ist er von selbst gegangen.«

»Er war Patient auf der Allgemeinen Station, nicht wahr?«

»Ja, das war er.«

»Wissen Sie, wer ihn an Ihre Anstalt vermittelt hat? Das würde uns interessieren.«

»Niemand. Wenn Platz ist, bekommt jeder Kassen- oder Privatpatient ein Bett. Er muss nur ordnungsgemäß gemeldet sein. Manchmal nehmen wir sogar Flüchtlinge auf – ganz ohne Bürokratie. Aber Grabowskys Papiere waren in Ordnung. Er ist von Beruf Mechaniker, hatte einen Job und einen festen Wohnsitz. Warum also hätten wir ihn abweisen sollen?«

»In seinen Papieren ist als Beruf neben Mechaniker auch Maschinenbaustudent angegeben«, warf Kotek ein.

Behrens zog die Schultern hoch. »Er hat mir erzählt, dass er Abendmatura gemacht, sogar studiert, aber nie abgeschlossen hat. Ich glaube, er war günstigstenfalls als Gasthörer bei ein paar Vorlesungen eingeschrieben.«

»Aha. Und warum, sagten Sie, kam er hierher?«

»Sein Hausarzt hat ihn überwiesen. Er sollte sein Blut untersuchen lassen. Wir haben eine bekannt gute Hämatologische an der Klinik. Grabowskys Zustand war so desaströs, dass man ihn gleich dabehalten hat. Einige Tage nach unserm Gespräch wurde er dann in häusliche Pflege entlassen. Tags zuvor hatte ich ihm noch einmal empfohlen, sich den Behörden zu stellen.«

»Und Sie haben Schremmer angerufen, stimmt's?«

»Ja. Nachdem Grabowsky mich zum Mitwisser seiner Taten gemacht hatte, hab ich die Horrorgeschichte eine Nacht lang überschlafen und am nächsten Tag Kurt angerufen. Ich kenn ihn schon lange. Wusste, Grabowskys Geständnisse würden ihn interessieren. Außerdem brauchte ich selbst jemanden, mit dem ich über das Gehörte reden konnte.«

»Und Schremmer riet Ihnen, nicht zur Polizei zu gehen. Vielmehr sollten Sie ein Gedächtnisprotokoll über das Gespräch mit Grabowsky anlegen, da er – welch ein Zufall! – eben jetzt an den Sökos dran sei. Sie täten ihm damit einen Riesengefallen. War es so?«

»So ungefähr. Ich fühlte mich ohnehin an das Versprechen gebunden, das ich Grabowsky gegeben hatte, und Schremmers Vorschlag deckte sich mit meinem Gewissen.«

»Wieso? Ich dachte, es war keine Beichte?«

»In gewisser Weise doch. Oder glauben Sie etwa, die Form sei das Wichtigste an einer Beichte?«

Behrens war natürlich nicht so naiv, wie er sich gab. Wenn es darauf ankam, würde er sich den Behörden gegenüber auf das Beichtgeheimnis berufen, dessen war sich Jacobi sicher. Den Vorwurf von andrer Seite, er hätte eben dieses Beichtgeheimnis verletzt, konnte er wiederum mit dem Hinweis entkräften, eine Beichte im sakramentalen Sinn hätte nicht stattgefunden.

»Beichte oder nicht, das ist hier die Frage«, sagte Jacobi. »Eine etwas sophistische Einstellung, die Sie dazu hegen, finden Sie nicht? Irgendwo in der Bibel heißt es doch: ›Eure Rede sei ja, ja – nein, nein! Alles darüber ist vom Bösen.‹«

Behrens lächelte nachsichtig. »Aber Herr Hauptmann, führen wir hier jetzt einen exegetischen Diskurs? Wollen Sie sich nicht lieber auf Ihre Ermittlungen beschränken?«

»Vielen Dank, dass Sie mich daran erinnern. Also: Hatten Sie in den letzten fünf Jahren jemals Grund zur Annahme, an Ihrer Klinik könnte das Ableben von betagten oder besonders hinfälligen Patienten akzeleriert worden sein?« Das Verstauen des Gedächtnisprotokolls in der Aktentasche schien Jacobis ganze Aufmerksamkeit zu erfordern. Behrens lief vor Zorn puterrot an und rang um Fassung.

»Sind Sie noch zu retten, Jacobi? An meiner Klinik? Natürlich bin ich nicht so blauäugig, solche Perversionen menschlichen Geistes von vornherein auszuschließen, und außerdem hat Kurt mich über die Strategien der Sökos informiert und mich davor gewarnt, aber wenn dieses Werk des Satans irgendwo *nicht* Fuß fassen kann, dann *hier*! Patienten und Personal finden bei uns optimale Bedingungen vor. Wir bezahlen unsre Mitarbeiter gut und können sie uns daher aussuchen. Niemand ist überlastet. Jeder hat auch für schwierige Patienten noch Reserven. Außerdem stehe ich nicht an, besonders unausstehliche oder kapriziöse Gäste an die Luft zu setzen. Egal, um wen es sich dabei handelt. Kurz und gut: Für meine Mitarbeiterinnen und Mitarbeiter lege ich die Hand ins Feuer.«

Jacobi winkte ab. »Beruhigen Sie sich, Pater! Ich habe ja nur gefragt – nicht unterstellt. Dass an Ihrer Klinik ein gutes Arbeitsklima herrscht, wusste ich bereits. Eines aber werden Sie kaum abstreiten können: Etliche Patienten haben nicht nur bedeutende Legate für die Stiftung ausgesetzt, sondern auch für den einen oder anderen Mitarbeiter.«

»Und was ist daran schlecht oder verwerflich?«

»Sieht das nicht ein wenig nach Erbschleicherei aus, wenn Ihre begüterten Patienten manchen Ärzten oder Krankenschwestern generöse Geschenke machen oder sie sogar im Testament berücksichtigen?«

»Spricht jetzt der Ermittler Jacobi oder ein Vertreter der allgegenwärtigen Neidgenossenschaft? Bei uns wird nichts erschlichen. Wer bei uns gibt, der tut das freiwillig. Sie haben ja keine Ahnung, wie wachsam die Verwandten gerade solcher Patienten sind. Glauben Sie etwa im Ernst, ich würde den Ruf der Klinik aufs Spiel setzen, wenn nicht alles seine Ordnung hätte?«

»Natürlich nicht. Aber es geht hier auch nicht darum, was Sie für gut oder richtig halten. Prinzipiell ist in dieser Welt alles möglich, und genau deshalb würde ich für niemanden die Hand ins Feuer legen. Nicht einmal für mich selbst. Und Sie müssen zugeben, Ihre durchweg attraktiven Pflegerinnen säßen direkt an der Quelle, sollten sie's drauf anlegen.«

»Worauf anlegen?« Behrens' Miene verfinsterte sich zusehends.

»Beispielsweise einem kranken alten Mann etwas mehr als die übliche Fürsorge und Pflege angedeihen zu lassen, ihm damit ein ansehnliches Stück seines Reichtums abzuluchsen und ihn anschließend unauffällig entschlafen zu lassen.«

»Ich sollte Sie auf der Stelle hinauswerfen, Jacobi. Sehen Sie denn nicht die Widersprüche in Ihrer Argumentation? Wären unsre Mädchen die Sirenen, als die Sie sie hinstellen, dann wären sie doch dumm, ein derartiges Risiko einzugehen – für etwas, das ihnen, wenn auch etwas später, ohnehin zufiele. Die Sökos-Schablone passt nicht auf unser Haus, und wenn hundertmal ein Sökos-Mitglied hier Patient war. Nehmen Sie das zur Kenntnis. Weiß Gott, wie Grabowsky ausgerechnet an uns geraten ist.«

»Da haben Sie recht: Gott weiß es, Grabowsky weiß es, und mindestens ein Dritter weiß es auch.«

»Sie meinen hoffentlich nicht mich?«

Jacobi lächelte. »Nein. Obwohl auch Sie mir nicht alles verraten haben, was Sie wissen.«

»Sie gehen wirklich zu weit, Jacobi. Entschieden zu weit! Vorhin bezeichnen Sie mein Krankenhaus als Abstauberklinik, wenn nicht gar als Tummelplatz von Erbschleichern, und jetzt verdächtigen Sie mich auch noch der Komplizenschaft mit Mördern?«

»Davon war nicht die Rede. Sie übertreiben maßlos – und das bewusst.«

Behrens betätigte eine Taste der Sprechanlage. »Felicitas, wir brauchen keinen Kaffee mehr. Der Herr Hauptmann und seine Begleitung möchten gehen. Bringe sie bitte zu ihrem Wagen!«

Kotek hob abwehrend die Hand. »Nicht nötig, Pater. Wir finden den Weg – auch ohne Ihre Hilfe!«

***

Im Lift machte sie ihrem Unmut Luft. »Nicht eben rasend ergiebig, diese Vernehmung, oder bist du andrer Meinung? Wir hätten sein Telefonat mit Schremmer zur Sprache bringen sollen, vielleicht wäre er uns dann weniger pampig gekommen.«

Jacobi schüttelte den Kopf. »Nein. Behrens ist zwar kein so harter Brocken wie Schremmer, macht aber auch nicht den Eindruck, als ließe er sich mit jedem mageren Blatt bluffen. Im Gegenteil: Er kann uns große Schwierigkeiten machen. Fundamentalchristliche Gruppierungen wie Gladius Dei sind nicht zu unterschätzen. Ihr Einfluss in Europa wächst von Tag zu Tag. Still, unauffällig – aber eben auch unaufhaltsam.«

»Irgendwo hab ich gelesen, dass Gladius Dei zu den Trendsettern der Zweiten Cluniazensischen Reform zählt.«

»Das stimmt. Bewegungen wie diese beginnen in konservativen Gesellschaftskreisen spürbar zu greifen. Kandutsch und Waschhüttl sind jetzt schon Getriebene. Fühlen sich eingeklemmt zwischen Skylla und Charybdis. Auf der einen Seite sollen sie ihre Aufgabe erfüllen, die Gesellschaft zu schützen, auf der andern Seite drohen ihnen Watschen von oben, wenn sie durch unsensibles Vorpreschen eine Panik auslösen. Eine Intervention von Gladius

Dei könnte ihren Gewissenskonflikt bereits im Vorfeld bereinigen, und wir wären draußen.«

***

Als sie den Quattro erreichten, hörten sie hinter sich eine Wagentür zuschlagen. Schritte näherten sich. Kotek griff verstohlen unter die offene Lederjacke, Jacobi wandte sich um.

Eine junge Frau im Trenchcoat war aus einem blauen Polo gestiegen und kam auf sie zu. Es war die Pflegerin, die ihnen zuvor den Weg zu Behrens' Büro gezeigt hatte. Sie blieb vor ihnen stehen und stemmte die Fäuste in die Hüften.

»Na? Hat er Ihnen gesagt, wo sie ist?«, fragte sie patzig.

»Wo *wer* ist? Wen meinen Sie?«, fragte Jacobi betont desinteressiert. Seine Handflächen hatten zu kribbeln begonnen. Mit dem Instinkt des Terriers spürte er, dass jetzt etwas passieren würde.

»Wollen Sie mich pflanzen, oder was? Jutta Dietrich meine ich natürlich. Seit drei Wochen ist sie wie vom Erdboden verschwunden. Behrens glaubt wahrscheinlich, dass das Gerede um den Infarkt des Bierbrauers schneller verstummen wird, wenn er sie von der Klinik fernhält. Oder waren Sie gar nicht Juttas wegen hier?«

»Doch, natürlich sind wir ihretwegen hier. Aber Behrens war nicht eben gesprächig. Hält sich bedeckt, der Streiter Gottes. Dementsprechend zäh ist auch die Vernehmung verlaufen. Nun, ich denke, vielleicht könnten Sie uns da ja weiterhelfen, Frau – äh …?«

»Hasenkopf. Sandra Hasenkopf. Ich bin Diplompflegerin auf der Internen. Und von mir erfahren Sie sicher mehr, als Behrens Ihnen gesagt hat.«

Jacobi schloss den Wagen auf. Kotek öffnete die Beifahrertür und lächelte die junge Frau an.

»Setzen Sie sich! Hier drinnen redet sich's besser.«

Sandra Hasenkopf erwiderte das Lächeln. Die junge Polizistin war ihr auf Anhieb sympathisch. Kotek setzte sich auf den Rücksitz und schaltete den Taschenrekorder ein, während Hasenkopf und Jacobi vorn Platz nahmen.

»Dann legen Sie mal los«, sagte Jacobi. »Erzählen Sie uns, was Sie über Jutta Dietrich wissen.«

»Sie ist eine Kanaille, wie sie im Buche steht«, platzte die junge Frau heraus. »Was die sich in den letzten fünf Jahren zusammengebumst hat, geht auf keine Kuhhaut! Jede Edelnutte muss da Komplexe kriegen. Ein Penthouse hier, einen Bungalow dort, nicht zu vergessen das Porsche-Cabrio! Aber mit dem herzkranken Bierbrauer hat sie dann endgültig den Vogel abgeschossen: eine Villa mit Pool auf Madeira samt gut sortiertem Aktienpaket. Stellen Sie sich das einmal vor!«

»Ich versuche es gerade«, sagte Jacobi, ehrlich verblüfft. »Und das alles *hier* am HKS? An einer Klinik von Gladius Dei? Das ist doch unmöglich! Behrens würde so etwas nie dulden.«

»Sie haben wirklich keine Ahnung. Natürlich würde Behrens so etwas nie dulden, wenn er noch seine fünf Sinne beisammen hätte. Hat er aber nicht! Ihn beherrscht nämlich nur mehr ein Sinn: der *sexte*! Jutta hat auch ihn auf dem Gewissen. Er ist ihr mit Haut und Haaren verfallen. Als ich vor einigen Monaten wegen Unstimmigkeiten auf der Station zu ihm wollte, war Felicitas nicht im Vorzimmer, dafür stand die Tür zum Büro einen Spaltbreit offen. Ziemlich eindeutige Laute machten mich neugierig, und ich habe hineingelugt. Mit meinen eigenen Augen konnte ich sehen, wie er sie auf dem Schreibtisch beackert hat. Die beiden hatten alles um sich herum vergessen und brüllten vor Lust, das kann ich Ihnen sagen.«

»Behrens ließ Jutta Dietrich also freie Hand, weil er ihr hörig war. Ist das so zu verstehen?«

»Er ist ihr noch immer hörig. So was verfliegt nicht wie Schnupfen. Aber Sie haben's erfasst: Ja, so lief das die letzten Jahre, und schließlich musste Behrens auch bei Kolleginnen und Kollegen wegschauen, die Juttas Masche nachzuahmen versuchten – mit freilich wesentlich geringerem Erfolg. Obwohl seine Zukunft und der Ruf der Klinik auf dem Spiel standen, sah er für sich keine Alternative. Jeder Versuch, diesen Sitten einen Riegel vorzuschieben, hätte die Trennung von Jutta bedeutet.«

Wesentlich gedämpfter fuhr Sandra Hasenkopf fort: »Jutta liebt Männer und Frauen mit der Unbefangenheit großer Kurtisanen. Was sie tut, tut sie gern, sie hat es nicht nötig, jemandem etwas vorzuspielen. Sie findet Geld und Macht sexy und macht daraus kein Hehl. Um im Konzert der Upperclass mitspielen zu können, bringt sie sich selbst ein. Eine bekannte Verlegerin zum Beispiel kommt nur ihretwegen regelmäßig zu uns, unter dem Vorwand, sich durchchecken zu lassen. Ähnliches gilt für andere Patienten. Ab und an wird Jutta zu Jetset-Events eingeladen, auf denen sie freilich einen etwas anrüchigen Ruf hat, wie sie mir einmal halb zornig, halb belustigt gestanden hat. Sie meinte, Mädchen wie sie würden in diesen Kreisen so lange als Nutten gelten, bis sie sich ihren Platz durch eine lukrative Heirat erbumst hätten. Erst wenn diese Bedingung erfüllt sei, zerrisse sich niemand mehr das Maul. Ich glaube, ihr Misstrauen der Hautevolee gegenüber ist einer der Gründe, warum sie den Job am HKS noch immer nicht aufgegeben hat, denn eigentlich hätte sie ihn nicht mehr nötig. Sie ist noch nicht mal dreißig, hat schon ausgesorgt, vergisst aber nie die ärmlichen Verhältnisse, in denen sie aufgewachsen ist. Ihre Ausbildung zur Diplomkrankenschwester musste sich die Mutter buchstäblich vom Mund absparen.«

»Na, dann sollte es Sie nicht wundern, wenn Frau Dietrich eine Goldgrube wie das HKS nicht so ohne Weiteres sausen lässt«, merkte Jacobi trocken an. »Lebt ihre Mutter eigentlich noch?«

»Doch, doch. Die ist ja noch keine fünfzig, es geht ihr bestens. Ist heute Hausmeisterin in einem bürgerlichen Wohnviertel, und es fehlt ihr an nichts – dank Jutta.«

»Sie stellen diese Frau etwas widersprüchlich dar, Sandra«, klinkte sich Kotek ins Gespräch ein. »Erst nennen Sie Frau Dietrich eine Kanaille, dann schwächen Sie diesen Eindruck ab und zeichnen sie als eine Art Aspasia für späte Wünsche. Für mich bleibt nach ihrer Beschreibung nur mehr ein Mädchen übrig, das zwar ehrgeizig und beseelt vom Drang nach oben ist, das aber auch für seine Mutter sorgt. Gehören Sie vielleicht auch zu jenen, die Jutta Dietrich lieben?«

Sandra Hasenkopf rollten dicke Tränen über die Wangen. »Stimmt. Aber um Menschen wie Jutta lieben zu können, ohne sich selbst zu zerfleischen, muss man so abgeklärt sein wie die Alten, die keine Besitzansprüche mehr stellen. Jutta liebt ihre Freiheit mehr als alles andere.«

»Eine nicht uninteressante Dame, Ihre Freundin«, meinte Jacobi.

»Interessant – ja, Dame – nein! Eher eine Femme fatale.« Sandra unterdrückte ein Schluchzen. »Deshalb ruft man sie ja auch ›Marlene‹ – nicht nur in Anspielung auf ihren Nachnamen.«

Jacobi wurde der Mund trocken. – *Marlene!* – Der unbekannte Anrufer vom Grünmarkt hatte den Namen erwähnt. Schremmer hatte darauf geantwortet: ›Das hat aber nicht geklappt.‹ Er kannte Jutta Dietrich also. Und er hatte gelacht, als der gute Ruf des Heiligenkreuz-Spitals zur Sprache gekommen war. Vielleicht hatte er über den Versuch der Sökos gelacht, in einem Krankenhaus Fuß zu fassen, an dem ohnehin bereits kräftig abgezockt wurde – freilich auf subtilere Art und Weise als die Seniorenkiller.

»Sagt Ihnen der Name Kurt Schremmer etwas, Frau Hasenkopf? Der Mann ist Journalist.«

»Hm, gehört hab ich schon von ihm, aber persönlich bekannt ist er mir nicht.«

»Schade. Aber Sie erinnern sich bestimmt an Bruno Grabowsky, nicht wahr? Er hat Aids. War bis vor drei Wochen Patient auf Ihrer Allgemeinen.«

»Ja, er lag auf der Hämatologischen. Ein schwieriger Patient. Litt unter extremen Stimmungsschwankungen, war mal verzweifelt, mal zynisch kaltschnäuzig und drehte auch schon mal durch. Da fällt mir ein: Jutta konnte ihn nach solchen Schüben als Einzige beruhigen. Wir hatten damals gemeinsam Dienst auf der Hämatologischen.«

»Und Sie sagen, Jutta ist vor drei Wochen verschwunden? Also zu der Zeit, als Grabowsky in häusliche Pflege entlassen wurde«, dachte Jacobi laut. »Sie hat keine Adresse hinterlassen?«

»Da müssen Sie Behrens fragen. Ich weiß jedenfalls nicht, wo sie ist.«

»Sie deuteten vorhin an, Juttas Fernbleiben von der Arbeit hätte mit dem Herzinfarkt eines Gönners zu tun«, erinnerte Kotek. »Wie hieß der Mann?«

»Kummetinger. Bodo Kummetinger. Aufsichtsratsvorsitzender der Kummetinger & Bräumoser-AG. Kummetinger-Pils sagt Ihnen vielleicht was?«

»Natürlich. Ist denn Kummetinger an diesem Infarkt gestorben?«

»Ja. Man erzählt sich an der Klinik, er sei gestorben, während Jutta ihn – äh –, sagen wir es mal so, rittlings betreut hat. Aber das ist noch nicht alles: In seinem Testament hat er das Legat für Jutta von einem Notar und zwei Anwälten unanfechtbar absichern lassen. Aber die eigentlichen Erben sind selbst reich, das Haus und die paar Aktien werden sie wohl verschmerzen können.«

»Reiche Leute sind nicht automatisch großzügig. Auch unter ihnen gibt es solche und solche. Hier die großen Mäzene, dort Millionäre und Minister, die um Schillingbeträge feilschen. Der Bierbrauer wird schon Gründe für seine Vorsichtsmaßnahme gehabt haben.«

Kotek wechselte mit Jacobi einen Blick über den Rückspiegel. »Frau Hasenkopf, wir sind Ihnen zu Dank verpflichtet. Ich glaube, Sie haben uns sehr geholfen.«

Dem Charme der attraktiven Kriminalbeamtin konnte sich Sandra Hasenkopf nicht entziehen. Es drängte sie förmlich, noch eine Information loszuwerden. »Jutta besitzt seit kurzer Zeit auch eines von diesen modernen Mobilfunktelefonen, ich hab mich bisher aber nicht getraut, sie auf dieser Nummer anzurufen.«

»Ich verstehe nicht ganz«, sagte Kotek etwas konsterniert. »Erst sagten Sie, Sie könnten sie nicht erreichen, und dann –«

»Von Jutta habe ich die Nummer ja auch nicht bekommen. Selbst auf meine diesbezügliche Bitte hin hat sie sie nicht verraten. Aber da es eine sehr lange Nummer ist, hat sie sie aufgeschrieben. Muss ich weiterreden?«

»Sie haben sie sich ohne ihr Wissen besorgt, nicht wahr?«

Sandra Hasenkopf nickte verschämt. »Ich glaub, ich hab sie sogar dabei.« Die Pflegerin kramte in ihrer Umhängetasche. »Hier ist sie.« Sie reichte einen Bierblockzettel nach hinten.

Kotek steckte ihn ein. »Ihre Hilfe ist wirklich unbezahlbar. Geben Sie uns bitte auch Ihre Nummer. Wahrscheinlich werden wir Ihre Unterstützung ein weiteres Mal benötigen. Wann sind Sie zu Hause erreichbar?«

»In einer Stunde. Heute hab ich keinen Dienst mehr. Ich soll Jutta für Sie anrufen, stimmt's?«

Jacobi nickte. »Ich schicke Ihnen einen netten jungen Mann vorbei, der Ihnen sagen wird, was Sie zu tun haben. Bitte versuchen Sie nicht, Jutta vor seinem Eintreffen zu erreichen. Das würde unsre einzige Chance, ihr zu helfen, zunichtemachen.«

Sandra Hasenkopf wurde blass. »Ist Jutta etwa in Gefahr?«

»In Lebensgefahr. Finden gewisse Leute sie vor uns, werden sie sie umbringen.«

»Die Verwandten des Bierbrauers?«, fragte die junge Frau mit schreckgeweiteten Augen.

Jacobi biss sich auf die Lippen. »Nein, die haben damit nichts zu tun. Bringen Sie bloß keine Gerüchte in Umlauf. Ihre Jutta hat sich mit wesentlich gefährlicheren Personen eingelassen und ist wahrscheinlich deshalb auch abgehauen. Behalten Sie das aber bitte für sich. Sie spielen sonst mit Ihrem eigenen Leben. Ach ja, und bevor ich's noch vergess: Welche Farbe hat das Porsche-Cabrio Ihrer Kollegin?«

»Weiß.«

»Ist es ein Neunelfer oder ein Roadster?«

»Neunelfer.«

»Kfz-Nummer?«

»Jutta hat ein Wunschkennzeichen: S – MARL 8.«

»MARL ist klar. Aber wofür steht die Acht?«, fragte Kotek.

»Umgelegt ist die Acht das Zeichen für Unendlichkeit. Steht für ewige Erinnerung an den Spender. Auch der ist schon verstorben – daheim. Jutta war nicht dabei.«

»Wie beruhigend. Können wir nun Ihre Adresse und Telefonnummer haben, Frau Hasenkopf?«

»Ich wohne in einer Garçonnière in der Zehentmaiergasse in Maxglan.« Sie gab den Beamten eine Visitenkarte. Diesmal mit zitternder Hand. Dann stieg sie grußlos aus, ging zu ihrem Wagen und fuhr zur Garagenausfahrt.

***

In der Zwischenzeit hatte jemand zweimal versucht, übers Autotelefon anzurufen. Jacobi rief zurück.

»'tschuldige, Lenz, wir haben grad noch eine Zeugin vernommen. Was ist mit Schremmer?«

»Er ist tatsächlich zu diesem Golf-Club gefahren, hat sich allerdings nicht lang drin aufgehalten. Es handelt sich übrigens um den ›Paris-Lodron-Club‹. Benannt nach –«

»– einem Salzburger Fürsterzbischof.«

»Du sagst es. Nur was für feine Pinkel. Schremmer ist anschließend in die Stadt zurückgefahren, hat auf der Sparkasse am Alten Markt fünfzigtausend Schilling abgehoben und ein Päckchen in einem Schließfach deponiert. Anschließend hat er sich über sein Mobiltelefon mit Ruth Maybaum im ›Tomaselli‹ verabredet, wo er jetzt auf sie wartet.«

»Sag bloß, unsre Fernmeldefuzzis kennen diese Telefonnummer schon?«

»Ja, kennen sie. Aber wenn er in Zukunft immer öffentliche Fernsprecher benutzt, sehen wir ziemlich alt aus.«

Jacobi widerstand der Versuchung, zu Behrens zurückzugehen. Was hätte der ihm auch sagen können, das er nicht schon wusste? Außerdem war der Trumpf, den sie mit Jutta Dietrich in der Hand hielten, zu wichtig, um ihn vorschnell auszuspielen.

»Ganz schöner Hammer, den Behrens uns da vorenthalten hat, nicht?«, sagte Kotek, nachdem sie wieder auf dem Beifahrersitz Platz genommen hatte.

»Kannst du laut sagen. Trotzdem hat Schremmer in einem Punkt recht: Behrens hat mit den Sökos nichts zu tun, genauso wenig wie seine Klinik. Er ist nur benutzt worden ...«

»Von seiner Geliebten?«

Jacobi nickte lächelnd. »Von der auch. Aber ich hab Schremmer gemeint. Behrens sollte uns von der Dietrich ablenken, also ist *er* als Bindeglied zu Grabowsky eingesprungen. Vermutlich war die Dietrich die wirkliche Anlaufstelle der Sökos. *Sie* sollte angeworben werden – und zwar durch Erpressung. Das Druckmittel könnte ihre freizügige und lukrative Patientenbetreuung gewesen sein.«

»Sei mir nicht böse, aber für so einfältig halte ich die Sökos nun doch nicht. Warum sollte die Dietrich sich mit so etwas erpressen lassen? Was sie getan hat, mag vielleicht anrüchig sein, aber nichts davon fällt in die Kategorie Kapitalverbrechen.«

Jacobis gerunzelter Stirn nach teilte er diese Meinung nicht.

»Vielleicht wissen die Sökos ja etwas über sie, das wir noch nicht wissen. Jedenfalls kann ich mir vorstellen, was ihr erster Job gewesen wäre: die Liquidierung Grabowskys! Durch seine Krankheit war er schließlich zum Risikofaktor geworden. Doch was tut die Dietrich? Sie erzählt Grabowsky, was man von ihr verlangt, und hofft, auf diese Weise etwas über die Erpresser zu erfahren. Tatsächlich packt Grabowsky aus, macht ihr klar, mit wem sie es zu tun hat, und rät ihr, schleunigst zu verschwinden. Dass sie weder zu uns noch zur Presse geht, ist verständlich. Nicht aber, warum sie sich an Schremmer gewendet haben soll statt an Behrens. Doch Schremmer erkennt sofort die Chance, auf die er so lange gewartet hat. Er schlägt der Dietrich einen Deal vor. Grabowsky ist ein Söko der ersten Stunde, folglich *muss* er einen Hinweis auf die Führung geben können. Als Jutta Dietrich die gewünschte Info erhält, gibt sie diese an Schremmer weiter und taucht mit seiner Hilfe unter. Nur er kennt ihr Versteck. Behrens' angelegentliche Frage am Telefon hat das verraten.«

»Welche Frage? Ich steh grad echt auf der Leitung.«

»Erinnerst du dich nicht? Behrens sagte: ›Und sonst?‹ Schremmer wusste sofort, wo ihn der Schuh drückte, und fragte unwirsch zurück: ›Was sonst?‹ Und Behrens, durch den Hinweis auf einen möglichen Lauschangriff eingeschüchtert, machte sofort einen Rückzieher: ›Ach nichts, vergiss es!‹ Darauf Schremmer: ›Das würde ich dir auch empfehlen, wenigstens vorläufig!‹ Der knappe Wortwechsel bestätigt nur unsre Vermutung: Behrens ist kein Player, sondern nur eine tragische Randfigur.«

»Eine sehr tragische«, pflichtete ihm Kotek bei. »Obwohl er uns vorhin die Hucke vollgelogen hat, tut er mir jetzt irgendwie leid.«

Jacobi kniff ein Auge zu und trommelte mit den Fingern auf das Lenkrad. »Mein Mitleid hält sich in Grenzen. Aber weiter im Text: Schremmers Dame im Hinterhalt steht gut, er hat sie den Sökos voraus, aber dann platzt ihm der Anruf Ruth Maybaums ins Konzept. Er soll uns, den Kiberern, auf die Sprünge helfen. Und die Maybaum macht Druck, also willigt Schremmer notgedrungen ein und händigt mir das Sökos-Dossier aus. Natürlich eine redigierte Fassung: Der entscheidende Hinweis, den er von Jutta Dietrich erhalten hat, fehlt. Und die Grabowsky-Beichte ist ebenfalls seine Idee gewesen. Behrens musste mitspielen, hatte keine andere Wahl. Die Sökos ihrerseits sind durch das Verschwinden der Dietrich zutiefst verunsichert. Sie setzen die Liquidierung Grabowskys aus und lassen ihn nur beaufsichtigen, doch dadurch können wir ihn uns schnappen. So steht die Partie im Augenblick. Jetzt sind die Sökos wieder am Zug. Schremmers Dame können sie im Moment nicht erwischen, also werden sie ihn selbst ins Visier nehmen. Sie können es sich nicht leisten, ihn weitermachen zu lassen.«

Jacobi startete den Wagen und fuhr los. Ob er mit seinen Vermutungen richtiglag, würde sich bald zeigen. Die Zeit wurde knapp. Sicher hatte Behrens inzwischen auch mit einigen Leuten telefoniert. Schließlich durfte der Ruf der Klinik nicht befleckt werden. Waschhüttl würde also schwere Geschütze auffahren. Doch dank Sandra Hasenkopf konnte er, Jacobi, dagegenhalten.

***

Im Präsidium angekommen merkten sie sofort, dass es Stunk gegeben hatte. Weider kam auf eine Zigarette herüber. In seinem Büro, dem Info-Center, rauchte er nicht mehr, um seinen Konsum etwas einzuschränken. Als Jacobi seinen angewiderten Gesichtsausdruck sah, musste er grinsen, obwohl ihm durchaus nicht zum Lachen zumute war.

»Hat Waschhüttl gemeckert?«, fragte er.

»Gemeckert? Er hat gebrüllt, die Gruppe Jacobi sei ein Asyl für geistige Kleinrentner, die jeden vernünftigen Menschen zur Verzweiflung treiben. Ach ja, und du sollst unverzüglich zu ihm kommen, wenn du zurück bist.«

»Mach ich. Zunächst aber der Fahrplan für euch, falls uns der Fall noch heute entzogen wird.« Er nahm die Kopie des Gedächtnisprotokolls aus der Aktentasche. »Hier sind Fingerabdrücke von Behrens drauf. Vergleicht sie bitte mit jenen auf dem Ausdruck, den Schremmer uns gegeben hat. Schremmer behauptet, er habe diese Blätter von Behrens erhalten, folglich müssten dessen Prints auch darauf zu finden sein.«

Weider rümpfte die Nase. »Das kann aber auch sein, wenn Schremmer der Verfasser ist. Er musste Behrens die Seiten ja lesen lassen, damit er ihn uns als Verfasser unterjubeln konnte. Apropos Behrens: Hast du von ihm was Brauchbares erfahren?«

»Von ihm nicht, aber eine Pflegerin hat gesungen wie eine Nachtigall.« Jacobi wiederholte in gebotener Kürze, was Sandra Hasenkopf ihnen gesteckt hatte. »Und schick gleich einen unsrer Fernmeldetechniker zu ihr«, ordnete er abschließend an. »Er soll die

Dietrich zunächst über Schremmers Festanschluss, dann über seine Funktelefonnummer anrufen. Vermutlich kann sie seine Nummer vom Display des Empfängergeräts ablesen. Diese klitzekleine Chance haben wir. Wir müssen die Frau unbedingt ans Rohr kriegen. Melanie hat für diesen Fall schon einen Text vorbereitet, den die Hasenkopf auswendig lernen soll. Unser Mann soll es bis zwei Uhr früh versuchen. Wenn sie bis dahin nicht rangegangen ist, kann er nach Hause fahren.«

Weider zuckte mit den Schultern. »Selbst wenn die Dietrich naiv wäre, würde sie doch sofort auflegen, wenn jemand anderer als Schremmer am Telefon ist. Freundin hin oder her!«

»Unke!«

»Keine Unke, nur Realist! Bei einer zeitlich limitierten Funkpeilung mit Richt- und Hilfsantenne können wir vermutlich nur eine beiläufige Ortsbestimmung erreichen.«

Die eigene griesgrämige Miene konterkarierend sagte Jacobi: »Ich baue auf Melanie. Vielleicht findet sie ja etwas in Schremmers Wohnung, das uns weiterhilft.«

Ein Telefon klingelte. Kotek nahm den Anruf entgegen.

»Schremmer hat sich mit Ruth Maybaum im ›Tomaselli‹ getroffen. Lenz, Leo und Max haben sich bereits am Lagerplatz eingebunkert.«

Jacobi sah auf die Uhr. »Bald sechs. Da wird er vor dem Treffen beim ›Welikije Luki‹ kaum mehr nach Hause fahren. Worauf wartest du noch?«

Kotek schnitt eine Grimasse und zog ab.

»So. Und ich geh jetzt zu Waschhüttl.« Jacobis kämpferischer Unterton war nicht zu überhören. Weider versuchte ein aufmunterndes Grinsen, aber es blieb beim Versuch.

***

Waschhüttls Sekretärin, Frau Griseldis Plachutka, genannt »die Spinne«, blickte kurz von ihrer Arbeit auf, als Jacobi eintrat, und zeigte wortlos auf die Tür von Waschhüttls Büro. Er klopfte und trat ein.

Waschhüttl brüllte nicht gleich los, noch ehe Jacobi die Tür hinter sich geschlossen hatte, wie er es üblicherweise bei unbotmäßigen Untergebenen zu tun pflegte, allerdings antwortete er auch nicht auf Jacobis Frage, was denn anliege. Erst nach mitgezählten zehn Sekunden hob er den Blick von den Akten auf dem Schreibtisch und sagte in normaler Lautstärke: »Sie können sich bestimmt denken, wer mich vor einer Stunde angerufen hat, nicht wahr?«

Jacobi hob die Schultern und ließ sie wieder fallen. »Keine Ahnung. Vielleicht Pater Behrens?«

»Pater Behrens, Pater Behrens! Der ist doch nur ein kleiner Fisch. Der General von Gladius Dei persönlich war am Apparat, Jacobi. Ich habe ihm versprechen müssen, Sie unverzüglich zu ihm zu schicken, sowie Sie sich hier blicken lassen. Er ist rein zufällig in Salzburg, ist auf der Synode als Gastredner geladen und hat in St. Peter Quartier bezogen. Er wollte mir nicht sagen, worum es geht, sehr wohl aber gab er mir zu verstehen, Sie könnten die Tragweite Ihrer absurden Behauptungen nicht im Entferntesten einschätzen. Schon das leiseste Gerücht würde unermesslichen Schaden anrichten.«

Mittlerweile hatte sich das moderate Adagio seiner Stimme zum vertrauten Furioso gesteigert. »Jacobi! Wissen Sie denn nicht, dass dieser Mann jeden von uns abservieren lassen kann? Minister geben sich seine Türklinke in die Hand, und er selbst geht bei den Mächtigsten dieser Welt ein und aus. Sagen Sie mir endlich, was Sie angestellt haben! Oder denken Sie, es war angenehm, vom General gefragt zu werden, ob ich denn nicht auf dem Laufenden sei?«

»Eine Spur im Fall Cermak führte uns zum Heiligen –«

»Und sagen Sie nicht immer Cermak«, unterbrach Waschhüttl ihn brüsk, »wenn Sie den Fall Sökos meinen! Ich hab mich inzwischen in Schremmers Dossier eingelesen.«

»Aber sollten wir's nicht lieber beim Fall Cermak belassen, Herr Oberst? Schon allein wegen der gebotenen Diskretion. Was denken Sie?«

Waschhüttls rosiger Teint verdunkelte sich zu gefährlichem Tomatenrot.

»Was ich denke? Ich denke, Sie sagen mir jetzt, womit Sie Gladius Dei derart an den Wagen gefahren sind! Der General rotiert wie ein angeschossener Tiger!«

»Das war so: Behrens informierte mich über ein Gespräch, das er mit dem HIV-Patienten Grabowsky geführt hatte. Dieser hatte ihm, wohl aus Gewissensnot, ein Dutzend Auftragsmorde gestanden. Ich fragte Behrens nun, ob ... ob ein gewisser Verdacht gänzlich auszuschließen sei.«

»Was für ein Verdacht? Mann, so reden Sie doch!«

»Nun, dass die Sökos ihrer obskuren Tätigkeit auch an seiner Klinik nachgehen könnten.«

Waschhüttl saß da wie vom Donner gerührt. Dann sagte er ganz leise: »Sie sind komplett wahnsinnig, Jacobi, das wissen Sie doch, oder?«

»Nein, weiß ich nicht. Aber auch Behrens scheint Ihrer Meinung zu sein. Er hat uns rausgeworfen. Wenn Sie erlauben, ruf ich den General gleich von hier aus an. Ich denke, er wird nach dem Gespräch auf meinen Besuch verzichten.«

Jacobis selbstbewusste Attitüde verfehlte ihren Eindruck nicht. In Waschhüttls Miene stritten Furcht und Neugierde um die Oberhand. Ausnahmsweise gewann die Neugierde.

»Gut. Dann rufen Sie halt an!« Er schob Jacobi den Apparat hin und legte einen Zettel mit der Telefonnummer daneben. Jacobi wählte, ohne zu zögern.

»Landesgendarmeriekommando Salzburg, Hauptmann Jacobi. Kann ich bitte den Pater General sprechen? Er erwartet meinen Anruf.«

Ein Sekretär stellte das Gespräch durch.

»Kastner. Wer ist am Apparat?« Der Gladius-Dei-General hatte eine tiefe Stimme, die Autorität ausstrahlte.

»Hauptmann Jacobi. Ich rufe in der Angelegenheit Heiligenkreuz-Spital an. Im Moment ist es mir leider nicht möglich, persönlich bei Ihnen vorzusprechen, Pater General, aber morgen stehe ich selbstverständlich zu Ihrer Verfügung.«

»Schade, dass Sie nicht gleich kommen können. Pater Behrens ist gerade bei mir.«

»Das trifft sich gut. Dürfte ich ihn kurz sprechen? Dauert wirklich nur Sekunden.«

Behrens musste direkt neben seinem Oberen gestanden haben, er meldete sich sofort.

»Behrens. Ich höre?« Es klang, als würde er eine Entschuldigung erwarten.

»Ich nehme an, Sie wollen den Pater General selbst über Jutta Dietrich informieren«, sagte Jacobi kühl. »Eine weitere Debatte über eine Rufschädigung des HKS würde sich damit erübrigen. Ich möchte nur in Ruhe meiner Arbeit nachgehen, Pater. Sie werden einen solchen Wunsch sicher verstehen?«

Nichts, nur ein Klick, und die Leitung war unterbrochen. Behrens musste vor Schreck aufgelegt haben.

»Was ist mit dieser Jutta Dietrich?«, fragte Waschhüttl.

»Sie ist Krankenpflegerin im HKS und war bis vor Kurzem Behrens' Geliebte. Das konnte natürlich nicht geheim bleiben.«

»Und deshalb musste er über manche Gepflogenheiten des Personals hinwegsehen?«

»So ist es. Vor drei Wochen verschwand sie allerdings plötzlich. Wir suchen sie wie die obligate Stecknadel im Heuhaufen. Möglicherweise verfügt sie über Infos, die uns näher an die Sökos heranbringen. Kann aber auch sein, dass wir sie nur mehr als Leiche finden. Ich nehme an, der General wird zurückrufen, sobald er Behrens die Beichte abgenommen hat. Und Sie werden sehen, Herr Oberst, er wird unsrer Arbeit von nun an das Verständnis entgegenbringen, das man von Hütern der Moral erwarten darf.«

»Ihr Mundwerk wird Ihnen eines Tages noch den Hals brechen«, sagte Waschhüttl.

Den Gefallen werde ich dir sicher nicht tun, dachte Jacobi, während seine hochgezogenen Brauen und die ausgebreiteten Arme eben jenen Fatalismus vortäuschten, den Waschhüttl so an ihm hasste.

»Brauchen Sie mich noch? Als ich vorhin zum General sagte, ich sei unabkömmlich, habe ich nämlich nicht gelogen. Wir beschatten Schremmer, der vermutlich heute noch ein Rendezvous mit Sökos-Killern hat. Wir werden versuchen, ihm das Leben zu retten, und Sie selbstverständlich auf dem Laufenden halten, Herr Oberst. Guten Abend!«

***

»Und? Wie war's?«, fragte Weider, als Jacobi zurückkam.

»Dank Hasenkopf ist er im Augenblick schmähstad, aber das kann sich rasch ändern. Gladius Dei wollte intervenieren, aber ich hab Behrens Jutta Dietrich zu kauen gegeben. Der Rückruf wird nicht lange auf sich warten lassen.«

Weider legte ihm einige Fotogramme mit stark vergrößerten Fingerabdrücken auf den Tisch. »Du hattest übrigens recht mit den Prints«, sagte er. »Auf den Seiten, die Behrens Schremmer übergeben haben soll, gibt es ausschließlich die Abdrücke von Schremmer. Behrens hat die Papiere nie in der Hand gehabt.«

Jacobi nickte. »War nach dem aktuellen Wissensstand nur noch eine Fleißaufgabe. Trotzdem vielen Dank. Die Steilvorlage der Hasenkopf hat uns, wie schon gesagt, in Angriffsposition gebracht. Wir sind jetzt am Ball, Johnny.«

Weider schmunzelte. »Heute so sportlich, Oskar? Ist ja sonst nicht grad deine Art. Aber ich verstehe: Du probst für dein Date mit Jutta Dietrich. Sie soll ja was für rüstige Senioren übrighaben.«

Jacobi warf mit einem Radiergummi nach ihm, verfehlte ihn aber. »Hast du in letzter Zeit mal in einen Spiegel geschaut? Du würdest bei jedem Ötzi-Casting alle anderen Bewerber ausstechen.« Er wurde wieder ernst. »Wir führen uns auf, als befände sich die Dietrich bereits in Sicherheit, dabei wissen wir nicht einmal, ob sie überhaupt noch lebt.«

»Die lebt schon noch, Oskar«, sagte Weider, und es klang sehr überzeugt. »So verführerisches Unkraut verdirbt nicht so schnell, drauf verwett ich meine Pension.«

»Was wissen wir über sie?«

»Sie ist achtundzwanzig, als einziges Kind einer VOEST-Arbeiterin in Linz geboren und dort aufgewachsen. Hat ein Pharmaziestudium abgebrochen und ist dann Krankenpflegerin geworden. Wir werden sie schon finden.« Er starrte seinen Freund mit Kulleraugen-Blick an. »Und wer weiß, vielleicht bezirzt sie dich dann ebenso wie den armen Behrens und trällert dir mit rauchiger Stimme ins Ohr: Ich trrreib es so gerrrn … taramtamtam … mit den älterrren Herrrn …« Weider intonierte in Zarah-Leander-Manier und tanzte im Tangoschritt durchs Büro.

»Wie viel Kaffee hast du denn schon gesoffen?«, fragte Jacobi prosaisch. »Du bist ja total durch ‘n Wind. Wenn die Sache beim ›Welikije-Luki‹ gelaufen ist, fährst du gleich nach Hause. Ich lass mich von deiner Inge kein zweites Mal auf offener Straße als Sklaventreiber beschimpfen.«

Weider winkte ab. »Bitte, häng jetzt nicht den Menschenfreund raus! Den nimmt man dir nämlich ebenso wenig ab wie einer Nutte das Keuschheitsgelübde. Warten wir lieber bis neun und auf die Wünsche, die du *dann* hast! Ach ja, vor lauter Blödeln hätt ich beinah vergessen, dass Schremmer und Ruth Maybaum inzwischen zum ›Hirschen‹ rübergefahren sind.«

»Vielleicht gönnt er sich noch eine Henkersmahlzeit, ehe er zum Date fährt.«

»Wie auch immer: Ich bin drüben im Info-Center, wenn du mich brauchst.« Weider verließ das Büro.

Das Telefon auf Jacobis Schreibtisch läutete. Er hob ab. »Referat 112, Delikte gegen Leib und Leben.«

»Kastner.« Der unverkennbare Bass des Gladius-Dei-Generals. »Spreche ich mit Hauptmann Jacobi?«

»Am Apparat.«

»Jacobi, Pater Behrens hat mir von seiner – äh – Beziehung zu diesem Mädchen berichtet.«

»Sie meinen Jutta Dietrich?«

»Ja, die Diplomkrankenschwester Jutta Dietrich. Das ... hrrm ... das kommt alles sehr überraschend für uns. Es wird zu überlegen sein, ob wir unsern Mitbruder nicht auf dem falschen Platz eingesetzt haben.«

»Sie entschuldigen, wenn ich Sie unterbreche, Pater General. Als Mensch und Mann habe ich vollstes Verständnis für Behrens, bedenklich erscheint mir allerdings die Abhängigkeit, in die er dem Personal gegenüber geraten ist. Hat er Ihnen das –«

»Doch, doch! Das hat er mir erzählt. Alles!«, beeilte sich der General zu versichern. »Und ich weiß auch über die Folgen Bescheid, die das – äh – delikate Verhalten unsres Mitbruders nach sich gezogen hat. Wirklich bestürzend. Im höchsten Maße bestürzend. Es wird viel Zeit und Mühe kosten, den Status quo ante wiederherzustellen. Aber nun zu Ihnen, mein lieber Jacobi: Wenn ich Ihnen bei Ihren Ermittlungen irgendwie behilflich sein kann, dann melden Sie sich einfach bei mir, nicht wahr? Mein Sekretär wird Ihnen meine Privatnummer geben. Ich bin zu jeder Tages- und Nachtzeit für Sie zu erreichen. Gladius Dei lebt und wirkt zwar im Verborgenen, aber Sie wissen ja, wie das ist: Man kennt da und dort ein paar Leute, denen man einen Gefallen erwiesen hat und die einem dann im Fall des Falles weiterhelfen.«

Der liebe Jacobi grinste. »Ich werde gern auf Ihr Angebot zurückkommen, sollten es die Umstände erfordern, Pater General. Vermutlich haben Sie es schon von Behrens erfahren: Wir sehen uns zurzeit mit Verbrechen konfrontiert, deren Dimension alles sprengen könnte, was nach 1945 an Vergleichbarem in unserm Land passiert ist. Ich muss einem Mann wie Ihnen nicht sagen, wie heikel sich die Angelegenheit besonders für die Exekutive darstellt. Vorläufig sind nur einige Behörden eingeweiht und zu absoluter Diskretion verpflichtet worden. Wir stehen erst am Anfang der Ermittlungen, sind den Seniorenkillern aber schon dicht auf den Fersen. Wäre jammerschade, wenn man uns den Fall jetzt wegnähme und exklusiv der Stapo übertragen würde. Sollte diesen Ausgeburten der Hölle nicht so schnell wie möglich das Handwerk gelegt werden? Meine Truppe ist dazu in der Lage. Und wenn wir erst den Kopf der Bande haben, dann wird sich niemand mehr für Dinge interessieren, die mit den Sökos nur indirekt zu tun hatten – so wie Pater Behrens. Ein Kompetenzstreit zwischen Behörden würde dagegen einigen Staub aufwirbeln. Die Akte würde durch etliche Hände wandern –«

»Um Gottes willen, bloß nicht!«, ächzte Kastner.

»– und nur die Verbrecher zögen Nutzen daraus«, beendete Jacobi den unterbrochenen Satz. »Sie würden Zeit gewinnen, könnten sich gegebenenfalls absetzen, während ringsum eine Menge Porzellan zerschlagen werden würde.«

»Ich werde sehen, was ich tun kann. Und zwar ungeachtet der Tatsache, dass Sie ein elender Erpresser sind, Hauptmann Jacobi.«

»Um eine kleine Gefälligkeit wollte ich Sie trotzdem noch bitten, Pater General«, sagte der elende Erpresser.

»Nämlich welche?«

»Es wäre besser, wenn Behrens seinen Jugendfreund Kurt Schremmer nicht mehr kontaktieren würde. Es würde unsre Ermittlungen nur erschweren, wenn er ihn auf dem Laufenden hielte. Schremmer ist übrigens nicht ganz unbeteiligt an dem Schlamassel, in das Behrens sich und das HKS gebracht hat.«

»Unser Mitbruder wird diesen Schremmer in Hinkunft meiden. Sie können sich darauf verlassen. Noch was?«

»Nein, das ist vorläufig alles.«

»Gelobt sei Jesus Christus, Hauptmann Jacobi.«

»In Ewigkeit, amen.« Jacobi legte auf. Noch immer umspielte ein grimmiges Lächeln seine Mundwinkel.

***

»Mann! Die Ereignisse überschlagen sich, und du raspelst Süßholz mit einem reaktionären Mönch.« Weider war schon vor einiger Zeit mit einem Zettel in der Hand aus dem Info-Center herübergekommen und trat seither von einem Fuß auf den anderen.

»Schremmer hat Ruth Maybaum nach Hause gebracht und –«

»Zu sich nach Hause?«, unterbrach ihn Jacobi alarmiert. Melanie war doch noch in Schremmers Wohnung.

»Nein, zu ihr. Hat sie vor ihrer Haustür in Parsch abgesetzt und ist Richtung Autobahn weitergefahren. Will wohl etwaige Verfolger abhängen, ehe er nach Itzling zurückkehrt. Wir haben ihm nur einen Wagen hinterhergeschickt. Allerdings den Porsche, damit er nicht misstrauisch wird. Der Fahrer gibt laufend die Position durch und lässt sich demnächst abhängen. Lenz meldet, dass zwei Schwarzlederne mit Ferlacher Präzisionsgewehren am Lagerplatz eingetroffen sind. Sie haben im Gerümpel bereits Stellung bezogen.«

»Mach mich bloß nicht verrückt! Es sind immer *drei*, verstehst du? Sie müssen unbedingt den dritten finden, klar?«

Weider sah ihn zweifelnd an. »Entschuldige, aber warum sollten sie noch einen brauchen? Die beiden sind hervorragend postiert, und jeder von ihnen könnte den Job auch allein erledigen.«

»Der dritte Mann ist aber da! Und darüber wird nicht diskutiert, Hans. Die Sökos arbeiten immer nach demselben Schema. Gib das an Lenz durch! Er wird dann wissen, worauf er zu achten hat.«

»Mach ich. – Aber jetzt kommt der Knüller. Jutta Dietrich hat sich gemeldet.«

»Nein!«

»Doch! Natürlich war sie überrascht, als sie nicht Schremmer, sondern ihre Freundin Sandra hörte, aber die Hasenkopf hat ihre

Sache recht gut gemacht. Wir hatten immerhin so viel Zeit, um die Peilung einigermaßen hinzukriegen. Aber ehe wir uns das Gespräch anhören, noch was anderes: Melanie hat vorhin angerufen. Sie hat eine Diskette mit Aufzeichnungen über die Sökos gefunden und sie kopiert.«

»Hat sie sonst noch was gefunden?«

»Sonst noch …? Mann, Oskar! Manchmal verdirbst du einem echt jede Freude. Melanie hat für ihre wohlgemerkt *illegale* Aktion wirklich etwas anderes verdient als deine Schnoddrigkeit. *Du* hast doch gemeckert, Schremmer hätte uns zensiertes Material übergeben. Auf der Diskette, die Melanie –«

»War die Diskette durch einen Code gesichert?«, unterbrach ihn Jacobi.

»Nein, wie hätte sie sie dann kopieren können?«

»Und warum dann der Aufstand? Auf der Diskette ist sicher nur die für uns bearbeitete Fassung des Sökos-Dossiers abgespeichert. Da geh ich jede Wette ein. Das ungekürzte Original befindet sich noch immer in dem Päckchen im Bankschließfach am Alten Markt. Also, was hat Melanie sonst noch gefunden?«

Weider richtete den Blick nach oben, als wollte er die Götter für seinen seelisch verknöcherten Freund um Verzeihung bitten. Dann las er von seinem Spickzettel ab: »Aktenmaterial zu früheren Recherchen, Stenogramme über korrupte Politiker, Zeitungsausschnitte, Barschecks, Münzen, Belege über regen Aktienhandel, ein Merkheft mit Damenadressen, Liebes- und Drohbriefe sowie persönliche Dokumente. Mehr hab ich nicht aufgeschrieben.«

»Das reicht ohnehin. Ist Melanie noch vor Ort?«

»Ja. Sie will sich einige Briefe genauer anschaun.«

»Ruf sie an, dass sie sich das sparen kann. Wenn sie das Adressenheft durchfotografiert hat, soll sie gleich herkommen.«

»Was willst du denn mit den Weiberadressen?«

»Ganz bestimmt nicht das, was du denkst.«

***

In Weiders Büro herrschte die übliche Hektik. Seine Mitarbeiter Oliver Stubenvoll und Peter Klucseiritz arbeiteten mit Hochdruck am Projekt »Opferdatenvergleich«. Er gab Anweisung, das aufgezeichnete Telefongespräch zwischen Jutta Dietrich und Sandra Hasenkopf abzuspielen.

»Ja, was gibt's denn noch? Hast du's dir anders überlegt?« Jutta Dietrich hatte tatsächlich eine elektrisierende Stimme.

»Jutta, endlich! Gott sei Dank! Seit Tagen versuche ich dich zu erreichen. Ich bin's, Sandra. Hör zu, heute Nachmittag ist ein Mann –«

»Sandra? Wie kommst du an diese Nummer? Da stimmt doch –«

»Ich wollte es dir doch gerade erklären. Heute Nachmittag nach Dienstschluss hat ein Mann an meiner Wohnungstür geläutet. Ich kannte ihn nicht, aber er sah aus wie Antonio Banderas. Er hat sich vorgestellt und gesagt, er sei mit dir befreundet. Ich sagte, ich hätte keine Ahnung, wo du im Augenblick –«

»Sandra«, unterbrach sie Jutta Dietrich. »Ich muss auflegen. Ich … das Risiko ist einfach zu groß.«

»Warte! Einen Augenblick noch, bitte! Schremmer hat mir dieses Mobiltelefon gegeben, weil –«

»Unsinn! Kurt hat mir versichert, nur er selbst würde anrufen. Sowie irgendjemand anderer sich unter dieser Nummer meldet, befinden wir uns beide in höchster Gefahr.«

»Schremmer ist tatsächlich in großer Gefahr. Deshalb hat er mir ja auch deine Telefonnummer verraten. Er will sich heute mit einem abtrünnigen Söko treffen. Davon hat er dir doch sicher erzählt.«

»Kurt hat mich versteckt, weil *ich* mich in Lebensgefahr befinde. Ansonsten habe ich keine Ahnung, was er treibt. Oft meldet er sich tagelang nicht. Ich werde dir irgendwann alles erklären, aber mich jetzt sicher nicht um Kopf und Kragen reden. Ich weiß, man benutzt dich als Lockvogel. Adieu, meine Kleine!«

***

»Nicht dumm, die Dietrich«, sagte Weider und klickte auf eine Taste seines PCs. »Trotzdem waren wir, wie schon gesagt, mit der Peilung einigermaßen erfolgreich. Ein Foto haben wir übrigens auch schon von ihr. Eine wirklich tolle Frau, nebenbei bemerkt!«

Auf dem Bildschirm erschien eine topografische Karte von der Glockner- und Sonnblickgruppe im Nationalpark Hohe Tauern. Weider hatte die von ihm als Hilfsantenne ausgewählte Funkdienststation auf der Edelweißhütte bereits markiert.

Die Schutzhütte mit Restaurantbetrieb war nach der markanten Edelweißspitze benannt. Sie befand sich an deren Südhang, oberhalb der Glocknerstraße auf einem kleinen Plateau, das für Touristen ein lohnendes Ausflugsziel war.

Den Ermittlern war trotz exakter Richtungspeilung nur eine unscharfe Seitenbestimmung gelungen: Jutta Dietrich hätte demnach sowohl im oberen Fuscher Tal, etwa auf einer Almhütte am Wiesbachhorn, als auch im Seidlwinkltal, einem sehr langen Seitental des Rauris, telefoniert haben können.

»Sieht ganz nach einer idyllischen Bleibe im Hochgebirge aus«, sagte Weider. »Eine Jagdhütte oder so was Ähnliches. Was meinst du, Oskar?«

»Hm, ich würde eher an was Größeres denken, wo man auch einen Porsche einstellen kann.«

»Ein Haus mit Garage? Ein Berghotel?«

»Nein, das wäre einem Fuchs wie Schremmer viel zu öffentlich und unsicher. Außerdem gibt es in der Kernzone des Nationalparks Hohe Tauern kaum Hotels, abgesehen von jenen an der Glocknerstraße und einigen etwas komfortableren Schutzhütten.«

»Jetzt weiß ich, was du meinst.«

»Ach ja? Dann sag's mir drüben im Büro. Mir ist nach einem Drink und einer Zigarette.«

Sie gingen hinüber.

»Sag, übertreibst du die Geheimhaltung nicht etwas?«, mäkelte Weider. »Stubi und Klugscheiß haben eh keine Ahnung, warum wir die Dietrich suchen. Außerdem konzentrieren sie sich ausschließlich auf die Datenerhebung zum Schremmer-Dossier.«

Jacobi nahm ein Bier und eine Cola aus dem Kühlschrank. Weider war trockener Alkoholiker, Cola sein favorisiertes Ersatzgetränk.

»Und was, wenn sie doch eine Ahnung haben?«, insistierte Jacobi. »Eine Million für einen kleinen Tipp, gegebenenfalls ist den

Sökos ihre Freiheit sogar noch mehr wert. Sicher überprüfen sie schon unsre finanziellen Verhältnisse, um zu checken, wen man am ehesten bestechen kann. Stubi ist Häuslbauer, glaubst du nicht, der könnte eine Million gut brauchen? Besonders in Zeiten wie diesen?«

»Nein, nicht Stubi! Und Klugscheiß ebenso wenig. Die beiden würden doch nie wieder in einen Spiegel schauen können, wenn sie sich auf so etwas einließen. Die machen so etwas nicht, Oskar. Ganz sicher nicht!«

Stubenvoll, von dem eben noch die Rede gewesen war, sah zur Tür herein. »Schremmer hat unsern Porsche jetzt abgehängt. Sollten Sie es sich anders überlegen, Chef, holen wir ihn jederzeit wieder ein.«

»Nein, schon in Ordnung! Die Vorausposten vor dem ›Welikije Luki‹ sind informiert?«

»Natürlich, Chef.«

»Was Neues von Redl?«

»Im Moment nicht.«

»Hm, jetzt ist es gleich halb neun. Schremmer wird demnächst am Lagerplatz aufkreuzen. Dann wollen wir mal hoffen, dass alles gut geht.«

Das Warten zerrte an Jacobis Nerven. Als um halb neun Kotek zurückkam, war er für die Ablenkung dankbar. In den letzten zwei Stunden hatte er mehr geraucht als sonst an einem Tag, und auch Weider trank Unmengen von Cola und qualmte wie ein Misthaufen. Sein Kaffeekonsum war hingegen streng limitiert. Mehr als fünf Tassen pro Tag vertrug er nicht, und Jacobi versuchte nach Möglichkeit darauf zu achten, dass sein Freund dieses Limit nicht überschritt.

Kotek hatte noch im Fotolabor zu tun, als sich die stumme Spannung im Info-Center in geschäftiges Brodeln auflöste. Beim »Welikije Luki« ging es los.

Schremmer war pünktlich gewesen. Ab zwanzig Uhr fünfzig kamen in unregelmäßigen Abständen die Meldungen über Telefon oder Funk herein. Jacobi starrte gebannt auf Weiders Allerheiligstes, die Funk- und Telefonzentrale.

»S. kommt langsam die Rauchenbichlerstraße runter.«

Sekunden später: »Hält vor dem Lokal ›W. L.‹ an. Macht die Scheinwerfer aus. Steigt aus, schließt den Wagen ab.«

Nach einer längeren Pause: »S. geht um das Gebäude herum auf den Lagerplatz zu. Betritt ihn durch das Tor, das einen Spaltbreit offen steht. Kein Sichtkontakt mehr!«

War das Warten bisher schon nervenaufreibend gewesen, so wurde es jetzt schließmuskelverkrampfend.

Endlich meldete sich Max Haberstroh wieder. »Wir haben die Schwarzledernen entwaffnet. Schremmer war eben am Tor aufgetaucht –« Zwei in kurzem Abstand abgefeuerte Gewehrschüsse ließen ihn verstummen.

»Was ist los, Max?«, brüllte Jacobi. »Melde dich! Verdammt noch mal, so melde dich doch!«

Knacken und Knistern im Lautsprecher – dann nichts mehr.

Nach einer vollen Minute lähmender Ungewissheit war Haberstroh wieder da. »Du wirst es nicht glauben, Chef, aber Lenz hat tatsächlich diesen verdammten Dritten erwischt, den wir dir nicht abkaufen wollten.«

»Wo war er? Im ›Welikije Luki‹?«

»Bist du vielleicht Hellseher, Chef?«

»Quatsch. Wo sonst hätte er sein sollen? Schließlich habt ihr nur zwei Typen auf den Lagerplatz kommen sehen.«

»Er hat sich hinter einem der Fenster bis zuletzt versteckt gehalten. Erst als Schremmer am Tor auftauchte, muss er sich irgendwie verraten haben. Es knallte, wir rissen Schremmer zu Boden, aber da war alles schon vorbei. Lenz kann dir das viel authentischer berichten. Im Gegensatz zu Leo und mir hat er felsenfest mit dem dritten Mann gerechnet. Du hast es ja gesagt, also musste auch einer da sein.«

»Seid froh, dass Lenz aufgepasst hat, sonst würden euch jetzt die Sprüche im Hals stecken bleiben. Hätte man Schremmer erschossen, dann hättet ihr euch auf Hundstage gefasst machen können.«

Doch der locker-schnoddrige Wortwechsel war nur Ausdruck ihrer ungeheuren Erleichterung. Jacobi hatte weiche Knie und wusste: Haberstroh und Feuersang hatten noch weichere.

»Gib mir den Lenz!«

»Er ist ins ›Welikije Luki‹ gerannt, um nach dem Angeschossenen zu sehen, Chef. Du musst ihn auf seiner Frequenz anrufen.«

Weider tat das umgehend für Jacobi.

»Lenz? Wie ist es gelaufen?«

»Alles paletti, Chef. Ich lag auf einem Stapel Bretter unter einer Abdeckplane. Hatte freie Sicht zum Tor und zur Rückseite des ›Welikije Luki‹. Der dritte Typ musste hinter einem der Fenster Stellung bezogen haben, es waren ja nur zwei auf den Platz gekommen. Die haben sich allesamt ganz schön Zeit gelassen. Als sie eintrudelten, waren wir schon steif vom stundenlangen Herumliegen.«

»Unbequem, was? Und dann?«

»Max und Leo haben sich langsam an die beiden herangepirscht. Als Schremmer am Tor auftauchte und sie ihn anvisierten, hat Leo sein Sprüchlein aufgesagt und sie entwaffnet. Ich habe trotzdem die Fenster nicht aus den Augen gelassen. Und wirklich, der dritte Typ war ein ganz durchtriebener Hund. Obwohl seine Kumpane schon gestellt waren und der Hof von unsern Leuten nur so wimmelte, hat er eiskalt den günstigsten Zeitpunkt abgewartet.«

»Als alle Richtung Tor gingen«, ergänzte Jacobi.

Redl grunzte zustimmend. »Der Schalldämpfer ragte vielleicht gerade mal fünf Zentimeter zwischen den Gardinen hervor. Schremmer hatte irres Schwein. Ich bin nur zufällig mit der Zieloptik zu diesem Fenster geschwenkt, hätte auch eins der sieben anderen sein können. Ich sah die Bewegung an der Gardine, dann die Mündung und hab draufgehalten. Wir haben fast gleichzeitig abgedrückt. Er verfehlte Schremmer um Haaresbreite, ich ihn nicht. Glatter Lungendurchschuss. Aber die Ärztin sagt, er wird's überleben. Wenn er stabilisiert ist, bringt ihn die Ambulanz ins LKH. Die beiden anderen werden jetzt abgeführt, und die Itzlinger Kollegen vernehmen den Wirt. Mein StG habe ich schon abgegeben.«

Redl hatte ganz ruhig berichtet, seine Atmung ging nicht schneller als sonst. Jacobis Puls raste hingegen.

»Puh! Du hast uns ein furchtbares Schlamassel erspart. Dank dir, Lenz! Hat Schremmer sich auch schon bedankt?«

»Dazu hatte er noch keine Gelegenheit. Wenn du ihn sprechen willst, melde dich noch einmal bei Leo oder Max. Sie stehen bei ihm.«

***

Von Weider aus der Zentrale dazu aufgefordert, gab Haberstroh sein Funksprechgerät an Schremmer weiter.

»Hallo, Jacobi!« Schremmers Stimme klang brüchig. Er schien unter Schock zu stehen. »Muss mich wohl bei Ihnen bedanken. Das wär beinah schiefgegangen. Hab noch immer ganz zittrige Knie.«

»Wem sagen Sie das, Schremmer? Hoffentlich haben Sie jetzt begriffen, dass mit diesen Leuten nicht gut Kirschen essen ist. Sie sind uns was schuldig.«

»Natürlich steh ich in Ihrer Schuld. Aber dabei sollten Sie nicht vergessen, wer es war, der Sie so schnell auf die Spur der Sökos gebracht hat.«

Jacobi runzelte die Stirn. Die Rettung seines Lebens gegen eine erzwungene Gefälligkeit aufzurechnen, war mehr als unverfroren.

»Ich vergess es schon nicht«, sagte Jacobi, konnte sich aber nicht verkneifen hinzuzufügen, »obwohl Sie das Dossier von allem *wirklich* Wissenswerten bereinigt haben!«

»Bereinigt? Mann, geht jetzt wieder die Jacobi'sche Phantasie mit Ihnen durch? Ich hab Ihnen alles ausgehändigt, was ich in jahrelanger Arbeit zusammengetragen habe. Was soll ich Ihnen denn vorenthalten haben?«

»Zum Beispiel, wer Marlene ist und welche Firma ihre Wurzeln im alten Ägypten hat.«

»Ah, wusst ich's doch: Sie lassen mich nicht nur beschatten, sondern auch abhören. Aber Schwamm drüber. Immerhin haben Sie mir dadurch das Leben gerettet.«

»Sehr großzügig. Sie haben doch damit gerechnet, dass wir ein Auge auf Sie haben würden.«

»Schon, hätt ich aber gewusst, wie nahe mir der Sensenmann heute kommen würde, dann hätt ich mich nie auf das Treffen eingelassen.«

»Ich bitt Sie: Dass es sich um eine Falle handelte, war doch sonnenklar. Warum also sind Sie trotzdem zum ›Welikije Luki‹ gefahren?«

»So klar war das nun auch wieder nicht, außerdem ist bei unserm Geschäft ein gewisses Restrisiko immer dabei. Das Angebot konnte auch ernst gemeint gewesen sein. Nach der Verhaftung Grabowskys werden viele Sökos versuchen unterzutauchen. Ich bin überzeugt, da ist eine Absetzbewegung größeren Umfangs im Gange. So gesehen hätte der Anrufer durchaus ins Bild gepasst.«

»Aber Sie haben mir noch nicht verraten, wer Marlene ist. Und sagen Sie ja nicht, Sie hätten keine Ahnung. Sie haben dem Anrufer schließlich geantwortet, das mit Marlene habe nicht geklappt, also wussten Sie, von wem die Rede war.«

»Sie überschätzen mich, Jacobi. Ich hab einfach nur auf den Busch geklopft, als ich sagte, das habe nicht geklappt. In Wirklichkeit habe ich keine Ahnung, wer oder was Marlene ist.«

»Ist das Ihr letztes Wort?«

»Mann, warum denn immer gleich so melodramatisch! Ich kann Ihnen da wirklich nicht weiterhelfen. Ich habe schon drei Jahre lang Ihre Arbeit gemacht, Jacobi, und dabei wollen wir's für heute belassen. Gute Nacht! Und nochmals vielen Dank, dass Sie auf mich aufgepasst haben.«

»Gute Nacht, Schremmer. Hoffentlich überlisten Sie sich nicht eines Tages noch selbst. Das soll vorkommen – besonders oft bei Superschlauen.« Jacobi legte auf.

Weider schmunzelte. »Du hast richtig verärgert geklungen.«

»Bin ich auch. Schremmer ist ein undankbarer, eingebildeter Arsch. Wir retten sein Leben, und er lässt uns dumm sterben.«

»Na ja, wir ihn doch auch. Wir wissen ja, wer Marlene ist.«

»Trotzdem soll er ruhig glauben, dass wir noch im Dunkeln tappen«, murmelte Jacobi grimmig.

»Ach, tun wir das denn nicht?«

»Das wird sich gleich herausstellen.«

***

Kotek war ihnen in Jacobis Büro vorausgegangen. Sie folgten ihr.

»Spann uns nicht auf die Folter, Melli«, sagte Jacobi. »Wo hat sich die Dietrich versteckt?« Ihm war nicht entgangen, dass sie abwechselnd die topografische Karte auf dem Monitor und einen ganz bestimmten Fotoabzug betrachtete.

»Vom Vorspiel hältst du wohl überhaupt nichts, was? Kommt immer gleich zur Sache, der Herr Hauptmann. Aber warum hast du nicht gleich gesagt, dass du dieses Adressenheft suchst? Dann hätte ich Schremmers Wohnung gar nicht auf den Kopf stellen müssen.«

»Ich hatte doch zuerst auch keine Ahnung, wonach wir suchen sollten. Ich schwör's! Hans zählte auf, was du in der Wohnung gefunden hast, unter anderem auch dieses Heft, und da wollt ich es mir ansehen. Wo war's denn? Lag's nur so rum, oder war's versteckt?«

»Es war versteckt. Aber nicht im Safe. Da hab ich gar nicht erst rumprobiert, du hattest mir ja Schremmers Hausbar im Bücherbord so warm empfohlen. Das Heft steckte dort unter der verschraubten Zinkbodenplatte.«

»Und trotzdem hast du's gefunden?«, staunte Weider.

Kotek zeigte ihm den Stinkefinger. »Warum übernimmst du nicht selbst die Deppenarbeit, wenn du sie mir nicht zutraust, Hans? Ich hab euch Machos wirklich satt! Bei jeder sich bietenden Gelegenheit wird unterstellt, eine Frau könnte einen Schraubenzieher nicht von einem Gurkenschäler unterscheiden.«

»Melanie, bitte.« Jacobis melancholischer Dackelblick bremste Kotek. »Und du, Hans, spar dir deine sexistischen Bemerkungen.«

»Sexist–?« Weider schnappte nach Luft. »Was, bitte, war daran denn jetzt sexistisch? Ich hab das doch nicht im Entferntesten –«

»– so gemeint. Ich weiß«, ergänzte Jacobi. »Aber darüber philosophieren wir ein andermal. Jetzt haben wir nicht die Zeit dafür. Also, Melanie?«

»Es handelt sich um ein privates Adressheft – ohne Bezug zu irgendwelchen Recherchen. Neben sage und schreibe siebenundzwanzig Namen und Anschriften von Damen und den dazugehörigen Telefonnummern stehen die Daten von Kollegen und Freunden Schremmers drinnen, darunter auch die von Ruth Maybaum und Paul Basidius. Diese Adressen hab ich mir zuerst angesehen, aber keine davon käme als Unterschlupf für Jutta Dietrich in Frage. Also hab ich mir die Damen vorgenommen. Und siehe da, bei einer gewissen Aurelia Fahrendt, Frau eines Frankfurter Industriellen, bin ich fündig geworden! Ihr Mann, Eduard Fahrendt, besitzt ein Jagdhaus auf der Bockkar-Hochalm im Seidlwinkltal, mitten im Naturschutzgebiet, und Schremmer wiederum könnte einen Schlüssel zum Haus haben.«

»Bist ein Schatz, Melli.« Jacobi sagte es etwas gedankenlos, und diese Beliebigkeit machte Kotek traurig.

Weider schüttelte verärgert den Kopf. »Es gehört zwar nicht hierher, aber ich wüsste nur zu gern, wie die Bonzen es immer wieder schaffen, selbst die strengsten Naturschutzgesetze zu unterlaufen. Wie kann dieser Fahrendt auf einer Alm im Nationalpark nur ein Jagdhaus hinbauen?« Weider sympathisierte mit den Grünen, und Kungeleien zulasten des Naturschutzes erbosten ihn besonders.

»Das ist ganz einfach«, erklärte Kotek. »Irgendwo auf einem mehr oder weniger schön gelegenen Platz steht eine mehr oder weniger verfallene Hütte. Man schließt sich mit Grundbesitzern und Kommunalpolitikern kurz, bietet an, die Hütte zu restaurieren, pachtet sie auf hundert Jahre zu einem entsprechend lukrativen Pachtzins, und schon ist der Deal gelaufen. *Quod licet Jovi, non licet bovi!* Und nur einige Jahre später interessieren wehleidige Kommentare verschrobener Naturschützer über den nicht genehmigten Ausbau keine Sau mehr.«

Stubenvoll stürzte herein. »Raphael Conte hat gerade den Schremmer interviewt!«

Jacobi fluchte wie ein Fernfahrer. Raphael Conte, der eigentlich Ignaz Gallwieser hieß, war der gefürchtetste Klatschkolumnist der »K.u.K.«. Wer ihm in die Hände fiel, hatte zwei Möglichkeiten: Entweder bat er um gut Wetter, oder er konnte seinen Leumund an der Garderobe abgeben.

»Woher, zum Kuckuck, bekommt dieser Schnüffler nur immer seine Tipps? Das würde mich wirklich interessieren.« Weiders Empörung war echt. Diskretion in dienstlichen Belangen war für ihn Ehrensache – zumindest schätzte er sich selbst so ein.

»Er hat keinen Tipp bekommen«, erklärte Stubenvoll, »diesmal war er rein zufällig vor Ort. Er saß im ›Welikije-Luki‹, weil er

Material über illegal eingeschleuste Mädchen aus dem ehemaligen Ostblock gesammelt hat.«

»Wen das Schicksal schlagen will, dem schickt es die Journaille«, murmelte Jacobi düster.

Stubenvoll druckste herum. »Na ja, Schremmer hat sich ganz gut aus der Affäre gezogen.«

»Wie?«, fragten Kotek, Weider und Jacobi unisono.

»Er hat wahrheitsgemäß angegeben, er habe sich mit einem Informanten treffen wollen. Der sei nicht erschienen, stattdessen habe man versucht ihn zu ermorden. Gendarmen der Kriminalabteilung hätten das zum Glück verhindern können, deshalb läge es nahe, dass Jacobi und seine Truppe mehr über die ganze Sache wissen müssten. Er, Schremmer, beschäftige sich gerade mit Hehlerei im größeren Stil, aber anscheinend hätten schon die ersten Recherchen genügt, um ihm ans Leder zu wollen. Er hoffe auf das Verständnis der Medien, dass er in diesem frühen Stadium der Ermittlungen keine näheren Angaben machen könne. Damit hat er Conte stehen lassen. Die beiden sind sich nicht besonders grün, seit Schremmer den Atommüllskandal in den Achtzigern im Alleingang aufgeklärt hat.«

»Okay, danke.« Jacobi atmete durch, während Stubenvoll wieder ins Info-Center zurückging.

»Ist ja tröstlich«, sagte Weider, »dass Schremmer *uns* den Ball zugespielt hat. Was werden wir Conte jetzt erzählen, Oskar?«

Der melancholische Zug um Jacobis Mundwinkel trat noch deutlicher hervor. Ein untrügliches Zeichen, dass er nachdachte. »Eine verzwickte Angelegenheit. Wir haben strikte Order, die Medien außen vor zu lassen. Und ehrlich gesagt: Ich bin im Moment auch dafür. Was die Absetzbewegung der Sökos betrifft, so liegt Schremmer vermutlich nicht falsch. Eine Indiskretion, und dieser Trend wird sich rapide verstärken. Von der Panik in der Bevölkerung mal gar nicht zu reden, und eine solche ist unter allen Umständen zu vermeiden. Andererseits könnten wir in naher Zukunft in eine Lage geraten, in der die Medien unsere einzige Stütze darstellen.«

»Du meinst, wenn alles außer Kontrolle gerät und Politiker und Behörden nach dem Sündenbock schreien«, präzisierte Kotek.

»Und für eben diesen Fall sollten wir den Topf am Köcheln halten.«

»Was hältst du davon, Behrens den Medien zum Fraß vorzuwerfen?«, fragte sie. »Ein Priester des Gladius Dei verwickelt in einen Sexskandal! Und das an einer noblen Privatklinik, an der die Pflegerinnen zu den Patienten unter die Tuchent schlüpfen.« Kotek schien sehr angetan von ihrer Idee und untermauerte ihren Vorschlag mit einem kaum widerlegbaren Argument: »Damit hätten wir mindestens eine Woche Ruhe vor den Medien.«

»Kommt trotzdem nicht in Frage. Erstens wäre die ›K. u. K.‹ nicht die richtige Adresse für einen katholischen Skandal, zweitens will ich mir den General des Gladius Dei nicht zum Feind machen, sondern ihn als Atout zurückbehalten, und drittens könntest du dir selbst nicht mehr in die Augen schauen, wenn du den Ruf eines Menschen auf diese Art und Weise zerstörst. Oder vielleicht doch?«

»Ich muss doch sehr bitten!«, entrüstete sie sich. »Behrens hat sich das Schlamassel doch selbst eingebrockt. Warum war er denn erpressbar? Oder besser: In welcher Eigenschaft? Doch nicht als Verwalter der Klinik, sondern als Priester einer besonders lustfeindlichen Kongregation. Damit hatten ihn Jutta Dietrich & Co. am Haken.«

»Ja, er kam von Jutta Dietrich nicht los. Das war sein Verbrechen. Aber wüsste jeder die Folgen seiner Fehltritte im Voraus einzuschätzen, dann wären Behörden wie unsre überflüssig, und man würde uns wegrationalisieren. Es ist nicht unser Stil, einen schwach gewordenen Priester fertigzumachen. Nein, Behrens wird nicht ausgeliefert.«

»Und wen sonst sollen wir Conte dann vorsetzen?«, fragte sie schnippisch.

»Grabowsky. Das Heiligenkreuz-Spital erwähnen wir gar nicht. Im Gegenteil: Wir spielen den Ball zu Schremmer zurück. Grabowsky hat sich angesichts seiner reduzierten Lebenserwartung an ihn gewandt und ihm seine Geschichte erzählt. Die Geschichte des Chefs einer Raubmörder-Gang. Sehr wahrscheinlich wird er Conte genauso wenig verraten wie uns.«

Das Telefon auf Jacobis Schreibtisch läutete, und er hob ab.

Schon nach den ersten Worten des Anrufers verdüsterte sich sein Gesichtsausdruck. Als der andere Gesprächsteilnehmer aufgelegt hatte, hielt Jacobi den Hörer noch immer geistesabwesend in der Hand.

»Was ist, Oskar? Schlechte Nachrichten?« Kotek fasste ihn am Arm.

Jacobi fuhr sich übers Gesicht. »Man sollte es nicht verschreien: Grabowsky wird tatsächlich nichts verraten. Nie mehr! Er ist eben auf der Krankenstation der VZA ermordet worden.«

»Nein!«

»Doch. Vom Mörder fehlt natürlich jede Spur. Niemand hat was gesehen oder gehört.«

Weider zerrte an seinem Krawattenknoten. »Das gibt's doch nicht. Was war denn mit der Wache? Hat dieser blöde Hund geschlafen, oder was?«

»In einem Krankenzimmer am Ende des Flurs sind Häftlinge über einen jungen Pfleger hergefallen. Sie haben ihn ausgezogen und dann absichtlich auf den Gang hinaus entwischen lassen. Der Wachhabende hat sich zwei Wärtern angeschlossen, die dem armen Kerl zu Hilfe geeilt sind.«

»Worauf der Mörder nur gewartet hat«, ergänzte Kotek.

Jacobi nickte.

»Als die Wache zurückkam, lag Grabowsky mit durchgeschnittener Kehle im Bett. Und einen Mörder beziehungsweise einen Zeugen in einer VZA zu finden, ist so gut wie unmöglich.«

Kotek zerknitterte geistesabwesend den Fotoabzug in ihrer Hand. »Die Sökos machen also die Schotten dicht. Schremmer ist noch einmal davongekommen, aber das Problem Grabowsky ist immerhin vom Tisch.«

»Jetzt musst du dir wohl was anderes einfallen lassen, womit du Conte abspeisen kannst«, sagte Weider.

»Nein, wir bleiben bei unserem Plan: Grabowsky war der Chef einer Bande, die auf Brüche bei alleinstehenden Senioren spezialisiert ist und auch vor Raubmord nicht zurückschreckt. Als Abnehmer für die erbeuteten Wertgegenstände hatte er bestimmte Hehler an der Hand. Diese Leute haben Angst bekommen, er könnte am Ende seines Lebens auspacken, also haben sie Killer engagiert, die sowohl Schremmer, der ihnen auf die Schliche gekommen war, als auch Grabowsky liquidieren sollten. Bei Letzterem hat es geklappt, bei Schremmer nicht.«

»Zumindest vorläufig nicht«, verbesserte Kotek.

»Danke. Dein Optimismus ist wirklich ansteckend, Melanie. Ein Hintertürl lassen wir uns freilich offen, indem wir die Verbindung zu den Cermak-Morden herstellen. Wir machen die Vermutung publik, Grabowsky und seine Gang könnten die Handlanger Dr. Cermaks gewesen sein. Jene Handlanger, die nie gefasst worden sind. Und von Cermak zu den Sökos ist es bei Bedarf nur ein kleiner Schritt. Sollte man versuchen, uns zu knebeln oder gar kaltzustellen, dann werden Conte & Co. nach eigener Recherche die Schlussfolgerung für uns ziehen.«

Kotek und Weider war klar, was das bedeutete: Entweder ließ man Jacobi arbeiten, oder alle Welt würde von den Sökos erfahren.

»Falls Conte den Schritt nicht schon früher tut«, warnte Kotek. »Er ist mindestens so gerissen wie Schremmer, wittert Sauereien meilenweit gegen den Wind. Und unsre Schwachstelle *ist* eben Schremmer. Conte kennt ihn und weiß, dass ein Spürhund seines Kalibers nicht hinter gestohlenen Fahrrädern her ist.«

»Damit hast du leider recht. Trotzdem: Es kann, *muss* aber kein Nachteil sein, wenn Conte uns misstraut. Vielleicht wird er dann nicht so leicht vorpreschen, wie das sonst seine Art ist. Hans, schick bitte Erkennungsdienst und Spusi in die VZA. Und Leo und Max sollen sich in den nächsten Tagen alle Knackis vornehmen, die zur Zeit des Mordes auf der Krankenstation waren. Vor allem jene, die am Ablenkungsmanöver beteiligt waren. Sie werden nonstop verhört, bis sie zusammenbrechen.«

Kotek und Weider sahen sich an. Die kompromisslose Härte war neu an Jacobi. Weider ging in sein Büro hinüber.

»Und was ist mit den beiden unverletzten Killern vom Lagerplatz?«, fragte Kotek.

»Deren Einvernahme hat keine Eile. Das sind nur Gamma-Leute. Was die wissen, wird uns kaum weiterhelfen. Davon abgesehen werden sie stumm wie Fische bleiben. In den nächsten Tagen werden sie dem Untersuchungsrichter vorgeführt.«

***

Jacobi versuchte ansatzweise Ordnung in den Papierwust auf seinem Schreibtisch zu bringen und sperrte den Aktenschrank zu. Feierabend. Kotek ging ins Büro auf der anderen Seite des Flurs, das sie sich mit Feuersang und Haberstroh teilte, sperrte die Fotoabzüge weg, schlüpfte in ihren weißen Parka und war auf dem Weg zurück in Jacobis Büro, als sie wie angewurzelt in der Tür stehen blieb.

»Wird Schremmer nicht inzwischen wissen, dass wir Jutta Dietrich von der Hasenkopf haben anrufen lassen?«

Jacobi hatte seine graue Lederjacke angezogen und griff nach dem zerknautschten Fischerhut. Ohne Eile wandte er sich um. »Glaub ich nicht. Er hat der Dietrich sicher verboten, ihn anzurufen. Notfälle natürlich ausgenommen.«

»Na, hör mal! Ist das etwa kein Notfall, wenn sie Gefahr läuft, in ihrem Versteck aufgespürt zu werden?«

»Möglicherweise sieht sie es so. Aber sie wird ihn kaum über eine Nummer zurückrufen, auf die die Kripo oder die Sökos Zugriff haben könnten. Und über den Hausanschluss erst recht nicht. Also hat sie keine andere Wahl, als zu warten, bis er sich meldet.«

»Na und? Das kann doch längst passiert sein. Sicher wird er ihr erzählen, was sich heute abgespielt hat.«

Jacobi schüttelte den Kopf. »Schremmer hat natürlich Angst – wie sie jeder vernünftige Mensch in seiner Situation haben würde –, aber ich halte ihn nicht für den Typ Mann, der sich an einer Frauenschulter ausweint. Was würde es bringen, die Dietrich zusätzlich zu beunruhigen? Die wird ohnehin schon die Wände ihrer Gebirgseremitage hochklettern. Aber wenn es dich vor Alpträumen bewahrt: Morgen in aller Früh fahre ich zu ihr.«

Aus irgendeinem Grund schien Kotek nicht begeistert zu sein. »Kann das nicht jemand anderer machen? Die Reporter werden uns morgen wegen des Anschlags auf Schremmer die Tür einrennen, da wirst du gebraucht.«

»Gerade deshalb werd ich mich verziehen. Waschhüttl soll mal seinen Pressereferenten ins Feuer schicken. Apropos Waschhüttl: Schreib doch bitte noch heute den Bericht über den Einsatz beim ›Welikije Luki‹ und leg ihn morgen in aller Herrgottsfrühe auf seinen Schreibtisch. Aber von Jutta Dietrich kein Wort, verstanden? Und ich bin undercover unterwegs, ihr wisst von nichts. Lasst Schremmer nicht aus den Augen. Am besten, das übernimmst du selbst, Melli. Aber vergiss nicht: Conte wird ebenfalls hinter ihm her sein.« Er seufzte tief. »So, das war's für heute. Bin hundemüde. Werd mir noch einen Drink einschmeißen, und dann ab in die Heia! War ganz schön was los heute. *Ciao, bella!*«

Der Kuss auf ihre Wange geriet zu einer flüchtigen Geste. Er war noch keine drei Schritte gegangen, als sie hinter ihm herrief: »Du bist ein verdammt schlechter Lügner, Oskar Jacobi. Weißt du das?«

Er wandte sich um und breitete die Arme aus. »Ich habe keine Ahnung, was du meinst.«

***

Fanni Hut wiegte kummervoll den Kopf, als Jacobi nach dem Bosna und dem Pils auch noch einen großen Schwarzen verlangte.

»Noch immer im Einsatz, Oskar? Geh lieber schlafen. Schaust ziemlich verboten aus.«

Aus ihrer privaten Espressomaschine ließ sie ihm eine Tasse Hadramaut runter. Hadramaut war im Geschmack unübertroffen und hielt den Kreislauf stundenlang im roten Bereich.

***

Eineinhalb Stunden später bog Jacobi in der Rauriser Ortschaft Wörth nach rechts ins Seidlwinkltal ab. Niemand war ihm gefolgt. Er war von der Autobahn und dann noch einmal von der Salzachtal-Bundesstraße abgefahren, um sicherzugehen. Die Wirkung des Kaffees hielt nach wie vor an. Einziges Zeichen seiner Übermüdung war das Brennen seiner Augen.

Er sah auf die Uhr. Ein Uhr morgens. In der Nacht zuvor war er wegen des Sökos-Dossiers nicht vor drei ins Bett gekommen. Er kurbelte ein Seitenfenster hinunter.

Das Seidlwinkltal war elendslang, und bis in die Kernzone des Naturschutzgebietes war es noch ein ganzes Ende. Jacobi trat den getunten Quattro wie ein Schinder, sodass der robuste Allradler wie ein Spuk auf dem schmalen Asphaltband dahinflog. Trotzdem dauerte es, bis die Straße zum Schotterweg mutierte. Bald musste der Parkplatz kommen, nach dem das allgemeine Fahrverbot für den Nationalpark galt.

Wieder eine sanfte Steigung. Noch eine. Und noch eine. Auf einer flachen Hügelkuppe sah er den Parkplatz endlich vor sich, hundert Meter dahinter stand die Fahrverbotstafel.

Unvermittelt hielt er an, stellte den Motor ab, schaltete die Scheinwerfer aus und lauschte bei offenem Fenster in die Nacht hinaus. Nichts! Kein Motorengeräusch und nirgendwo ein Lichtschein.

Er fuhr weiter. Der Schotterweg stieg jetzt steil an. Kaum ein Weiterkommen für normale Pkws. Das Tal verengte sich zur sogenannten Klausen, einem Durchbruch, den die Seidlwinkl-Ache in Jahrmillionen ausgewaschen hatte. Der Quattro bewältigte das widrige Gelände locker, schnürte wie ein Offroader bergan. Nach zwei, drei Kilometern hatte Jacobi die vorläufig letzte Steigung überwunden, und die Klausen öffnete sich zu einem topfebenen Tal. Zwei Minuten später rumpelte er an der Gollehen-Almhütte vorbei.

Jetzt hieß es: aufpassen. Irgendwo da vorn links war die Abzweigung, an welcher der Ärarweg steil in Richtung Bockkaralm hinaufführte. Ausgerechnet jetzt legte sich die Müdigkeit wie Blei auf seine Lider. Immer öfter fielen ihm die Augen für Sekundenbruchteile zu. Nicht einmal die Kaltluftdusche des offenen Seitenfensters konnte das noch verhindern.

Natürlich fuhr er an der Abzweigung vorbei. Als er seinen Fehler nach zwei Kilometern bemerkte, wendete er und fuhr zurück. Höchste Zeit, eine Pause einzulegen.

Nach der ersten Kehre des steil ansteigenden Ärarweges hielt er den Wagen an, schaltete die Scheinwerfer aus und horchte. Nein, niemand war ihm gefolgt. Er nahm die Taschenlampe aus dem Handschuhfach, stieg aus, ging zu einem kleinen Rinnsal neben der Kehre und spritzte sich eiskaltes Wasser ins Gesicht.

Zurück beim Quattro hörte er den Diesel eines Geländewagens. Das Geräusch kam von oben.

Von oben! Die Erkenntnis durchzuckte Jacobi wie ein Stromstoß. Seine Müdigkeit war wie weggeblasen. Die Sökos-Gruppe war schneller gewesen als er und Jutta Dietrich bereits eine Leiche!

Er verfluchte sich und seine dämliche Eitelkeit. Warum hatte er nicht die Alpingendarmen verständigt, als der mögliche Aufenthaltsort der Dietrich feststand? Die wären lange vor ihm oben gewesen – und auf jeden Fall früher als der Fahrer des Geländewagens! Aber nein, er hatte das ja selbst in die Hand nehmen müssen. Wobei er der Frage nach dem Warum besser nicht auf den Grund ging. Der Gedanke, Sandra Hasenkopfs Aussage über Jutta Dietrich hätte neben dem Jagdinstinkt auch andere Instinkte in ihm geweckt, war zum Haareausreißen.

Doch für Wut und Selbstvorwürfe blieb freilich keine Zeit. Der Geländewagen kam näher. Das charakteristische Diesel-Nageln verriet einen Mercedes G.

Jacobi kletterte die Böschung oberhalb der Forststraße hinauf und erreichte noch rechtzeitig den ersten Baum. Kaum hatte er sich hinter den Stamm der Lärche geduckt, da erfassten die Scheinwerferkegel des heranrollenden Fahrzeugs den Quattro. Im Vollmondlicht war der dunkelfarbige Mercedes G jüngeren Baujahrs trotzdem klar zu erkennen – nicht aber das Gesicht des Fahrers. Immerhin konnte Jacobi sehen, dass er Jagdkleidung trug und anscheinend der einzige Insasse des Wagens war. Weit und breit keine schwarzledernen Jünglinge!

Jacobi atmete auf und steckte die Dienstwaffe ins Futteral zurück. Ein Förster, Jäger oder sonstiger Anrainer. Der Forstweg führte ja nicht nur zum Jagdhaus der Fahrendts hinauf, sondern auch zu anderen Almen und diversen Forstarbeiterdepots.

Das Kfz-Kennzeichen konnte Jacobi nicht erkennen, die Rückscheinwerfer des Offroaders blendeten zu stark. Sekunden später bog der schwere Wagen um die Kehre, und der Motorenlärm entfernte sich. Mit steifen Beinen stakste Jacobi die Böschung zu seinem Quattro hinunter.

***

Das Jagdhaus befand sich auf einem Hochplateau nahe der Waldgrenze. Die traumhafte Lage fiel Jacobi selbst bei Nacht auf. Die Hälfte der ausgedehnten Lichtung nahm ein Weiher ein, den Schilf und Riedgras umstanden. Der Mond spiegelte sich auf dem dunklen Wasser.

Im Haus brannte Licht. Jacobi blickte auf die Uhr am Armaturenbrett. Drei viertel zwei. Wenn Jutta Dietrich hier und noch am Leben war, dann musste sie ihn gehört haben.

Jacobi hielt den Quattro am Waldrand an. Die Scheinwerfer waren auf den Weiher gerichtet und nicht aufs Haus. Bis dorthin waren es noch circa fünfzig Meter. Er stieg aus und trat ins Scheinwerferlicht des eigenen Wagens.

»Frau Dietrich! Haben Sie keine Angst! Ich bin Hauptmann Jacobi von der Gendarmerie Salzburg. Darf ich näher kommen?« Er hätte gar nicht schreien müssen. Die Stille trug jedes Wort kilometerweit.

Vorläufig rührte sich nichts. Nur das Licht im Haus erlosch. Veranda und Garagenvorplatz lagen jetzt im Schlagschatten des Vollmonds. Jacobi ging ein paar Schritte und trat aus dem Scheinwerferlicht.

»Ich habe Sandra Hasenkopf veranlasst, Sie anzurufen. Ich muss unbedingt mit Ihnen sprechen.«

Noch immer nichts. Er ging näher ans Haus heran und versuchte es zum dritten Mal.

»Schremmer hat uns über alles informiert. Über *fast* alles. Den entscheidenden Hinweis hält er leider noch immer zurück. Den erhoffen wir uns jetzt von Ihnen.«

Er hatte die Tür sich nicht öffnen hören, doch plötzlich blitzte eine Stablampe auf der Veranda auf. Der Lichtkegel erfasste ihn, verharrte kurz auf seinem Gesicht und schwenkte dann zum Wagen.

»Sind Sie allein?« Dieselbe dunkle Stimme wie am Telefon.

»Ja. Ich dachte, ich fahre noch in der Nacht hierher. Besser, ich komme ungelegen als zu spät.«

»Legen Sie Ihren Dienstausweis und Ihre Waffe auf die Verandatreppe. Dann treten Sie wieder ein paar Schritte zurück.«

Er tat, was sie verlangte. Jutta Dietrich klang weder übertrieben ängstlich noch hysterisch. Sie hielt es nicht einmal für nötig, darauf hinzuweisen, dass sie eine Pistole in der Hand hielt. Wer seine Angst so gut unter Kontrolle hatte, der musste ein mutiger Mensch sein. Aber war sie mutig? Oder hatte sie einfach nur keine Angst?

Jetzt trat sie aus dem Schlagschatten des Hauses und ging zur Treppe. Während sie seine Glock und den Dienstausweis aufhob, konnte Jacobi einen Moment lang die Silhouette einer schlanken Frau mit langem dunkelblondem Haar erkennen. Sie trug einen schwarzen Seidenschlafrock.

Sekunden später, als sie das Windlicht neben der Haustür angeknipst hatte, sah er nicht nur die Silhouette. Der Schlafrock enthüllte mehr, als er bedeckte. Jacobis erster Eindruck bestätigte sich: Jutta Dietrich war ein Naturereignis. Ihr Sex-Appeal war beklemmend, nahm einem schier den Atem. Dass Behrens dieser geballten Erotik erlegen war, wunderte ihn nicht.

»Scheint in Ordnung zu sein, der Ausweis«, sagte sie und gab ihm Karte und Dienstpistole zurück. »Worauf warten Sie noch? Schalten Sie die Scheinwerfer aus und kommen Sie ins Haus.«

***

Das Jagdhaus entsprach ganz den gängigen Klischees über die Fuchsbauten der Upper Ten. Sämtliche Materialien waren vom Allerfeinsten, wohin man auch blickte. Auch Elektrizität war vorhanden. Ein kleines Wasserkraftwerk unweit der Lichtung liefere den Strom, erklärte Jutta Dietrich auf eine diesbezügliche Frage.

Die erste Tür links vom Eingang führte in ein Schmuckkästchen von einer Jagdstube. Alles war in heller Zirbe gehalten, sogar die schwere Tramdecke. Sitzecke und Bar waren mit filigranen Schnitzereien versehen und hatten bestimmt so viel gekostet wie ein neuer Mittelklassewagen. Auf einer Kommode befand sich tatsächlich ein Akku mit angestecktem Mobilfunktelefon.

Als Jacobi sich wie ein nasser Sack auf eine Bank fallen ließ, merkte Jutta Dietrich, wie müde ihr später Gast war. Spöttisch hob sie eine Augenbraue und erinnerte ihn durch diese Geste sehr an Melanie Kotek.

»Sie kriechen ja schon auf dem Zahnfleisch, Hauptmann Jacobi. Und *Sie* wollen mich beschützen? Warum haben Sie nicht bis morgen gewartet, um dann gleich mit einem ganzen Zug anzurücken?«

»Jetzt wäre ich auch so schlau. Aber weiß man das vorher? Weiter unten ist mir ein Geländewagen begegnet. Da hab ich noch geflucht, dass ich nicht früher losgefahren bin.«

Sie runzelte die Stirn. »Ein Geländewagen? Der ist wahrscheinlich von der Nachbaralm runtergekommen. Ein Jäger vielleicht. Bei mir war jedenfalls niemand. Wollen Sie was trinken? Bier, Cola, Mineralwasser? Oder was Härteres? Enzian, Vogelbeer, Wodka, Whisky, Cognac?«

»Einen kleinen Whisky-Soda, bitte!«

Jutta Dietrich brachte ihm den gewünschten Drink. »Ich mache Ihnen einen Vorschlag, Jacobi: Sie haben sich jetzt davon überzeugt, dass mich die Sökos noch nicht erwischt haben. Gott sei Dank, füge ich hinzu, aber Sie brauchen dringend eine Mütze voll Schlaf. Und, ehrlich gesagt, habe ich auch keine Lust, Ihnen mitten in der Nacht Rede und Antwort zu stehen. Dazu ist später immer noch Zeit. Keine Angst, ich laufe Ihnen schon nicht weg. Wüsste außerdem nicht, warum ich das tun sollte.«

»Na ja, immerhin glaubten die Sökos, Sie erpressen zu können«, warf Jacobi ein.

»Sie sagen ganz richtig: Sie *glaubten*, mich erpressen zu können. Konnten sie aber nicht. Ich habe mir nichts vorzuwerfen. Jedenfalls nichts Illegales. Aber für heute sollten wir wirklich Schluss machen. Sie brauchen den Schlaf noch nötiger als ich.«

Jacobi gab nach und ließ sich in ein Zimmer im ersten Stock führen. »Ich schlafe gegenüber«, erklärte sie. »Aber warum sage ich Ihnen das? Selbst wenn mir die Sökos mit Granaten auf die Bude rückten, würden Sie es wahrscheinlich nicht merken.«

Jacobi schaffte es gerade noch, seine Oberkleidung abzulegen, dann fiel er ins Bett und begann zu schnarchen.

ACHT

Das in Intervallen wiederkehrende penetrante Läuten eines Telefons ließ ihn auf Raten erwachen. Erst der Blick auf die Armbanduhr brachte ihn auf Touren. Halb zehn!

Weinerlich fluchend sprang er aus dem Bett und fuhr in Rekordtempo in seine Hose.

Sein Katzenjammer verstärkte sich, als er Jutta Dietrich weder in ihrem Zimmer noch in der Jagdstube oder der angrenzenden Küche fand. Schon wollte er in die Garage hinüberrennen, um nach dem weißen Porsche zu sehen, als ihm die wiederholten Anrufe ins Bewusstsein drangen. Er hastete zurück in die Jagdstube.

Das konnte nur Weider gewesen sein! Während er mit Jutta Dietrichs Mobiltelefon das Büro anrief, ging er auf die Veranda hinaus. »Was gibt's, Hans?«

»Oskar! Gott sei Dank, du lebst! Nein, sag nichts! Du bist im Jagdhaus bei der Dietrich, stimmt's?«

»Ich bin im Jagdhaus, ja. Aber ob die Dietrich noch da ist, wird sich erst noch herausstellen. Hab leider verschlafen.«

»Er hat verschlafen, der Arme! Ich hab dir doch gleich gesagt, sie wird dich einwickeln. Erst hat sie dich fertiggemacht, damit du wie ein Murmeltier schläfst, und dann ist sie abgezwitschert. War es so, oder hab ich recht?«

»Sie hat mich nicht fertiggemacht, du Koffer! Ich bin hier angekommen und wie ein Mehlsack in ein Gästebett gefallen. Und wehe dir, du kolportierst im Büro eine andere Version. Aber was sollte die geistreiche Feststellung, dass ich noch lebe?«

»Du hast ja keine Ahnung, was sich hier abspielt, und vor allem, was sich heute Nacht in deinem Penthouse abgespielt hat! Dein Schlafzimmer ist nur noch ein Trümmerhaufen.«

»Was? Hans! Du hast doch nicht etwa wieder angefangen zu trinken?«

»Das ist kein sehr geistreicher Scherz, Oskar. Man hat dir Plastiksprengstoff unters Bett gelegt. Dein geliebtes Himmelbett existiert nicht mehr. Ich darf gar nicht daran denken, was gewesen wäre, wenn ...! Du bist ja kein schreckhafter Typ, schaust auch nicht jeden Abend unters Bett, bevor du schlafen gehst. Aber im Ernst: Hättest du nicht diese romantische Ader, dass du die Dietrich beschützen wolltest, dann wärst du seit Stunden tot. Zu Hackfleisch zerfetzt.« Weider versuchte seiner Bewegtheit Herr zu werden. Es gelang ihm nur teilweise.

»Gott, waren wir froh, als wir kapierten, dass du noch in dieser Nacht losgefahren bist, um dir Jutta Dietrich vorzunehmen«, fuhr er mit brüchiger Stimme fort. »Wollte sagen, um sie zu vernehmen. Weißt du, was Melanie gesagt hat? Sollte dir dein Eros jedes Mal das Leben retten, dann gönnt sie dir hundert Jutta Dietrichs. Eine wirklich tolle Frau! Ich werde nie wieder was sagen, das sie als Geringschätzung auffassen könnte. Aber leider hat sie ja –«

»– diesen Hang zu alten, zerknitterten Typen, ich weiß, Hans. Warum erinnern mich deine Bonmots nur immer an Mottenpulver? Aber das mit dem Schlafzimmer, das geht mir wirklich an die Nieren. Bin ich froh, dass Nadine zurzeit bei Maruschka ist und von alldem nichts mitkriegt.«

»Kann ich dir nachfühlen. Irgendjemand bei den Sökos dreht jedenfalls gerade völlig durch. Diese Brachialmasche widerspricht total ihrem Prinzip des Leisetretens. Erst Schremmer, dann Grabowsky – und jetzt du! Man mag es ja kaum glauben: Sie legen sich ganz offen mit uns an!«

»Hast recht. Irgendwas geht da ganz und gar nicht mehr zusammen. Kann mir übrigens gut vorstellen, was im Referat los ist. Waschhüttl wird ganz schön rotieren.«

»Das ist eine nette Umschreibung. Wie immer fühlt er sich unzureichend informiert. Er ist jetzt bei Kandutsch, bin gespannt, was dabei rauskommt. Die Medien nehmen uns den kleinen Bandenchef Grabowsky und die Panikreaktionen seiner Hehler nämlich leider nicht mehr ab. Es war unmöglich, das Attentat auf dich zu verheimlichen. Conte wusste beispielsweise früher davon als wir. Die morgige Ausgabe der ›K. u. K.‹ wird einigen Staub aufwirbeln. Überleg's dir also noch einmal: Sollten wir nicht doch eine Andeutung in Richtung Sökos machen?«

»Nein. Wien wäre damit bestimmt nicht einverstanden. Außerdem muss ich ja nicht in Waschhüttls offenes Messer laufen. Wenn wir ohne Not die Diskretionsorder missachten, dann hat er mich am Arsch.«

»Und deshalb bist du so gut gelaunt?«, staunte Weider.

Tatsächlich war Jacobis Stimmungsbarometer in den letzten Sekunden steil angestiegen. Er hatte Jutta Dietrich entdeckt. Sie badete nackt im Weiher. Anfang Oktober! Auf einer Holzpritsche am Ufer lagen Handtücher und ein roter Bademantel.

Als sie merkte, dass er zu ihr hinübersah, winkte sie ihm zu. Mit ein paar Schritten erreichte sie das Ufer und stieg aus dem Wasser – aus sehr kaltem Wasser, wie ihre Gänsehaut anschaulich verdeutlichte.

»Was anderes, Hans«, wechselte Jacobi das Thema, »bist du mit dem Datenvergleich vorangekommen?« Noch immer starrte er fasziniert auf die nackte Frau. Sie griff nach den Handtüchern und begann sich zu frottieren. Sein Starren schien sie nicht zu stören.

»Ich glaub schon. Aber am Telefon möchte ich darüber lieber nicht sprechen. Hast du von Jutta Dietrich was Brauchbares erfahren können?«

»Ich hab dir doch schon gesagt, dass ich nach meiner Ankunft hier oben sofort in ein Bett gefallen und eingeschlafen bin. Aber ich werde jetzt gleich mit ihr reden.«

»Wieso? Ich dachte, sie sei nicht mehr da?«

»Das dachte ich auch. Aber zu unserm Glück habe ich mich geirrt.«

»Du meinst: zu *deinem* Glück.«

»Dein Neid ist völlig unangebracht. Frauen wie die lassen nur Millionäre an sich ran. Außerdem wird sie ja kaum wie Melanie an einer Geschmacksverirrung leiden, oder?«

»Nur Millionäre? Das stimmt doch nicht. Behrens passt beispielsweise nicht in dieses Beuteschema. Und was den Geschmack angeht, ist Melanie der beste Beweis …«

»Beweis wofür?«, fragte Jacobi, da Weider nicht weitersprach. Jutta Dietrich hatte sich in den Frotteebademantel gehüllt und kam näher.

»Nun, dass gerade die schönsten Frauen auf die zerknautschtesten Typen fliegen«, ergänzte Weider.

»Vielen Dank auch.«

»Nichts zu danken. Wann kommst du zurück?«

»Im Laufe des Nachmittags. Genauer kann ich's noch nicht sagen.«

»Verstehe. Bringst du die Puppe mit? Falls du kein Zeugenschutzprogramm für sie beantragst, denk dran, ihr wenigstens einen Quartierwechsel zu empfehlen. Wenn wir sie gefunden haben, werden das die Sökos auch zustande bringen. Und noch ein guter Rat zum Abschied: Überanstrenge dich nicht!«

»Sagte neidvoll der Ochse zum Bullen. Bis später!« Jacobi legte auf. Jutta Dietrich stand direkt vor ihm.

»Morgen, Jacobi! Ausgeschlafen?«

»Guten Morgen. Ja, hab sehr gut geschlafen. Besser und länger als in den letzten Nächten. Jedenfalls haben wir beide jetzt keine Ausrede mehr, nicht endlich zur Sache zu kommen.«

Sie grinste anzüglich. »Na ja, wenn Sie das sagen …«

Jacobi spürte entsetzt, wie ihm das Blut nicht nur in den Kopf stieg, und zu seinem noch größeren Entsetzen merkte er, dass ihr seine Reaktion nicht entgangen war. Sie rettete die Situation, indem sie sagte: »Aber vorher frühstücken wir noch. In einigen Minuten habe ich alles fertig. Vielleicht wollen Sie sich inzwischen ein bisschen frisch machen?«

***

Unter der Dusche inspizierte Jacobi seinen trainierten, aber doch etwas gedrungenen Körper. Die Arme waren zu lang, die Beine um eben diese Kleinigkeit zu kurz und die Behaarung zu üppig. Doch der zottige Natur-Overall passte gut zu seinem Gesicht.

Er zuckte mit den breiten Schultern. Der Wunschtraum, die Tür könnte aufgehen und Jutta Dietrich zu ihm in die Duschkabine schlüpfen, würde unter solchen Voraussetzungen wohl ein Traum bleiben.

Tatsächlich hatte er mit dieser Vermutung recht, aber beim Frühstück trug Jutta Dietrich noch immer nur den Bademantel. Jacobi sperrte seine Phantasie in die Ausnüchterungszelle und beschloss, sich in Zukunft auf seine Arbeit zu konzentrieren. Aber zunächst konzentrierte er sich aufs Frühstück. Seine Gastgeberin hatte aufgetischt, als hätte er wochenlang nichts zu essen bekommen.

»Ich kann mich nicht erinnern, wann ich das letzte Mal so gut gefrühstückt habe.«

Er lehnte sich aufstöhnend zurück und griff nach den Zigaretten. Die geschnitzte Wanduhr zeigte halb elf. Sie saßen sich auf Tuchfühlung am kleinen Küchentisch gegenüber. Wie die Zirbenstube war auch die solide Ahornküche ein Meisterstück alpenländischer Handwerkskunst.

»Wenn die Patienten im Heiligenkreuz-Spital auch so verwöhnt werden, beginne ich manches besser zu verstehen«, versuchte er den Einstieg.

Sie schenkte ihm Kaffee nach und fragte lächelnd: »War das der Auftakt zur Vernehmung? Ich mach Ihnen einen Vorschlag: Sie sagen mir, was Sie wissen, und ich ergänze das Fehlende, soweit es mir möglich ist.«

Er blies die erste Rauchwolke in Richtung Küchendecke und schüttelte den Kopf. »Nein, Frau Dietrich, jetzt spielen wir nach *meinen* Regeln. *Sie* berichten, und ich höre zu.«

Er nahm einen kleinen Rekorder aus seiner Aktentasche, legte ihn vor sich auf den Tisch und sprach die relevanten Daten vorab aufs Band, bevor er sich wieder direkt an Jutta Dietrich wandte: »Am besten, Sie beginnen mit dem Tod des Bierbarons Kummetinger.«

Sie las es in seinen Augen: Die Zeit der flapsigen Sprüche war vorbei. »Also gut«, begann sie. »Um es kurz zu machen: Was mir Bodo vermacht hat, ging einigen Neidern an der Klinik über die Hutschnur. Sie setzten Behrens unter Druck, der eh schon vor Eifersucht überkochte. Er machte mir eine Szene nach der anderen und hielt mir Moralpredigten. Ich nehme an, Sie wissen über unser Verhältnis Bescheid?«

Als Jacobi nickte, fuhr sie fort: »Irgendwann erwischte er mich auf dem falschen Fuß, und ich fragte ihn, ob er eigentlich schon über seine eigene Situation nachgedacht habe. Da brach ihm der Boden unter den Füßen weg. Unsre Beziehung danach war nicht mehr dieselbe. Soweit es mir möglich war, ging ich ihm aus dem Weg, aber er stellte mir trotzdem immer wieder nach. Konnte oder wollte nicht auf mich verzichten.«

»Bleiben wir doch bei Kummetinger«, erinnerte sie Jacobi sanft.

Sie runzelte die Stirn. »Denken Sie vielleicht, es macht mir Spaß, mein Privatleben hier vor Ihnen auszubreiten? Ich erwähne den Bruch mit Franz, um zu erklären, warum ich mit der Grabowsky-Geschichte zu Schremmer gegangen bin und nicht zu ihm.«

»Woher kennen Sie Schremmer?«

»Den Kurt?« Sie lachte wie über einen guten Witz. »Das ist schon sehr lang her. Er war der erste Mann in meinem Leben. Ich meine, der erste *richtige* Mann. Ich war damals noch keine sechzehn. Aber auch später kreuzten sich unsre Wege hin und wieder, und wir riefen einander an, wenn einer den anderen brauchte. Kurt hat mich in solchen Fällen nie im Stich gelassen. Aber er hatte auch keine Skrupel, mich vor *seinen* Karren zu spannen, wenn er sich einen Vorteil davon versprach. Er ist ein Zyniker, Sentimentalität leistet er sich höchstens, wenn er besoffen ist.«

»Sie beschreiben ihn sehr treffend. Und dass Sie sich in einer Krisensituation lieber an ihn wenden als an Behrens, das ist nachvollziehbar.«

Plötzlich hörten sie von draußen das unverkennbare Geflatter eines Hühnervogels. Hatte ein Fuchs ihn aufgestört? Jacobi erhob sich und ging zum nächsten Fenster. Höchst unwahrscheinlich, dass die Sökos am helllichten Mittag anrückten, aber auszuschließen war es nicht.

Als alles ruhig blieb, setzte er sich wieder. »Zurück zum Bierbaron: Wodurch starb er, und was passierte anschließend?«

Jutta Dietrich verschränkte die Arme. »Bin ich wirklich verpflichtet, darüber Auskunft zu geben? Die Angelegenheit hat mit den Sökos nicht das Geringste zu tun.«

Einen so naiven Einwand hatte Jacobi nicht erwartet. »Fragen Sie mich das jetzt im Ernst, oder ist es Ihnen nur peinlich, darüber zu reden?«

»Sowohl als auch.«

Jacobi nahm sich vor, noch genauer hinzuhören. Warum zickte Jutta Dietrich plötzlich so herum? Am Weiher war sie gar nicht so prüde gewesen. Wollte sie vielleicht den beim Koitus entschlafenen Bierbaron interessant machen, um von etwas anderem abzulenken?

»Frau Dietrich, ich bin hinter einer Gruppe von Mördern her, deren Blutspur fast alles Vergleichbare in den Schatten stellt. Jedes Detail kann eine Rolle spielen. Und als Blümchen Rührmichnichtan sind Sie in dieser Groteske ohnehin fehlbesetzt. Meinen Sie nicht?«

Sie zuckte mit den Schultern, wobei das linke Revers ihres Bademantels ein wenig zur Seite rutschte und den Blick auf eine atemberaubend geformte Brust freigab.

»Wenn Sie's sagen. Also gut: Was Sandra Ihnen erzählt hat, stimmt im Großen und Ganzen. Bodo hat beim Sex mit mir einen tödlichen Infarkt erlitten. Es war ein Sekundentod.«

»Aber als Krankenschwester wussten Sie doch, dass Sex für den Patienten absolut lebensgefährlich war«, sagte er, den reizvollen Blickfang geflissentlich übersehend.

»Das wussten wir *beide*. Aber Bodo wollte es trotzdem. Er hat sich gewünscht, in meinen Armen zu sterben. Wenn es sein sollte, sollte es so sein. Wenn nicht, dann eben nicht.«

»Ich bitte Sie! Verschonen Sie mich mit solchen Klischees! Da wird einem ja übel. Niemand provoziert absichtlich einen tödlichen Infarkt.«

»Bodo Kummetinger war kein Niemand. Sein Tod war vorhersehbar. Seine Herzkranzgefäße waren komplett zu. *Chiuso! Capito?* Aber den Augenblick des Todes wollte er, soweit es ging, selbst bestimmen. Bodo war ein Epikureer, ein Hedonist. Und das wollte er bis zum letzten Atemzug auch bleiben. Denken Sie etwa, ich hab sofort Ja gesagt? Es hat Tage gedauert, bis er mich so weit hatte. Wie todernst es ihm war – im wahrsten Sinne des Wortes –, bewies er durch die Schenkung, die er ohne mein Wissen im Voraus getätigt hatte.«

»Auch wenn die Zuwendung im Voraus erfolgte, bleibt ein Odium von Hostessenservice. Mit Sicherheit aber war das, was Sie getan haben, Beihilfe zur Selbsttötung. Dafür können Sie belangt werden. Ihre Karriere als Diplomkrankenpflegerin dürfte damit beendet sein.«

»Das ist noch lange nicht heraußen. Es handelte sich um einen Liebesakt, der zum Tod führte, wobei die Risiken den Beteiligten bewusst waren. Bodo *wollte* nicht sterben, aber er wusste, dass es passieren könnte. Von Beihilfe zur Selbsttötung kann keine Rede sein. Ich habe einen Brief von Bodo, der von ihm unter fachkundiger Beratung seines Anwalts aufgesetzt wurde. Der Anwalt und ein Notar sind im Besitz von Kopien.«

Jacobi winkte ab. »Für mich ist das trotzdem Beihilfe. Aber ich bin nicht hier, um mit Ihnen eine Ethikfrage zu diskutieren.«

»Da haben Sie verdammt recht. Das ist nämlich Sache des Staatsanwalts.«

»Wie ging's dann also weiter? Behrens dürfte über Ihre Mitwirkung bei diesem Liebesharakiri nicht eben begeistert gewesen sein.«

»Obwohl er total austickte, wurde alles vertuscht – im Interesse der Angehörigen Kummetingers und in seinem eigenen. Nur fünf Personen wussten zunächst über die näheren Umstände Bescheid: Kummetingers Frau, einer unsrer Ärzte, Behrens, Sandra und ich.«

»Dann muss von den eben Genannten jemand geplaudert haben. Meinen Informationen nach sind die Sökos unmittelbar nach Kummetingers Tod an Sie herangetreten.«

»Stimmt. Grabowsky lag noch keine zwei Tage drüben auf der Allgemeinen, als mich abends ein Mann anrief und ein Treffen mit mir vereinbarte. Er sagte, er würde die Medien über Bodos letzte Liebesnacht informieren, falls ich ihn versetzte. Was blieb mir also übrig? Ich habe mich mit ihm in einer überfüllten Disco getroffen.«

»Ein idealer Treffpunkt«, warf Jacobi ein. »Wie heißt die Disco, und wie sah der Mann aus?«

»Es war das ›Drop in‹ in Glasenbach. Der Mann war etwa dreißig, groß, blond, sportlich, trug schwarze Jeans und eine schwarze Lederjacke. Er redete nicht lange um den heißen Brei herum, sondern verlangte von mir, Grabowsky eine Überdosis Schlafmittel zu verabreichen. Dieser *Aidsler*, wie er sich ausdrückte, habe eh nicht mehr lang zu leben, sei aber eine wandelnde Zeitbombe und könne zu viel Unheil anrichten. Dann bot mir der Kerl Blutgeld an: dreißigtausend Dollar. Außerdem hatte er die Frechheit zu sagen, er wüsste, dass ich andere Summen gewohnt sei, aber für einen so unwichtigen Typen wie Grabowsky würde die Organisation nicht mehr ausspucken.«

»Sie haben sich vermutlich geweigert, auf den Deal einzugehen?«

»So weit kam es gar nicht. Er hatte meine Zweifel vorausgesehen und drohte mir an, in diesem Fall nicht nur meinen Ruf, sondern auch mich selbst zu vernichten. Und ich sollte mich keinen Illusionen hingeben: Er würde mich überall finden, egal, wo ich mich versteckte. Nach einigem Hin und Her gab ich zum Schein nach, verlangte aber eine Durchführungsfrist von vier Wochen. Doch das war dem Typen zu lang. Es war gespenstisch: Schließlich feilschten wir um die Lebenszeit eines Menschen. Letztendlich einigten wir uns auf vierzehn Tage. Die benötigte ich auch dringend, um mir eine Strategie zurechtzulegen. Aus naheliegenden Gründen wollte ich die Kripo nicht sofort um Hilfe bitten.«

»Eine Zwischenfrage: Sie wissen nicht zufällig, wer Grabowsky an das Heiligenkreuz-Spital vermittelt hat? Ein Underdog wie Grabowsky und eine feudale Klinik wie das HKS, das passt meiner Meinung nach irgendwie nicht zusammen. Und ja, ich weiß, die Allgemeine Abteilung ist für jeden zugänglich«, kam er ihrem Einwand sofort zuvor. »Trotzdem glaube ich nicht an einen Zufall. Jemand hat sich dabei etwas gedacht.«

Sie sah ihn unergründlich an. »Kann schon sein. Kurt vermutet, die Sökos wollten im HKS Fuß fassen, und Grabowsky, der eh schon auf der Abschussliste stand, sollte als Versuchskaninchen herhalten.«

»Hm.« Jacobi spielte mit dem ausgelöffelten Frühstücksei und brach die gezackten Eischalen so weit ab, dass ein einigermaßen gleichmäßiger Rand entstand. »Dann hätten die Sökos allen Ernstes geglaubt, an der Klinik den geeigneten Boden für ihre Aktivitäten vorzufinden. Aber dazu müssten ihnen einschlägige Gepflogenheiten bei der Patientenbetreuung bekannt gewesen sein.«

Sie beugte sich nach vorn und stützte die Unterarme auf den Tisch. »Ich dachte, dieses Kapitel hätten wir abgehakt? Noch einmal: Meine Kolleginnen und ich hätten unseren Patienten nie und nimmer etwas angetan. Das widerspräche doch jeder Logik. Oder um es in Ihrem Jargon zu sagen: Auf diese Weise hätten wir der Gans, die die goldenen Eier legt, den Hals umgedreht.«

»Klingt logisch«, räumte er ein. »Aber könnten nicht doch Gerüchte nach außen gedrungen sein? Vielleicht haben die Sökos ja eine ihrer Kolleginnen kontaktiert, etwa Sandra Hasenkopf?«

»Möglich, aber nicht wahrscheinlich. Sandra würde mich nicht so ohne Weiteres in die Pfanne hauen. Andrerseits … auf den jungen Mann der Sökos, mit dem ich gesprochen habe, wäre sie voll abgefahren. Sie steht auf große blonde Typen.«

Jacobi legte die Fingerspitzen aneinander. »Ich hatte eher den Eindruck, sie steht auf große dunkelblonde Frauen.«

Jutta Dietrich lächelte nachsichtig. »Das sind doch Tändeleien, Herr Hauptmann. Typisch Mann, das so eng zu sehen. Natürlich mag Sandra auch Frauen, aber nicht ausschließlich. Zudem ist sie stockkonservativ erzogen worden und hält nach wie vor Ausschau nach Mister Right. *Missis* Right ist nur für gewisse Stunden vorgesehen.«

»Okay. Belassen wir's dabei. Also, ich nehme an, Sie haben sich nach dem Gespräch wieder an Schremmer gewandt?«

»Allerdings. Und welch ein Zufall: Er beschäftigte sich gerade ausgerechnet mit den Sökos.«

»Wirklich ein irrer Zufall!«

»Fand ich auch. Kurt ließ mich jedenfalls nicht im Zweifel darüber, wie gefährlich diese Burschen waren.«

»War Ihnen die Bezeichnung ›Sökos‹ eigentlich schon vor dem Treffen mit Schremmer geläufig?«

Sie schüttelte den Kopf. »Nein. Der Blonde mit der Lederjacke sprach nur von einer Organisation, und auch Kurt verwendete das Kürzel bei unserem ersten Treffen in der Angelegenheit noch nicht. Ich hörte es zum ersten Mal von Grabowsky.«

»Schremmer riet Ihnen, mit Grabowsky Klartext zu reden, richtig?«

»Ja. Und das tat ich dann auch. Grabowsky war sehr betroffen, wollte aber trotzdem nicht mit der Sprache herausrücken. Erst tags darauf brach der Damm. Ich hatte ihm gegenüber absichtlich unterstellt, der Blonde sei ein Verrückter und die von ihm erwähnte Organisation existiere gar nicht. Meine offensichtliche Geringschätzung der Gefahr löste Bruno schließlich die Zunge. Was ich zu hören bekam, war so unglaublich, dass es mir nicht schwerfiel, weiterhin Skepsis zu heucheln. Und je mehr ich zweifelte, umso mitteilsamer wurde Bruno.«

»Lieferte er irgendeinen Hinweis auf die Führung der Sökos?« Jacobi rührte in seinem Kaffee und betrachtete den kleinen Strudel, den er damit verursachte.

»Wenn Sie Namen erwarten, muss ich Sie leider enttäuschen. Nein, Namen fielen nicht.« Ihre Körpersprache drückte Abwehr aus. Die Frage verursachte ihr sichtliches Unbehagen.

Jacobi blickte ihr in die Augen. »Wirklich nicht? Denken Sie noch einmal nach.«

»Glauben Sie etwa, ich hab das nicht längst getan? Was kann man hier denn anderes tun als grübeln?«

»Hat Schremmer einmal allein mit Grabowsky gesprochen?«

»Weder Kurt noch Franz haben sich jemals mit ihm unterhalten. Die sogenannte ›Grabowsky-Beichte‹ lief ausschließlich über mich.«

»Ach? Und wann hat Behrens von der Geschichte erfahren?«

»Nachdem ich hierhergefahren war. Ich rief ihn an und sagte ihm, ich hätte mich versteckt. Alles andere erfuhr er wohl von Kurt.«

»Wie haben die Sökos auf Ihre Flucht reagiert?«

»Der Blonde kam anscheinend gleich am nächsten Vormittag zu Behrens ins Büro und fragte, wo ich abgeblieben sei. Der arme Franz wusste inzwischen über die Sökos Bescheid und stand Todesängste aus. Hinterher verglich er den Typen sogar mit einem Todesengel. Da fällt mir ein: Grabowsky hat über die Gesamtorganisation etwas ganz Ähnliches gesagt. Er nannte sie eine Sekte des Totengottes.«

»Eine Sekte des Totengottes? Interessant.«

»Kurt hat genauso reagiert, als ich diese Bemerkung Grabowskys erwähnte.«

»Kann ich mir denken. Welche Verbrechen hat Grabowsky Ihnen denn gestanden?«

»Na, alle, die im Dossier angeführt sind. Wie Sie wissen, war er von Beruf Mechaniker. Seine beruflichen Fähigkeiten und sein Hobby Sporttauchen stellte er in den Dienst der Sökos. Er war ein Sabotagespezialist. Der Untergang der ›Erzherzogin Sophie‹ war beispielsweise sein Werk. Auch etliche inszenierte Auto- und Haushaltsunfälle gingen auf sein Konto – und das ist nicht nur so dahergesagt. Vor dem Ausbruch seiner Krankheit soll Grabowsky wohlhabend gewesen sein. Übrigens hat Kurt alle von ihm begangenen Delikte im Dossier nachträglich mit einem G markiert. Haben Sie seine Aufzeichnungen nicht gelesen?«

»Wer behauptet das?«

»Na, Kurt. Er hat mich vorgestern Abend angerufen. Natürlich von einer Telefonzelle aus. Aber seither hat er nichts mehr von sich hören lassen.«

Doch genau das bezweifelte Jacobi. Als Jutta Dietrich tags zuvor den Anruf von Sandra Hasenkopf entgegengenommen hatte, hatte sie geglaubt, Schremmer sei am anderen Ende. Sie hatte gesagt: ›Ja, was gibt's denn noch? Hast du's dir anders überlegt?‹

Also mussten sie kurz zuvor miteinander telefoniert haben. Warum aber gab sie dann eine falsche Anrufzeit an? Und warum stand in der Grabowsky-Beichte nichts vom Untergang der »Erzherzogin Sophie«? Grabowsky war anscheinend nicht der kleine Fisch, als den Schremmer ihn verkaufen wollte. Er war einer der meistbeschäftigten Sökos-Killer gewesen. Schremmer spielte also falsch. Eigentlich keine neue Erkenntnis. Auch sein Telefonat mit Behrens war so ein Ei gewesen. Warum hatte er nicht mit seinem Mobiltelefon telefoniert, sondern über den Hausanschluss? Antwort: Weil er damit gerechnet hatte, abgehört zu werden. Ihm war es zuzutrauen, Behörden und Medien auf den armen Behrens zu hetzen, um selbst Ruhe zu haben. Melanie hatte denselben Vorschlag gemacht – aus ähnlichen Motiven. Ein mediales Kesseltreiben um das HKS hätte Schremmer wieder Spielraum verschafft. Und genau aus diesem Grund hatte er sich nicht sonderlich gesträubt, Behrens' Identität preiszugeben.

Mit diesem Bauernopfer hatte er aber gleichzeitig die Deckung von seiner Dame abgezogen. War der Aufwand, den er mit Jutta Dietrich betrieb, vielleicht ebenfalls Teil einer durchdachten Strategie? War sie das Luder, das er vor der Meute tanzen ließ, während er, der Fuchs, sich leise davonstahl?

Jutta Dietrich wusste auf jeden Fall mehr, als sie zugab. Zu viel, um nur appetitlicher Köder zu sein. Was wiederum nicht heißen musste, dass Schremmer ihr diese Rolle nicht zugedacht hatte. Köder sprechen nicht, ihre einzige Funktion ist es, für die Meute attraktiv zu sein. Und welcher Köder wäre attraktiver gewesen als Jutta Dietrich?

»Ich sagte: Seither hat er sich nicht mehr gemeldet. – Hallo?« Sie wedelte mit einer Serviette vor seiner Nase herum. »Fallen Sie in Trance, während ich mit Ihnen rede? Was soll ich nun davon halten? Außerdem warte ich schon seit einer Ewigkeit auf Feuer.«

Er hielt ihr sein brennendes Feuerzeug vor den Mund. »Entschuldigen Sie, ich war in Gedanken.«

»Ach, nicht doch.«

»Sagen Sie, hat Schremmer eigentlich damit gerechnet, dass wir Sie finden könnten?«

Wieder sah sie ihn so eigenartig an wie schon vorhin einmal. Ihre Augen schimmerten einmal violett, dann wieder blau, dann spielten sie ins Grünliche. Noch faszinierender aber waren die goldenen Fünkchen, die gelegentlich darin aufblitzten.

»Nicht direkt. Aber er hat es auch nicht ausgeschlossen.«

»Hat er Ihnen für diesen Fall Verhaltensregeln mitgegeben? Etwa, was Sie mir sagen dürfen – und was nicht?«

»Hat er.« Jetzt war sie wieder bei der Sache.

»Ich will jetzt von Ihnen nur ein klares Ja oder Nein auf meine nächste Frage hören: Hat Schremmer Ihnen verboten, die Bezeichnung ›Sekte des Totengottes‹ zu erwähnen?«

»Ja.« Sie lächelte, doch Jacobi hatte keinen Schimmer, weshalb.

»Sie haben dieses Verbot ignoriert. Warum?«, fragte er.

Mit einer ungeduldigen Kopfbewegung warf sie ihr Haar nach hinten. »Erstens lasse ich mir von niemandem was verbieten, und zweitens geht es hier auch um meine Haut, nicht nur um seine.«

»Ein Argument, das schwer zu entkräften ist. Sie wissen, was die Bezeichnung bedeutet?«

»Tut mir leid. Keine Ahnung. Dachte nur, es könnte wichtig sein, weil er ähnlich hellhörig darauf reagiert hat wie Sie vorhin. Wissen Sie, ich will die Sökos so schnell wie möglich hinter Schloss und Riegel sehen, damit ich wieder ein normales Leben führen kann. Ich bin Kurt für seine Hilfe dankbar, aber auf seine Alleingänge und Geheimniskrämereien hatte ich schon früher null Bock. Deshalb meine einfache Rechnung: Wenn Sie, Jacobi, genauso viel wissen wie er, müssten Sie dank Ihrer Möglichkeiten schneller am Ziel sein. Nur das zählt für mich.«

»Vielen Dank für Ihr Vertrauen. Aber um es zu rechtfertigen, müsste ich wirklich *alles* wissen.«

»Ich habe Ihnen alles gesagt, was ich weiß.«

Jacobi gab es auf, weiter in sie zu dringen. »Gut. Dann reden wir jetzt zuerst einmal über Ihre persönliche Sicherheit. Sollten Sie Ihr Mobiltelefon in nächster Zukunft nicht anrühren, werden die Sökos vermutlich nie hierherfinden. Sollte aber Schremmer Sie besuchen, erhöht sich die Chance schlagartig. Irgendwann wird er ja Lebensmittel heraufbringen, und dann sind auch die Sökos da.«

»Freut mich ja, dass Sie sich um mich sorgen, aber ich kann Sie beruhigen. Kurt ist schon seit Monaten nicht mehr hier gewesen. Ich bin allein heraufgefahren. Mein Porsche war vollgestopft mit Lebensmitteln. Ich bin bestens versorgt und über TV und Radio mit der Außenwelt verbunden. Was mir wirklich fehlt, ist ein Mensch, mit dem ich reden kann. Drei Wochen lang hab ich mit niemandem von Angesicht zu Angesicht gesprochen. Und die paar Telefonate mit Kurt waren auch kein Ersatz für einen Menschen, den man vor sich hat, der einem gegenübersitzt. Aber nun sind *Sie* ja da.« Sie grinste vielsagend und stand auf. »Und Sie sind ein Mann.«

Gemessen an zeitgeistigen Schönheitsbegriffen war Jacobi keinesfalls ein Ausbund von Attraktivität, aber Jutta Dietrich hatte es auf den Punkt gebracht: Er war ein Mann, und er war hier.

***

Vergnügt summend fuhr er ins Tal hinunter. Der Forstweg erfüllte bestenfalls die Komfortansprüche eines Maultierpfads und konnte bei Regen selbst für geübte Offroadfahrer zur Nervenprobe werden. Doch Jacobi nahm das Schütteln und Stoßen nur im Unterbewusstsein wahr. Er war mit sich zufrieden.

Noch vor Kurzem hätte er sich selbst nicht zugetraut, Jutta Dietrich widerstehen zu können. Und fast hätte sie ihn vernascht. Aber eben nur fast.

Als sie den Gürtel ihres Bademantels löste und in all ihrer weiblichen Pracht vor ihm stand, hatte sich seine Vernunft bereits verabschiedet. Doch dann war ihm die Bemerkung Hans Weiders wieder eingefallen, Melanie habe gesagt, sie würde ihm beliebig viele Jutta Dietrichs gönnen, wenn es ihm jedes Mal das Leben rettete. Und, oh Wunder: Mit diesem Satz im Ohr war es ihm tatsächlich gelungen, dem Naturereignis vor ihm zu sagen, es solle sich wieder anziehen.

Nicht gelungen war ihm hingegen, Jutta den weiteren Verbleib im Jagdhaus auszureden. Sie fühle sich nirgendwo sicherer als dort, hatte sie gesagt und auch den angebotenen Personenschutz abgelehnt.

»Es sei denn, du übernimmst das«, hatte sie lächelnd hinzugefügt. Dass er sich nicht hatte verführen lassen, schien sie ihm nicht weiter übel zu nehmen.

Als er in den Quattro stieg, stand sie oben auf der Veranda. Ihre rechte Hand zuckte in einer fahrigen Bewegung nach oben, doch ebenso schnell senkte sie sie wieder und verbarg sie hinter ihrem Rücken, als wollte sie die Geste im Nachhinein ungeschehen machen.

Sie war drauf und dran gewesen, ihm etwas zu sagen, aber buchstäblich im letzten Moment hatte sie es sich anders überlegt.

Seine gute Laune wich echter Besorgnis. Viel fehlte nicht, und er hätte am Klausen-Parkplatz gewendet und wäre zum Jagdhaus zurückgefahren. Keine Frage: Er hätte Jutta Dietrich mitnehmen und unter Personenschutz stellen müssen. Nur die Gewissheit, ihrer abermaligen Weigerung hilflos gegenüberzustehen, hatte ihn davon abgehalten. Er griff nach dem Hörer des Autotelefons und wählte eine Nummer.

»Heiligenkreuz-Spital, Behrens.«

»Jacobi hier. Freut mich, dass man Sie Ihren Job weiter ausüben lässt. Ich –«

»Nur auf Abruf, Jacobi, leider nur auf Abruf«, unterbrach ihn Behrens.

»Das tut mir leid, ehrlich«, sagte Jacobi und malte sich dabei aus, was Waschhüttl mit ihm angestellt hätte, hätte er ihm jemals Beischlaf mit einer Verdächtigen nachweisen können.

»Schon gut. Ich bin nicht mehr so niedergeschlagen wie gestern. Im Gegenteil: Ich bin erleichtert, dass der Druck der letzten Wochen von mir genommen wurde. Heute Nacht hab ich zum ersten Mal seit Langem wieder ruhig geschlafen. In dem kleinen Kärntner Gebirgsdorf, in das ich als Seelsorger versetzt werde, kann ich das vermutlich jeden Tag. Aber Sie haben mich sicher nicht angerufen, um mit mir über meine Zukunft zu plaudern, oder?«

»Nein. Ich wollte Sie fragen, ob sich am Tag nach Jutta Dietrichs

Verschwinden eine anstaltsfremde Person nach ihr erkundigt hat. Und falls ja – wie hat diese Person ausgesehen?«

»Es hat tatsächlich jemand nach ihr gefragt. Den Burschen vergesse ich so schnell nicht. Groß, blond, schwarze Lederkleidung. Gab sich als Cousin von Jutta aus. Wollte wissen, warum sie ihren Dienst nicht angetreten habe und wo sie sein könne. Jutta hatte mich am Abend davor angerufen und mir gesagt, ich solle mich an Kurt Schremmer wenden. Der hat mich aufgeklärt. Ich wusste also, wer da vor mir stand, und mir war ziemlich mulmig zumute. Der Kerl hat das natürlich gemerkt und, nachdem er die gewünschte Auskunft nicht erhielt, sich umgehend empfohlen.«

»Sie wissen, dass das möglicherweise der Mann war, der Jutta Dietrich zu erpressen versucht hat?«

»Ja. Jutta hatte ihn mir beschrieben. Diese wasserblauen Augen sind ja nicht gerade alltäglich.«

»Vielen Dank, Pater. Ach ja, noch etwas: Hat Schremmer Sie am Tag vor unserm Gespräch zu sich in seine Wohnung bestellt, oder sind Sie aus eigenem Antrieb zu ihm gefahren?«

»Sie meinen, ich sei Juttas wegen zu ihm gefahren? Nein, Kurt hat *mich* angerufen. Nach dem Telefonat mit Ruth Maybaum hat er die Grabowsky-Beichte erfunden, um Jutta aus der Schusslinie zu bringen. Ich sollte als Beichtvater herhalten, aber dazu war es notwendig, sich mit ihm abzustimmen und mit dem Dossier vertraut zu machen. Ich hoffe, Gott verzeiht mir diese Blasphemie. Können Sie mir denn …?«

»Was sollte ich Ihnen schon verzeihen, Pater? Dass Sie mich angeschwindelt haben? Ich bitte Sie! Das ist das täglich Brot eines Kriminalbeamten. Außerdem hat mir Ihre Version der Grabowsky-Beichte bei Weitem besser gefallen als die derzeit aktuelle. Nochmals vielen Dank für Ihre Hilfe, und falls ich Jutta Dietrich treffen sollte: Kann ich ihr irgendwas von Ihnen ausrichten?«

»Nein, dieses Kapitel meines Lebens ist abgeschlossen. Wollen Sie sonst noch etwas wissen?«

»Im Moment nicht. Auf Wiedersehen, Pater.«

»Auf Wiedersehen, Jacobi.«

***

Der nächste Anruf galt Weider. Jacobi bat ihn, jemanden mit Fotos von Jutta Dietrich ins »Drop in« zu schicken. Irgendjemand konnte sich bestimmt an sie erinnern. Frauen wie Jutta sah man schließlich nicht jeden Tag, auch nicht in einer gut besuchten Disco.

»Ich darf im Fall Cermak niemanden mehr irgendwohin schicken, Oskar«, sagte Weider.

Jacobis Alarmglocken schrillten. »Waschhüttl?«

»Ja. Schon heute Morgen hat es dicke Luft wegen des Attentats auf dich gegeben. Conte hatte zwar heute Nacht unsern Journaldienst angerufen und uns gewarnt, aber er und ein Fotoreporter standen bereits in deinem verwüsteten Schlafzimmer, bevor noch der Hausmeister die Explosion gemeldet hatte. Als dann niemand wusste, wo du warst, hat Waschhüttl wie ein angestochener Eber getobt.«

»Der ist doch nur sauer, weil es mich nicht in tausend Putzlappen zerrissen hat«, machte Jacobi auf cool, dabei war ihm tief im Innern durchaus nicht nach flapsigen Sprüchen zumute. Waschhüttl hatte es also getan.

»Seit wann weißt du's? Hast du es mir heute Morgen verschwiegen?«

»Nein. Waschhüttl hat mich nach dem Mittagessen ein zweites Mal zu sich rufen lassen. Der SIDI habe verfügt, wir hätten den Fall augenblicklich an die Stapo abzugeben und sollten uns endlich den liegen gebliebenen Fällen widmen. Wegener hat er bereits aus Gastein abberufen. Aber das ist noch nicht alles. Du bist mit heutigem Datum beurlaubt.«

»Nein!«

»Doch. Mit der Begründung, du seist überarbeitet. Anders sei nicht zu erklären, warum du Vereinbarungen ignorierst, die noch am Vortag getroffen wurden.«

»Welche Vereinbarungen denn? Also, der saugt sich –«

»Die Vereinbarung, jeden Schritt mit ihm abzusprechen«, unterbrach ihn Weider. »Die hast du nicht eingehalten. Und ganz nebenbei: Nicht einmal uns hast du über deinen Trip ins Seidlwinkltal informiert.«

»Dafür kann er mir schlimmstenfalls einen Verweis erteilen, aber doch keine Beurlaubung. Noch dazu in meiner Abwesenheit? Da überhebt er sich eindeutig. Die Abgabe des Falls mag vielleicht mit Kandutsch akkordiert sein, die Beurlaubung jedoch nicht. Waschhüttl hat ihm sicher verschwiegen, dass er noch gar nicht mit mir gesprochen hat.«

»Wie denn auch? Du warst ja nicht greifbar.«

»Dann wird er das jetzt nachholen müssen. Bin schon sehr gespannt. In knapp zwei Stunden bin ich im Büro.«

»Vielleicht beabsichtigt er ja gerade das.«

»Was?«

»Dass du ihm eine Szene machst. Mit dem Zwangsurlaub hat er sich fraglos zu weit hinausgelehnt, da hast du recht. Anders würde die Sache jedoch aussehen, wenn du Rambazamba machst. Damit würdest du seine Begründung für die Beurlaubung, nämlich dass du überarbeitet bist, nur untermauern.«

»So ein Blödsinn!«

»Sei vorsichtig, Oskar. Waschhüttl bringt es fertig, dich psychiatrieren zu lassen, wenn du zu sehr auf den Putz haust. Der alte Hirschbichler und er sind Busenfreunde, und ein Bulletin über Dienstunfähigkeit ist schnell ausgestellt. Wesentlich länger dauert es da, es zu beeinspruchen und ein Gegengutachten wirksam werden zu lassen. Waschhüttl mag korrupt und feig sein, aber er ist nicht dumm. Er weiß, dass er dich mit der Beurlaubung nicht vom Hals hat. Also liefere ihm keinen Grund, härtere Bandagen anzulegen. Hörst du?«

»Ich höre dich, weiser Nestor. Dann werde ich ihm halt ein anderes Mal sagen, dass er ein Arsch ist.«

»Aber nicht in seinem Büro! Du weißt, er nimmt Gespräche mit dir meistens auf.«

»Is' ja gut, is' ja gut! Beruhig dich. Ich werde brav sein. Wo steckt eigentlich Melanie?«

»Sie hat gute Arbeit geleistet. Du erinnerst dich an den ›Paris-Lodron-Club‹? Schremmer hat da gestern vorbeigeschaut.«

»Ja, bevor er zur Sparkasse Alter Markt gefahren ist und dort ein Päckchen in einem Schließfach deponiert hat.«

»Richtig. Im ›Paris-Lodron-Club‹ hält er sich in letzter Zeit ziemlich häufig auf, obwohl er früher mit Golf überhaupt nichts am Hut hatte. Melanie weiß das deshalb, weil sie sich heute Morgen an einen reichen Schnösel rangemacht hat, der dort verkehrt.

Und der hat sie in den Club eingeladen. Anders kommst du da nicht rein. Entweder bist du zahlendes Mitglied oder Gast eines Mitglieds. Einer der Hauptsponsoren des Clubs ist übrigens die –«

»Nicht am Telefon, Hans. Vielleicht hat die Stapo mittlerweile deine sämtlichen Anschlüsse angezapft. Aber die sollen sich gefälligst selbst plagen. Alles Weitere mündlich. Also, bis später!«

»Bis gleich! Und halte dich zurück, wenn du Waschhüttl gegenüberstehst!«

***

Jacobi war vom Naturell her kein ausgesprochener Kaltblüter, täuschte aber oft ein Phlegma vor, das weniger dickfellige Leute zum Kochen brachte. Doch diesmal konnte sich Waschhüttl auf den unverfälschten Jacobi einstellen, den renitenten Untergebenen, der zur Tür hereinstürmen und lautstark eine Erklärung einfordern würde.

Rein zufällig saß im Nebenzimmer des Waschhüttl'schen Büros Dr. Hirschbichler, Psychiater und forensischer Psychologe, der gegebenenfalls sofort zur Stelle sein würde, um zu bestätigen, dass Hauptmann Jacobis mentaler Allgemeinzustand kein sehr guter war. Spinne, Waschhüttls Sekretärin, hatte die Info durchsickern lassen. Jacobi war ihr egal, doch insgeheim schwärmte sie für Weider. Der coole Hans war ihrem Lieblingsschauspieler Jeff Goldblum wie aus dem Gesicht geschnitten, also musste sie sich auch mit Jacobi gut stellen.

Dieser war die Ruhe selbst, als er die unterzeichnete Bestätigung seiner Beurlaubung entgegennahm. Nach drei Wochen Kuraufenthalt in Bad Harbach an der niederösterreichisch-tschechischen Grenze sollte er weitere zwei Wochen Resturlaub anhängen, um sich gründlich zu erholen.

Nachdem er den Wisch gelesen hatte, neigte er sich beiläufig über den protzigen Schreibtisch, dessen oberste Lade einen Spaltbreit offen stand. Er griff hinein, stellte den Rekorder ab und flüsterte Waschhüttl zu: »Glauben Sie im Ernst, Sie kommen damit durch? Wenn dieser Fall aufgeklärt ist, werden mit großer Sicherheit *Sie* es sein, der zwangsweise beurlaubt wird, Herr Oberst.«

Waschhüttl standen die Schweißperlen auf der Stirn. Mit dem

Instinkt des Feiglings fühlte er, dass er diesmal möglicherweise aufs falsche Pferd gesetzt hatte. Noch aber sah er sich in der stärkeren Position und grinste gehässig.

»Davon träumen Sie wohl, Jacobi, was? Aber als Aktiver werden Sie das nicht mehr erleben. Und jetzt verschwinden Sie, ehe Sie sich ernstlich Schwierigkeiten einhandeln!«

Jacobi grinste ebenso gehässig zurück, drehte sich auf dem Absatz um und ging.

Weider und Kotek warteten bereits in seinem Büro auf ihn.

Jacobi runzelte die Stirn. »Melanie, solltest du nicht Schremmer beschatten?«

Ehe sie noch antworten konnte, warf sich bereits Weider für sie in die Bresche: »Waschhüttl hat jedem von uns ein Diszi angedroht, falls er einen erwischt, der weiter an dem Fall arbeitet.«

Jacobi setzte sich hinter seinen Schreibtisch. Weider saß davor, Kotek hatte sich auf der alten Couch ausgestreckt, die bei Nachtschichten als Notbett diente.

»Und was ist mit den Anschlägen auf Schremmer und mich?«, fragte Jacobi mit aggressivem Unterton. »Dürft ihr die auch nicht mehr untersuchen, oder was?«

Weider hob bedauernd die Hände. »Nein, auch die nicht. Sie wurden der neuen Geheimakte OGAS zugeordnet, und dafür ist die Stapo zuständig. Wir werden nur als Zeugen vernommen.«

»OGAS? Was soll denn das nun wieder heißen?«

»Na, was wohl? Organisierte Gewaltverbrechen an Senioren. Außerdem ist sowohl bei Kandutsch als auch bei Waschhüttl interveniert worden. Spinne hat mir das gesteckt. Kostet mich eine Einladung ins ›Cafe Fürst‹, aber das war's wert. Kandutsch will sich nicht mit Wien anlegen, und Waschhüttl riecht ohnehin schon jeden Furz aus dem Ministerium, noch bevor man ihn dort fahren lässt. Die Medien sind durch die Anschläge auf Schremmer und dich hellhörig geworden. Sie werden jetzt instinktsicher die Cermak-Morde aufgreifen, und eben das versetzt so manche Politiker in gelinde Panik.«

»Was zu erwarten war. Wir sollten Schremmer trotzdem einen Schutzengel zur Seite stellen.«

Weider griff zum Telefon. Er wusste, welchen Schutzengel Jacobi meinte. Für diesen inoffiziellen Job kam unter diesen Umständen nur einer in Frage: Lorenz Redl. Wenn Jacobi es wünschte, würde er Schremmer observieren, ganz egal, welche Meinung Waschhüttl dazu hatte.

»Waren deine Ermittlungen im Seidlwinkltal eigentlich von Erfolg gekrönt?«, fragte Kotek hinterhältig, während Weider telefonierte.

Jacobi hob die Schultern. »Teils, teils. Du wirst es nicht glauben, aber die Dietrich hat doch tatsächlich versucht, mich zu verführen.«

»Ach, was du nicht sagst?« Koteks sonst so sanfte Rehaugen verschossen Blitze.

»Vermutlich ein Ablenkungsmanöver, dessen Sinn mir leider verborgen geblieben ist«, fuhr er nur mäßig irritiert fort. »Selbstverständlich hat sie es umsonst versucht.«

»Selbstverständlich?«, wiederholte sie schnippisch. »Das bezweifle ich aber. Warum sonst bist du ihr noch gestern Nacht auf die Bude gerückt?«

Trotz zur Schau getragener Gekränktheit war sie insgeheim erleichtert. Sie glaubte, was er sagte. Verdächtigen, Zeugen oder Journalisten gegenüber war Jacobi ein begnadeter Bluffer, aber privat war er als Lügner grottenschlecht. Selbst nichtigste Verfehlungen waren ihm sofort anzusehen.

»Vielleicht könntest du dich gütigst daran erinnern, dass die Frau in Lebensgefahr schwebt. Aber sie hat was«, gab er unumwunden zu. »Und wenn sie's drauf anlegt, einen Mann auf die Matte zu kriegen, gibt es unter hunderten vielleicht einen, der ihr widersteht.«

»Und du bist dieser eine?«, fragte Weider, den Hörer auflegend. Im Gegensatz zu Kotek nahm er Jacobi den keuschen Josef nicht ab.

»Sagen wir mal so: Ich bin nicht wegen ihrer Titten in stockfinstrer Nacht da raufgefahren, sondern um unsern kleinen Wissensvorsprung nicht gleich wieder zusammenschrumpfen zu lassen. Im Übrigen habe ich bisher mit noch keiner Zeugin geschlafen. Können wir uns darauf verständigen?«

Wenn Jacobi den Bullen raushängen ließ, war es besser, sich aufs rein Dienstliche zu beschränken. Weider schwieg demütig.

»Und sie hat uns ein bisschen weitergeholfen, ja«, lenkte Jacobi, nun wieder umgänglicher, ein. »Aber nur ein bisschen, wirklich Wichtiges hat sie für sich behalten. Diesen Eindruck habe ich jedenfalls gewonnen. Leider habe ich keine Ahnung, *warum* sie so zugeknöpft war.«

Dass die Dietrich alles andere als zugeknöpft gewesen war, darauf hätte Kotek wetten können, sie verkniff sich aber eine neuerliche Attacke. Eine ernste Verstimmung zwischen Jacobi und ihr war das Letzte, das sie jetzt brauchen konnten.

Jacobi begann nun den Besuch bei Jutta Dietrich ganz ausführlich zu referieren. Nichts, dem er auch nur die geringste Bedeutung beimaß, blieb unerwähnt.

»Und wie steht's im Fall Grabowsky?«, fragte er abschließend. »Seid ihr da weitergekommen?«

Weider schüttelte den Kopf. »Nein. Leo und Max sind dabei, alle durch die Mangel zu drehen, die am Ablenkungsmanöver beteiligt waren, aber vorläufig hat noch keiner ausgepackt. War ja auch nicht anders zu erwarten, das braucht eben seine Zeit.«

Jacobi nickte gottergeben. »Wie wäre es zur Abwechslung mal mit etwas Erbaulicherem? Du hast heute Vormittag am Telefon angedeutet, du hättest Ergebnisse aus dem Datenvergleich vorzuweisen. Wie steht's damit?«

Sofort hellte sich Weiders Miene auf. Seine Lippen umspielte plötzlich ein überlegener Zug, den Jacobi nur zu gut kannte. »Ja, einige Zusammenhänge zeichnen sich bereits ab«, sagte er zurückhaltend. »Aber ich denke, das müssen wir nicht hier besprechen. Wie wär's in deiner Wohnung? Du warst eh noch nicht dort, seit du zurück bist. Ich hab ein bisschen aufräumen lassen, muss dich aber trotzdem warnen: Das Schlafzimmer sieht grauenhaft aus. Eine Horrorfilmkulisse ist ein Klacks dagegen.«

***

Auf dem Weg in die Parkgarage konnte Jacobi seine Neugierde nicht mehr bezähmen. Er wusste, dass Weider fündig geworden war. »Jetzt rück schon raus damit. Dieses Hinhalten geht einem ja auf die Prostata. Was hat dein Programm zutage gefördert?«

»Wie schon gesagt, bei der verhältnismäßig großen Zahl der

Überprüften ergeben sich zwangsläufig einige Gemeinsamkeiten«, zierte sich Weider.

»Wie viele Namen habt ihr bisher gecheckt?«

»Alle hundertachtundfünfzig, die in Schremmers Dossier aufgeführt sind. Dazu sämtliche der Cermak-Fälle plus Sarah Feldbach. Das sind in Summe hundertdreiundsiebzig. Unter ihnen befinden sich auch sechs ehemalige Grundbesitzer, die sich geweigert haben, bestimmte Grundstücke an Straßenbau- oder Seilbahngesellschaften zu verkaufen. Die Transaktionen fanden dann jeweils nach ihrem Ableben statt.«

»Viel zu dünn. Weiter!«

»Dreiundzwanzig von den fünfunddreißig Passagieren der abgesoffenen ›Erzherzogin Sophie‹ waren ehemalige Mitarbeiter einer Werkzeugfabrik. Die Firma hat 1989 ein ruinöses Tief durch mysteriöse Kapitalumschichtungen und rigorose Frühpensionierungen überwunden.«

»Schon interessanter. Was noch?«

»Unter den Aktenleichen der unaufgeklärten Raubmorde haben wir dreizehn gleich gelagerte Fälle entdeckt, die zeitlich allerdings weit auseinanderliegen. Die hoch dotierten Sparbücher der Ermordeten wurden trotz Codes unmittelbar nach den Verbrechen liquidiert – allerdings nicht von Verwandten!«

»Für die Chemiker der Sökos wäre die Herstellung von diversen Wahrheitsdrogen sicher kein Problem. So hätte man die Codes leicht erfahren können, ehe man die Sparbucheigner umbrachte. Das war aber noch nicht alles, oder?«

Sie hatten die Parkgarage erreicht und standen bereits vor dem Quattro. Kotek hatte abends noch etwas vor, deshalb nahm sie ihren eigenen Wagen. Einen nagelneuen SLK hätte sich eine einundzwanzigjährige Inspektorin von ihrem Gehalt niemals leisten können, aber Kotek hatte wohlhabende Eltern und einträgliche Nebenjobs.

Jacobi händigte Weider die Wagenschlüssel aus. Der zog die Brauen hoch. »Warum das denn?«

»Ich will telefonieren«, sagte Jacobi kurz angebunden.

»Mit Jutta Dietrich?«, fragte Weider neugierig. »Du hast noch gar nichts Persönliches über sie erzählt. Wie war sie denn? Ist sie wirklich eine so –«

»Ich will nicht mit der Dietrich telefonieren, sondern mit Kastner, dem General von Gladius Dei, und mit Conte. Steig also ein und fahr los! Wir können Melanie nicht so lang vor der Haustür warten lassen.«

»Aber sie hat doch einen Schlüssel zu deiner Wohnung.«

»Egal, fahr jetzt endlich!«

***

Sie gerieten in die Donnerstagabend-Rushhour. Weider schien das nicht zu stören. Mit traumwandlerischer Sicherheit schlängelte er sich durch den motorisierten Ameisenhaufen.

»Was sagst du dazu: Elf Ermordete waren ehemalige KZ-Häftlinge. Sieben davon Juden.«

Jacobi dachte an Sarah Feldbach. Sie hatte Glück gehabt – vor langer Zeit und auch jetzt wieder. Und er dachte an seinen Großvater, der dieses Glück nicht gehabt hatte. Dennoch fragte er: »Und ehemalige Nazis waren nicht unter den Opfern?«

»Ich wusste, dass du das fragen würdest. Und ja, es waren auch ehemalige Nazis darunter. Sogar mehr als KZ-Häftlinge. Allerdings sind sechsundzwanzig ehemalige NSDAP-Mitglieder unter hundertdreiundsiebzig Österreichern mit einem Durchschnittsalter um die achtzig keine Riesensensation – rein statistisch gesehen.«

»Was du nicht sagst! Was hast du sonst noch zu bieten? Ich kenn dich doch: Du willst mir wieder vorführen, wie du dich für uns zerfranst, und hältst das Wichtigste wie eine Jungfrau bis zum Schluss zurück.«

Weider schmunzelte. »Na, für eine Jungfrau will ich nicht gehalten werden. Lieber spare ich mir die restlichen Korrelationen – bis auf eine.« Jetzt grinste er nicht mehr. »Von den hundertdreiundsiebzig Senioren in Schremmers Dossier hatten sage und schreibe hundertsechsundvierzig bei ein und derselben Versicherung Verträge abgeschlossen. Hauptsächlich Lebens-, Pensions- und Krankenversicherungen. Vierundachtzig Prozent, Oskar! Das ist jenseits jeder Zufallsrate.«

Jacobi brauchte ein paar Sekunden, um das Gehörte zu verdauen. In seinen Ohren rauschte es. »Und du denkst jetzt …«

»Ja, ich denke, irgendein Irrer könnte auf die Idee verfallen sein, mit dieser Sökos-Masche viel Geld einzusparen beziehungsweise zu verdienen«, sagte Weider prosaisch.

»Das ist doch nicht dein Ernst.«

»Doch, der ist es. Über so etwas mach ich keine Scherze.«

Sie hielten an der Kreuzung Justizgebäude, da die Ampeln auf Rot standen. Jacobi tat sich schwer, den neuen Erkenntnisstand zu akzeptieren.

»Also kein politischer Hintergrund?«

»Eher nicht. Und wenn, dann höchstens am Rande.«

»Und die ganzen SS-Analogien?«

»Staffage! Psychedelisches Theater und Bühnenzauber für die Gamma-Kader, die die Drecksarbeit zu erledigen haben. Die sollen sich ja als Exekutoren einer Idee fühlen, als Avantgarde einer Bewegung, in der nur die Starken ein Recht auf Leben haben. Gott, wie mich das ankotzt! Wüssten diese blutigen Dumpfbacken, dass sie nur Handlanger irgendeines zynischen Gierschlunds sind, würden sie vermutlich weniger leicht bei der Stange zu halten sein.«

»Und wie sehen die Einsparungen deiner Meinung nach aus? Kannst du konkreter werden? Welche Konditionen machen die Verbrechen möglich?«

»Ich kann nicht zaubern, Oskar! Nur eines kann ich jetzt schon sagen: Die Einsparungsstrategie steht und fällt mit einem ganz bestimmten Pensionsversicherungsmodell. Die Gesellschaft lockt mit günstigen Einzahlungs- und scheinbar noch günstigeren Auszahlungsmodalitäten – vorausgesetzt, der Versicherte ist damit einverstanden, sich die Zusatzpension ausschließlich in monatlichen Tranchen auszahlen zu lassen. Die pauschale Auszahlung nach Ende der Laufzeit entfällt also. Der Speck in der Mausefalle: Die monatliche Auszahlungsrate ist sehr gut dotiert. Und der Pferdefuß für die Angehörigen: Beim Ableben des Versicherungsnehmers erlöschen sämtliche Verpflichtungen der Gesellschaft.«

Die Ampel sprang auf Grün, aber sie kamen nicht weit: Schon auf der Karolinenbrücke staute sich der Verkehr erneut von der Kreuzung Unfallkrankenhaus her.

»Eine klare Sache«, sagte Jacobi. »Aber wie machen sie's bei den Lebensversicherungen? Die müssen doch in jedem Fall an die Begünstigten ausgezahlt werden.«

»Die Lebensversicherungen sind mittlerweile weitgehend dem Standard der Pensionsversicherungen angeglichen. Man spricht auch nicht mehr von Lebens-, sondern auf gut Neudeutsch von *Erlebens*versicherungen beziehungsweise Partnerversicherungen.«

»Partnerversicherungen? Soll das heißen, die –«

»Ja, genau das heißt es. Nach dem Tod des Primärerben gehen etwaige Sekundärerben leer aus. Wieder eine Abweichung vom üblichen Standard.«

»Eigentlich eine durchaus sympathische Regelung, wenn man an die derzeit gültigen Erbschaftsgesetze denkt«, sagte Jacobi in einem Anflug von rabenschwarzem Humor.

»Aber weniger sympathisch, wenn du dabei an die Vermisstenabteilung der Sökos denkst. Jeder Erbe kann über den Nachlass erst dann verfügen, wenn der Tod des Erblassers amtlich ist. Bei Vermissten, deren Tod als wahrscheinlich angenommen wird, dauert das in der Regel acht Jahre. Und inzwischen kann der Begünstigte ebenfalls gestorben sein. Verstehst du? Nimm Sarah Feldbach als Beispiel: Hätten Rolf und Co. sie im Reedsee versenkt, wäre sie nie gefunden worden. Ihr Mann ist vor zwei Jahren verstorben, und beide hatten eine Partnerversicherung mit dieser Gesellschaft abgeschlossen.«

»Das ist – da fehlen einem ja die Worte!«

»Die dritte Säule des Einsparungskonzepts sind die Krankenversicherungen«, fuhr Weider fort. »Ein wahrhaft riesiger Posten. Die Leute werden immer älter, die Zeitspannen, in denen sie medizinische Betreuung benötigen, immer länger. Die medizinische Technik wird immer aufwendiger, und die Medikamente werden immer teurer. Überschlag nur einmal ganz grob, wie viel Geld ein Grabowsky der Versicherung erspart hat, indem er einen rüstigen Siebziger gegen einen Baum hat fahren lassen, oder wenn eine ebenso vitale Pensionistin sich vorgeblich beim Gardinenaufhängen das Genick gebrochen hat. Ich möchte mir gar nicht vorstellen, wie die Sökos in Geriatriezentren, in Altenpflegeheimen und in der Hauspflege gewütet haben oder wüten haben lassen. Mir wird ganz übel bei dem Gedanken, dass man bettlägerige und wehrlose Menschen eingeschläfert hat wie lästige, nicht mehr erwünschte Haustiere.«

Jacobi stand das Grauen ins Gesicht geschrieben.

»Und jetzt rechne alles einmal hoch«, subsumierte Weider. »Wir kennen vorläufig nur die von Schremmer namhaft gemachten Fälle, die logischerweise nur einen Bruchteil dessen repräsentieren, was da seit Jahren über die Bühne gegangen ist. Eines jedenfalls ist klar: In den letzten fünf Jahren müssten die Salden der Gesellschaft ein merklich anderes Bild bieten als die Jahre davor.«

»Diese Salden werden wir hoffentlich bald zu Gesicht bekommen.« Jacobi wurde zusehends ungeduldiger. Das Katz-und-Maus-Spiel des Freundes ging ihm schwer auf den Geist.

Prompt fragte Weider: »Du meinst, durch Zugriff auf die Daten der Gesellschaft?«

»Natürlich! Und red nicht immer von *der Gesellschaft*!«, pfiff Jacobi ihn verärgert an. »Raus mit der Sprache! Wie heißt die Versicherung?«

Inzwischen hatten sie im Schritttempo die Bürglsteinstraße erreicht, standen aber nun wieder. Weider grinste wie ein beim Naschen ertapptes Kind, beeilte sich aber, der Aufforderung Folge zu leisten.

»Wir reden von der AIC, der ›ANUBIS Insurance Company‹. Wurde bald nach dem Krieg in München gegründet und hieß ursprünglich ›Assekuranz Nussbaum & Bistrovic‹, benannt nach ihren Gründervätern Benno Nussbaum und Joachim Bistrovic. Später wurde das sperrige Firmenlogo zum Kürzel ›ANUBIS‹ verdichtet. Die Versicherung expandierte in der Wirtschaftswunderära und kaufte sich in andere Sparten ein. Heute ist die ANUBIS AG ein Firmenkonglomerat mit Niederlassungen auf der ganzen Welt. Die österreichische Zweigstelle der AIC feiert übrigens in zwei Tagen ihr fünfzigjähriges Jubiläum.«

Den letzten Satz hatte Jacobi nicht mehr gehört. »Anubis? Sagtest du *Anubis*?«

»Ja, mindestens drei Mal schon. ANUBIS Insurance Company.«

»Anubis, der Totengott«, flüsterte Jacobi, um dann sukzessiv lauter zu werden. »Der *ägyptische* Totengott! Die Firma, die mit dem alten Ägypten zu tun hat! Die Anstecknadel, das geheime Erkennungszeichen der Sökos, symbolisiert keinen Hundekopf, wie Schremmer mir einzureden versucht hat, sondern den Kopf eines Schakals. Und wer wurde im alten Ägypten mit einem Schakalkopf dargestellt? Anubis!« Er packte Weider an der Schulter. »Wir haben sie, Hans! Wir haben sie!« Er war so fasziniert von dem Gedanken, dass er einen anderen dabei verdrängte: dass ihm der Firmenname ANUBIS AG nicht unbekannt war.

Weider schüttelte seine Hand ab. »Komm wieder runter, Oskar. Wir haben einen Namen, sonst nichts. Außerdem: Welcher Richter wird uns jetzt noch den Zugriff auf ihre Datenbanken ermöglichen, he? Wir sind *draußen*, Oskar! Hast du das schon vergessen?« Es klang so, als sei er nicht unglücklich darüber.

Weider war ein Mensch mit vielen guten Eigenschaften. Mut gehörte nicht unbedingt dazu. Wie so viele Österreicher litt er an einer guten Portion Autoritätsgläubigkeit. So loyal er Jacobi gegenüber auch war, so schwer tat er sich, Anordnungen von oben großzügig auszulegen oder gar zu ignorieren. Wenn überhaupt, dann brauchte er dazu die moralische Unterstützung seines Freundes, den er um seine Zivilcourage beneidete. Für Jacobi bedeutete draußen zu sein noch lange nicht das Gleiche wie für ihn, das wusste Weider. Aber er wollte es von ihm hören.

»Quatsch, wir sind noch lang nicht draußen«, kam es prompt retour. »Und keine Angst, wir gehen schon nicht mit der Brechstange vor. Schließlich wollen wir die Sökos ja nicht mutwillig vergraulen. Aber ein bisschen Druck kann nicht schaden. Druck nach mehreren Seiten. Dafür werden wir Conte von der Leine lassen. Zunächst teilen wir ihm mit, dass Waschhüttl mich beurlaubt hat – trotz des Mordes an Grabowsky, der Anschläge auf Schremmer und mich, und obwohl sich der Fall Cermak auszuweiten beginnt.«

Weider grinste ermutigt. »Da wird's im Salzburger Blätterwald aber mächtig rauschen.«

Jacobi gab Contes Nummer ins Autotelefon ein. Der »K. u. K.«-Kolumnist nahm den Anruf sofort entgegen. Jacobi erzählte ihm gerade so viel, wie er wissen durfte, doch das war dem Zeitungsmann zu wenig. Erfahrung und Instinkt sagten ihm, dass da etwas Größeres im Busch war.

»Erst aufgeilen und dann Hose wieder raufziehen«, brummte

er missmutig. »Was glaubt ihr eigentlich, wen ihr vor euch habt? Einen Rotzbuben, den man mit ein paar unscharfen Aktfotos abspeisen kann? Entweder fängst du jetzt an zu klotzen, oder du kannst dir deinen Artikel sonst wohin stecken.«

»Mann, bist du heute wieder charmant!«

»Soll ich deinetwegen Rilke deklamieren? Also, wie steht's, Oskar? Wenigstens ein konkreter Hinweis, ein Name! Zeit ist Geld, und die Leute wollen zum Frühstück was Handfestes lesen, kein *Vielleicht* und *Möglicherweise*!«

Mit seiner krachledernen Masche hatte Conte sehr oft Erfolg. Bei besonders knauserigen Informanten probierte er es dagegen mit Geld oder Einschüchterung.

»Ignaz, ich hab dir ohnehin schon mehr gesagt, als ich eigentlich darf«, versuchte Jacobi ihn zu besänftigen.

Conte lachte verärgert auf. »Wann hat dich denn jemals beschäftigt, was du darfst und was nicht?«

»Komm, sei friedlich! Wenn ich mir vorstelle, was du dir zusätzlich aus den Fingern saugen wirst, dann rollt es mir jetzt schon die Fußnägel auf.«

»Selbst schuld! Spuck mehr aus, dann musst du keine Enten fürchten.«

»Du sagst mir ja auch nicht, von wem du den Tipp mit dem Sprengstoffanschlag hattest.«

»Herrgott, ich weiß es doch selbst nicht. Jemand rief mich knapp vor drei Uhr morgens an und sagte, gleich würde Hauptmann Jacobi samt seinem Himmelbett in die Luft fliegen. Dann legte er auf. Als bei dir zu Hause niemand abhob, informierte ich euren Journaldienst, läutete einen Fotografen aus dem Bett und raste zum Ignaz-Rieder-Kai. Das ist die ganze Geschichte. Versprich mir wenigstens, mich sofort zu benachrichtigen, wenn du diese Typen auffliegen lässt. Wie nanntest du sie doch gleich?«

»Ich hab sie gar nichts genannt. Und versprechen kann ich dir auch nichts, weil Waschhüttl mich beurlaubt hat.«

»Mach dich nicht lächerlich, Oskar. Du hättest mich doch nie angerufen, wenn du nicht an der Sache dranbleiben wolltest. Dafür kenn ich dich zu gut. Wir sollen Waschhüttl für dich den Arsch aufreißen, damit die Wiener in Deckung gehen und du wieder freie Hand hast. Gut, machen wir, aber dann bin ich auch der Erste, der am Zahltag benachrichtigt wird. Klar?«

»Geht klar. Du kriegst die ersten Infos. Bis dann.« Jacobi legte auf und wählte neu.

»Generalsekretariat Gladius Dei, Pater Rettenwender. Was kann ich für Sie tun?«

»Hauptmann Jacobi, Landesgendarmeriekommando Salzburg. Ich muss den Pater General sprechen. Dringend!«

Der Sekretär verband sofort.

»Kastner?«

»Hauptmann Jacobi. Pater General, entschuldigen Sie die Störung, aber mein Anliegen duldet keinen Aufschub. Der Casus Belli ist rascher eingetreten als erwartet. Man hat mich beurlaubt, wobei auf meine Vorgesetzten Druck ausgeübt worden ist.«

»Ich hoffe, Sie verdächtigen nicht mich, Jacobi. Ich mache selten denselben Fehler zweimal. Außerdem bin ich – wie jeder Mensch – nicht frei von Eitelkeit. Das heißt: Ich sehe Gladius Dei am Ende lieber auf der Seite der Sieger als auf der anderen. Sie wissen ja …«

»Ja, ich weiß: Gott steht immer aufseiten der stärkeren Bataillone. Sehen Sie Gott auf meiner Seite, Pater General?«

»Es wäre vermessen, das zu sagen, Jacobi. Hoffen wir, dass ich etwas für Sie tun kann. Versprechen kann ich nichts.«

»Ich bedanke mich im Voraus mit einem Tipp, Pater General: Es wäre kein Fehler, Verträge zu canceln, die Gladius Dei mit der ANUBIS Insurance Company geschlossen hat.«

»Und ich danke Ihnen für Ihr Vertrauen, Jacobi.«

Klick. Das Gespräch war zu Ende.

***

Jacobi und Weider bogen in den Ignaz-Rieder-Kai ein. Der Hauptmann blickte nachdenklich auf die ruhig dahinfließende Salzach.

»Eines ist mir trotzdem noch nicht klar: Warum ist Schremmer nicht schon früher auf die AIC gestoßen? Du hast das in drei Tagen geschafft.«

»Schremmer kann nicht auf unsere Daten zurückgreifen. Außerdem hat er sich anfangs auf die politische Spur versteift.«

»Und die hat er für uns als Köder ausgelegt, obwohl er inzwischen einigermaßen wusste, wie der Hase lief.«

***

Das Schlafzimmer Jacobis sah tatsächlich apokalyptisch aus. Die ersten Aufräumarbeiten hatten das Horrorszenario nur geringfügig entschärfen können. Das Mobiliar war vollkommen zerstört, nichts war heil geblieben und an Restaurierung nicht zu denken. Die Sprengstoffexperten der Sökos hatten ganze Arbeit geleistet. Doch Jacobis Wohnung hatte Glück im Unglück gehabt: Ein Großteil der freigesetzten Energie war durch die Panoramaglasfront auf die Terrasse entwichen. So hatten wenigstens die angrenzenden Räume nichts abbekommen.

Hausmeister Peppi Brandstätter hatte nach der Explosion um drei Uhr nachts schnell reagiert. Seine Wohnung befand sich im Souterrain, und der abendliche Bierkonsum zwang ihn regelmäßig in den frühen Morgenstunden aus dem Bett. Der ohrenbetäubende Knall hätte ihm beinahe das Wasser verschlagen. Als dann Glasscherben, Jalousien und Bruchholz auf den Ignaz-Rieder-Kai niederprasselten, zog er sofort die richtigen Schlüsse: Eine Explosion oben im Penthouse! An das Wie und Warum verschwendete er keinen Gedanken. Der Paternoster brachte ihn rasch in die oberste Etage. Binnen Sekunden sperrte er auf, sah Rauch durch die geborstene Schlafzimmertür quellen, riss den Feuerlöscher von der Flurwand und stürzte ins Schlafzimmer. Fast ebenso schnell hatte er die ersten aufzüngelnden Flammen mit Löschschaum erstickt.

»Er war platt, als er den Feuerlöscher an seinen Platz zurückhängte«, beendete Weider den Bericht, »und Conte und seinen Fotografen in der offenen Wohnungstür stehen sah. Nur die Attentäter selbst konnten ihm den Tipp gegeben haben. Wie sonst hätte Conte Minuten nach der Explosion an Ort und Stelle sein können?«

Jacobi nickte. »Er hat mir gesagt, er habe einen Anruf erhalten. Höchst eigenartig – wie schon bei Schremmer. Nachdem die Sökos sich jahrelang lautlos wie Schleichkatzen an ihre Opfer herangemacht haben, scheinen sie jetzt auf Publicity geradezu erpicht zu sein.«

Gemeinsam saßen sie im Herrenzimmer. Abgesehen von ein paar kaputten Glühbirnen im Kronleuchter hatte die Explosion hier keine sichtbaren Spuren hinterlassen. Kotek war einige Minuten früher eingetroffen, hatte Kaffee gemacht und schenkte nun ein.

»Apropos Sökos«, knüpfte Jacobi an, »die Angaben von Jutta Dietrich über ihr Treffen mit dem Kontaktmann im ›Drop in‹ müssen noch heute überprüft werden. Und ja, ich weiß, ihr hättet das längst erledigt, wenn man es euch nicht verboten hätte«, kam er der Rechtfertigung Weiders zuvor. »Ist ja kein Beinbruch. Mach ich's eben später selbst. Wie wär's? Fährst du mit mir?«

Die Frage galt Kotek. Sie schüttelte den Kopf. »Geht leider nicht. Bin schon mit Leo Piritz verabredet.«

»Leo Piritz?« Jacobi verspürte einen kleinen Stich. Eine Melanie, die sich zwanglos mit anderen Männern verabredete, war eine ganz neue Erfahrung. Taten sich da gewöhnungsbedürftige Perspektiven auf?

»Er ist Doktor der technischen Wissenschaften und der reiche Schnösel, der Melanie in den ›Paris-Lodron-Golfclub‹ mitgenommen hat«, half Weider ihm auf die Sprünge.

»Ach, stimmt ja. Wolltest du mir heute Mittag am Telefon nicht einen der Hauptsponsoren des Clubs verraten.«

»Na, dreimal darfst du raten.«

»Die ANUBIS Insurance Company?«

»Der Kandidat hat neunundneunzig Punkte. In diesem Club verkehren die Bosse der Bosse. Industrie-, Energie- und Kommunikationsmagnaten und ihre Trabanten. Und jetzt darfst du noch einmal raten, wie Schremmer da reingekommen ist.«

»Ich nehme an, er hat sich an die Ehefrau oder Mätresse irgendeines Oberfuzzis rangemacht. Bis vor Kurzem konnte er sich im Auge des Taifuns ja verhältnismäßig sicher fühlen. Ein Gigolo wird außerhalb seiner Disziplin selten ernst genommen.«

»Genau so hat es sich abgespielt«, bestätigte Kotek. »Er hat sich an Gudrun Sorge rangemacht, die Gattin eines AIC-Direktors.

Eines muss man Schremmer lassen: Er ist wirklich ein Mann, der Frauen schwach werden lässt.«

»Das sagtest du bereits. Neigst du jetzt zu Wiederholungen, oder was?« Jacobis pingeliger Einwurf fiel nicht nur Kotek auf. Auch Weider begriff. Nicht Schremmer war die Laus, die Jacobi über die Leber lief, sondern der ihm unbekannte Piritz. Die Frage, die folgte, bestätigte seine Vermutung.

»Wer ist dieser Piritz eigentlich? Gehört er auch zur AIC?«

»Nein, Leo ist Vizepräsident der OSTBAU. Von der hast du sicher schon gehört. Ein deutsch-österreichischer Baukonzern mit Firmenzentralen in Luxemburg, Liechtenstein und der Schweiz. Steckt ziemlich viel russisches Geld drin.«

»Da schau her! Und per Du bist du mit Piritz auch schon?«

»Ist das für unsere Ermittlungen von Bedeutung?«, konterte sie kühl. Sie hatte ihm ihrerseits den nächtlichen Ausflug ins Seidlwinkltal auch noch nicht verziehen.

»Das kann man im Voraus nie wissen«, versuchte Jacobi den privaten Exkurs zu beenden, aber sie wiegte verneinend den Kopf.

»Leo Piritz gehört nicht zu unsrer Zielgruppe. Er ist zwar mit den AIC-Managern befreundet, hat aber mit dem Unternehmen an sich nichts zu tun. Die Freundschaft hat einen privaten Hintergrund. Er ist mit Phryne Rottenstein liiert, der Tochter von AIC-Generaldirektor Julius Rottenstein. Im Moment scheint es in der Beziehung allerdings zu kriseln.«

Rottenstein! Jacobi war es, als würde ihm jemand einen Eiszapfen über den Rücken ziehen. Plötzlich wusste er, woher er den Firmennamen ANUBIS AG kannte.

»Und deshalb hat er sich an dich rangemacht?«, fragte Weider krampfhaft witzig. Auch ihm war der Name Rottenstein nicht unbekannt.

Die ahnungslose Melanie blieb friedlich. »Er hat sich überhaupt nicht an mich rangemacht. Ich habe *ihn* auf dem Parkplatz vor dem Club angebaggert. Schließlich wollte *ich* ja da rein. Ich hab mich als Promifotografin ausgegeben, was ja nicht ganz gelogen ist. Hab ihm weisgemacht, jemand hätte mich versetzt, und ich hätte mich gern davon überzeugt, dass der Herr nicht ohne mich im Club abgetaucht sei. Leo antwortete galant, es sei unvorstellbar, dass man mich ohne Not versetzen könnte. So kamen wir ins

Gespräch, und schließlich hat er mich als seine Begleitung in den Club eingeladen.«

»Aber dass es zwischen ihm und Phryne Rottenstein im Moment nicht so gut läuft, das wird er dir kaum selbst auf die Nase gebunden haben, oder?«, fragte Jacobi.

»Nein, das hat mir Adelheid Nilson, die Frau eines AIC-Direktors gesteckt. Im Club herrscht eine ziemlich entspannte Atmosphäre. Die Betonung liegt dabei auf ziemlich! Will sagen, es geht in diesem Hautevolee-Treff nicht anders zu als in einem Wald- und Wiesen-Golfclub. Es wird viel gesoffen, noch mehr geklatscht, und man findet sofort Anschluss, schließlich ist man unter seinesgleichen. Leo war mit Geschäftsfreunden zu einer Partie Golf verabredet. Er hat mich dort vorgestellt und mich dann mir selbst überlassen. Allerdings nicht, ohne sich mit mir für heute Abend im ›Österreichischen Hof‹ verabredet zu haben. Während er draußen auf dem Grün war, hab ich drinnen versucht Kontakte zu knüpfen. Heidi Nilson fiel mir durch beachtlichen Martini-Konsum und gerötete Nasenflügel auf, also hab ich mich ihr vorgestellt. Der Geschäftsführerin des Clubs, Carina Talbusch, schien das nicht zu passen. Sie hielt sich auffallend oft in unsrer Nähe auf und versuchte wiederholt sich in unsre Plauderei einzuklinken, was Heidi aber ebenso oft abblockte. Es war offensichtlich, dass sie Carina nicht mag. An mir hat sie hingegen sofort einen Narren gefressen. Hab allerhand Schlafzimmerklatsch von ihr erfahren. So zum Beispiel, dass sie bereits *vor* Phryne Rottenstein mit Leo verbandelt gewesen sei. Eben das habe ihre Freundin Gudrun der arroganten Phryne unlängst gesteckt, weshalb es zum Zoff zwischen Phryne und Leo gekommen sei. Gudrun Sorge wiederum soll was mit Schremmer haben, was diesen aber nicht daran hindere, aus der Verstimmung zwischen Phryne und Leo Kapital zu schlagen.«

»Jede mit jedem – wie in einem Swingerclub«, ätzte Jacobi, wirkte dabei aber ungewohnt zerfahren.

»Und jetzt rate mal, wer Schremmer in den Club eingeführt hat?«, fragte Kotek, sichtlich befremdet von seiner Geistesabwesenheit. Jacobi war sonst der Erste, der bei Briefings volle Aufmerksamkeit einforderte.

»Ich tippe auf Ruth Maybaum.«

»Bingo! Die Maybaum hat übrigens auch schon das eine oder andere Wochenende auf Leos Jacht an der Costa Smeralda feiernderweise verbracht.«

»Stichwort *feiern*«, schaltete sich Weider ein, um das Gespräch wieder auf das Wesentliche zu lenken. »Übermorgen findet die Fünfzig-Jahr-Feier der hiesigen AIC-Filiale statt. Das Fest steigt im Palais Auerspach. An internationaler und regionaler Prominenz wird kein Mangel herrschen, der Kreis der für uns interessanten Leute ist allerdings überschaubar. Da wäre zunächst der Generaldirektor der AIC für Bayern und Österreich, Julius Rottenstein, Neffe des Firmengründers Benno Nussbaum. Nominell leitet er die Geschicke der Versicherung, soll aber seit dem Unfalltod seiner Gattin ein gebrochener Mann sein. Ein menschliches Wrack, das sich langsam, aber unaufhaltsam zu Tode säuft.«

Er blickte Jacobi an, als würde er von ihm einen Kommentar erwarten, aber da kam nichts.

Weider setzte fort: »Sein kompetenter erster Vize, Direktor Lysander Sorge, ist der eigentliche Chef der AIC. Er hat alles im Griff – nur nicht seine Frau Gudrun. Der zweite Vize, Siegfried Nilson, scheint keine Konkurrenz für ihn zu sein. Nilson ist ein Bonvivant, ein Womanizer Schremmer'schen Zuschnitts. Lässt nichts anbrennen, soll aber Mühe haben, seinen aufwendigen Lebensstil und die Drogensucht seiner Adelheid zu finanzieren. Im Kampf um Rottensteins Nachfolge hat Sorge wohl eher die Tochter des Alten, Dr. Phryne Rottenstein, zu fürchten. Der ebenso aparten wie ehrgeizigen Wirtschaftsanwältin sagt man nach, sie sei eiskalt wie Katharina von Medici und hinterhältig wie Lucrezia Borgia. Im Vergleich zu ihr sei Theo Basidius, der längst pensionsreife Direktor der Sparte Krankenversicherung, handzahm wie ein Teddybär. Außerdem ist er der Vater von Paul Basidius. Schwer vorstellbar, dass der Sohn uns auf die Spur des eigenen Vaters führt. Weniger harmlos wäre eine sechste Person. Vorausgesetzt, sie hat mit den Sökos irgendwas zu tun. – Was ich aber für ausgeschlossen halte«, fügte Weider rasch hinzu.

»Du meinst den Schwiegervater von Julius Rottenstein«, sagte Jacobi betreten. Er hatte es nicht glauben wollen, als Kotek den Namen »Rottenstein« zum ersten Mal erwähnte.

»Wer ist das?«, fragte sie. »Kenn ich ihn?«

»Du kennst ihn tatsächlich, Melanie, wenn auch nur flüchtig«, sagte Weider und sah dabei wieder Jacobi an. »Es ist Bernd Vogt, der Vorgänger von Kandutsch. Als er in den Ruhestand trat, hast du noch die Schulbank gedrückt. Vogt war ein Spitzenmann. Heute ist er längst über siebzig, bekommt eine Pension ausbezahlt, von der wir nur träumen können, und verdient sich ein nettes Zubrot als Konsulent und Sicherheitsbeauftragter der AIC und der ASAG, der ANUBIS Synthetics AG, einem weiteren Zweig des Multikonzerns.«

»Dr. Bernd Vogt, der Sarah Feldbach gerettet hat?«, fragte Kotek ungläubig. »Welch ein Zufall!« Ihre ungewollt ironische Anmerkung brachte es auf den Punkt, aber noch eindringlicher veranschaulichte ein Seufzer Jacobis das Dilemma, in dem sie sich plötzlich befanden.

»Ich erinnere mich dunkel. Bernd hat die ASAG das eine oder andere Mal erwähnt«, sagte er mit belegter Stimme. »Das Kürzel war mir geläufig, aber ich hatte vergessen, wofür es steht. Die Firma erzeugt hitzebeständige Materialien aus Keramik und hochfester Kunstfaser. Hat in Bayern fünf Niederlassungen und in Österreich drei. Eine weitere an der Grenze zur Slowakei befindet sich gerade im Bau. Werkschutz wird da natürlich überall großgeschrieben.«

Vogt hatte selten über seine Angehörigen gesprochen, was mit dem Unfalltod seiner einzigen Tochter Livia zusammenhing. Jacobi hatte Livia Rottenstein kaum gekannt und Vogts Enkelin Phryne war er nur wenige Male begegnet. Beim ersten Mal war sie noch ein Kind gewesen, beim zweiten Mal, zwischen Tür und Angel, hatte der Backfisch die Nase schon ziemlich hoch getragen und seinen Gruß kaum noch erwidert.

Wie auch immer: Er würde Kandutsch morgen nachdrücklich ersuchen, ihm Einsicht in die Personalakte Vogts zu gewähren. Nicht eine Sekunde verschwendete er an den Gedanken, Kandutsch könnte ihm diesen Wunsch abschlagen.

»Wenn Vogt Sicherheitsbeauftragter der AIC ist, müsste dich das eigentlich auf eine Idee bringen, Oskar«, sagte Weider, der ihm Zeit gelassen hatte, den Brocken zu verdauen.

»Du meinst, weil der AIC-Werkschutz beim Fest Sicherheitsagenden übernehmen wird?«

Weider lächelte. »Und ich dachte schon, der Schock hat deine Ganglien vorübergehend lahmgelegt. Ja, genau das meine ich. Die VIPs bringen ihre eigenen Bodyguards mit, aber der Werkschutz wird strategisch wichtige Punkte kontrollieren und das Palais nach außen hin abschirmen. Einer dieser Security-Leute könntest du sein. Und auch auf die Gefahr hin, mich zu wiederholen: Ich halte es für extrem unwahrscheinlich, dass Vogt etwas mit den Sökos zu tun hat. Aber angenommen, dass ich mit meiner Vermutung falschliege: Selbst dann könnte er dir diesen Wunsch nicht abschlagen, ohne sich sofort verdächtig zu machen.«

Jacobi schüttelte den Kopf. »Bernd kann unmöglich der Komplize oder gar der Chef solcher Hyänen sein. Das ist doch unvorstellbar. Ein Mensch kann sich nicht ein ganzes Leben lang so verstellen.« Aufgebracht stand er auf, ging zur Bar und schenkte sich einen Cognac ein.

»Wir glauben es ja auch nicht, Oskar«, solidarisierte sich Melanie, »aber unsre private Meinung darf die Ermittlungen nicht beeinflussen.«

Jacobi ließ erneut einen bühnenreifen Seufzer hören, ehe er den Courvoisier in einem Zug hinunterkippte. »Ich werde ihm morgen einen Besuch abstatten. Danach wird unser Verhältnis vermutlich nicht mehr dasselbe sein wie vorher.« Eine volle Minute lang herrschte Schweigen. Jacobi nahm wieder auf dem Fauteuil Platz.

»Und was machen wir mit Schremmer?«, fragte Weider schließlich. »Redl hat keinen Zutritt zum ›Paris-Lodron-Club‹, sodass er ihn dort nicht beschützen kann.«

Jacobi winkte ab. »In der Höhle des Löwen wird Schremmer schon nichts passieren. Niemand wird ihm ein Haar krümmen, solange man auch nur im Entferntesten die ANUBIS AG damit in Verbindung bringen könnte.«

»Wahrscheinlich hast du recht«, pflichtete ihm Weider bei. »Im Club werden ihn die Sökos nicht anrühren. Dafür werden sie an anderer Stelle versuchen ihn zu erwischen.«

»Heute oder morgen wohl nicht«, widersprach Kotek. »Oskar, erinnerst du dich an das Päckchen, das Schremmer in der Sparkasse Alter Markt in einem Bankschließfach deponiert hat?«

»Klar, was ist damit?«

»Er muss in der vergangenen Woche im Club darüber gesprochen haben. Am Clubabend letzten Freitag. Alle AIC-Direktoren waren anwesend. Heidi Nilson hat mir davon erzählt. Sie spricht ohnehin fast nur von ihm. Sie sagte, er habe angedeutet, das Päckchen enthielte Disketten mit Daten zu dem Fall, an dem er gerade arbeitet. Und jetzt wird's interessant: Kopien der Disketten seien angeblich bei einem Notar hinterlegt. Der habe die Aufgabe, sie Behörden und Medien zu übergeben, falls ihm, Schremmer, in nächster Zeit etwas zustoßen sollte.«

»Ganz schön frech, der Sökos-Führung auf diese Weise mitzuteilen, dass sie enttarnt ist«, sagte Weider.

Jacobi nickte. »Frech ja, aber nicht schlecht gedacht. Schremmer will Zeit gewinnen, und die Alpha-Kader können seinen Schachzug nur so interpretieren, dass er eine Erpressung vorhat. Andernfalls hätte er das Material längst den Behörden übergeben.«

»Trotzdem ist der Plan nicht aufgegangen. Schließlich wollten sie ihn gestern noch um die Ecke bringen«, insistierte Weider. »Und dich als Draufgabe dazu, falls du dich erinnerst.«

»Ja, an diesen drei Punkten hakt es immer wieder.« Jacobi tippte wie ein Karateka mit zwei Fingern auf die Marmorplatte des Wohnzimmertisches, so als wollte er deren Festigkeit prüfen. »Die Ermordung Grabowskys und die Anschläge auf Schremmer und mich widersprechen jeder Logik.«

»Und sind dennoch geschehen«, hielt Kotek fest. »Vielleicht unterschätzen wir die Nervosität der Sökos ja auch? Oder umgekehrt: Vielleicht *überschätzen* wir ihren Führungskader? Jahrelang sind sie ihrem grausigen Geschäft unbemerkt nachgegangen und fühlten sich sicher, aber dann taucht plötzlich ein Enthüllungsjournalist in ihrer Mitte auf. Panik macht sich breit, und als sie sich über das weitere Vorgehen nicht einigen können, läuft einer von ihnen Amok.«

»Möglich«, räumte Jacobi ein. »Aber der Amokläufer ist sicher nicht der Alpha-Wolf. Wer jahrelang eine Organisation wie die Sökos geleitet hat, ohne deren Profil auch nur einmal sichtbar werden zu lassen, der gerät nicht so leicht wie seine Anhänger in Panik, wenn er eine Laus wie Schremmer in seinem Pelz bemerkt. Aber genau das ist der springende Punkt: Schremmer weiß nach wie vor nicht, wer der Boss der Sökos ist. Er ist uns kaum noch eine Nasenlänge voraus, obwohl er sich so viel Mühe gibt, uns zu verwirren. Er wartet nur deshalb noch mit der Veröffentlichung, weil ihm die entscheidende Info fehlt. Und der Alpha-Wolf weiß das.«

»Oder die Alpha-Wölfin«, monierte Kotek. »Aber eine Erklärung für die Anschläge ist das erst recht nicht.«

»Ich habe auch nicht behauptet, eine zu haben, Melanie. Die Anschläge sind die Nuss, die wir nicht knacken können. Noch nicht.«

Sie stand auf und nahm ihre lammfellgefütterte Lederjacke von dem anderen Fauteuil. »Wie auch immer: Ich könnte euch heute sowieso nicht mehr helfen, sie zu knacken. Um acht soll ich im ›Österreichischen Hof‹ sein. Ich muss also schleunigst nach Hause und mich in Schale werfen.« Sie beugte sich zu Jacobi hinunter und küsste ihn auf die unrasierte Wange. »Ciao, du untreue Seele!«

Er zog sie am Revers ihrer Lederjacke zu sich heran und küsste sie auf den Mund. »Du versündigst dich, *bellissima*!«, sagte er, sie loslassend. Und als sie sich einige Schritte von ihm entfernt hatte: »Du hast ja keine Ahnung, worauf ich da oben auf der Alm verzichtet habe.«

Sie schnappte nach Luft, griff nach einem von Nadines Plüschtieren auf der Anrichte und warf es nach ihm.

***

Weider wohnte draußen in Parsch, Gaisbergstraße 46a. Jacobi setzte ihn vor der Haustür ab. Auf der Rückfahrt hätte er schon nach einigen hundert Metern links in die Aigner Straße einbiegen und so die kürzeste Route nach Glasenbach nehmen können, aber er wählte vorsichtshalber einen Umweg: zurück zur Karolinenbrücke und am linken Salzachufer auf der Alpenstraße stadtauswärts bis zur Schleife Hellbrunner Straße.

Er hatte sich vorgenommen, erst am nächsten Tag mit Vogt Kontakt aufzunehmen, doch schon auf Höhe des Unfallkrankenhauses hielt er es nicht mehr aus. Als er seine Telefonnummer wählte, kam die Verbindung sofort zustande.

»Hallo, Oskar, was gibt's Neues?«

»Hallo, Bernd! Du bist wieder zu Hause?«

»Ja, aber ich hab eben mit Sarah telefoniert. Sie kommt morgen ebenfalls nach Salzburg. Übermorgen wird im Palais Auerspach ein Firmenjubiläum gefeiert, und ich hab sie eingeladen, mich zu begleiten.«

»Zur Fünfzig-Jahr-Feier der ANUBIS Insurance Company?«

Vogt lachte leise. »Bist ja wieder gut informiert. Übrigens bin ich auf diesem Event nicht etwa nur als Anhängsel meines Schwiegersohns zugange. Du weißt ja, dass ich noch Konsulent für Sicherheitsfragen bei der ANUBIS AG bin, damit mir im Ruhestand nicht fad wird. Julius hat mir den Job vor einigen Jahren zugeschanzt.«

»Kann mich dunkel erinnern, ja.«

»In dieser Eigenschaft bin ich auch Sicherheitsbeauftragter der Veranstaltung.«

»Was hat ein solcher Sicherheitsbeauftragter eigentlich zu tun?«

»Wenig. Sicherheitssysteme abklopfen, Schwachstellen aufzeigen, das Security-Personal überprüfen und andere Checks. Die eigentliche Arbeit macht der Chef des Werkschutzes, ich geb nur meinen Sanctus zu seinen Entscheidungen. Aber warum fragst du? Hat Waschhüttl dir endgültig den Nerv gezogen, und du suchst jetzt einen Job in der Security-Branche?« Vogt wieherte vor Vergnügen über seinen Witz.

»Lach nur, so weit liegst du gar nicht daneben. Waschhüttl hat mich heute beurlaubt – und weitere Maßnahmen angedroht, falls ich mich in Zukunft nicht kooperativer verhalte. Der Kotzbrocken will mich scheibchenweise abmontieren. Aber meine Frage hat einen anderen Grund. Kotek, Redl und ich würden übermorgen gern an dieser Jubiläumsfeier teilnehmen, am besten als Security-Leute, wenn sich das machen ließe.«

»Warum denn das? Ich meine … es ließe sich schon machen, aber …«

»Bernd, ich muss dir etwas sehr Unangenehmes sagen«, unterbrach ihn Jacobi. Er hatte sich vorgenommen, nicht mit der Tür ins Haus zu fallen, konnte sich nun aber nicht mehr zurückhalten: »Eine Spur der Sökos führt direkt zur AIC.«

Vogt antwortete lange nicht, dann sagte er leise: »Nein. Das ist unmöglich.«

»Doch, Bernd, es ist so. Ich konnte dir das nicht ersparen. Kriegen wir diese Jobs nun oder nicht?«

»Natürlich kriegt ihr sie. Aber … das mit den Sökos, das ist doch nur ein dummer Scherz, oder?« Seine Stimme zitterte.

»Nein, das ist bitterer Ernst. Die AIC ist Nutznießerin von über achtzig Prozent der von Schremmer untersuchten exemplarischen Todesfälle. Eine Größenordnung, die weit über eine zufällige Übereinstimmung hinausgeht. Aber das muss ich dir nicht sagen.«

»Mann, das ist … das ist … Was für ein Alptraum! Weißt du, was du mit solchen Behauptungen anrichtest? Was das für meinen Schwiegersohn und für meine Enkelin bedeutet, wenn das publik wird?« Vogt wurde immer aufgebrachter.

»Beruhig dich, von uns wird niemand den Namen erfahren. Ganz sicher nicht. Aber ebenso sicher betreibt jemand über die AIC ein äußerst makabres Geschäft. Und zwar mit der Ermordung alter Leute! Vergiss das nicht, Bernd! Du selbst hast ja die Ermittlungen ins Rollen gebracht. Wo müssen wir uns melden, um als Security-Leute eingestellt zu werden?«

Jacobi musste die Frage wiederholen, ehe Vogt geistesabwesend antwortete: »Komm morgen Nachmittag zu mir. Sagen wir um fünf. Ich stell dir dann die Legitimationen aus. Du hast doch einen Smoking, oder? Der oder ein Frack sind übermorgen Pflicht.« Er legte grußlos auf.

***

Jacobi ließ das Gespräch im Geist noch einmal Revue passieren. Vogt war ohne Zweifel aus allen Wolken gefallen. Um Überraschung und Entsetzen so authentisch simulieren zu können, hätte er Iffland-Ring-Träger sein müssen. Aber auch Überraschung war kein Beweis für Unschuld. Jeder Söko hätte auf diese Eröffnungen ähnlich entsetzt reagiert. Außerdem war Vogt ungewohnt nervös gewesen. Aus Sorge um seine Enkelin, hätte man zu seiner Verteidigung anführen können, aber seine Nervosität konnte auch einen anderen Grund gehabt haben. Wer konnte ihn, Jacobi, besser einschätzen als er, der aus ihm den mit allen Wassern gewaschenen Kiberer gemacht hatte, den unbeirrbaren, niemals aufgebenden Terrier, der in manchen Funktionärsbüros und Amtsstuben noch unbeliebter war als in den Hochsicherheitstrakten der Vollzugsanstalten?

Jacobi blickte in den Rückspiegel. Schon seit er in die Alpenstraße eingebogen war, hatte er das Gefühl, beobachtet zu werden. Auf der meistfrequentierten Ausfallstraße Süd herrschte ein für die Tageszeit normales Verkehrsaufkommen. Unmöglich zu sagen, welches der Autos hinter ihm ein Verfolgerfahrzeug war.

Er passierte die Auffahrt zur Hellbrunner Straße. Irgendetwas hielt ihn davon ab, nach Glasenbach abzubiegen, wie er es ursprünglich vorgehabt hatte. Kurzfristig entschied er, nach Anif weiterzufahren und das Hellbrunner Schlossareal zu umrunden.

Die einfachsten Rezepte hatten sich schon des Öfteren als die besten herausgestellt, deshalb knallte Jacobi das Blaulicht aufs Dach und trat das Gaspedal bis zum Anschlag durch. Der Turbo pfiff, vier Räder krallten sich in den Asphalt, und der Urquattro schoss wie vom Katapult geschleudert davon. Auf einer Straße mit einer Achtzigerbeschränkung! Die Autos vor ihm hielten sich diszipliniert am rechten Straßenrand, während links von ihm die hell erleuchtete Bautechnische Versuchsanstalt in die entgegengesetzte Richtung davonzurasen schien. Der Blick in den Rückspiegel bestätigte Jacobis Ahnung: Das dritte Auto in der Kolonne scherte aus, überholte die beiden vorderen und versuchte an ihm dranzubleiben.

Eine halbe Minute später flog die Anifer Kreuzung auf ihn zu. Grün! Jacobi behielt die Geschwindigkeit bei. Es sah ganz so aus, als wollte er mit hundertachtzig Stundenkilometern über die Kreuzung rasen und dem Verfolger auf der Berchtesgadener Bundesstraße nach Grödig oder zum Autobahnanschluss hin entwischen. Erst unmittelbar vor der Ampel bremste er den Quattro nach rechts in die Morzger Straße hinein, bevor er wieder Gas gab. Um ein Haar wäre ihm das Verfolgerfahrzeug ins Heck gekracht, nun rutschte es mit quietschenden Reifen geradeaus in Richtung Berchtesgadener Straße. Im Neonlicht der Kreuzung war es gut zu erkennen: ein dunkler Mercedes 300 E.

Jacobi raste nach Norden Richtung Tiergarten. Die schmale Morzger Straße wand sich in etlichen Kurven durch Anif. Vorerst leuchteten keine Verfolgerscheinwerfer im Rückspiegel auf. Einige hundert Meter vor dem Parkplatz Tiergarten stoppte er abrupt, stieß rückwärts in eine Allee hinein und schaltete Blaulicht und Scheinwerfer aus. Sekunden später röhrte der Mercedes heran und bretterte an ihm vorüber. Er hängte sich dran.

Der Rollentausch schien den Mercedesfahrer nervös zu machen. Nun war er der Gejagte und versuchte den Quattro abzuhängen, doch Jacobi klebte bis vor Morzg an seiner Stoßstange. Dann ließ er sich etwas zurückfallen, bog vor Schloss Emsburg unvermittelt nach rechts ab und fuhr zur Hellbrunner Allee hinüber. Über den Kreuzhofweg erreichte er die Alpenstraße, um sie gleich darauf über die Schleife Hellbrunner Straße wieder zu verlassen.

Fünf Minuten später hielt er vor der Glasenbacher Szenedisco »Drop in«. Das Lokal war selbst an einem Donnerstag gedroschen voll, platzte aus allen Nähten. Den gleichen wohlkalkulierten Eindruck machten auch die Bustiers der von Tisch zu Tisch eilenden Kellnerinnen. Auf der Tanzfläche drängten sich Jugendliche und solche, die sich dafür hielten, als gälte es auszuloten, wie viele Personen auf dem zehn mal zehn Meter großen Quadrat maximal Platz fanden. Der wummernde Heavy-Metal-Rhythmus dröhnte einem in den Ohren, pausenlos flirrten netzhautgefährdende Laser-Lichtspiele über den Köpfen der Tanzenden, wobei unter Tanzen ein sehr beengtes Herumgezucke auf der Stelle zu verstehen war. Der Vorteil dabei: Auch Betrunkene und Bekiffte konnten kaum umfallen.

Mit einiger Mühe kämpfte sich Jacobi zur dicht umlagerten Theke vor. Drei vollbusige Bardamen waren damit beschäftigt, die nicht enden wollenden Bestellungen der Serviererinnen zu erledigen und gleichzeitig die trinkfreudige Thekengesellschaft zu bedienen. Der Chef dirigierte sein Personal über das Mikro des DJs zu den jeweils am längsten wartenden Gästen.

Jacobi hatte Glück. Am Ende der langen Theke wurde ein Barhocker frei. Ein skandinavischer Tourist hatte den letzten Whisky nicht mehr vertragen.

Der Hauptmann wandte sich an die Bardame mit dem imposantesten Vorbau. Sie war die Partnerin des Chefs und hatte ihre Augen überall. Jacobi hielt ihr seinen Ausweis und ein Foto von Jutta Dietrich unter die Nase.

»Ja, die war ein paarmal hier«, sagte sie sofort. »Das letzte Mal vor circa drei Wochen. Den genauen Tag weiß ich allerdings nicht mehr.«

»Ich find's schon toll, dass Sie sich bei diesem Wirbel überhaupt an einen Gast erinnern können«, sagte Jacobi und ließ den Blick auf ihrem Busen ruhen.

Sie lächelte ihn an. »So toll ist das auch wieder nicht. Wenn die hier«, sie tippte mit dem Zeigefinger auf das Foto, »in ihren raffinierten Disco-Fetzen antanzte, dann bekamen alle Männer Stielaugen. Auch mein Freddy. Deshalb die gute Erinnerung.«

Jacobi steckte Ausweis und Foto ein. »Es wäre sehr wichtig, zu wissen, mit wem die Frau das letzte Mal hier war. Aber das wird wohl zu viel des Guten verlangt sein?«

Die Frau schenkte zwei Gästen Bier ein und kam dann zurück. »Nein, das ist nicht zu viel verlangt. Apropos verlangt: Was trinken Sie?«

»Ein Pils. Und Sie?«

»Einen Gin-Highball. Das Mädchen war nie mit einem Kerl zweimal hier, hatte aber immer die coolsten Typen im Schlepptau. Männer! Keine Bubis!«

Sie warf einen angelegentlichen Blick auf seinen offen stehenden Hemdkragen. Wäre Brustbehaarung ein Gradmesser für Virilität gewesen, dann hätte Jacobi ein Kentaur sein müssen.

»Der blanke Neid konnte einen fressen«, fuhr sie fort und stellte das Pils vor ihn hin. »Ihr letzter Begleiter war was ganz Besonderes. Groß, blond, blaue Augen und so was von cool. Der hatte was drauf, das sah man auf den ersten Blick. *Cheers!*«

Jacobi prostete ihr ebenfalls zu. »Sollte es Ihnen hier eines Tages keinen Spaß mehr machen, kriegen Sie bei uns sofort einen Job«, sagte er aufgeräumt. Dass er mehr erfahren hatte als erwartet, das ermunterte ihn weiterzufragen: »Können Sie sich etwa auch noch an die Kleidung dieses coolen Typen erinnern?«

»Klar doch. Hatte teure Designersachen an, der Knabe. Todschicke schwarze Lederjacke, schwarzes Seidenhemd, schwarze Jeans und Boots.«

Jacobi war baff. »So genau haben Sie ihn angesehen?«

Sie lehnte sich ihm über die Theke entgegen. Jacobi hätte die Papillen rund um ihre Brustwarzen zählen können. »Würdest du die Frau deiner Träume nicht genauso genau ansehen?«, fragte sie grinsend zurück.

Jacobi dachte an Melanie und ein bisschen auch an Jutta Dietrich.

»Ja, doch. Hast recht. Ich habe dir wirklich zu danken. Was zahl ich?«

Obwohl sie ihm einen Preis nannte, der selbst für Salzburger Verhältnisse geschmalzen war, gab er ihr ein saftiges Trinkgeld.

***

Die kühle Nachtluft tat ihm gut. Als er am Parkplatz vor dem Quattro stand, wanderten seine Gedanken zu dem Sprengstoffanschlag. Er nahm die kleine Taschenstablampe am Schlüsselbund und bückte sich, um den Wagenboden abzuleuchten.

Als neben der Eingangstür zum »Drop in« Glas splitterte, duckte er sich instinktiv auf den Boden. In einiger Entfernung röhrte ein Motor auf, Reifen quietschten, dann war der Spuk vorbei.

Die Sökos hatten sich also nicht abhängen lassen. Waren ihm bis zum »Drop in« gefolgt. Nur der unwillkürliche Impuls, unter den Wagen zu schauen, hatte ihm ein zweites Mal das Leben gerettet. Und das nicht einmal vierundzwanzig Stunden nach dem ersten Anschlag.

Mit zittrigen Knien stand er auf, klopfte seine Hose ab und ging zum Eingang des Lokals hinüber. Neben der Tür hing ein Schaukasten mit einem Hochglanzposter, das Stripperinnen zeigte, an der Wand. Die Scheibe in der Mitte hatte ein faustgroßes Loch, und einer der abgebildeten Nackedeis fehlte der Kopf.

Jacobi benachrichtigte zunächst den Gendarmerieposten in Glasenbach und rief dann den Bereitschaftsdienst im Büro an, um die Spurensicherung zum »Drop in« zu beordern.

Stubenvoll wand sich wie ein aufgespießter Regenwurm. »Chef, ich … ich darf von Ihnen keine Anordnungen –«

»Auf mich ist geschossen worden«, sagte Jacobi ruhig. »Der zweite Anschlag innerhalb eines Tages. Dieser Vorfall ist zu untersuchen und zu protokollieren, und das wissen Sie so gut wie ich. Außerdem beantrage ich Personenschutz für meine Tochter. Sie rufen jetzt unverzüglich Waschhüttl an und sagen ihm, dass ich privat im ›Drop in‹ war. Privat, Stubenvoll! Schließlich bin ich beurlaubt. Bis zu den Sökos hatte sich das aber noch nicht herumgesprochen, denn sonst wäre der neuerliche Anschlag sicher unterblieben.«

Minuten später war die Spusi vor Ort. Feuersang war mitgekommen und meldete, Waschhüttl habe den Personenschutz für Nadine bewilligt.

Der Auflauf vor dem Club lockte auch dessen Besucher vor die Tür. Die Gendarmerie sperrte den Tatort ab, und das Projektil, ein großkalibriges Teilmantelgeschoss, wurde sichergestellt. Jagdpatronen dieser Machart rissen beim Aufprall gewaltige Löcher. Hochwild, mit solchem Kaliber angeschossen, brach im Regelfall allein durch den Wundschock auf der Stelle zusammen. Der Schuss war aus einer Entfernung von circa hundertfünfzig Metern abgefeuert worden. Der Wagen des Meuchlers hatte in einer unbeleuchteten Seitengasse gestanden, die am Parkplatz vorbeiführte, das Wagendach hatte vermutlich als seine Auflage gedient. Am Asphalt war jede Menge Gummiabrieb vorhanden, verursacht durch den Kavaliersstart des erfolglosen Schützen.

Jacobi erlebte das kriminalistische Procedere wie in Trance und stieg nach seiner Aussage in seinen Wagen. Feuersang hätte gern angeboten, ihn nach Hause zu fahren, aber der tief wurzelnde Respekt vor dem Chef hielt ihn davon ab.

***

Ganz gegen seinen gewohnten Fahrstil ließ Jacobi den Quattro über die Aigner Bundesstraße dahinschleichen. Er rechnete ständig damit, stehen bleiben, rausspringen und kotzen zu müssen. Das hier war etwas anderes gewesen als der Anschlag in seiner Wohnung. Auch dem war er nur durch Zufall entgangen, aber er hatte ihn nicht hautnah erleben müssen wie dieses Schussattentat. Jetzt konnte er es Schremmer nachfühlen, wie es einem an die Nieren ging, wenn der Tod nur um die sprichwörtliche Haaresbreite danebengriff.

Schremmer! Der Gedanke durchzuckte ihn wie ein Stromschlag. Hatten die Sökos auch bei ihm versucht nachzubessern?

Er rief Redl an. »Lenz? Irgendwas Ungewöhnliches bei Schremmer?«

»Wie man's nimmt, Oskar: Während er mit Ruth Maybaum im ›Österreichischen Hof‹ essen war, hat man bei ihm eingebrochen. Scheint aber nichts zu fehlen. Und ehe du's von Hans erfährst, sag ich's dir lieber gleich: Ich beschatte Schremmer jetzt nicht mehr nur, wie es ausgemacht war, sondern geb ihm Personenschutz. Der ist wesentlich effizienter umzusetzen. Schremmer ist da durchaus meiner Meinung.«

»Wär auch grob undankbar, wenn nicht! Schließlich hast du ihm das Leben gerettet. Selbstverständlich bin ich mit deiner Entscheidung einverstanden.«

»Ich bin jetzt bei ihm in der Wohnung«, sagte Redl, Jacobis Placet kommentarlos zur Kenntnis nehmend. »Wir sind dabei, sie zur Festung auszubauen. Offiziell hab ich ein paar Tage Urlaub.« Nach einer kurzen Gesprächspause fragte er: »Hat es bei dir was gegeben, Oskar?«

Redl verfügte über den Instinkt des uralten Taurisker Bergvolks. Er roch förmlich die Gefahr. Jacobi schwieg. Er hatte einen Kloß in der Kehle und schämte sich dafür. In seiner Generation galt es nach wie vor als unmännlich, Emotionen zu zeigen.

»Ein zweiter Anschlag?«, fragte Redl ahnungsvoll.

Jacobi riss sich zusammen. »Ja, gerade eben vor dem ›Drop in‹«, sagte er heiser und erzählte dann im Telegrammstil, was vorgefallen war.

»Du stehst doch noch unter Schock und dürftest eigentlich gar nicht fahren«, sagte Redl ermahnend. »Hast du die Spusi benachrichtigt?«

»Das hab ich gerade noch hinbekommen«, antwortete Jacobi und musste lachen. Auch Redl lachte erleichtert. Die Relationen waren wiederhergestellt. Der Chef war wieder der Alte, hatte alles unter Kontrolle.

»Weißt du was?«, sagte Jacobi nun wesentlich entspannter. »Ich hab die Schnauze voll. Daheim mach ich mir erstmal einen Drink und ruf dann den GÖS an.«

NEUN

Am nächsten Nachmittag fuhr Jacobi zum ehemaligen »Hotel Europe«. Der Renommierbau aus der Nachkriegszeit war vor Jahren zum feudalen Wohnhaus umgebaut worden. Vogt besaß dort eine Dachwohnung, eine Maisonette, die – auf gut Österreichisch – alle Stückerln spielte. Jacobi parkte den Quattro in einer Seitengasse der Rainerstraße und fuhr mit dem Lift in den obersten Stock. Um Punkt sechzehn Uhr läutete er an Vogts Wohnungstür. Sein ehemaliger Vorgesetzter öffnete.

»Hatten wir nicht siebzehn Uhr ausgemacht?«, fragte er den eintretenden Jacobi.

»Hatten wir, ja. Ich hoffe, es macht dir nichts aus, dass ich früher gekommen bin?«

»Das wird sich noch herausstellen. Du bist also nach wie vor überzeugt, dass die AIC in die Sökos-Machenschaften verwickelt ist?«

»Bin ich, ja. Daran führt kein Weg vorbei.«

»Also willst du mich verhören?«

»Ich will dich nicht verhören«, wehrte Jacobi ab, »lediglich ein paar Auskünfte einholen.«

Vogt lächelte gequält. »Spar dir die rhetorische Kosmetik. Natürlich verdächtigst du mich. Wenn nicht, würdest du mir, deinem Lehrer, ein schlechtes Zeugnis ausstellen. Komm, wir gehen auf die Terrasse. Heute ist es besonders mild.«

Jacobi war mit seinem eigenen Heim mehr als zufrieden, aber Vogts doppelgeschossige Dachwohnung mit ihren beeindruckenden Zimmerfluchten übertraf fast alles, was er bis dahin an bürgerlicher Wohnkultur kennengelernt hatte. Früher war er oft hier gewesen, in den letzten Jahren waren die Besuche seltener geworden, aber noch immer war ihm jeder Winkel der begrünten Terrasse vertraut, ebenso die Rundumsicht auf eine der – laut Alexander von Humboldt – schönsten Städte der Welt.

An der Terrassenbar mixte er zwei Manhattan wie früher, wenn er zum Schachspielen gekommen war. Trotzdem war heute alles anders. Die Entfremdung zwischen ihnen war spürbar und schmerzte – ob man es wahrhaben wollte oder nicht.

Er setzte sich mit den Drinks zu Vogt an den Tisch. Beide vermieden es, sich zuzuprosten, jeder nippte erst nach geraumer Zeit an seinem Glas.

»Du hast meine Personalakte checken lassen«, begann Vogt. Es war keine Frage, er wollte seine Vermutung nur bestätigt haben. Jacobi nickte und betrachtete interessiert die Olive in seinem Whiskyglas.

»Ja, hab ich. Sie ist 1955 gesäubert worden.« Dann folgte der entscheidende Nachsatz: »Die Stapo hat darüber noch Unterlagen.«

»Die Stapo hat dir Einblick gewährt?«, fragte Vogt ungläubig.

»Auf Weisung von Birnbaum, ja.« Jacobi sah seinem ehemaligen Mentor in die Augen.

Vogt senkte den Blick. »Dann weißt du also, dass ich bei der SS war.«

Wieder nickte Jacobi. »Bei der Waffen-SS, einer Wiking-Einheit. Man hat dich sogar zur Leibstandarte empfohlen. Das spricht nicht gerade für dich, Bernd.« Er sprach den Vornamen sehr deutsch aus.

Vogt blickte weiterhin auf die Tischplatte. »Unser Korps hat 1943 bei Demjansk eine Brücke so lange gehalten, bis die Reste der sechsten Luftwaffenfelddivision den geordneten Rückzug antreten konnten. Deshalb hat man mich damals empfohlen, nicht etwa, weil ich hinter den Linien Gräueltaten an Zivilisten begangen habe.«

»In unmittelbarer Nähe jener Brücke ist noch während des Krieges ein Massengrab entdeckt worden. Fünfzig Genickschüsse. Und sag jetzt nicht, die Russen waren es. Die waren es nämlich nicht!«

»Sag ich ja gar nicht«, meinte Vogt gelassen. »Aber wir waren es genauso wenig. Außer den Wiking-Einheiten waren damals auch andere Totenkopfverbände in der Gegend. Übrigens bin ich in dieser Sache schon vor Jahrzehnten einvernommen und freigesprochen worden.«

»Wie auch im Werwolf-Prozess 1946, nicht wahr?«

»So ist es. Damals wurde ich von einer Nachbarin meiner Eltern denunziert, ich hätte einem hohen SS-Offizier zur Flucht nach Übersee verholfen. Alles erlogen. Ich hatte nur einem Kameraden, der nicht einmal bei der SS war, eine Zeit lang Unterschlupf gewährt.«

»Du selbst bist in den ersten Nachkriegsmonaten ebenso unauffindbar gewesen.«

»Ich hatte mich auf einer Alm im Salzkammergut versteckt. Wollte den Entnazifizierungslagern entgehen.«

»Aber dann wurdest du plötzlich entlastet und rehabilitiert. Warum?«

»Ich habe einigen Leuten während des Krieges einen Gefallen getan. In der Zeit danach revanchierten sie sich. Sie haben meinen Eltern geschrieben und sich nach mir erkundigt. So kam der erneute Kontakt zustande. Als sie erfuhren, dass ich in Schwierigkeiten steckte, haben sie sich für mich verwendet.«

»Waren es Juden?«

»Ja.«

»Du hast ihnen doch nicht etwa das Leben gerettet?«

»Du kannst dir deine Süffisanz ruhig sparen. Sagen wir mal so, ich habe weggeschaut, als sie sich selbst gerettet haben.«

»Ich dachte, du warst in keinem Lager?«

»Das stimmt auch. Aber im vorletzten Kriegsjahr hat unsre Einheit hin und wieder Deportiertentransporte zusammenstellen müssen. Diese Leute hat man dann –«

»Diese Leute hat man nicht selten der Einfachheit halber gleich liquidiert, wenn der Transport zu viel Aufwand erforderte oder umständehalber nicht möglich war«, sagte Jacobi. Er wusste, wovon er sprach.

Vogt sah ihm ruhig in die Augen. »Solche Dinge sind geschehen, aber nicht in unsrer Staffel. Die jüdische Familie, von der hier die Rede ist, bestand aus einem Rechtsanwalt, seiner Frau und zwei erwachsenen Töchtern. Sie wurden nicht, wie vorgesehen, zum Weitertransport nach Treblinka in einen Viehwaggon gesteckt, sondern bestiegen in Riga einen schwedischen Frachter, zusammen mit einigen anderen, die sich noch nicht aufgegeben hatten. Ich weiß, was du fragen willst: Wie konnte ich manche fliehen lassen und andere nicht? Die Entscheidung dafür oder dagegen war einfach: Es kam auf den Ermessensspielraum an. Darauf, wie viel Großzügigkeit die einzelne Situation vertrug. Mehr sag ich dazu nicht.«

In der nun folgenden Gesprächspause entstand eine Atmosphäre fast greifbarer Feindseligkeit. Jacobi saß nicht mehr dem ehemaligen Förderer und Freund gegenüber, sondern einem Angehörigen jener Einheiten, die seinen Großvater ins Gas geschickt hatten.

»Bist du deshalb früher gekommen, um mich auf meine Nazivergangenheit hin abzuklopfen?«, fragte Vogt, weniger aus Interesse, sondern um ihre Sprachlosigkeit zu überwinden.

»Du hast mit der SS angefangen«, hielt Jacobi dagegen. »Außerdem hab ich geglaubt, wir waren einmal so etwas wie Freunde. Warum hast du nie ein Wort über deine SS-Zugehörigkeit verloren, wenn du nicht schuldig geworden bist?«

»Ich habe nicht behauptet, nicht schuldig geworden zu sein. Nur Narren oder Märtyrer bleiben im Krieg schuldlos. Ich habe mich bemüht – nein, das ist nicht das richtige Wort. Ich habe meinen Teil der Schuld gering gehalten, wenn es sich leicht machen ließ. Das trifft es wohl eher. Und was dich angeht: Wäre dir in irgendeiner Weise gedient gewesen, wenn du über diesen Teil meines Lebens Bescheid gewusst hättest? Dass dein Großvater in Mauthausen umgekommen ist, das war mir bekannt, als du bei uns angefangen hast. Hätte ich dich über meine Vergangenheit aufgeklärt, hätte das immer zwischen uns gestanden, und unsre Freundschaft wäre zu Ende gewesen, ehe sie begonnen hätte. Also habe ich geschwiegen.«

»Und was ist mit Sarah Feldbach? Sie und du! Das ist doch grotesk! Ich nehme an, sie weiß nichts von deiner Vergangenheit?«

»Stimmt, sie hat keine Ahnung, dass ich bei der SS war«, bestätigte Vogt. »Und ich ersuche dich, es mir zu überlassen, sie darüber aufzuklären. Siehst es ja an dir, wie es einem auf den Magen schlägt, wenn man gezwungen ist, einen Freund vor diesem Hintergrund neu zu beurteilen.«

»Versprechen kann ich nichts, aber vorläufig werde ich mich zurückhalten. Hoffentlich weißt du das zu würdigen. Immerhin bist du ein naher Verwandter von zwei Verdächtigen.«

»Also verdächtigst du uns doch, obwohl du es vorhin bestritten hast. Und wie hast du dir meine Würdigung deiner Zurückhaltung vorgestellt?« Vogt hatte von Anfang an gewusst, was Jacobi hören wollte.

»Indem du mir ein paar Auskünfte über leitende Angestellte der AIC gibst. Und genau das habe ich vorhin auch gesagt, nicht, dass ich dich verdächtige.«

»Willst du was Spezielles hören?«

»Bernd, du kennst das Spiel besser als ich. Ich will alles hören. Alles, was dir einfällt. Fangen wir mit deinem Schwiegersohn Julius Rottenstein an.«

»Ihr seid euch schon einmal begegnet. Er hat damals Phryne bei mir abgeholt. Sie hatte vorher ein Glas Orangensaft über deine Jeans gegossen.«

»Ich hab ihn ein Mal gesehen, ja, aber das war's auch schon. Sogar den Firmennamen hatte ich wieder vergessen.«

Vogt schwieg, blickte den langjährigen Schachpartner nur abwägend an, wie er es immer getan hatte, wenn er mit einem unorthodoxen Zug rechnete.

»Julius war noch vor Jahren ebenso tüchtig wie ehrgeizig«, begann er schließlich vorsichtig. Wie ein Fuchs, der um eine Falle herumstreicht, schoss es Jacobi durch den Kopf. »Gemeinsam mit Sorge und Nilson hat er die hiesige AIC-Filiale aufgebaut und in relativ kurzer Zeit beachtliche Marktanteile gewonnen. In der Branche nannte man ihn ›Midas‹. Jeder Coup schien ihm zu gelingen, was er anfasste, verwandelte sich in absehbarer Zeit zu Gold.«

»Und dann?« Die Eiswürfel im Whiskyglas schienen Jacobis ungeteilte Aufmerksamkeit zu genießen.

»Dann verunglückte Livia.« Über Vogts Blick legte sich ein Schleier. »Man kann in einen Menschen nicht hineinsehen« – wie wahr!, dachte Jacobi –, »aber Julius scheint sie wirklich geliebt zu haben, soweit ein Egomane wie er zur Liebe überhaupt fähig ist. Jedenfalls war er nach ihrem Tod nicht mehr derselbe. So wie ich übrigens auch. Schon früher hat Julius gern einen gehoben, aber nun begann er exzessiv zu saufen. Heute kann er von Glück sagen, dass er einen so tüchtigen Vize hat wie Sorge.«

»Livia ist vor fünf Jahren verunglückt«, sagte Jacobi. Er hatte Vogt und dessen Angehörige damals auf den Friedhof begleitet.

Die Erwähnung der fünf Jahre war eine indirekte Provokation, der Vogt nicht ausweichen konnte.

»Und etwa zur selben Zeit haben die Sökos begonnen, ihre makabre Organisation aufzuziehen. Das meinst du doch, oder?«, fragte er.

Jacobi nickte, äußerte sich aber nicht dazu.

»Und? Welchen Schluss ziehst du daraus?«

»Denselben wie du, vorausgesetzt, du und deine Familie haben mit den Sökos nichts zu tun. Jemand könnte den Selbstzerstörungstrip deines Schwiegersohns als Gelegenheit gesehen haben, das Versicherungsgeschäft auf eine makabre Art und Weise anzukurbeln.«

»Aber das ist doch ausgeschlossen! An Sorge führt kein Weg vorbei. Er ist ein fast unmenschlich korrekter und penibler Bürohengst. Er würde jede Auffälligkeit – egal, ob positiv oder negativ für die Gesellschaft – sofort registrieren. Überall in der Firma hat er Spione sitzen.«

Jacobi nickte. »Okay. Dann bin *ich* jetzt an der Reihe, zu fragen, welchen Schluss *du* daraus ziehst.«

Vogt sah ihn unergründlich an. »Du meinst, Sorge oder Nilson könnte der Alpha-Führer sein?«

Jacobi legte die Fingerspitzen aneinander. »Wenn wir den alten Theo Basidius einmal außen vor lassen, dann bieten sich nur die beiden an, ja. Sie sitzen an den Schalthebeln, und das eingesparte Geld kommt ausschließlich der Gesellschaft zugute. Ein kleiner Buchhalter der AIC, der sein eigenes Süppchen kocht, kommt als Strippenzieher jedenfalls kaum in Frage. Sorge wäre ihm längst auf die Schliche gekommen. Abgesehen davon passt ein Underdog nicht ins Täterprofil. Oder siehst du das anders?«

»Nein. Die eingesparten Summen kämen, wie du richtig gesagt hast, ausschließlich der Gesellschaft zugute, und den Bilanzen wäre es im Nachhinein nicht anzusehen, wie sie ohne die Sökos-Morde ausgeschaut hätten.«

Jacobi wiegte zweifelnd den Kopf. »Das unterschreibe ich dir so nicht. Und zwar aus demselben Grund, aus dem Theo Basidius als möglicher Alpha-Mann für mich nicht in Frage kommt. Er war vermutlich der Erste, dem die überproportional häufigen Todesfälle von AIC-Kunden aufgefallen sind und der darin etwas anderes gesehen hat als eine glückliche Fügung für die Gesellschaft. Sagen wir's einfacher: Er hat den Sökos-Aufbau entdeckt – irgendwann in den letzten Wochen oder Monaten. Und als er den schrecklichen Verdacht nicht mehr ignorieren konnte, hat er mit seinem Sohn Paul darüber gesprochen, dem wiederum die Recherchen von Schremmer einfielen. Er gab den heißen Tipp an ihn, nicht aber an die Polizei weiter. Ein Verhalten, das ich, ehrlich gesagt, noch immer nicht nachvollziehen kann.«

»Weil du nicht weißt, dass Basidius morgen in den Ruhestand tritt«, sagte Vogt. »Damit ist er aus der Schusslinie. Paul wird das zur Bedingung gemacht haben: Schremmer darf erst dann medial losschlagen, wenn Pauls Vater seinen Schreibtisch geräumt hat.«

Jacobi deutete mit seinem Whisky einen Toast an. »Das wird es sein. Basidius wollte seinen Vater – nicht zuletzt im eigenen Interesse – aus dem zu erwartenden Kesseltreiben raushalten.«

»Und ihn intern vor der Brandmarkung als Verräter bewahren«, ergänzte Vogt.

»Sollte ihm jetzt plötzlich was passieren, dann weiß ich wenigstens, an wen ich mich zu halten habe«, sagte Jacobi kalt.

Etwas wie Ärger glitt über Vogts Gesicht. »Warum du auch mich verdächtigst, ist mir allerdings ein Rätsel. Okay, ich war bei der SS, und wegen dieser Entdeckung bist du gekränkt, fühlst dich von mir jahrelang hintergangen und traust mir nun alles zu. Trotzdem passe ich genauso wenig ins Täterprofil wie der virtuelle kleine Buchhalter. Die Paradigmen stimmen einfach nicht.«

»Meiner Meinung nach passt du sehr wohl ins Profil«, widersprach Jacobi. »Ich sage nur Phryne. Für deine Enkelin würdest du alles tun, Bernd. Und seit heute Mittag weiß ich, dass es der AIC lang nicht mehr so gut geht wie noch vor Jahren.«

»Jetzt redest du wenigstens Klartext: Du verdächtigst alle, die am Firmenerhalt ein vitales Interesse haben.«

Jacobi zog eine Klarsichtfolie aus der Innentasche seiner Lederjacke, entnahm ihr fünf Fotoabzüge und legte sie wie Spielkarten vor Vogt auf den Tisch.

»So ist es. Julius Rottenstein, Lysander Sorge, Siegfried Nilson, deine Enkelin Phryne oder du – einer von euch fünf ist verrückt. Vielleicht sogar mehr als nur einer.«

»Ich fürchte eher, *du* tickst nicht mehr richtig. Glaubst du im

Ernst, ich hätte Sarah Feldbach am Reedsee gerettet, wenn ich selbst zu den Sökos gehören würde?«

»Ich wusste, du würdest damit kommen. Natürlich spricht die Rettung für dich, keine Frage, aber du weißt auch – nicht zuletzt durch mich, der dich immer brav informiert hat –, dass bei den Sökos in letzter Zeit einiges aus dem Ruder läuft. Anders sind die Anschläge auf Schremmer, Grabowsky und mich kaum zu erklären. Und möglicherweise haben diese Auflösungserscheinungen schon mit der Verhaftung Cermaks begonnen.«

»Möglicherweise«, wiederholte Vogt geringschätzig. »Vielleicht erinnerst *du* dich gütigst daran, wer dich auf Cermak aufmerksam gemacht hat.«

»Natürlich du. Aber Leopold Gruber hatte dich gebeten, uns einzuschalten. Seine Bitte konntest du nicht ignorieren, wenn du dir den Rücken freihalten wolltest. Und die Rettung Sarah Feldbachs könnte auch ein Präventivzug gewesen sein. Könnte. Ich behaupte nicht, dass es sich tatsächlich so verhält.«

»Ich verstehe: die berühmte Flucht nach vorne«, höhnte Vogt. »Die Sökos-Tarnung beginnt zu bröckeln, und ich, das Alpha-Tier, sichere mich durch die Rettung Sarahs ab und stelle mir so ein Unbedenklichkeitszeugnis aus.«

»Wäre das denn so absurd?«, wies Jacobi seinen Sarkasmus zurück. »Als SS-Offizier hast du es ja auch so gemacht, wenn du den einen oder anderen Juden *gerettet* hast.«

»Das war jetzt aber tief unter der Gürtellinie.«

»Und? Kann man einen SSler überhaupt unter der Gürtellinie erwischen?«

Vogt zuckte mit den Schultern. »Bringt dich dein Zynismus auch nur einen Schritt weiter?«

»Im Moment nicht, obwohl mir vor dem jetzt bekannten Hintergrund so einiges recht seltsam vorkommt. Zum Beispiel, dass du rein zufällig zur richtigen Zeit im selben Hotel wie Sarah Feldbach Gast warst.«

»Du weißt sehr gut, dass ich seit Jahren Stammgast im ›Grünen Baum‹ bin.«

»Okay. Aber warum du die drei Henkersknechte am Reedsee einfach davongejagt hast, statt sie mit vorgehaltener Waffe ins Tal hinunter zu geleiten, ist zumindest hinterfragenswert.«

»Ich hab das Richtige getan, das weißt du genau. Es wäre unmöglich gewesen, drei junge Männer in diesem Gelände stundenlang in Schach zu halten. Der Entschluss, sie entwischen zu lassen, war zugleich Sarahs und meine einzige Rettung.«

»Das hab ich bis gestern auch gedacht. Aber durch dein Nahverhältnis zur AIC haben sich die Perspektiven leider verschoben.«

Vogt nippte an seinem Manhattan. »Was kann ich tun, um sie wieder geradezurücken?«

»Helfen, den oder die wahren Schuldigen zu entlarven.«

Vogt zog die Brauen hoch. »Wie soll das denn gehen? Du zählst mich doch zu den Hauptverdächtigen?«

»Damit müssen wir beide leben. Sollten deine Verwandten und du im Sökos-Sumpf drinstecken, dann wirst du versuchen, euch zu schützen, und ich werde es bemerken. Heißt der Alpha-Wolf hingegen Sorge oder Nilson, dann kann ich auf dich zählen. Dann hast du nämlich erst recht Grund, deine Enkelin da rauszuhalten.«

»Ich werde dir helfen, so gut ich kann«, sagte Vogt knapp. »Aber vorher reden wir Klartext: Ein beurlaubter Gendarmerieoffizier kann unmöglich Zugriff auf Stapo-Akten haben.«

Jacobi schwieg.

Nach einigen Augenblicken stand Vogt auf, ging in die Wohnung und kam mit der Freitagsausgabe der »K. u. K.« zurück. Die Headline sprang einem in dicken Balkenlettern sofort ins Auge: »Skandal in der Salzburger Exekutive!« Darunter folgte eine Zusammenfassung des Artikels: »Sprengstoffanschlag auf Gendarmerieoffizier bagatellisiert! Mittwochnacht entging Gendarmeriehauptmann Oskar Jacobi, Chefermittler im Fall Cermak, nur durch Zufall einem Sprengstoffanschlag in seiner Wohnung. Gestern wurde er von einem Vorgesetzten gegen seinen Willen beurlaubt.«

Jacobi hatte die Zeitung schon beim Frühstück gelesen. In dem Artikel brachte man die Cermak-Morde in unmittelbaren Zusammenhang mit den Anschlägen auf Sarah Feldbach, Kurt Schremmer und ihn. Die Entscheidung, den Topermittler des Referats 112 gerade jetzt zwangsweise zu beurlauben, war mit beißendem Spott kommentiert worden.

Melanie hatte recht gehabt: Conte witterte den Knaller hinter den dürren Infos, die er erhalten hatte. Sein Resümee, die Seniorenkiller in Cermaks Umfeld könnten Mitglieder eines sinistren Geheimbunds sein, kam exakt zur richtigen Zeit.

»Conte hat Waschhüttl zur Schnecke gemacht, ohne seinen Namen zu nennen«, sagte Vogt, der Jacobi genau beobachtet hatte. »Nach diesem Artikel konnte deine Beurlaubung nicht aufrechterhalten werden?«

Jacobi nickte. »Das stimmt. Ich bin seit heute Morgen wieder offiziell mit dem Fall betraut.«

»Und Birnbaum hat dir die SOKO bewilligt?«

»Hat er«, bestätigte Jacobi lakonisch. Ihn fröstelte beim Gedanken an das Telefongespräch, das er mit dem GÖS geführt hatte. Birnbaum war bereits informiert gewesen – vom Minister persönlich, der wiederum von Kastner, dem General des Gladius Dei, die Infos bekommen hatte. Einen Mann wie Kastner zum Feind zu haben, war bestimmt kein Honiglecken – für wen auch immer. Die SOKO OGAS war nun Kandutsch direkt unterstellt. Eine schwere Demütigung für Waschhüttl, aber die Weisung Birnbaums bedeutete nichts anderes, als dass er, Jacobi, im Rahmen der vereinbarten Diskretion jetzt völlig freie Hand hatte.

»Trotzdem würden Melanie Kotek, Lenz und ich gern als Security-Leute auf eurer Jubiläumsparty auftauchen«, erinnerte er Vogt.

»Könnt ihr ja, aber ohne mit mir Katz und Maus zu spielen. Ich bin nämlich die falsche Maus.«

»Du hast es grad nötig, den Beleidigten zu spielen. Was sollte ich da sagen? Das ganze Theater dient doch eh nur dazu, mit den AIC-Direktoren reden zu können, ohne großes Aufsehen zu erregen. Das ist das Einzige, was du mir ermöglichen sollst. Aber ich kann Phryne auch ins Präsidium bestellen, wenn dir das lieber ist.«

Für einen Moment hoben sich die schweren Lider Vogts und die hellen grauen Augen blitzten, doch eine Sekunde später war sein Blick wieder verhangen wie immer.

»Ich hab eure Legitimationen schon ausgestellt. Sie liegen drinnen am Schreibtisch.«

»Danke. Und jetzt erzähl mir mehr von Sorge. Wie ist er so privat? Dass ihm seine Frau unentwegt Hörner aufsetzt, weiß ich schon.«

Vogt zuckte mit den Schultern. »Tja, ein Macho scheint er tatsächlich nicht zu sein, sonst würde er sich das nicht jahrelang bieten lassen. Aber er liebt sie eben, sagt man, und duldet ihre Eskapaden. Er ist achtundfünfzig, sie mehr als zwanzig Jahre jünger und attraktiv – seine Traumfrau. Aber sie wird mit dem Nichtstun nicht fertig. Stürzt sich von einem Abenteuer ins nächste.«

»Kein Macho also«, rekapitulierte Jacobi. »Na ja, die Softies sind manchmal auch nicht ohne.«

»Sorge ist schwer einzuschätzen. Zurückhaltend und distinguiert, ein Mann mit Kultur. Der Beruf ist sein Lebensinhalt. Die wenige Freizeit verbringt er mit Fliegen und Ethnologie. Fast alle seine Urlaubsreisen sind auf seine Hobbys ausgerichtet.«

»Er fliegt allein auf Urlaub?«, fragte Jacobi ahnungsvoll.

»Meistens, und dann treibt's Gudrun noch ärger als sonst schon. Aber er verzeiht ihr alles, solange sie nur bei ihm bleibt.«

»Was ist mit Nilson?«

»Glücksspiel, Frauen, Autos. Ihm würde ich jederzeit eine Unterschlagung zutrauen. Aber dass er ein Söko ist – nein, das passt nicht zu ihm. Dazu fehlt ihm die nötige Härte und Kompromisslosigkeit.«

Die du zweifellos hast, dachte Jacobi, sagte aber: »Glücksspiel, Frauen und Autos – soso. Hat er Schulden?«

»Wie ein Stabsoffizier. Adelheid, seine dritte Frau, ist drogenabhängig. Kokain. Mein Schwiegersohn behauptet, Nilson habe sie süchtig gemacht, um ungestörter sein eigenes Leben leben zu können.«

»Ein Gustostückerl für Erpresser also?«

»Möglich. Aber auch bei Nilson bist du wahrscheinlich auf dem Holzweg.«

»Wie bei dir?«

»Wie bei mir.« Diesmal hielt Vogt seinem Blick stand und fuhr gelassen fort: »Nilson hätte die Firma durch Unterschlagung längst um Millionen geschädigt, hätte er nicht Angst vor Sorge.«

»Nilson hat Angst vor ihm? Heißt das, Sorge ist im Geschäftsleben kompromissloser als in seiner Ehe?«

»Sorge ist nicht der Hai, der über Leichen geht, falls du das meinst. Aber er ist, wie gesagt, sehr korrekt. Ihm entgeht in der Firma kaum etwas.«

»Kann man sagen, dass er sich für die AIC zerreißen würde?«

»Das kann man sagen.« Jetzt erst bemerkte Vogt die Ironie. »Ja, ich gebe zu, für mich kommt – wenn überhaupt – nur Sorge in Frage. Ich sehe weit und breit keinen anderen, der deinem Täterprofil entspräche.«

Jacobi verkniff sich die Bemerkung, die ihm auf der Zunge lag, und verzichtete auch darauf, nach Phryne zu fragen. Vogt hätte seine einzige Enkelin niemals ausgeliefert, erst recht nicht, wenn er als ihr verlängerter Arm die Sökos-Organisation mitaufgebaut hatte.

ZEHN

Kurz vor vierundzwanzig Uhr am nächsten Tag war der Festsaal des Palais Auerspach nicht mehr so brechend voll wie noch zu Beginn der Jubiläumsfeier. Die Big Band pausierte vor ihrer Mitternachtseinlage erstmals an dem Abend etwas länger, und viele Gäste waren in die angrenzenden Räumlichkeiten abgewandert. Der offizielle Teil, Ansprachen und Ehrungen verdienter Mitarbeiter, die das Bild eines gesunden Unternehmens vermittelt hatten, waren längst zu Ende. Keinem Außenstehenden wäre in den Sinn gekommen, dass es um die ANUBIS Insurance Company nicht mehr so gut bestellt war wie noch vor Jahren. Auch dem kalten Buffet im Saal nebenan war das nicht anzusehen gewesen. Zwar klafften mittlerweile gewaltige Lücken in den Bergen von Köstlichkeiten, dennoch hätte selbst der verbliebene Rest locker für eine weitere, ebenso große Abendgesellschaft gereicht.

Die Verandatüren zum Garten hinaus standen weit offen, da die Klimaanlage irgendwann den Geist aufgegeben hatte. Die Damen in ihren luftigen Abendkleidern schienen damit kein Problem zu haben, manche Herren in Frack oder Smoking schwitzten allerdings wie Saunisten.

Wem es in den Sälen endgültig zu heiß wurde, dem blieb immer noch die Flucht auf die Veranda zur Poolbar oder in den weitläufigen Garten, dessen meterhohe Steinmauern vor unerwünschten Blicken schützten. Obwohl Umkleidekabinen vorhanden waren und der Partyservice sogar Badeanzüge und Bermudashorts bereitgelegt hatte, tummelten sich bereits einige angeheiterte Nackedeis, denen die herbstliche Kühle nichts anzuhaben schien, im großen Marmorpool.

Jacobi wischte sich zum x-ten Mal mit dem Taschentuch übers Gesicht. Es war nicht allein die Hitze in den Räumen, die ihm den Schweiß auf die Stirn trieb. Nach zwei überstandenen Anschlägen hatte er sich nun in der Höhle des Löwen wieder auf den Präsentierteller begeben. Selbst für einen Superbullen wäre das keine Kleinigkeit gewesen, und er hielt sich durchaus nicht für Dirty Harry. Was konnte die staatliche Autorität schon gegen ein Stilett im Gedränge ausrichten, gegen einen vergifteten Drink am Buffet oder gegen einen schallgedämpften Schuss auf der Toilette?

Redl stand in der Nähe der Verandatüren und machte im weißen Smoking eine blendende Figur. Jacobi hatte neben dem Vordereingang Posten bezogen. Dessen hohe Flügeltüren standen ebenfalls weit offen und gestatteten den Blick ins Vestibül. Von dort aus führten zwei Marmortreppen an den Seitenwänden entlang in die obere Etage. Unter der rechten Treppe befand sich der Zugang zum Lift. Rhythmen moderner Tanzmusik lockten junge und jung gebliebene Partygäste in den kleinen Festsaal hinauf.

Es wurde Zeit, mit den Zielpersonen Kontakt aufzunehmen, ehe sich der eine oder andere Event-Muffel verabschiedete, aber zuerst musste Jacobi Raphael Conte abhängen, der ihn nicht aus den Augen ließ. Der Journalist hatte Bauklötze gestaunt, ihn hier anzutreffen. Auch die Behauptung, man sei ausschließlich privat hier – auf Einladung des alten Freundes Bernd Vogt –, hatte Conte nicht überzeugt, denn die Walkie-Talkies der Beamten sagten ihm etwas anderes. Ständig schlich er in Jacobis Nähe herum und wartete wie ein beleidigter Jagdhund darauf, dass man ihm endlich den wohlverdienten Happen zuwarf.

Bei anderer Gelegenheit wäre Conte auf diesem Parkett in seinem Element gewesen. Events, bei denen man alle zwei Meter über Vertreter der Hochfinanz, über Politiker, Sportgrößen oder Medienstars stolperte, waren für ihn die Butter auf dem Brot. Aber an diesem Abend brachte der Journalist solche Pflichtübungen ambitionslos und möglichst schnell hinter sich, um an Jacobi und dem ebenso eingeladenen Schremmer dranbleiben zu können.

Jacobi hatte damit rechnen müssen, die beiden Journalisten hier anzutreffen, wirklich überrascht war er aber über die Anwesenheit von Behrens. Am Buffet sprach er ihn darauf an. Behrens wirkte merklich gelöster als bei ihrem ersten Zusammentreffen und erklärte ihm bereitwillig, dass Gladius Dei ein wichtiger Kunde der AIC sei und er, Behrens, seinen Vorgesetzten Kastner vertrete. Der sei verhindert und habe ihn ermuntert, den Termin wahrzunehmen. Jacobi vermutete allerdings, dass Kastner seinem Rat folgte, im Stillen die Kündigung aller AIC-Verträge plante und keine Lust mehr auf einen feuchtfröhlichen Abend wie diesen hatte. Für Pater Behrens würde es für lange Zeit das letzte Jetset-Event sein.

Das Fernbleiben Sarah Feldbachs war für Jacobi hingegen weniger überraschend. Vogt hatte ihr über seine SS-Vergangenheit reinen Wein einschenken müssen, ehe es andere taten. Die Reaktion der ehemaligen KZ-Insassin war nur allzu verständlich. Sie hatte nun auch nichts mehr gegen den Personenschutz einzuwenden, den Jacobi erneut angeordnet hatte.

Wieder linste der Hauptmann unauffällig zu dem Tisch hinüber, an dem die Rottensteins mit ihren Gästen saßen. Vierundzwanzig Uhr. Vogt blickte in seine Richtung. Draußen im Garten begann das unvermeidliche Feuerwerk, das Conte einen Augenblick lang ablenkte. Als er sich wieder umwandte, war Jacobi verschwunden.

***

»Gott sei Dank ist die Angelegenheit endlich den Behörden übergeben worden«, sagte Theo Basidius, ein kahlköpfiger Grandseigneur mit weißem Chaplin-Bärtchen, aufatmend. Seine Frau Cynthia und er saßen Jacobi in einem Konferenzraum im dritten Stock des Palais gegenüber.

»Sie hätten es in der Hand gehabt, die Behörden früher einzuschalten«, sagte Jacobi.

Basidius lächelte gequält. »Ich verstehe, dass Sie sauer sind. Aber versetzen Sie sich einmal in meine Lage. Als ich vor eineinhalb Jahren zum ersten Mal Verdacht schöpfte, war das kein Aha-Erlebnis. Der Verdacht, der sich mir aufdrängte, war derart makaber, dass ich ihn zunächst energisch von mir schob. Erst als er sich sukzessiv verfestigte, Mosaiksteinchen für Mosaiksteinchen, konnte ich die Augen nicht länger verschließen. Ich bin ein eifriger Zeitungsleser, müssen Sie wissen. Lese alle Rubriken und Anzeigen, unter anderem auch die Todesanzeigen. – Nicht aus beruflichem Interesse«, fügte er hastig hinzu.

»Im vorigen Frühsommer stachen mir zwei Todesfälle und drei Vermisstenanzeigen ins Auge. Ich habe ein gutes Namensgedächtnis, und alle fünf Namen waren mir bekannt. Es waren AIC-Kunden. Mitarbeiter, die mir unterstellt waren, hatten vor Jahren lukrative Verträge auf Erleben mit ihnen abgeschlossen. Und nun? Die Versicherungsnehmer waren unmittelbar vor ihrem Hinscheiden in den Ruhestand getreten, viel hatten sie von ihrer Zusatzpension also nicht gehabt. Uns dagegen ersparte ihr frühes Ableben ein ansehnliches Sümmchen. Das dachte ich damals, nichts weiter. Als ich aber Wochen später ein Déjà-vu ähnlicher Art hatte, wurde ich schon nachdenklicher.«

»Und beim dritten Mal begannen Sie nachzuforschen«, beschleunigte Jacobi den barocken Monolog seines Gegenübers.

»Sie sagen es. Doch noch immer trieb mich eher die Neugierde denn ein Verdacht. Es waren auch nicht die Todesanzeigen, die mich stutzig werden ließen, irgendwann stirbt ja jeder Kunde, nein, es waren die auffällig vielen Vermisstenanzeigen, die den Finanzen der AIC zugutekamen. Im Herbst vorigen Jahres begann ich erstmals methodisch nachzuforschen, sprach aber mit niemandem darüber, nicht einmal mit meiner Frau.«

Cynthia Basidius, eine füllige Brünette Ende fünfzig, rümpfte die Nase.

»Zahlen lügen nicht«, fuhr ihr Mann aufseufzend fort. »Ich ließ mir die Salden der letzten drei Jahre zeigen und sah es schwarz auf weiß: Die AIC hatte in diesem Zeitraum unverhältnismäßig oft vom frühzeitigen Hinscheiden ihrer Kunden profitiert, genauso wie von blockierten Auszahlungen an Angehörige von Vermissten. Das konnte kein Zufall mehr sein, dazu waren die Fakten zu krass, zu eindeutig. Ich sprach mit meinem Sohn Paul darüber, der sich anfänglich weigerte, meinen Verdacht zu teilen. Erst nachdem die Cermak-Morde wochenlang durch die Medien geisterten, wurde er nachdenklich. Trotzdem riet er mir davon ab, gleich die Polizei einzuschalten.«

»Sehen Sie: Eben das kann ich nicht verstehen«, sagte Jacobi. »Als Abgeordneter wird Ihr Sohn doch nicht müde, stets Transparenz einzufordern.«

»Das habe ich ihm auch gesagt«, mischte sich jetzt Cynthia Basidius ein. »Er hätte auf uns keine Rücksicht nehmen müssen. Theo wollte ja ohnehin bald –«

»Natürlich brauchte er auf uns keine Rücksicht zu nehmen«, unterbrach ihr Mann sie. »Aber letztlich sind Vermutungen de jure noch keine Beweise –«

»De jure vielleicht nicht, aber de facto! Das hast du selbst gesagt«, fiel nun sie ihm ins Wort. »Und die Verdachtsmomente, sprich die hohen Zufälligkeitsraten, die hätten allemal für eine Untersuchung gereicht.«

»Hätten, hätten! Wir *hätten* ja auch selbst zur Polizei gehen können«, schimpfte er. »Warum musst du nur immer auf Paul rumhacken?«

Cynthia Basidius konterte den Vorwurf mit einer wegwerfenden Handbewegung.

»Herr Hauptmann, da ist noch etwas, das Pauls Verhalten verständlicher macht –«

»Das gehört jetzt nicht hierher, Cynthia!« Basidius wurde laut.

»Doch, es gehört hierher, Theo«, sagte sie unbeirrt. »Hauptmann Jacobi muss sich das richtige Bild machen können. Und dazu gehört auch, dass er über Pauls Verhältnis mit Gudrun Bescheid weiß.«

»Gudrun Sorge?«, fragte Jacobi ahnungsvoll.

Cynthia Basidius nickte. »Ist schon eine Weile her. Gudrun hatte nach Paul noch etliche andere Affären, aber davon hat keine so lang gedauert wie die mit unserm Sohn. Lysander wusste natürlich Bescheid. Sie können sich bestimmt vorstellen, wie unangenehm diese Liaison für Theo und mich war. Besonders für Theo, der jeden Tag mit Lysander zu tun hatte. Und der entblödete sich nicht, von ihm zu verlangen, er solle Paul gefälligst von Gudrun fernhalten.«

»Ich nehme an, die Liaison ging zu Ende, lange bevor Sie in der bewussten Angelegenheit Verdacht schöpften?«, wandte sich Jacobi wieder an Theo Basidius.

»Ja, etliche Monate vorher«, sagte dieser rasch. »Vor ungefähr zwei Jahren, von heute an gerechnet. Paul lernte dann diese reizende Journalistin kennen, Ruth Maybaum. Na ja, sie ist Jüdin, aber sonst eine ausgesprochen … nette Person.«

Jacobi blickte konzentriert auf seine Armbanduhr. Cynthia Basidius hatte ihrem unsensiblen Theo einen kräftigen Rippenstoß versetzt.

»Mein Mann neigt dazu, unangenehme Dinge zu beschönigen«, sagte sie durch seine Entgleisung genervt. »Andererseits lässt er kein Fettnäpfchen aus, das sich zum Hineintreten eignet, wie Sie eben gemerkt haben. Es war so: Gudrun hatte Paul den Laufpass gegeben. Nicht etwa auf Druck von Lysander, sondern weil ihr ein anderer Galan besser gefiel. Sie braucht ständig den Reiz des Neuen. Selbst als sie mit Paul noch zusammen war, hatte sie nebenher ihre One-Night-Stands, so nennt man das ja heute. Den endgültigen Schluss ihrer Affäre konnte Paul lange nicht verkraften. Immer wieder versuchte er sie zurückzugewinnen. Sogar bei öffentlichen Anlässen. Nicht nur Parteifreunde, auch die Medien wurden schon auf sein Verhalten aufmerksam. Erst nach einem ordentlichen Rüffel des Parteivorsitzenden schickte Paul sich ins Unvermeidliche.«

»Ich verstehe«, kam Jacobi zum Wesentlichen. »Ihr Sohn schreckte also davor zurück, als Aufdecker gegen die AIC anzutreten. Glaubte, man könnte ihm das als billige Retourkutsche gegen Gudrun Sorge auslegen.«

Sie nickte. »Ich hätte es nicht pointierter ausdrücken können.«

»Immerhin hat er Kurt Schremmer auf die AIC aufmerksam gemacht«, versuchte Theo Basidius seinen Sohn in Schutz zu nehmen.

Ja, um sich und euch aus der Schusslinie zu nehmen, dachte Jacobi. Laut sagte er: »Schremmer ist ein Kapitel für sich. Wäre er etwas weniger egozentrisch und eigenbrötlerisch, dann könnte der Fall längst gelöst sein. Herr Basidius, nachdem Sie diesen grauenvollen Machenschaften auf die Spur gekommen waren, mussten Sie sich nicht zwangsläufig fragen, wer dafür verantwortlich war?«

Basidius nickte. »Natürlich habe ich mir darüber Gedanken gemacht. Aber die Symptome zu entdecken, das ist eine Sache, dem Initiator auf die Schliche zu kommen, eine ganz andere. Es gibt nichts konkret Schriftliches, das man mit der AIC oder gar mit einer Person in Verbindung bringen könnte. Einziges Indiz sind die gehäuft auftretenden Zufälligkeiten.«

»Sie schließen also aus, dass es möglicherweise einen getarnten Fonds gibt, über den Zahlungen auf fingierte AIC-Kundenkonten stattfinden?«

»Das habe ich nicht gesagt, Jacobi. Sehen Sie, ich bin Buchhalter, kein Hacker oder Steuerfahnder, der sämtliche Tricks kennt.

Aber um mir vorzustellen, dass in einer so großen Firma wie der AIC jeder beliebige Fonds irgendwo verschlüsselt geparkt werden kann, dazu reicht meine Phantasie allemal. Er müsste ja nicht einmal verschlüsselt sein, könnte ebenso gut als einer der vielen Ausgleichsfonds offen zutage liegen. Vielleicht bin ich selbst schon alle nasenlang darüber gestolpert, ohne auch nur was zu ahnen. Die Frage wird wohl erst nach einem richterlichen Durchsuchungsbeschluss beantwortet werden.«

Jacobi nickte. »Darauf wird es hinauslaufen.« Er verzichtete darauf, zu erwähnen, dass er die unterzeichnete Verfügung bereits in der Tasche hatte. »Zum Schluss noch eine unprofessionelle Frage: Wem von den AIC-Führungskräften würden Sie es am ehesten zutrauen, mit einer Killer-GesmbH zusammenzuarbeiten?«

»Herr Hauptmann«, entrüstete sich Basidius, »ich kann doch nicht aus dem Bauch heraus jemanden verdächtigen und an den Pranger stellen.«

»Spiel dich nicht als edler Ritter auf, Theo«, sagte seine Frau prosaisch. »Phryne hat zwei Jahre lang darauf gedrängt, dich in Pension zu schicken. Und denk an all die drakonischen Rationalisierungsmaßnahmen, die sie im Vorstand durchgedrückt hat. Sie ist eiskalt, geht über Leichen, wenn sie's für nötig hält. Und seit dem Beinahe-Crash, den ihr Vater vor fünf Jahren verschuldet hat, hat die AIC jede Finanzspritze bitter nötig.«

»Gut, sie wollte meinen Posten wegrationalisieren, aber deshalb muss sie doch noch lange nichts mit diesen … diesen Sökos zu tun haben.«

»Wann haben Sie die Bezeichnung der Gruppe eigentlich zum ersten Mal gehört?«, fragte Jacobi beiläufig und sah dabei wieder auf seine Uhr.

»Erst vor wenigen Tagen. Paul hat sie verwendet. Er hatte sie von Schremmer.«

»Und? Halten Sie Phryne Rottenstein nun für fähig, die Initiatorin der Sökos zu sein oder nicht?«

»Das tut er, Hauptmann Jacobi«, sagte Cynthia Basidius, »nur würde er es nie laut sagen. Deine Solidaritätsattitüde ist wirklich lächerlich, Theo. Phryne und ihr Großvater Bernd Vogt würden dich jederzeit in die Pfanne hauen. Ein verschworenes Gespann, die beiden! Fürchten weder Tod noch Teufel. Phryne mit ihrer messerscharfen Intelligenz und Bernd, der alte Fuchs, mit seiner Erfahrung. Würde mich übrigens nicht wundern, wenn Bernd zwei Räume weiter unser Gespräch mithört.«

»Der Raum ist nicht verwanzt«, beruhigte Jacobi sie. »Ich habe ihn vorher überprüfen lassen, und Vogt ist unten im Festsaal, wo er beobachtet wird, während wir hier miteinander reden. Frau Basidius, da Ihrem Mann sein Ehrgefühl im Weg ist, frage ich wohl besser Sie nach Lysander Sorge. Trauen Sie *ihm* zu, der Sökos-Führer zu sein?«

Sie lachte schrill. »Lysander? Der ist doch nicht einmal in der Lage, seine Gudrun zu kontrollieren. Sicher, er zerreißt sich für die Firma, das kann selbst sein ärgster Feind nicht leugnen, aber Lysander und die Sökos ...?« Wieder übermannte sie die Heiterkeit. »Also nein, das ist zu komisch. Verzeihen Sie! Ich weiß, die Angelegenheit ist nicht zum Lachen.«

»Kein Problem, Frau Basidius. Was ist mit Nilson?«

»Dem traue ich so etwas schon eher zu. Er ist gewissenlos und amoralisch. Ein Bonvivant und Ladykiller. Leicht vorstellbar, dass er nicht nur junge Frauen killt, um seinen Lebensstandard zu halten. Außerdem bekommt er bei seinem Lebenswandel und seinen Schulden nirgendwo anders einen adäquaten Job, sollte die AIC demnächst ein Übernahmekandidat werden.«

»Cynthia!« Theo Basidius wurde krebsrot im Gesicht. »Das sind Insiderinfos! Du hast kein Recht, so etwas –«

»Beruhigen Sie sich, Herr Basidius!« Jacobi legte dem Exdirektor die Hand auf den Arm. »Ich bin kein Spekulant. Und ich darf die Informationen, die ich im Zuge einer Vernehmung erhalte, auch nicht weitergeben. Frau Cynthia, ich darf Sie doch so nennen, oder?«

»Aber gern, Hauptmann Jacobi.« Cynthia Basidius errötete leicht.

»Danke. Nilson steht also das Wasser bis zum Hals, und er würde alles tun, was man von ihm verlangt. Hauptsache, er behält seinen Posten als AIC-Direktor. Soweit richtig?«

»Wie immer haben Sie den Nagel auf den Kopf getroffen.«

»Und was ist mit Rottenstein? Schließlich hat er die Firma fast an die Wand gefahren.«

»Sie meinen, er könnte in seiner Verzweiflung auf eine so irre

Idee …? Also, nein, das passt wirklich nicht zu ihm. Julius war immer ein Mann, der mit offenem Visier kämpfte. Gewiss hat er seine Fehler, vor allem säuft er zu viel, aber ein ›Mister Hyde‹ ist er sicher nicht.«

»Okay. Haben Sie beide mir noch irgendwas zu sagen, das bisher nicht zur Sprache gekommen ist? Etwas, das Ihnen vielleicht nicht wichtig genug erschien? Glauben Sie mir, jede Nebensächlichkeit kann von entscheidender Bedeutung sein.«

Theo Basidius schüttelte den Kopf. »Nein, alles, was ich mit dieser furchtbaren Sache in Verbindung bringen könnte, habe ich gesagt.«

Davon war Jacobi zwar nicht restlos überzeugt, antwortete aber trotzdem: »Danke, dass Sie mir Ihre Zeit geopfert haben. Sie können jetzt gehen.«

In Anbetracht der Umstände verzichtete er darauf, ihnen noch viel Vergnügen für den Rest der Nacht zu wünschen. Eilig zog das Ehepaar ab.

Er löschte das Licht, öffnete ein Fenster und schaute durch sein Taschennachtglas in den Garten hinunter. An der halbkreisförmigen und mit Lampions verzierten Poolbar hatten sich mittlerweile viele Leute eingefunden, als Champagnerkorken knallten. Am rechten, dem Pool zugewandten Ende der Bar stand Julius Rottenstein, gestützt wurde er von fürsorglichen Hostessen. Er hatte für die Mädchen Dom Pérignon auffahren lassen. Sein vom Alkohol gezeichnetes Gesicht war schweißbedeckt, der glasige Blick sprach Bände. Vogts Schwiegersohn war in den letzten fünf Jahren erschreckend gealtert. Ihn jetzt zu vernehmen, brachte höchstwahrscheinlich nicht nur nichts, sondern war mit Blick auf die gewünschte Diskretion sogar noch mit Risiko verbunden.

Julius Rottensteins Tochter Phryne stand mit ihrem Großvater und Leo Piritz, dem Vizepräsidenten der OSTBAU, auf der gegenüberliegenden Seite der Bar. Sie trug ein elegantes malvenfarbenes Abendkleid, das gut zu ihren kastanienbraunen Haaren passte. Jacobi hatte sie und ihren Vater zum letzten Mal beim Begräbnis von Livia Rottenstein gesehen. In der Zwischenzeit hatte sie sich zu einer aparten Schönheit entwickelt, war aber auch jener Art von Damen zuzurechnen, von denen Erich Kästner gesagt hatte, sie hätten Beton in den Waden und Halbgefrorenes im Blick.

Phryne ignorierte den betrunkenen Vater, dessen knarrendes Organ weithin zu hören war, und unterhielt sich angeregt mit Piritz, dem exakten Gegenteil von Rottenstein. Für einen Mann in seiner Position war er relativ jung, mochte Mitte oder Ende dreißig sein. Ein nordischer Typ, groß gewachsen und athletisch: der ideale Protagonist für Knäckebrotwerbung. Selbst im Frack personifizierte er totale Fitness. Von einer Verstimmung zwischen ihm und Phryne war nichts zu bemerken.

Direkt neben ihnen baggerte Siegfried Nilson währenddessen Melanie Kotek an. Der AIC-Direktor war dank Solariumsbräune und dunkelblonder Löwenmähne noch immer ein sehr attraktiver Mann. Neben ihm versuchten noch drei junge Spunde, die Jacobi nicht näher kannte, bei Kotek zu landen. Kein Wunder: Das schwarze Nichts, das kaum ihren knackigen Po bedeckte, war mehr als gewagt. Das Rückendekolleté reichte bis zum ersten ihrer Lendenwirbel, der Ausschnitt vorn bis zum Nabel. Eine einzige Kordel, in Kreuzverschnürung durch Ösen an Brust- und Rückenausschnitt geführt, verhinderte, dass das filigrane Werk zu Boden glitt. Neben Melanie verblasste selbst Phryne Rottenstein zu konservativer Beliebigkeit.

Was die Herren der Schöpfung an diesem Abend in Kotek sahen, war Schremmer für die Damenwelt: das Objekt der Begierde schlechthin. Umringt von einem Rudel gurrender Sirenen stand er am Pool. Auch Ruth Maybaum schlenderte in diesem Augenblick von der Bar zu ihm hinüber, ohne sich darum zu kümmern, ob ihr Begleiter Paul Basidius ihr folgte oder nicht. Schremmer hatte weder Dom Pérignon noch Kreditkarte nötig, um für Frauen interessant zu sein, dachte Jacobi nicht ohne Neid.

»Neid verursacht Magenbeschwerden, Hauptmann Jacobi«, raunte ihm jemand ins Ohr. Er fuhr herum. Im Halbdunkel sah er einen verbindlich lächelnden Goebbels-Typ vor sich stehen: Lysander Sorge, den allmächtigen Vize der AIC. Jacobi hatte ihn nicht eintreten hören. Er mochte Leute nicht, die sich so lautlos an einen heranschlichen. Außerdem hatte Sorge Mundgeruch, ein Symptom für mangelnde Zahnpflege oder übersäuerten Magen.

»Ah, Dr. Sorge. So rasch hatte ich Sie gar nicht erwartet. Einen Moment, ich mache Licht.«

Jacobi betätigte einen Schalter und wandte sich dem Neuankömmling wieder zu. »Bitte, setzen wir uns.«

Sie gingen zum Konferenztisch, und Sorge nahm auf dem Stuhl Platz, auf dem eben noch Theo Basidius gesessen hatte. Jacobi ließ sich ihm gegenüber nieder.

»Bernd Vogt, Ihr ehemaliger Chef, sagte mir, Sie wollen mich sprechen«, begann Sorge, nachdem Jacobi keine Anstalten machte, das Gespräch zu eröffnen.

»Ja. Sie wissen, worum es geht?«

Sorge nickte. »Phryne hat mich gestern angerufen. Aber … ich kann das, ehrlich gesagt, immer noch nicht glauben. Der Gedanke, unsre Gesellschaft hätte jahrelang aus … aus der organisierten Beseitigung alter Menschen Nutzen gezogen, ist so … so absurd!«

»Ich denke, wir sollten uns das beflissene Getue von wegen Kulturschock et cetera lieber sparen«, sagte Jacobi. »Jede Gräueltat ist absurd, solange sie nicht von den Tonangebenden zur Norm erklärt wird.«

»Was soll das heißen, Jacobi? Warum so provokant? Sollte an dieser makabren Geschichte wirklich etwas dran sein, dann fühl ich mich natürlich mitverantwortlich. Aber ich habe nie –«

»Sagen Sie jetzt nicht, Ihnen seien die für die AIC so vorteilhaften Todesfälle nicht aufgefallen«, unterbrach ihn Jacobi. »Die vielen für Sie so günstigen Unfälle von Senioren. Die vielen Vermissten, die nie mehr auftauchten. Die vielen so unerwartet früh Verblichenen in Spitälern – und, und, und!«

Über Sorges Nasenwurzel bildete sich eine steile Falte. »Natürlich ist mir aufgefallen, dass mehr Kundenschicksale als früher für uns positiv zu Buche schlugen. Statistische Ausreißer eben. Aber nie, wirklich nie wäre mir dabei der Gedanke an einen kriminellen Hintergrund gekommen.«

»Sie hatten also keine Ahnung. Sollen wir das so stehen lassen?«

Sorge antwortete mit gewisser Verzögerung. »Ob Sie's glauben oder nicht: Ich hatte wirklich keine Ahnung. Als Phryne mich gestern Abend anrief und mich über diese unsäglichen Sökos unterrichtete, traf mich fast der Schlag.« Er hielt einen Moment lang inne.

»Trotz des Schocks«, setzte er fort, »fiel mir unmittelbar nach dem Gespräch mit ihr ein anderes Telefongespräch ein, das ich vergangenes Frühjahr zufällig mitangehört hatte. Damals konnte ich mir freilich noch keinen Reim drauf machen.«

Brachte ein Zeuge bei der Einvernahme zufällig mitgehörte Telefongespräche ins Spiel, begannen bei Jacobi stets die Alarmglocken zu schrillen. Seine Miene blieb dennoch ausdruckslos, als er fragte: »Und jetzt können Sie sich einen Reim drauf machen?«

»Ich weiß nicht, ob tatsächlich etwas dahintersteckt«, zierte sich Sorge, »jedenfalls war es ein seltsames Gespräch. Ich weiß sogar noch das Datum: Es war der Abend des 23. April. Wie so oft hatte ich erst um zweiundzwanzig Uhr Schluss gemacht, das Büro abgeschlossen und befand mich auf dem Weg zum Aufzug. Als ich an Nilsons Büro vorbeiging, sah ich die Tür einen Spaltbreit offen stehen und hörte ihn reden. Um diese Zeit noch! Das allein war schon auffällig. Normalerweise ist Siegi um Punkt siebzehn Uhr nur noch eine Wolke. Er telefonierte laut und erregt mit irgendjemandem. Wahrscheinlich mit irgendeiner Schnalle, das war jedenfalls mein erster Gedanke. Er sagte: ›... war so auffällig, wie ihr es in Mauterndorf gemacht habt.‹ Dann nannte er den Gesprächspartner einen erbärmlichen Pfuscher und fügte hinzu: ›Euer Glück, dass die Bullen Tomaten auf den Augen haben!‹ Mehr konnte ich nicht verstehen, denn inzwischen war ich weitergegangen und beim Lift angelangt.«

»Tja, das klingt freilich verdächtig«, räumte Jacobi ein. »Die Bemerkung über die Polizei könnte sich aber auch auf einen versicherungspflichtigen Verkehrsunfall bezogen haben. Hat Nilson Sie denn bemerkt?«

Sorge zuckte mit den Schultern. »Ich weiß es nicht. Der Filzboden im Flur schluckt jeden Schritt, allerdings muss er die Lifttüren gehört haben. Gesehen hat er mich nicht.«

»Wir werden ihn auf alle Fälle zu diesem Telefonat befragen.«

Sorge neigte sich vor und stützte die übereinandergelegten Unterarme auf dem Tisch auf.

»Hören Sie, Jacobi! Mir ist durchaus klar, dass ich einer der Hauptverdächtigen bin. Schließlich leite ich die AIC seit fünf Jahren fast im Alleingang. Rottenstein ist physisch und psychisch am Ende. Ein solches Wrack soll Kopf einer Killergang sein? Schwer vorstellbar, obwohl er hie und da auch lichte Momente hat. Und Phryne? Sie ist ehrgeizig und wird einmal eine tüchtige Generaldirektorin abgeben. Aber so ehrgeizig, dass sie ihre Existenz auf Gedeih und Verderb mit dem Unternehmen verknüpft, ist sie wiederum auch nicht. Basidius scheidet Ende des Monats aus der Firma aus. Hat seine Schäfchen längst ins Trockene gebracht. Und irgendein kleiner Abteilungsleiter, der der AIC auf diese makabre Weise zuarbeitet? Warum sollte ein Nobody das tun? Bleiben also nur ich –«

»– und Nilson«, ergänzte Jacobi.

»Ja, Nilson. Da ich weiß, dass ich *nicht* der Gesuchte bin, kann es meines Erachtens nur Nilson sein. Habe ihn eigentlich immer für einen Blender gehalten, für einen typischen Playboy mit Pappfassade und nichts dahinter. Abgesehen davon, dass er sich gern in halbseidenen Milieus bewegt und die Firma schröpft, wo er nur kann, hätte ich ihm so harte Bandagen allerdings bisher auch nicht zugetraut. Aber man kann sich eben in jedem täuschen –«

»Weil Sie gerade von täuschen reden: Was ist mit Dr. Vogt?«, unterbrach Jacobi neuerlich. »Schon dem jungen SS-Offizier Vogt hat man knifflige logistische Aufgaben übertragen, und je näher das Kriegsende rückte, umso heikler wurden diese. Steht jedenfalls so in seiner Akte. Zwanzig Jahre später war er Sicherheitsdirektor des LGK Salzburg und als solcher in den Achtzigern auch mein Chef. Ich weiß also, was er drauf hat.«

»Genauso wie ich. Außerdem kenne ich seine Kriegsvergangenheit«, sagte Sorge. »Bernds Schwiegersohn redet zu viel, wenn er besoffen ist. Und das ist er fast immer. Aber selbst wenn Bernd bei der SS war: Chef der Sökos? Ich weiß nicht. Das würde einfach *zu* gut passen.«

»Und wenn Phryne mit an Bord wäre? Immerhin hat Rottenstein die AIC nach dem Tod seiner Frau in die Bredouille gebracht. Wäre es nicht denkbar, dass Vogt und seine Enkelin von da an mit allen Mitteln versucht haben, den Karren aus dem Dreck zu ziehen?«

»Denkbar ist es, aber nicht in der von Ihnen unterstellten Weise. Bernd Vogt und Phryne sind ein schlagkräftiges Duo, aber Massenmörder?« Er schüttelte den Kopf. »Nein, das ist ebenso abstrakt wie die gesamte Sökos-Groteske.«

»Sie sagten, Sie kennen Bernds Kriegsvergangenheit. Dann wissen Sie wohl mehr als ich. Seine NS-Akte ist lückenhaft, und in der 1955 angelegten Stapo-Akte wird ausdrücklich darauf hingewiesen, dass er in zwei Kriegsverbrecherprozessen mangels Beweisen freigesprochen wurde, obwohl in beiden die Indizienlage gegen ihn sprach.«

»Mehr weiß ich auch nicht. Aber kennen Sie vielleicht einen Fall, bei dem ein SSler, der Dreck am Stecken hat, davon später irgendjemandem erzählt? Warum stürzen Sie sich eigentlich so auf Bernd? Ich dachte, Sie seien befreundet?«

»Das war einmal. Nachdem er mir fünfzehn Jahre lang seine SS-Vergangenheit verschwiegen hat, habe ich ihm gestern die Freundschaft gekündigt. Auf unsre Ermittlungen hat das allerdings keinen Einfluss. Ich würde ihn auch überprüfen, wenn dieser Vertrauensbruch nicht stattgefunden hätte.«

»Aha. Sind wohl einer von der gusseisernen Sorte, was?«

»Wenn es um Verbrechen dieser Größenordnung geht – ja.«

***

Im Garten brandete Gejohle auf. Etliche Frauenstimmen skandierten im Chor: »Eins, zwei und – drei!« Es folgte ein lautes Platschen, und das Gejohle steigerte sich zu frenetischem Kreischen. Jacobi sprang ans Fenster, Sorge folgte etwas langsamer.

Ein Dutzend weiblicher Festgäste hatte sich Schremmers bemächtigt und ihn in den Pool geworfen. Aber nicht nur das: Einige Damen waren ihm gleich hinterhergesprungen. Jacobi griff zum Funksprechgerät, und Kotek meldete sich mit einiger Verzögerung.

»Melanie, wo bist du? Ich seh dich nicht mehr. Ein Haufen entfesselter Weiber hat Schremmer in den Pool geworfen. Das kann brandgefährlich werden.«

»Bin im ersten Stock und im Moment leider unabkömmlich, aber Lenz sollte noch unten sein.« Abrupt beendete sie das Gespräch.

Redl hielt sich tatsächlich in der Nähe des Beckens auf und ließ Schremmer und dessen weibliche Fans nicht aus den Augen. Rottenstein, Phryne und Piritz standen nach wie vor an der Poolbar, Nilson war nirgendwo zu sehen. Jacobi entspannte sich.

»Haben Sie noch konkrete Fragen an mich?«, wollte Sorge wissen, während er den Blick gleichgültig auf den Mann im Pool gerichtet hielt. »Ich möchte wieder hinuntergehen. Es fällt auf, wenn ich so lange abwesend bin.«

Jacobi zuckte mit den Achseln. »Konkrete Fragen? Nachdem Sie so ahnungslos sind, würde ich wohl kaum erschöpfende Antworten erhalten. Dem Hinweis auf Nilson werden wir natürlich nachgehen. Danke, dass Sie sich herbemüht haben.«

***

Nilson war es vor einiger Zeit gelungen, den dunkelhaarigen Vamp von den balzenden Jünglingen loszueisen und mit ihm Richtung Buffet zu schlendern. Man aß eine Kleinigkeit und schlürfte Champagner.

»Ein paar Stockwerke höher hätten wir es natürlich gemütlicher«, sagte er angelegentlich. Er wirkte so nervös, als stünde er unter Zeitdruck. Der Vamp grinste verschlagen.

»Wenn Sie meinen ...?«

Sie fuhren mit dem Lift in die zweite Etage. Bei Firmenfesten ließ sich Nilson immer einen Raum für besondere Gelegenheiten reservieren. Dass er nicht der Einzige war, der diesen Service in Anspruch nahm, bewies die Anwesenheit eines Etagenkellners, der beflissen herbeiwieselte.

»Zweimal Austern und eine Flasche Schampus, Alois«, sagte Nilson und steckte ihm im Vorbeigehen einen Schein zu.

»Kommt sofort, Herr Direktor!« Der Mann eilte zum Personalaufzug.

Das mit rotem Samt ausgeschlagene Zimmer erinnerte an die Separees der Wiener Varietészene um 1900. Die kommode Sitzecke mit Sofa, Chaiselongue, Fauteuil und niedrigem ovalem Tisch nahm die Hälfte des Raumes ein, das große Doppelbett die andere Hälfte.

Kaum war die gepolsterte Tür mit sanftem Schmatzen ins

Schloss gefallen, wollte Nilson zur Sache kommen. Er drängte die junge Frau in Richtung Bett, wollte dabei gleich in die Vollen greifen, aber der Vamp wich geschmeidig zur Seite.

»Nicht so stürmisch, Herr Direktor«, säuselte sie, während sie etwas aus ihrer Handtasche zog.

Nilson brauchte einige Sekunden, bis er begriff, was ihm da vor die Nase gehalten wurde. »Polizei? Was wird hier gespielt?«

»Gendarmerieinspektorin Melanie Kotek, Sonderkommission OGAS. Herr Nilson, wir haben einige Fragen an Sie.«

Sein verlebtes Gesicht lief rot an. »Du tickst wohl nicht richtig, du Nutte! Erst geilst du mich auf, und dann das? Wenn du was von mir willst, lass dir gefälligst am Montag einen Termin geben.« Er griff zum Zimmertelefon. Vielleicht, um die Bestellung beim Etagenkellner rückgängig zu machen, vielleicht aber auch, um eine Hostess mit der Beseitigung seines Hormonstaus zu beauftragen.

»Reißen Sie sich gefälligst zusammen«, pfiff Kotek ihn zurück. »Hat man Sie nicht informiert? Auch Ihre Herren Kollegen werden eben einvernommen. Die Aktion erfolgt mit Billigung von ganz oben, also setzen Sie sich gefälligst!« Sie selbst nahm auf dem Fauteuil Platz. Nilson war so verblüfft, dass er sich tatsächlich auf das Sofa fallen ließ.

»Worum geht es denn? Hätten Sie wenigstens die Güte, mir das mitzuteilen?«

»Es geht um hundertfachen Mord, Herr Nilson.«

Sein Blick zeigte eine entsprechende Reaktion. »Also hatte ich doch recht. Sie spinnen ja wohl.« Er erhob sich und wandte sich zum Gehen.

»Ihre Gesellschaft, Herr Nilson, profitiert seit Jahren vom termingerechten Ausfall betagter Kunden«, sagte Kotek, ohne die Stimme sonderlich zu heben. »Und wenn von hundertdreiundsiebzig überprüften Todes- beziehungsweise Abgängigkeitsfällen hundertsechsundvierzig ehemalige AIC-Kunden betreffen, dann spinnt wohl einer der AIC-Direktoren und nicht die Polizei!«

Nilson war an der Tür stehen geblieben, als Koteks Walkie-Talkie knackte. Jacobi! Er wollte wissen, wo sie abgeblieben war. Während sie ihm kurz antwortete, kehrte Nilson widerstrebend zum Sofa zurück.

»Sagt Ihnen die Bezeichnung ›Sökos‹ etwas?« Kotek beobachtete ihn mit Argusaugen. Er wich ihrem Blick nicht aus, schüttelte nur verständnislos den Kopf.

»Nie gehört. Wer oder was soll das sein?«

»Die Sökos sind Killer. Sie ermorden AIC-Kunden – zum Vorteil der Gesellschaft. Die Morde werden als Unfälle, Infektionen oder andere letale Schicksalsschläge getarnt. Etliche Zielpersonen lässt man auch spurlos verschwinden. Der Kopf der Bande muss in der Führungsetage der AIC sitzen, alles andere ergäbe keinen Sinn. Sagen Sie, haben die Rottensteins und Sorge Sie wirklich nicht informiert?«

»Informiert? Mich? Die vier würden mich doch am liebsten dumm sterben lassen. Von dieser abgefahrenen Nummer hör ich jetzt zum ersten Mal.«

»Vier? Rechnen Sie den Schwiegervater Rottensteins zur Führungsspitze?«

»Natürlich. Bernd ist ja nicht nur Sicherheitsbeauftragter der AIC und der ASAG, sondern wird von Phryne und Julius über fast alle Interna genauestens informiert. Er ist sozusagen eine Art graue Eminenz. Es wird sogar gemunkelt, er höre Aufsichtsratssitzungen ab. Und mit seinem gar nicht so kleinen Stammaktienpaket bildet er gemeinsam mit Phryne, Rottenstein, Sorge und einigen anderen wenigen Großaktionären das Zünglein an der Waage bei Sperrminoritätsentscheidungen.«

»Rottenstein scheint ziemlich fertig zu sein. Würden Sie ihm trotzdem den Versuch zutrauen, den Offenbarungseid der AIC durch einen Massenmord hinauszuzögern? Und falls nicht, wem sonst würden Sie das zutrauen?«

»Ich kann mir das bei allen vieren nicht vorstellen. So was – falls Ihre Vermutungen stimmen – kann doch nur einem Irren einfallen. Und verrückt ist keiner von denen. Eiskalt, ja, das sind sie, aber nicht durchgeknallt.« Wieder schüttelte er den Kopf. »Davon abgesehen würde ich Rottenstein noch nicht abschreiben. Er hat die AIC zwar vor fünf Jahren durch eine Fehlspekulation fast an die Wand gefahren und säuft wie ein Loch, aber wenn er halbwegs nüchtern ist, steckt er seine Tochter und auch Lysander noch dreimal in den Sack.«

»Aber nicht Vogt?«

»Nein, Bernd ist der einzige Mensch, vor dem Julius Respekt hat.«

Der Kellner kam mit den Austern und dem Champagner zurück.

»Wär doch schade, wenn wir das Zeug verkommen ließen«, sagte Nilson, während er die Rechnung unterzeichnete. »Bedienen Sie sich!« Er schob den Teewagen zu Kotek hinüber, während der Kellner sich diskret verzog.

»Muss zu meinem Bedauern ablehnen, bin im Dienst«, sagte sie und erhob sich von dem Fauteuil. »Eine letzte Frage noch: Hatten Sie etwas mit Sorges Frau?«

»Sehe ich denn so bescheuert aus? Gewiss, Lysander ist ein Weichei, und so etwas wie diese Sökos-Kacke könnte er beispielsweise nie ausbrüten, aber er kann mir aus Gründen, die ich nicht näher erörtern will, große Schwierigkeiten machen. Und kein Fick mit Gudrun wäre diese Schwierigkeiten wert.«

***

Jacobi hatte den Beobachtungsposten am Fenster wieder eingenommen. Schremmer war eben aus dem Pool gestiegen. Der triefende Smoking tat seinem Sex-Appeal keinen Abbruch. Ganz im Gegenteil: Zwei junge Damen prügelten sich fast um das Vorrecht, ihm Jacke und Hemd ausziehen zu dürfen. Doch beide hatten das Nachsehen: Eine Hostess vom Partyservice war mit einem Leihfrack samt Unterwäsche sofort zur Stelle und begleitete den Journalisten in die Umkleidekabine.

Auf dem Flur ertönte das Klappern von Stöckelschuhen. Sekunden später trat Phryne Rottenstein ein. »Hallo, Oskar!«

Jacobis Nackenhaare sträubten sich. Schon Sorges Bericht über das belauschte Telefonat hatte sein Misstrauen geweckt, aber Phrynes salopper Gruß alarmierte ihn noch mehr. Sie hatten sich geduzt, solange Phryne noch ein Kind gewesen war, doch selbst dem sechzehnjährigen Teenie hatte damals das vertraute Du nicht mehr gepasst. Und jetzt, nach zehn Jahren Funkstille, sollte plötzlich wieder Leutseligkeit angesagt sein? Jacobi war skeptisch.

»Hallo, Phryne! Tolles Kleid, Kompliment! Aus dem Backfisch von damals ist eine sehr attraktive junge Dame geworden.«

»Danke, Oskar, aber leider hast du mich ja nicht hierherzitiert, um mir Komplimente zu machen. Opa hat mir von diesen Sökos und von deiner Theorie erzählt, es bestünde eine Verbindung zwischen ihnen und der AIC. Auch, dass du ihn zu den Hauptverdächtigen zählst – und mich.« Sie wirkte so gelassen, als sei irgendeine Versicherungspolice Gegenstand des Gesprächs.

»In diesem frühen Stadium der Ermittlungen wird jede Möglichkeit überprüft«, sagte er unverbindlich. »Aber eines steht außer Frage: Die Sökos-Spur, die zur AIC weist, ist keineswegs hypothetisch, und ich habe dich nicht *herzitiert*, wie du dich auszudrücken beliebst, ich habe um die Unterredung *gebeten*, und die kann hier am unauffälligsten stattfinden.«

Das Gespräch verlief erwartungsgemäß. Auch Phryne hatte natürlich von alldem nichts gewusst. Mit Blick auf den notwendig gewordenen Personalabbau der letzten Jahre seien ihr andere Einsparungen nicht so sehr aufgefallen. Jedenfalls nicht jene, die sich aus der anabatischen Sterberate von AIC-Kunden ergeben hätten.

Die Frage, wem sie die Sökos-Idee am ehesten zutraue, beantwortete sie ohne Umschweife.

»Da fällt mir nur Sorge ein.«

»Das sagt dein Großvater auch. Warum ausschließlich Sorge?«

»Sorge ist bei aller bürokratischen Verstaubtheit ein Romantiker. Und nur ein Romantiker ist meiner Meinung nach imstande, einer Idee zuliebe über Berge von Leichen zu gehen. Die Firma ist Sorges Lebensinhalt, stünde sie auf dem Spiel, würde er sie mit Zähnen und Klauen verteidigen. Ich weiß, dass sein nachgiebiges Verhalten Gudrun gegenüber ein anderes Licht auf ihn wirft, aber glaub mir, er ist kein armes Schaf, sondern vielmehr ein Wolf. Und Gudrun ist der unerfüllte romantische Traum dieses Wolfes. Sorge leistet es sich, diesen Traum zu träumen, wie ein anderer sich ein teures Hobby leistet.«

»Jeder erzählt mir von dieser unglücklichen Ehe. Warum trennt sich Gudrun Sorge unter diesen Umständen nicht von ihm?«

»Gudrun kann sich nicht selbst ernähren. Sie stammt aus einer großbürgerlichen Familie, ihre Mutter war eine Jugendliebe Lysanders. Heiraten durfte sie den tüchtigen Parvenu nicht, wohl aber einen saft- und kraftlosen Kammerfunktionär. Gudruns Vater zerrann das Familienerbe zwischen den Händen, während um ihn herum die Yuppies der Siebziger und Achtziger zu Reichtum und Ansehen kamen. Aber Lysander hat die Familie immer im Auge behalten, und die Tochter der verarmten Jugendliebe fiel ihm schließlich wie eine reife Frucht in den Schoß. Gudrun liebt den Luxus, und Lysander kann ihn ihr bieten. Nach der Heirat hat er die Schulden der Schwiegereltern beglichen und Gudruns Vater in ein Büro gesetzt, in dem er keinen Schaden anrichten konnte.«

»Aha. Und als der Honeymoon vorbei war, begriff sie, dass sie sich in totaler Abhängigkeit befand«, fasste Jacobi zusammen.

»Ja. Sie ist nie damit fertiggeworden, bricht immer wieder aus ihrem Käfig aus. Lysander toleriert das, denn er liebt sie – wie ein Sammler eine erlesene Kostbarkeit liebt. Nur wenn sie es zu toll treibt, um die Scheidung zu provozieren, setzt er ihr die Daumenschrauben an. Auch die Tränen und Bitten ihrer Eltern, sie doch nicht ins Unglück zu stürzen, haben die missratene Tochter bisher noch immer zur Räson gebracht.«

»Haben die Sorges Kinder?«

»Nein, das hat Gudrun zu verhindern gewusst.«

»Okay. Nachdem du also ausschließlich Sorge favorisierst, wirst du mir sicher erklären, warum nicht Nilson der Mann hinter den Sökos sein kann?«

»Ich habe nicht gesagt, dass es Nilson nicht sein kann. Durch seine Connections zur Halb- und Unterwelt wäre er sogar prädestiniert dafür. Außerdem ist er am Erhalt der AIC interessiert. Wer nimmt ihn denn noch, wenn wir vor die Hunde gehen? Was natürlich, Gott sei Dank, nicht passieren wird«, fügte sie rasch hinzu.

»Bist du dir dessen so sicher?« Er dachte an die Übernahmegerüchte, die Cynthia Basidius erwähnt hatte. »Ich kann mir gut vorstellen, dass sich die Sökos-Groteske auf den Aktienkurs der ANUBIS AG nicht eben positiv auswirken wird.«

»Deine Süffisanz ist voreilig und unangebracht«, entgegnete Phryne Rottenstein eisig. »Natürlich würde ein allfälliger Medienhype dem gesamten Konzern zu schaffen machen, aber den freien Fall würde es trotzdem nicht geben. Hätte sich der erste Wirbel gelegt, dann sähe die Zukunft gleich wieder rosiger aus.«

Über die genauen Umstände dieser rosigen Zukunft schwieg sie sich allerdings aus.

»Meine Anmerkung war durchaus nicht süffisant gemeint«, verwahrte sich Jacobi. »Aber zurück zu Nilson: Was fehlt ihm zum Sökos-Führer?«

»Nichts, das mit Moral oder Gewissen zu tun hätte. Siegi besitzt beides nicht. Die einzige für ihn maßgebende Richtlinie ist sein persönliches Wohlergehen. Auch die Realisierung eines Mammutprojekts wie die Sökos-Organisation würde keine unüberwindliche Hürde für ihn darstellen. Er ist ein hervorragender Verkäufer, kann gut reden. Eine Bande von Dumpfbacken auf ein Ziel einzuschwören, das wäre kein Problem für ihn. Aber ich halte ihn schlicht und einfach für zu feige, für zu wenig entschlussfreudig, als dass er eine so furchtbare Idee in die Tat umsetzen würde.«

»Okay. Das war's auch schon.« Zu versuchen, sie über Vater Rottenstein und Großvater Vogt auszufragen, wäre nur Zeitverschwendung gewesen.

»Ich nehme an, morgen werden die Buchprüfer und Steuerfahnder über uns herfallen«, sagte sie im Aufstehen. Es war keine Frage, sondern eine Feststellung. Sie wusste es bereits. Jacobi las es in ihren Augen.

»Kommt darauf an, ob wir die richterliche Verfügung bekommen«, log er trocken und überlegte gleichzeitig, woher sie die Info haben konnte. In Salzburg wussten nur vier Personen von den auf Montag angesetzten Haussuchungen und Buchprüfungen: Untersuchungsrichterin Zehentner, Kandutsch, Waschhüttl und er selbst. Kandutsch war sicher nicht der Informant. Er mochte leutselig sein, aber eine solche Indiskretion hätte er sich nicht geleistet. Abgesehen davon hatte er keine Veranlassung, Vogt zu warnen. Zu oft hatten ihn die Medien mit dem fähigeren Vorgänger verglichen. Also kam nur Waschhüttl oder eine undichte Stelle im Ministerium in Frage.

Phryne verließ das Zimmer zuerst. Jacobi trat noch ans Fenster. Als er Schremmer wieder bei den anderen an der Poolbar stehen sah, trat auch er, für den Augenblick beruhigt, auf den Flur.

***

Redl stand neben der Eingangstür zum Festsaal. Jacobi schlenderte an ihm vorbei.

»Melanie ist wieder da. Passt am Pool auf Schremmer auf«, raunte ihm der MEK-Mann zu, während er interessiert einer drallen Blondine hinterherblickte.

***

Ein Uhr dreißig. Die Reihen im Festsaal hatten sich gelichtet. Auf dem Weg zur Veranda begegnete Jacobi Ruth Maybaum und Paul Basidius. Das Abendkleid der Journalistin stand Koteks kleinem Schwarzen in seiner Offenherzigkeit nicht nach.

»Hallo, Jacobi! Na, sind Sie in der Sache Feldbach vorangekommen?«, flirtete sie ihn an und hängte sich vertraut bei ihm ein. Sie hatte schon einen kleinen Schwips.

»Ich denke, meine Anwesenheit beantwortet diese Frage«, gab ihr Jacobi reserviert Bescheid. »Und wenn Sie und die Familie Basidius Ihre staatsbürgerlichen Pflichten ernst nehmen würden, dann könnte der Fall längst abgeschlossen sein«, fügte er in plötzlich aufwallendem Ärger hinzu und befreite sich sanft, aber bestimmt von ihrem Arm.

»Ruth kann nichts dafür«, glaubte Basidius, die Freundin verteidigen zu müssen. »Ich habe sie zur Diskretion vergattert.«

»Um Ihren Vater so lang wie möglich aus allem rauszuhalten, ich weiß. Aber diskret waren Sie nur uns gegenüber. Schremmer haben Sie sehr wohl ins Vertrauen gezogen.«

»Kurt war eh schon an der Sache dran«, sagte Maybaum patzig. »Als wir ihm vor einigen Wochen von Theos Verdacht erzählten, wusste er bereits Bescheid. Jemand hatte ihm kurz zuvor den entscheidenden Tipp gegeben – telefonisch und anonym. Das ist aber nun wirklich alles, was wir Ihnen dazu sagen können. Mehr wissen auch wir nicht.«

»Zu gütig von Ihnen, vielen Dank auch im Namen aller betroffenen Senioren.«

Ihre Miene verfinsterte sich. »Sie brauchen mir gar nicht so pampig daherzukommen! Wo wären Sie denn, wenn wir Ihnen nicht auf die Sprünge geholfen hätten? *Sie* ernten jetzt Lorbeeren, für die Sie nichts getan haben, während unsre Doku unter diesen

Umständen nur mehr einen Bruchteil des ursprünglichen Werts lukrieren wird.«

Jacobi ersparte sich eine Antwort und ließ Ruth Maybaum einfach stehen. Die früher so bewunderte Topjournalistin hatte jeden Kredit bei ihm verspielt.

Rottenstein und seine Hostessen waren merklich leiser geworden. Phryne und Piritz plauderten am gegenüberliegenden Ende der Poolbar, während Schremmer noch immer von Damen unterschiedlichsten Alters umlagert wurde. Melanie stand auf dem von Redl geerbten Beobachtungsposten an der Verandatür und hatte schon wieder die Jünglinge von vor einer Stunde an der Backe. Vogt saß mit ein paar gleichaltrigen Kapazundern am Honoratiorentisch im Festsaal. Zwei Tische neben ihm zankte sich Sorge nicht gerade dezent mit seiner Frau, einer attraktiven Blondine um die dreißig.

Nur Nilson blieb nach wie vor verschwunden. Er schien sich in Luft aufgelöst zu haben. Jacobi winkte Kotek verstohlen zu und ging ins Vestibül. Eine Minute später kam sie nach.

»Wo warst du vorhin?«, fragte er ungnädig. Mit energischem Kopfschütteln verscheuchte er Conte, der neugierig näher gekommen war. »Und warum konntest du am Walkie nicht reden?«

»Nilson hat mich in ein Separee im ersten Stock geschleppt. Aber statt meiner Dessous hat er nur die Hundemarke zu sehen bekommen.« Sie grinste.

»Wie beruhigend. Und? Wie hat er sich verhalten?«

»Hat gelogen, als ich ihn fragte, ob er bereits über die Sökos informiert worden sei. Ich hatte ja davor schon bei Vogt rückgefragt. Aber sonst halte ich Nilson für eher unverdächtig. Seine Favoriten sind Vogt, Phryne und – man höre und staune! – auch der alte Rottenstein. Sorge kommt für ihn dagegen als Sökos-Chef nicht in Frage.«

»Wann habt ihr das Separee verlassen?«

»Ich bin vor ihm gegangen. Vor etwa einer Viertelstunde.«

»Und wo ist er jetzt?«

»Frag mich was Leichteres. Aber willst du gar nicht wissen, warum ich ihn für unverdächtig halte?«

»Weil er dich angemacht hat? Das Verhalten könnte auch in die Kategorie ›Tarnen und Täuschen‹ fallen.«

»Quatsch, er war geil wie ein Zuchtrammler. Das vorzuspielen, das gelingt vielleicht einer Frau, aber nie und nimmer einem Mann.«

»So nahe war er dir schon?«

»Oskar! Um das festzustellen, genügen meine Augen. Er war drauf und dran, es mir zu besorgen, aber genau das hätte der Alpha-Wolf an einem Weltuntergangstag wie heute unmöglich gebracht.«

Jacobi schüttelte den Kopf. »Das ist nicht gesagt. Potenz ist nicht zufällig ein Synonym für Macht. Der Sökos-Führer muss ein Irrer sein. Und ein starkes Überlegenheitsgefühl anderen gegenüber ist oft symptomatisch für eine multiple Persönlichkeit. Es kann auch dann dominant bleiben, wenn sich der Betreffende bedrängt fühlt.«

Kotek grinste breit. »Und Nilson konnte einen Ständer wie ein Nussknacker haben, obwohl oder gerade weil er der Sökos-Chef ist?«

Irritiert durch ihren Unernst zuckte Jacobi mit den Achseln. »Anstatt rumzuflachsen, sollten wir lieber nach ihm suchen.«

Im Separee war er nicht. Auch nicht in dem daneben. Jacobi und Kotek durchkämmten sämtliche in Frage kommenden Räumlichkeiten. Auf einer Toilette in den oberen Stockwerken fanden sie immerhin seine Frau im Clinch mit einem Jüngling, Nilson selbst aber blieb verschwunden. Jacobi nahm Funkverbindung mit Redl auf.

»Haben deine Leute in der letzten halben Stunde Nilson irgendwo rauskommen sehen?«

»Nein. Das wäre mir gemeldet worden. Es ist jetzt zwei Uhr durch. Abgesehen vom Ehepaar Basidius und Pater Behrens ist keine der Zielpersonen in der letzten halben Stunde nach Hause gefahren.«

»Hinter dem Personal-Office im ersten Stock gibt es eine Loggia. Von dort führt ein Notausstieg, eine Stahltreppe, in die Haydngasse hinunter. Hat man –«

»Werd ich sofort überprüfen, Chef«, sagte Redl knapp. Einen Moment später meldete er sich zurück. »Vor zwanzig Minuten haben tatsächlich fünf Personen das Gebäude über die Stahltreppe verlassen. Zwei Männer und drei Hostessen. Hatten schon mächtig Schlagseite und sind in ein Taxi gestiegen. Der jüngere Mann war meinen Leuten unbekannt, von daher haben sie keine Veranlassung für eine Meldung gesehen. Das Gesicht des anderen war nicht zu erkennen. Er hielt es ständig im Ausschnitt einer Hostess vergraben, bis er im Fond des Taxis saß.«

»Das war Nilson. Jede Wette!« Jacobi war *not amused.* »Schick einen Wagen zu seinem Bungalow in Glanegg. Er hat sich zur Verfügung zu halten und darf die Stadt nicht verlassen.«

»Glaubst du denn, man wird ihn dort noch antreffen?«, fragte Kotek.

»Hast du vielleicht einen besseren Vorschlag?«

Fünf Minuten später wurden sie an der Poolbar Zeugen des unrühmlichen Abgangs Rottensteins. Zwei Hostessen schleppten ihn unter Aufbietung aller Kräfte Schritt für Schritt durch den Garten zum Hinterausgang. Rottenstein war so besoffen, dass ihn seine Beine kaum noch trugen. In diesem Zustand hätte man ihn unmöglich durch den Festsaal zum Vorderausgang bugsieren können. Vor dem eisernen Gartentor wartete bereits ein Taxi.

Phryne und Leo Piritz hatten sich die Szene erspart. Als sie abzusehen gewesen war, waren sie in den Festsaal zurückgegangen und hatten sich zu Vogt an den Honoratiorentisch gesetzt. Sorge, der eben noch mit seiner Gudrun gestritten hatte, gesellte sich zu ihnen. Seine Frau war auf die Veranda geflüchtet, wo Freundinnen sie zu sich an den Tisch gebeten hatten. Während sie sich mit ihnen unterhielt, blickte sie immer wieder zur Poolbar. Schließlich fiel Kotek der Blickkontakt auf, und sie stieß Jacobi an.

»Sag einmal – die schaut doch ständig zu dir her! Für meinen Geschmack hast du in letzter Zeit ein bisschen zu viel Glück bei Frauen. Das gamsige Luder scheint es darauf abgesehen zu haben, dich in ein Separee abzuschleppen.«

Doch Jacobis männliche Eitelkeit hielt sich in Grenzen beziehungsweise ging nicht so weit, dass sie seinen Jagdinstinkt überlagerte. »Die will nicht mit mir ins Bett. Die will mir etwas sagen, traut sich aber nicht. Deshalb auch diese unsicheren Blicke.«

»Unsicheren Blicke?« Kotek lachte verhalten. »Ich würd mal sagen, die weiß sehr genau, was sie will. Gudrun Sorge ist kein scheues Reh, sondern eine Tigerin, die sich holt, was sie braucht.«

Jacobi grinste. »Und da sage noch einer, Machismo sei eine ausschließlich männliche Eigenschaft.«

»Von wegen Machismo«, raunte sie. »Schau doch! Habe ich vielleicht nicht recht?«

Gudrun Sorge war aufgestanden und kam tatsächlich auf ihn zu.

Doch in diesem Augenblick stürzte Schremmer aus dem Festsaal auf die Veranda. »Jacobi! Jacobi! Ich benötige Polizeischutz! Jetzt, sofort!«

Der Hauptmann hätte ihn erwürgen können. Gudrun Sorge änderte ihre Richtung nur unwesentlich, um so zu tun, als hätte sie die Toiletten neben den Umkleidekabinen angesteuert. Jacobi und Kotek nahmen den aufgebrachten Journalisten in die Mitte und dirigierten ihn in den Garten hinunter.

»Sie stehen bereits unter Polizeischutz, Kurt, schon vergessen?«, schnauzte Kotek ihn an. »Was ist denn so Schreckliches passiert?«

»Der Schlüssel vom Bankschließfach ist weg. Die Kanaille muss ihn mir geklaut haben.«

»Welche Kanaille?«, fragte Jacobi.

»Die Hostess, die Herrn Schremmer beim Umkleiden behilflich war«, half ihm Melanie auf die Sprünge. An Jacobis Schläfe begann eine Ader zu pochen.

»Und warum merken Sie das erst jetzt, Sie Blitzgneißer?«

Schremmer zuckte mit den Schultern. »Ehe ich die Kabine verließ, habe ich überprüft, ob noch alles an seinem Platz ist. Die Brieftasche mit dem Schlüssel darin war da. Aber als ich ihn vorhin Ruth Maybaum zeigen wollte, war er weg – verschwunden!«

Koteks Lippen kräuselten sich verächtlich. »In einer engen Kabine ist es für eine Taschendiebin ein Leichtes, Ihnen die Brieftasche im letzten Moment abzunehmen und sie wieder an ihren Platz zurückzustecken. Ich nehme an, die Dame war Ihnen nicht nur beim Umkleiden behilflich?«

Schremmer blieb die Antwort schuldig, er wollte nicht als kompletter Idiot dastehen.

»Was ist in dem Schließfach?«, fragte Jacobi.

»Sie meinen wohl: Was *war* in dem Schließfach«, verbesserte ihn Schremmer bitter.

Jacobi schüttelte den Kopf. »Übers Wochenende kommt da doch eh niemand ran.«

Schremmer richtete den Blick verzweifelt gen Himmel. »Mann, wo leben Sie eigentlich, Jacobi? Rottenstein, Phryne, Sorge, Nilson oder Vogt kommen zu jeder Tages- und Nachtzeit an ein Schließfach, zu dem sie den Schlüssel haben. Ein Anruf genügt, und der Bankdirektor wieselt nötigenfalls im Pyjama herbei. Ich wette mit Ihnen: Die Diskette befindet sich in diesem Moment nicht mehr im Schließfach.«

Kotek griff zum Funksprechgerät. »Hans? Check doch bitte, welche Bankangestellten der Sparkasse Alter Markt nach Mitternacht im Schließfach-Tresorraum waren – und mit welchem Kunden.«

»Also, Schremmer, was ist auf der Diskette gespeichert, das Sie uns bisher vorenthalten haben?«, fragte Jacobi. Er musste seinen Zorn nicht vortäuschen. Präpotente Schnösel wie Schremmer waren ihm zutiefst zuwider. »Und wenn Sie noch ein einziges Mal versuchen, uns zu verarschen, dann ziehe ich den Personenschutz ab, das garantiere ich Ihnen.«

»Ich habe doch gar keinen Grund, Sie zu verarschen«, beteuerte Schremmer. »Ganz im Gegenteil! Ich bereue jetzt, dass ich Ihnen nicht von Anfang an alles gesagt habe. Hab leider schon seit der Pubertät ein gestörtes Verhältnis zur Polizei.« Er räusperte sich. »Also, auf der Diskette befinden sich Hinweise auf die AIC, die in Ihrem Dossier fehlen. Mehr nicht, ich schwör's! Sollten Sie den Kopf der Sökos aus mir rausprügeln wollen, müssen Sie mich totschlagen. Ich kenne den Alpha-Wolf nicht.«

»Aber Sie haben einen Verdacht. Wer ist es Ihrer Meinung nach?«

»Bisher war Sorge mein Favorit, aber jetzt bin ich mir nicht mehr so sicher.«

Jacobis Funksprechgerät piepste. »Was gibt's, Lenz?«

»Ruth Maybaum und Paul Basidius verlassen grad in großer Eile das Palais. Maybaum hat einen Anruf erhalten, in ihre Wohnung sei eingebrochen worden. Und Vogt will auch nach Hause. Er ist unten in der Parkgarage. Geht eben zu seinem Mercedes G.«

»Danke. Was Neues von Nilson?«

»Nein, in seinem Bungalow haben wir ihn jedenfalls nicht angetroffen.«

»Versuchen Sie's lieber gleich in seinem Bootshaus in Schörfling«, sagte Schremmer, der die Frage nach Nilson mitbekommen hatte. »Dorthin flüchtet er, wenn er nicht erreicht werden will.«

»Hast du's gehört, Lenz?«, fragte Jacobi.

»Hab ich, Chef. Schicke sofort jemanden zum Attersee.« Die Funkverbindung brach ab.

»Okay, Schremmer. Da wir nun schon einmal so schön plaudern, erzählen Sie mir doch, wie sich die Grabowsky-Geschichte wirklich abgespielt hat.«

»So, wie Jutta Dietrich sie Ihnen erzählt hat.«

»Sie hat Ihnen also mitgeteilt, dass ich bei ihr im Jagdhaus war?«

»Mit großer Genugtuung. Sie sagte, es sei ihr scheißegal, wer die Sökos zur Strecke brächte. Hauptsache, sie könne so bald wie möglich wieder ein normales Leben führen. Ein Leben unter Menschen und ohne Pistole unterm Kopfkissen.«

»Sie haben ihr angeblich geraten, Grabowsky darüber aufzuklären, dass er unauffällig entsorgt werden sollte. Stimmt das?«

»Ja. Außerdem habe ich sie gebeten, ihn über die Sökos-Führung auszuhorchen, was ihr leider nicht gelungen ist. Lediglich den kryptischen Hinweis auf die Sekte des Totengottes ließ er sich entlocken.«

»Was beweist, dass er als Söko der ersten Stunde wusste oder zumindest ahnte, wo der Alpha-Kader zu suchen war«, insistierte Jacobi. »Eine Info, die Sie freilich nicht mehr benötigten, hatten Sie doch längst den entscheidenden Hinweis von Paul Basidius erhalten. Ruth Maybaum führte Sie daraufhin im ›Paris-Lodron-Club‹ ein. Apropos Ruth Maybaum: Warum, glauben Sie, hat man bei ihr eingebrochen?«

»Aus demselben Grund, weshalb man vorgestern auch bei mir eingebrochen hat, während ich mit ihr im ›Österreichischen Hof‹ soupiert habe. Frau Kotek und Leo Piritz waren ja auch dort.« Er wies mit dem Kinn auf Jacobis Kollegin. »Die Sökos-Führung hat den Schlüssel suchen lassen. Bei mir zu Hause, bei meinen Freunden, und schließlich sind sie mir buchstäblich auf den Leib gerückt. Diese Hostess – sie hätte mich sicher umgebracht, wenn ich sie beim Klauen erwischt hätte. Ich glaub, mir wird übel. Ich muss etwas trinken.«

Als sie zurück zur Gartenbar gingen, nahm Gudrun Sorge eben wieder bei ihren Freundinnen Platz. Schremmer bestellte für Kotek einen Longdrink und für Jacobi und sich je ein Pils.

»Haben Sie vor, noch länger zu bleiben?«, fragte ihn Jacobi und beobachtete dabei Sorge, der seiner angeheiterten Frau nachgegangen war. Sein Versuch, sie zur Heimfahrt zu bewegen, schien vorerst zu scheitern.

»Nein. Ich möchte nach Hause. Die Lust am Feiern ist mir vergangen«, antwortete Schremmer.

»Okay. Sie werden das Palais durch den Haupteingang verlassen. Es wäre zu gefährlich, die Seitenausgänge zu benutzen. Zwei MEK-Männer gehen vor Ihnen her und geben Ihnen Deckung. Draußen wenden Sie sich sofort nach links und bleiben neben dem Portal hinter der ersten Säule des Arkadengangs stehen. Warten Sie, bis die Scheinwerfer aufflammen, die auf die gegenüberliegenden Häuser gerichtet sind. Anschließend rennen Sie mit den Bodyguards zur Treppe am Ende des Arkadengangs. Am Fuß der Treppe wird Ihr Flitzer mit laufendem Motor auf Sie warten.«

Schremmer sah ihn zweifelnd an. »Sie halten die Gefahr für so groß?«

Jacobi zuckte mit den Achseln. »Wie groß sie tatsächlich war, weiß man immer erst hinterher. Geben Sie mir jetzt bitte die Autoschlüssel. Unser Bombenspezialist wird die Viper überprüfen, wir können uns mit dem Bier also noch Zeit lassen.«

Sein Funksprechgerät machte sich wieder bemerkbar. Weider war dran. »Die Bankdirektion ist schon gestern Abend informiert worden, dass die Journalistin Ruth Maybaum das Päckchen heute Nacht aus dem Schließfach holen würde. Es waren zwei Bankbeamte und ein Wachmann anwesend, als sie vor einer guten halben Stunde auftauchte. Sie wies sich aus, hatte den Schlüssel und gab allen ein fürstliches Trinkgeld. Das war's.«

»Jetzt wissen wir wenigstens, dass die Einbrecher in Maybaums Wohnung auch Ausweispapiere gefunden haben.«

Zwei von Redls Leuten flankierten Schremmer als lebende Schutzschilde. Sie sollten ihn bis zu seinem Haus in der Pauernfeindstraße begleiten und dort bis auf Abruf Quartier beziehen.

Nachdem Viper und Dienstwagen losgefahren waren, untersuchte Redl persönlich die Mauern im Arkadengang. Er hatte bemerkt, was Schremmer verborgen geblieben war.

Zwei Einschüsse hatten faustgroße Löcher in den Verputz gerissen. Die Suche nach dem Heckenschützen verlief negativ. Zwar ließ sich feststellen, aus welchem Fenster im gegenüberliegenden Haus geschossen worden war und welchen Fluchtweg der Schütze genommen hatte, doch auf der Straße verlor sich seine Spur.

Um drei Uhr morgens bequemte sich Gudrun Sorge endlich, ihren ungeliebten Gatten nach Hause zu begleiten. Als Minuten später auch Phryne Rottenstein und Leo Piritz das Palais verließen, war das AIC-Event für die SOKO gelaufen.

ELF

Ein Telefon kann zum Ungeheuer werden, wenn man nur drei Stunden geschlafen hat. Jacobi wälzte sich um die eigene Achse, kroch über eine unwirsch quengelnde Melanie und tastete nach der Lärmquelle auf dem Nachttisch. Während er den Anruf annahm, linste er auf das Display des Radioweckers.

»Drei viertel acht!«, raunzte er in den Hörer. »Seid ihr wahnsinnig, mich jetzt anzurufen? Ich hab mich grad erst hingelegt, und heute ist Sonntag. Wisst ihr eigentlich, wie viele Stunden ich in den letzten Tagen geschlafen habe?«

»Rottenstein ist tot. Erschossen.« Weider war am Apparat. »Dem Anschein nach Selbstmord. Seine Haushälterin hat ihn vor zwei Stunden in seinem Arbeitszimmer gefunden und uns über Notruf benachrichtigt. Sie und die Kollegen vom Journaldienst wurden sofort zu absoluter Diskretion vergattert. Die Medien wissen bis jetzt noch nichts.«

Jacobi war hellwach. »Gibt's schon eine Spur von Nilson?«

»Nein, in seinem Bootshaus am Attersee war er auch nicht.«

»Dann gebt ihn in die Fahndung. Und die Spusi soll sowohl in Nilsons Bungalow als auch im Bootshaus noch einmal alles auf den Kopf stellen, bis sie etwas Brauchbares findet. Von wo aus rufst du an?«

»Vom Tatort. Ich bin in der Rottenstein'schen Villa in Aigen. Die Spusi ist mit ihrer Arbeit bald fertig, die Leiche ist schon auf dem Weg in die Gerichtsmedizin, und ich fahr jetzt ins Büro.«

»Da wird deine Inge aber wieder stänkern. Was bist du nur für ein Streber.«

»Sei froh, dass ich dich bis jetzt hab schlafen lassen und hör auf zu nörgeln! Schau lieber, dass du in Schwung kommst! Melanie hab ich nicht erreicht, aber ich nehme an, du weißt, wo sie ist. Ach ja, und noch was: Wir haben bei der Leiche eine Diskette gefunden.«

***

Dank des mäßigen Verkehrs am Sonntagmorgen waren Kotek und Jacobi schon um halb neun im Präsidium. Auch der Kollegin saß die Müdigkeit in den Augen, aber im Gegensatz zu Jacobi ließ sie ihr Schlafzimmerblick unheimlich sexy wirken, und sie war trotz morgendlicher Eile wie aus dem Ei gepellt. Letzteres konnte man von Jacobi nun wirklich nicht behaupten.

»Du hast aber auch schon besser ausgesehen, Oskar«, entfuhr es Weider bei seinem Anblick.

»Tante Jolesch sagt: ›Alles, was ein Mann schöner ist als ein Aff', ist ein Luxus‹«, versuchte Jacobi seine mangelhafte Morgentoilette zu entschuldigen.

Weider rümpfte die Nase. »Keine Angst, von dieser Art Luxus bist du meilenweit entfernt.«

»Bei Schremmer alles in Ordnung?«, beendete Jacobi abrupt das Geplänkel.

»Keine besonderen Vorkommnisse. Redls Leute stehen in Funkkontakt mit uns. Und aus Ruth Maybaums Wohnung sind vergangene Nacht tatsächlich Ausweispapiere gestohlen worden.«

»Okay. Und wie hat sich das mit Rottenstein abgespielt?«

»Der Taxifahrer hat ihn um zwei Uhr fünfundvierzig nach Hause gebracht. Er ist der Letzte, der ihn lebend gesehen hat. Phryne hat bei Leo Piritz übernachtet. Als wir sie benachrichtigt haben, hat sie den Tod ihres Vaters ziemlich gefasst aufgenommen. Die Haushälterin steht dagegen noch immer unter Schock. Heute Morgen um fünf Uhr fünfundvierzig musste sie wegen ihrer schwachen Blase raus und sah dabei im Parterre Licht. Sie fand Rottenstein in seinem Arbeitszimmer. Die Leiche saß vornübergebeugt am Schreibtisch. Angesetzter Schuss durch die rechte Schläfe.«

»Schmauchspuren?«

»Ja, auch an der Schusshand. Pernauer sagt, der Tod muss sofort eingetreten sein. Todeszeitpunkt ist drei Uhr dreißig, plus/minus eine halbe Stunde. Die Totenflecken waren kurz nach sechs bereits stark ausgeprägt. Am Zeigefinger der herabhängenden rechten Hand hing die Tatwaffe, eine alte Walther PPK. Sie ist auf Rottenstein zugelassen. Einige Zentimeter vom Kopf entfernt stand eine halb volle Flasche Whisky, daneben ein leeres Glas. Darunter war ein Zettel mit handgeschriebenem Text geklemmt.

Wortlaut: ›Einmal muss es zu Ende sein!‹ Die Nachricht ist nicht signiert, das grafologische Gutachten bekommen wir morgen Nachmittag.«

»Gibt's denn Anzeichen dafür, dass Rottenstein sich nicht selbst erschossen hat? Oder dass der Tatort nicht identisch ist mit dem Auffindungsort?«

»Nein, die Spurensicherung hat den Auffindungsort als Tatort bestätigt. Bisher konnte keine Fremdeinwirkung nachgewiesen werden, aber die endgültige Analyse steht noch aus.«

»Du hast eine Diskette erwähnt. Wo habt ihr sie gefunden?«

»Sie steckte in der linken Innentasche seiner Smokingjacke. War durch einen Code gesichert.«

»War? Habt ihr den Code geknackt?«

»In fünf Minuten. War nicht rasend schwierig. Aber du wirst es nicht glauben: Die Diskette enthält alles Wissenswerte über die Sökos.«

»Alles?«

»Alles, bis auf die Namen der Führungskader. Dafür aber Organisation, Logistik, Mitglieder- und Opferkataster, sogar eine Täter-Opfer-Zuordnung mit allen relevanten Daten und schließlich auch noch ein umfangreiches Kontenverzeichnis. Und jetzt halt dich bitte irgendwo fest. Wenn das alles stimmt, dann haben die Sökos in den letzten fünf Jahren insgesamt –« Weider trat an Jacobi heran und flüsterte ihm die Anzahl der Ermordeten ins Ohr.

Jacobi fröstelte. »Ich glaub, mir wird schlecht. Gebt mir was zu trinken!«

Auch Melanie Kotek, die die Zahl mitbekommen hatte, war blass geworden. Sie ging zu Jacobis Aktenschrank, griff zur Cognacflasche und nahm einen undamenhaft großen Schluck.

»Und wie viele … wie viele Sökos waren an den Morden beteiligt?«, fragte sie heiser, während sie die Flasche an Jacobi weiterreichte.

»Der Mitgliederkataster weist vier Beta-Sökos und an die vierzig Gamma-Leute aus.«

»Ich nehme an, das Codewort war nicht Sökos, oder?«, fragte Jacobi.

Weider lächelte. »Nein, so plump ist der Adressant nicht vorgegangen. Andrerseits wollte er unsre Intelligenz auch nicht allzu sehr strapazieren. Er hat einen wichtigen Begriff aus Rottensteins Leben gewählt.«

»Etwa Whisky?«

»Das nicht gerade, aber damit liegst du gar nicht so weit daneben. Wie wir wissen, hat Rottenstein den Tod seiner Gattin nicht verkraftet und anschließend zu saufen begonnen. In dieser psychischen Ausnahmesituation hat er die AIC an den Rand des Ruins gebracht. Dass der Code ›Livia‹ lautete, hat uns also nicht besonders überrascht.«

»Oskar, da bietet uns jemand die Sökos auf dem Präsentierteller an«, ereiferte sich Kotek. »Das ist doch ziemlich seltsam. Wahrscheinlich will man uns beschäftigen, unsre Kräfte binden und so Zeit gewinnen, um sich abzusetzen.«

»Wir kommen gleich auf den Code zurück, Hans«, sagte Jacobi, die Hände beschwichtigend in Richtung Kotek erhoben. »Aber zunächst gehen Kopien der Diskette an die Staatsanwaltschaft, an die Stapo- und an die EDOK-Direktion. Die Anzahl der Opfer wird dabei codiert.«

»Hat Kandutsch alles bereits veranlasst, Oskar. Auch Namen und Daten aller auf der Diskette angeführten Sökos-Mitglieder sind schon unter meldungspflichtigem Zugriffscode ins EKIS eingegeben. Kandutsch hat Order zum Losschlagen erteilt. Spricht übrigens nur in den höchsten Tönen von dir. Du sollst dann auch zu ihm kommen. Da staunst du, was? Sogar er ist am Sonntagmorgen im Büro. Und die AIC-Prüfung und die Haussuchungen werden auf heute vorgezogen. Gefahr ist im Verzug.«

Weider ratterte die Sätze wie ein Auktionator herunter. »In diesem Moment läuft die größte konzertierte Aktion in Österreich und Bayern seit den Tagen der OPEC-Morde an. Höchste Geheimhaltungsstufe. Nur den mit dem Fall befassten Dienststellen in Deutschland und Österreich ist das Kürzel Sökos bekannt. Die Kollegen vor Ort wissen lediglich, dass sie es mit einer Killerorganisation zu tun haben.«

»Geheimhaltung ist relativ, wie du selbst am besten weißt«, warf Jacobi boshaft ein. »Ruft Conte an und verkauft ihm die Exklusivinfo, Rottenstein stünde als Kopf der Seniorenkiller keineswegs fest. Aber damit wären wir wieder bei der Kernfrage:

Hans, warum zweifelst du an, dass Rottenstein der Alpha-Wolf ist?«

»Melanie hat mir erzählt, wie besoffen er gestern war. Würde sich der Sökos-Führer wirklich an jenem Abend die Kante geben, an dem er einvernommen werden soll?«

»Vielleicht aus Nervosität? Oder weil er hoffte, dann nicht verhört zu werden?«, warf Kotek nicht gerade überzeugt ein. Weider schüttelte den Kopf.

»Der Alpha-Wolf ist nicht nervenschwach, Melanie, ansonsten wäre er nicht der Alpha-Wolf.« Ein Argument, das schwer zu entkräften war.

Jacobi nickte. »Ich glaube, Rottenstein können wir guten Gewissens von der Kandidatenliste streichen. Er ist zu neunundneunzig Prozent ein vorgeschobenes Opfer. Aber der Code interessiert mich. Könnt ihr zweierlei feststellen? Erstens: Wurde er vor Kurzem geändert? Und zweitens: Welcher war vorher eingegeben?«

»Ich werd's versuchen«, sagte Weider sofort. »Aber versprechen kann ich nichts. Kann außerdem dauern.« Er würde diesen Job keinem anderen überlassen, das war jedem klar.

»Ich hoffe, du schaffst es trotzdem«, kürzte Jacobi die Diskussion ab. »Noch was, eh ich's vergess: Ruf doch Jutta Dietrich von meinem Apparat aus an. Sie soll zur Sicherheit noch zwei, drei Tage auf der Bockkaralm bleiben. Sag ihr, dass sie ihren Zwangsaufenthalt da oben trotzdem von nun an etwas entspannter genießen kann. Die Sökos werden in nächster Zeit vollauf damit beschäftigt sein, ihre eigene Haut zu retten.«

Melanie Kotek runzelte ärgerlich die Stirn. »Das Wohlbefinden der *coolen Marlene* liegt dir wohl sehr am Herzen, was?«, sagte sie spitz.

***

Kandutsch bot Jacobi sofort einen Platz an, seit jeher hatte ihn seine Umgänglichkeit von Waschhüttl unterschieden. Letzterer ließ Untergebene grundsätzlich vor dem Schreibtisch stehend rapportieren.

»Kaffee oder was anderes?«

»Kaffee wär schon recht, ich hab noch nicht gefrühstückt.«

»Ah? Ich ausnahmsweise auch noch nicht.« Er drückte einen Knopf der Telefonanlage.

»Gehn S', Fini, bringen S' uns bitte zwei Frühstück rauf.« Er ließ die Taste los. »Hab die Fini heute zu einer Sonntagsschicht in der Kantine vergattert«, erklärte er. »Die Kollegen kommen ja kaum von den Telefonen und PCs weg. Aber nun zum Fall. Auch wenn's pietätlos klingt: Rottensteins Selbstmord oder vorgetäuschter Selbstmord macht vieles für uns einfacher, enthebt uns auch mancher Rücksichtnahme. Weider hat mich vor einer Stunde auf den jüngsten Stand gebracht. Die ›Aktion Schakal‹, die Zerschlagung und Ausräucherung der Sökos-Nester, ist länderübergreifend angelaufen, und auch die Finanzprüfer sind in Marsch gesetzt. Wenn Sie diesbezüglich Wünsche haben, Jacobi, dann sagen Sie es nur.«

Der Hauptmann schüttelte den Kopf. »Das überlasse ich lieber den Fachleuten. Für mich sind Bilanzen spanische Dörfer. Ich weiß nur, was Weider mir gesagt hat: Grob überschlagen haben die Sökos der AIC Auszahlungen in der Größenordnung von annähernd einer Milliarde Schilling erspart. Was die Sökos ihren Opfern in Eigenregie abgenommen haben, ist in dieser Schätzung natürlich nicht berücksichtigt. Jetzt muss der geheime Fond gefunden werden, über den die Zahlungen an imaginäre AIC-Kunden geleistet wurden. Dann haben wir die Ausgleichs- und Vergütungskasse der Sökos. Aber die Fahnder werden sie früher oder später schon ausgraben.«

»Wenn man sich vor Augen hält, wie viel Blut an diesem Geld klebt, dann packt einen schier das Grauen«, sagte Kandutsch ehrlich erschüttert. Jacobi nickte.

»Dabei sind diese neunhundertfünfzig Millionen nur ein Tropfen auf dem heißen Stein. Decken vermutlich mit Müh und Not die Kreditzinsen der AIC für die letzten fünf Jahre. Die Firma hat in diesem Zeitraum tiefrote Zahlen geschrieben, ist zum schwarzen Schaf in einem sonst leidlich gesunden Konzern geworden.«

»Apropos schwarzes Schaf«, knüpfte Kandutsch an. »Der Minister hat mich gestern Abend angrufn. Eine mordsmäßige Sauerei, die sich Waschhüttl da geleistet hat! Wollte irgendeinem Sektionschef einen Gefallen tun, als er Sie beurlaubt hat. Na, damit ist er ganz schön auf die Nasn gfalln. Ab morgen ist er selbst beurlaubt – auf eigenen Wunsch natürlich. Und danach darf er sich mit jenen Peanuts befassen, die er Ihnen so dringend ans Herz gelegt hat.«

»Herr Hofrat, es wäre sehr wichtig, zu wissen, welcher Sektionschef da interveniert hat – und warum«, hakte Jacobi sofort nach.

Kandutsch runzelte die Stirn. Das an Waschhüttl statuierte Exempel war ihm in die Knochen gefahren, da die Beamtensolidarität hier an ihre Grenzen gestoßen war.

»Bin mir nicht sicher, aber ich glaube, es war von Sektionschef Dr. Kleiber die Rede.«

»Und wer den Anstoß zur Intervention gab, ist nicht bekannt? Vergessen Sie nicht, es können weitere Menschenleben von dieser Information abhängen.«

»Am besten, Sie kontaktieren ihn selbst. Und nur damit Sie Bescheid wissen: Die Stapo hat ihn bereits erfolglos einvernommen. Einen Sektionschef knackt man eben nicht wie eine Walnuss – nicht einmal über die Medien. Morgen wird man uns ohnehin die Tür einrennen, Geheimhaltung hin oder her. Die Pressekonferenz ist für zehn Uhr angesetzt. Ich hoffe, Sie lassen mich da nicht im Stich.«

***

Nach dem Frühstück bei Kandutsch kehrte Jacobi in die Zentrale zurück, in der es zuging wie in einem Bienenkorb. Man hatte sogar Räume anderer Referate für die SOKO akquiriert. Der Informationsfluss war kaum zu bewältigen, aber Weider war ganz in seinem Element und lief zur persönlichen Höchstform auf.

Aus fast allen Bundesländern und dem Freistaat Bayern wurden mittlerweile Verhaftungen gemeldet. Allein in Salzburg Stadt hatte man vierzehn Personen festgenommen, darunter auch Silvia Moospitzner und Harald Klausen, die Kumpane Grabowskys, und Rolf Flotzinger, Gerd Bichler und Otti Sams, die am Posten Maxglan darauf warteten, von Sarah Feldbach und Bernd Vogt identifiziert zu werden. Alle vierzehn Personen hatten ihre Blutgruppe unter der linken Achsel tätowiert.

Potocnik, der noch vor Kurzem die Interessen Grabowskys und Konsorten wahrgenommen hatte, wollte von einem Mandat jetzt nichts mehr wissen. In seiner Laufbahn hatte er schon eine Menge unappetitlicher Klienten verteidigt: Kinderschänder, Lustmörder, Schlepper und Dealer, doch als Advokat von Seniorenkillern Publicity zu schinden, davon nahm er im Moment Abstand. Da sich kein renommierter Anwalt um die Vertretung dieser Irren riss, würden die meisten von ihnen Pflichtverteidiger zugewiesen bekommen.

»Weil du Grabowsky gerade erwähnst«, knüpfte Jacobi an Weiders Bericht an. »Seid ihr da weitergekommen?«

Weider grinste. »Ja, ja, wenn du uns nicht hättest, da würdest du ganz schön dreinschauen, und das wiederum wäre ein ästhetisches Paradoxon. Leo und Max haben seit Donnerstag alle Häfenbrüder verhört, die zum Zeitpunkt von Grabowskys Ermordung auf der Krankenstation der VZA waren.«

Feuersang und Haberstroh, die Verhörspezialisten des Sechserpacks, hatten eine Nase dafür, ob ein Häftling etwas wusste oder nicht.

»Aus fünfunddreißig Leuten haben sie fünf Typen ausgesiebt und seit gestern pausenlos verhört. Zwischendurch haben Klugscheiß und Stubi übernommen. Als du grad bei Kandutsch warst, ist einer der Knastis zusammengebrochen und hat den entscheidenden Tipp gegeben. Grabowskys Mörder ist ein Junkie namens Walter Pottasch. Sitzt wegen Beschaffungsraubmord ein.«

»Leo und Max schlafen jetzt erst mal eine Runde«, klinkte Kotek sich ein. »Aber abends nehmen sie ihn sich vor. Ohne Stoff hält Pottasch die Nacht nicht durch, morgen hast du das Geständnis.«

»Aber wahrscheinlich nicht den Namen des Auftraggebers«, seufzte Jacobi. »Jede Wette, das Geschäft ist anonym und über Vorauszahlung abgewickelt worden.«

Kotek schüttelte ärgerlich den Kopf. »Alte Unke, wart doch erst einmal ab!«

»Hast du mir eigentlich die Inskriptionslisten jener Uni-Seminare besorgt, die Grabowsky angeblich belegt hat?«, wechselte er das Thema.

»Sie liegen ausgedruckt auf deinem Schreibtisch. Eine öde Lektüre. Immerhin war Grabowsky tatsächlich zweimal als Gasthörer eingeschrieben. Sein Studium nach der Abendmatura hat er allerdings nicht beendet.«

Jacobi zog sich in sein Büro zurück, klemmte die Inskriptionslisten in einen Schnellhefter und legte sie sich als Bettlektüre beiseite. Dann rief er im Innenministerium an. Wie zu erwarten gewesen war, hatte der Herr Sektionschef keine Zeit. Erst als der Beamte aus der Provinz deutlicher wurde und mit den Medien drohte, stellte die Sekretärin das Gespräch durch.

»Sagen Sie, was bilden Sie sich eigentlich ein?«, räsonierte Dr. Jason Kleiber sofort, noch ehe Jacobi seinen Namen nennen konnte. »Ich hab den Kollegen von der Stapo schon gesagt, dass ich nirgendwo interveniert hab, und sofort tanzt der nächste Gschaftlhuber an und reibt mir denselben Quargel unter die Nase.«

»Herr Sektionschef«, sagte Jacobi scharf, »hier geht es nicht um ein Kavaliersdelikt, und das wissen Sie genau. Waschhüttl hat zugegeben, dass Sie sich an ihn gewandt haben.«

»Wer, zum Teufel, ist Waschhüttl?«, fragte Kleiber.

»Oberst Waschhüttl ist jener Beamte, der mich aufgrund Ihrer Intervention beurlaubt hat – und zwar in einer sehr heiklen Phase der Ermittlungen.«

»Welche Intervention? Welche Ermittlungen? Wovon reden Sie überhaupt?«

»Herr Sektionschef, Waschhüttl hat sich vor dem Minister persönlich verantworten müssen und dabei Ihren Namen genannt.«

»Ach? Hat er das? Na, dann wird er seine Aussage ja beweisen können. Wurde das Gespräch zwischen ihm und mir denn aufgezeichnet?«

»Das entzieht sich meiner Kenntnis«, antwortete Jacobi wahrheitsgemäß, wusste aber, dass er die erste Runde verloren hatte. Selbst wenn der vorsichtige Waschhüttl das Gespräch tatsächlich aufgenommen hätte, würde er die Aufzeichnung in jedem Fall als Faustpfand bis zum Sankt Nimmerleinstag zurückhalten.

»So? Das entzieht sich also Ihrer Kenntnis«, sagte Kleiber honigsüß. »Wissen Sie was, Herr – äh …«

»Jacobi, Hauptmann Jacobi, LGK Salzburg, Referat 112.«

»Hauptmann Jacobi«, wiederholte Kleiber langsam, als würde er sich den Namen notieren. »In Zukunft wenden Sie sich doch bitte an meinen Anwalt, wenn Sie in dieser Angelegenheit aktiv werden wollen. Ich lasse Ihnen seine Anschrift faxen. Und was diesen … diesen …«

»Waschhüttl«, half Jacobi aus.

»Ja, was diesen Waschhüttl anlangt: Der scheint einen Sündenbock zu suchen. Das liegt doch auf der Hand. Er hat seine Kompetenzen überschritten und möchte sich nun elegant aus der Affäre ziehen. Weisungsgebunden! Kennt man ja. Ich wiederhole mich nur ungern, sage es aber doch noch einmal in aller Deutlichkeit: Ich habe nicht interveniert. Worum es bei dieser Intervention gegangen sein soll, habe ich erst von der Stapo erfahren. Hören Sie, ehe ich nicht eine gerichtliche Vorladung erhalten habe, werde ich mich zu dieser Sache nicht mehr äußern. Und sollte es tatsächlich dazu kommen, steht Aussage gegen Aussage. Haben wir uns verstanden?«

»Ich habe Sie verstanden, Herr Sektionschef. Aber die Optik, Herr Sektionschef! Die Optik!«

»Zerbrechen Sie sich nicht meinen Kopf, Jacobi. Sehen Sie, die Öffentlichkeit vergisst schnell, ich dagegen nicht. Und noch was: Minister kommen und gehen.«

»Aber Sektionschefs, die bleiben, ich weiß«, ergänzte Jacobi.

»Sie haben es erfasst«, sagte Kleiber bissig und legte auf.

Kandutsch hatte also recht behalten. Einen Sektionschef knackte man tatsächlich nicht so einfach wie eine Walnuss. Um Kleiber die Zunge zu lockern, brauchte es schon mehr als nur einen Schuss vor den Bug. Aber aufgeschoben war nicht aufgehoben.

***

Weider und Kotek traten gemeinsam ins Chefbüro. »Bereits sechsundzwanzig Verhaftungen im gesamten Bundesgebiet«, berichtete Weider. »Und zehn in Bayern. Innerhalb weniger Stunden! ›Aktion Schakal‹ ist ein voller Erfolg. Laut Diskette fehlen uns nur noch sechs Gamma- und zwei Beta-Leute, aber der Knüller kommt erst noch: Nilson scheint gestern Nacht insgesamt zehn

Millionen Dollar von Firmenkonten auf die Cayman Islands transferiert zu haben. Jedenfalls wurde der Überweisungsauftrag über einen akkreditierten Firmen-PC in seinem Bungalow an die Hausbank der AIC erteilt, und zwar unmittelbar bevor Redls Leute dort nach ihm gesucht hatten. Wer immer das noch durchgezogen hat, muss ein abgebrühter Hund sein.«

»Oder eine in Panik geratene Ratte, die das sinkende Schiff verlassen will«, hielt Kotek dagegen.

»Habt ihr das Empfängerkonto in Erfahrung bringen können?«, fragte Jacobi in einem Anflug von Naivität.

Weider zuckte mit den Schultern. »Es war ein Nummernkonto, Auskünfte dieser Art geben Banken nicht ohne richterliche Verfügung. Die auf den Cayman Islands schon gar nicht.« Das Telefon auf dem Schreibtisch läutete. Kotek hob ab.

»Landesgendarmeriekommando, Referat 112.« Sie reichte den Hörer an Jacobi weiter. »Für dich. Frau Sorge!«

Der Hauptmann drückte die Lautsprechertaste. »Jacobi hier. Was kann ich für Sie tun, Frau Sorge?«

»Ich muss Sie unbedingt sprechen, Jacobi. Ich ...«

»Wo brennt's denn? Nur raus damit!«

»Mein Mann kommt jeden Augenblick zurück. Können wir uns nicht heute Nachmittag ...«

Mitten im Satz verstummte sie. Jacobi hörte noch ihren Atem, dann einen dumpfen Laut. Sekunden später fuhr das Besetztzeichen jedem im Büro ins Gebein. Aufgelegt.

Jacobi riss seine Lederjacke von der Garderobe. »Ruft Redl an! Ein Kommando soll zu Sorges Villa in Morzg fahren, Montforter Weg 7, sofort!« Und weg war er.

Weider griff zum Telefon. Kotek zögerte unschlüssig. Sie hielt Jacobis Reaktion für überzogen, stürzte ihm schließlich aber doch hinterher, ohne ihn jedoch einzuholen.

Auf dem Präsidiumsparkplatz röhrte der Quattro auf. Fontänen von Rollsplitt pfiffen wie Schrapnells durch die Luft. Um ein Haar hätte Jacobi den Sportwagen gerammt, der vom Kreisverkehr Finanzamt kommend zum LGK einbog. Schremmer reagierte, stieß zurück, und der Quattro raste mit Sirenengeheul davon.

Kotek rannte um die lange Nase des roten Flitzers herum, riss die Beifahrertür auf, ließ sich in den Sitz fallen und herrschte den verdutzten Schremmer an: »Hinterher! So schnell Sie können!«

So etwas ließ sich der Macho nicht zweimal sagen. Schremmer wendete den Wagen mit Gas und Handbremse und fädelte sich wieder in den Kreisverkehr ein. An der Ausfahrt Hellbrunnerstraße brüllte der Zehn-Zylinder-Truckmotor auf, Kotek wurde von der Fliehkraft in den Ledersitz gepresst, und die Viper schoss wie von einem Riesenkatapult geschleudert davon.

»Was ist eigentlich bei euch los, Melanie? Ich habe Bruchstücke des Funkverkehrs meiner Bodyguards mitgehört. In eurer Zentrale geht's ja zu wie an der New Yorker Börse – und das an einem Sonntag!« Schremmer blickte in den Rückspiegel und grinste. Der Dienstwagen seiner Bodyguards hing weit zurück. Der Quattro vor ihm hielt hingegen den Abstand, blitzte hie und da als silberner Punkt im Vormittagsverkehr auf. Für Kotek keine Überraschung: Jacobis Fahrweise war nichts für Sonntagsfahrer.

»Über Interna gebe ich keine Auskunft«, sagte sie kurz angebunden. »Da halte ich es ganz mit Ihnen. Passen Sie nur auf, dass Sie Jacobi nicht verlieren.«

»Ist das etwa die feine englische Art?«, mokierte er sich. »Ohne meine Hilfe würdet ihr noch immer am Fall Cermak knabbern. Aber kaum seid ihr auf der richtigen Spur, lasst ihr euren Wasserträger dumm sterben.«

»Wir lassen Sie eben *nicht* dumm sterben«, fauchte Kotek ihn an. »Jacobi hat Ihnen gestern zum zweiten Mal das Leben gerettet. Sie haben ja nicht einmal bemerkt, dass man auf Sie geschossen hat, als Sie durch die Arkaden rannten.«

Schremmer ging vom Gas. »Das ... das wusste ich tatsächlich nicht.« Er war blass geworden. »Die MEK-Leute haben mir das gar nicht ...«

»Halten Sie jetzt keine Vorträge, bleiben Sie an Jacobi dran!«

»Sagen Sie mir doch einfach, wohin er fährt«, schnauzte Schremmer zurück, »dann müssen wir hier nicht Steve McQueen spielen.«

»Also gut, nach Morzg, Montforter Weg 7.«

»Zu Sorges Villa?« Schremmer war nicht sehr überrascht. »Was ist passiert?«

»Keine Ahnung. Gudrun Sorge hat grad bei uns angerufen. Sie wollte sich mit Jacobi verabreden, als die Verbindung unterbrochen wurde. Und wehe, Sie sagen, dass ich Ihnen das gesteckt habe! Jacobi ist in solchen Dingen furchtbar pingelig.«

»Wenn Sie versprechen, mit mir auszugehen, schweige ich wie ein Grab. Außerdem hätte ich spätestens auf der Morzger Straße ohnehin erraten, wohin wir fahren. Also keine Sorge wegen Sorge! Er ist übrigens auch mein Favorit. Gemeinsam mit Nilson. Einer von beiden ist der Alpha-Führer der Sökos, vielleicht ja auch beide. Wie ich gehört habe, ist Nilson abgetaucht?« Er bog in die Buchholzhofstraße, eine Verbindung zur Morzger Straße, ein.

»Woher wissen Sie das schon wieder?«

»Ich sagte Ihnen doch, ich höre ab und zu den Funkverkehr meiner MEK-Bewacher mit.«

»Und warum kommen die Rottensteins und Bernd Vogt für Sie nicht in Frage? Halten Sie noch immer essenzielle Infos zurück?«

»Unsinn! Der versoffene Rottenstein entspricht doch überhaupt nicht dem Täterprofil, auch wenn er allen Grund hätte, die AIC wieder auf Vordermann zu bringen. Und Vogt ist zu cool und zu clever, um ein so infernalisches Projekt wie die Sökos nicht in einer Katastrophe enden zu sehen. Geht man davon aus, dann stellt sich die Frage nach einer Täterschaft Phrynes erst gar nicht. Vogt hätte nie zugelassen, dass sie sich auf diesen Horror einlässt.«

»Aber grundsätzlich würden Sie ihr die Idee zutrauen, oder?«

»Sie ist ein durch und durch eiskaltes Luder, ja«, räumte Schremmer ein. »Aber eine Massenmörderin? Nein, das passt nicht zu ihr. Erstens ist sie zu jung. Bei der Gründung des Sökos-Projekts war sie circa einundzwanzig und hatte nicht das Pouvoir wie heute. Zweitens ist das Motiv ›Firmenerhalt um jeden Preis‹ auf sie nicht anwendbar. Natürlich hält auch sie Anteile an der AIC und will die Firma retten, aber sie hängt nicht auf Gedeih und Verderb an ihr wie etwa Sorge oder Nilson. Und im Gegensatz –«

»Die Frage nach dem Motiv lassen wir mal lieber beiseite«, sagte Kotek, die sich in diesem Moment gegen das Fußblech stemmte. Schremmer hatte sich durch ein gewagtes Überholmanöver näher an den Quattro herangeschoben. »Wir haben es mit einem Psychopathen zu tun, dessen Beweggründe für uns sogenannte Normalos ohnehin nicht nachvollziehbar sind.«

»Sie haben mich nicht ausreden lassen. Ich wollte sagen: Im Gegensatz zu der AIC ist Phrynes Zukunft gesichert. Ihr Privatvermögen ist gut angelegt, und wenn sie Leo Piritz das Jawort geben sollte, hätte sie ausgesorgt. Leos Manpower ist mindestens so viel wert wie die Rottenstein'schen Rücklagen. Er ist ein Parvenu aus der steirischen Provinz, aber er hat es geschafft. Mit achtunddreißig Vizepräsident der OSTBAU, einer äußerst potenten Kapitalgesellschaft. Das muss ihm erst einmal einer nachmachen. Einem wie ihm fehlt nur mehr der ganz große Deal und die Akzeptanz der Upperclass. Durch die Heirat mit Phryne fliegt ihm unter Umständen beides zu.«

»Und Sie meinen, er würde sie auch dann heiraten, wenn es bei der AIC in allen Fugen kracht?«

Schremmer lachte. »Natürlich. Außerdem geht wegen einer allfälligen AIC-Pleite nicht die ganze ANUBIS AG in die Binsen. Krachen wird es allerdings gehörig, da haben Sie recht. Schauen Sie mal in den Rückspiegel!«

»Oh nein, Conte! Na, gute Nacht! Das wird Schlagzeilen geben. Gestern hat er uns noch auf dem AIC-Event gesehen, und heute rasen wir zur Villa des AIC-Vize.«

***

Unmittelbar nach der Ortschaft Morzg bog Jacobi nach rechts in den Montforter Weg ein und schaltete die Sirene ab. Die Geschwindigkeit drosselte er nicht, denn bis zum Haus Nummer 7 in der Nähe des Montforter Hofs waren es noch einige Kilometer. Jede Minute, jede Sekunde, die er früher eintraf, konnte Gudrun Sorges Leben retten.

Unsinn! Er schalt sich selbst einen Heuchler. Er raste so, weil er ihren Mörder erwischen wollte.

Sorges Besitz lag traumhaft: unweit des Waldrands, mit Anbindung an die Straße, trotzdem weit und breit ohne Nachbarschaft. Der nächste Nachbar war Leo Piritz mit einigem Abstand. Mehr als zwei Hektar Grund waren von einer meterhohen Ziegelmauer umfriedet, deren Errichtung allein vermutlich so viel gekostet hatte wie mehrere Einfamilienhäuser.

Jacobi hielt in der Nähe der Einfahrt an. Das automatische schmiedeeiserne Tor stand offen. Die drei Pkws, die ihm gefolgt waren, parkten diszipliniert hinter ihm. Jacobi stieg aus und winkte Schremmers Bodyguards zu sich.

»Wir drei gehen jetzt rein. Und ihr«, damit meinte er Kotek, Schremmer und Conte, »bleibt hier bei den Wagen und wartet, bis Redl anrückt. Melanie, du lässt die Herren auf keinen Fall in den Park, okay?« Sie nickte, sichtlich nicht begeistert von der Aussicht, Kindermädchen spielen zu müssen.

Der Park war dicht von Bäumen und Sträuchern bestanden. Alles war ruhig. Nur der Kies auf der Buchenallee knirschte unter den Schritten der drei Männer.

Die Allee führte zum Parkplatz vor einer Jugendstilvilla. Treppenaufgang und Portal waren aus Untersberger Marmor, am Fuß der Treppe stand ein hellblauer BMW 750i, in dessen Kofferraum ein Mann soeben einen schweren, sperrigen Gegenstand verstaute. Die anstrengende Tätigkeit nahm ihn so in Anspruch, dass er die sich nähernden Beamten nicht bemerkte. Sie waren noch etwa fünfzig Meter von ihm entfernt.

»He, Sie da!«, rief Jacobi.

Der Mann zuckte zusammen, blickte hoch – und griff unter sein Sakko. Es war Sorge. Noch ehe er eine Waffe in Anschlag bringen konnte, sprinteten die Kriminaler auseinander und gingen hinter den Buchenstämmen in Deckung. Sekunden später begann eine automatische Pistole zu rattern und von Morzg her waren die Alarmsirenen der MEK-Einsatzwagen zu hören. Sorge schlug den Kofferraum zu, griff einen am Boden stehenden Aktenkoffer und rannte ins Haus.

Jacobis Begleiter verloren keine Zeit und versuchten im Schutz der dichten Parkvegetation so schnell wie möglich hinter die Villa zu gelangen. Sorge sollte keine Gelegenheit erhalten, sich durch einen Hinterausgang zu empfehlen und irgendwo über die Parkmauer zu klettern.

Jacobi stand auf, klopfte sich den Schmutz von der Hose und zündete sich eine Zigarette an. Rauchen war schädlich, aber nicht so schädlich wie Übereifer. Wäre er jetzt Richtung Haus gegangen, hätte er Waschhüttl womöglich einen großen Gefallen getan. Sorge war gefährlich wie ein in die Enge getriebener Tiger und verfügte sicher über ein gut sortiertes Waffenarsenal.

Zwei Minuten später war das Einsatzkommando vor Ort. Als sich die Männer routiniert im Gelände verteilt hatten, reichte Redl Jacobi das Megafon.

»Sorge, ergeben Sie sich! Es hat doch keinen Sinn mehr. Warum soll noch mehr Blut fließen? Dreißig Mann haben die Villa umstellt. Nicht mal eine Fliege kommt da noch unbemerkt raus.«

Keine Antwort. Auf ein Kopfnicken Jacobis gab Redl per Funk Anweisung zum Vorrücken.

Nicht ein einziger Schuss fiel. Auch dann nicht, als einer der Antiterrorspezialisten in das Cockpit des BMW kroch, die Zündung kurzschloss und den Wagen aus der unmittelbaren Gefahrenzone fuhr. Währenddessen waren zehn Sturmgewehre auf die Frontfenster gerichtet gewesen.

»Frauenleiche im Kofferraum«, meldete der MEK-Mann Sekunden später über Funk. »Noch nicht kalt.«

Jacobi lief zum BMW. Gudrun Sorges Augen standen halb offen, als würde sie eben erwachen. Der Einschuss saß genau in der linken Brust, es war kaum Blut ausgetreten.

»Neun Millimeter Para«, sagte Redl fachmännisch.

Der nur von einem Schlafrock verhüllte Leichnam bot keinen schönen Anblick. Überall Schürfwunden und Ödeme. Bevor sie starb, war sie verprügelt worden.

Jacobi machte sich Vorwürfe. Warum hatte er Gudrun Sorge nicht schon im Palais Auerspach einvernommen? Natürlich war das nicht vorgesehen gewesen, aber sie hatte doch ziemlich deutlich erkennen lassen, dass sie ihm etwas hatte sagen wollen.

Zornig schnappte er sich das Megafon. »Sorge, geben Sie endlich auf! Wir haben die Leiche Ihrer Frau gefunden. Ihre Lage ist aussichtslos. Schluss mit dem Theater!«

Doch auch der zweite Appell blieb unbeantwortet. Jacobi war nicht überrascht, sondern rechnete vielmehr mit einem einzelnen Schuss. Sorge hatte seine Frau ermordet. Hatte das Liebste, das er besaß, zerstört. Wenn er der Alpha-Wolf war, so hatte er die Katabasis seiner Organisation durch die Preisgabe der Diskette und den fingierten Selbstmord Rottensteins bereits vorweggenommen. Nachdem seine Flucht von den Beamten vereitelt worden war, würde er nun wohl Hand an sich selbst legen. – Aber der erwartete Schuss fiel noch immer nicht.

»Sorge, wo ist Nilson? Haben Sie ihn auch umgebracht?«

Keine Antwort.

Fast geräuschlos hatten die MEK-Leute die Fassade der Villa erklommen und in die Fensterscheiben Löcher geschnitten. Nach einem Signal über Funk drangen sie gleichzeitig in die Villa ein. Noch immer fiel kein Schuss.

Plötzlich öffnete sich die Haustür. Ein Unteroffizier schaute heraus und meldete per Funk: »Hier ist niemand außer uns.«

»Keine Leiche?«, entfuhr es Jacobi. Redl wiederholte die Frage über das Megafon.

Die Antwort kam prompt. »Nein. Hier an der Haustür ist vermutlich jemand angeschossen worden, aber das Haus ist leer.«

»Jacobi, Jacobi!«

Eine Gestalt mit blutverschmiertem Gesicht torkelte durch die Büsche auf sie zu: Schremmer! In seinem Schlepptau befand sich Conte, der ebenfalls am Kopf blutete. Zwei Sanitäter nahmen sich ihrer an.

»Sorge hat uns niedergeschlagen. Er –«

»Was zum Teufel hattet ihr im Park zu suchen?«, fuhr sie Jacobi an. Er war so wütend, dass er den Journalisten am liebsten gleich noch eins über den Schädel gezogen hätte.

»Das ist doch jetzt egal. Als die ersten Schüsse fielen, hielt es uns nicht mehr am Tor. Ihre Kollegin hätte schon Gewalt anwenden müssen, um uns zu stoppen.«

»Wo hat Sorge euch erwischt?«

»Dahinten am weißen Pavillon hinter den Zypressen, ganz dicht an der Gartenmauer. Von dort hat man freien Blick auf die Villa, deshalb sind wir hingelaufen.«

Redl beorderte ein paar Männer in die angegebene Richtung und machte sich mit Jacobi auch selbst auf den Weg.

»Aber wie ist Sorge in den Garten gekommen?« Er wandte sich nach Schremmer um, der ihnen im Laufschritt folgte und sie trotz wackeliger Knie wieder eingeholt hatte.

»Weiß nicht. Jedenfalls nicht über den Kiesweg, der zur Villa führt. Er muss hinter uns gewesen sein. Plötzlich sah ich Conte neben mir zu Boden gehen, und im selben Moment ging auch bei mir das Licht aus.«

»Wo ist Melanie?«

»Keine Ahnung. Sie war noch hinter uns, als wir uns dem Gartenhäuschen näherten. Ich kam erst wieder zu mir, weil mich Conte ohrfeigte, um mich wach zu kriegen. Er hatte eine Platzwunde am Kopf. Gleichzeitig spürte ich, wie es mir warm in den Kragen lief. Von Melanie hab ich nichts mehr gesehen.«

Ehe sie den Pavillon erreichten, erstattete ein MEK-Mann bereits Meldung: »Unter einer der großen Steinfliesen im Pavillon endet ein Geheimgang. Wird eben untersucht. Wichtiger aber ist, dass sich unmittelbar hinter dem Pavillon eine kleine Eisentür in der Gartenmauer befindet, eine Art Ausfallspforte. Ziemlich verwachsen, steht aber jetzt offen.«

In diesem Moment knallte es mehrmals vorn an der Toreinfahrt. Drei MEK-Leute rannten los, und ein Motor röhrte auf. Unverkennbar der Sound der Viper. Schremmers Hände fuhren panisch in die Hosentaschen. »Mein Schlüsselbund ist weg!«

»Er hat Melanie«, sagte Jacobi vor Wut zitternd, »und hat sich jetzt das schnellste Auto gegriffen.«

Er rannte hinter den MEK-Leuten her. Die anderen folgten ihm.

Die Wache bei den Einsatzwagen war angeschossen worden. Dank kugelsicherer Weste war der Mann nicht lebensgefährlich verletzt, und seine Kameraden kümmerten sich bereits um ihn.

Als Jacobi das Tor erreichte, sah er gerade noch das rote Heck der Viper im Morzger Wald verschwinden. Er stürzte zum Quattro, Schremmer, der ihm auf den Fersen geblieben war, ließ sich in den Beifahrersitz fallen. »Wahrscheinlich zwingt er Ihre Kollegin zu fahren.«

»Was Sie nicht sagen!«, giftete Jacobi. Er hatte keine Zeit, den Journalisten hinauszubugsieren, schaltete Blaulicht und Sirene ein und trat das Gaspedal durch. Schon nach dem ersten Kilometer begriff Schremmer, warum es ihm vorhin nicht gelungen war, den Quattro einzuholen.

»Rallyefahrer gewesen?«, fragte er.

»Mhm«, grunzte Jacobi. »In den frühen Achtzigern. Aber Redl und seine Jungs können das auch.«

Schremmer wandte sich um. Die Einsatzwagen des MEK hingen nicht weit zurück, doch der Abstand vergrößerte sich zusehends.

Reger Funkverkehr setzte ein. Zwei Hubschrauber des Innenministeriums wurden angefordert, Straßensperren sollten errichtet werden, und Hans Weider koordinierte in Höchstform sämtliche Aktionen von der Zentrale aus. Jacobi gab hin und wieder seine Position durch, konzentrierte sich aber ansonsten aufs Fahren.

»Passiere Montforter Hof. Sorge etwa beim Schloss Hellbrunn. Schätze, er will bei Salzburg-Süd auf die A 10.«

Sie hatten den Morzger Wald hinter sich gelassen und flogen auf die kurvige Morzger Straße zu. Wieder hatten sie starken Gegenverkehr. Schremmer verkrampfte sich auf dem Beifahrersitz, erwartete wohl jede Sekunde die Kollision.

»Ihre Kollegin muss eine ausgezeichnete Fahrerin sein«, presste er hervor, als der Quattro zum x-ten Mal quergestellt aus einer Kurve herausdriftete und die Viper noch immer nicht in Sicht war.

»Sie fährt um ihr Leben«, sagte Jacobi finster, dann gab er an die Zentrale durch: »Die Nachhut soll Abzweigungen berücksichtigen, Feld- und Waldwege inspizieren.«

»Hat Lenz schon angeordnet«, kam es postwendend von Weider zurück.

Als sie auf die Anifer Kreuzung zurasten, zogen sich Schremmers Magenwände zusammen: Er sah sich schon an der gegenüberliegenden Hauswand kleben. Das Tempo, mit dem Jacobi das Fahrzeug ums Eck lenkte, widersprach allen physikalischen Gesetzen. Ohne auch nur einen Moment zu zögern, war er in die Berchtesgadener Bundesstraße Richtung Autobahn eingebogen. Die Möglichkeit, dass Sorge stadteinwärts gefahren sein könnte oder geradeaus weiter auf die Halleiner Bundesstraße, schien er gar nicht in Betracht zu ziehen.

»Melanie macht den Eindruck einer sehr mutigen Frau«, ächzte Schremmer. »Aber fürchten Sie nicht, sie könnte die Heldin spielen, wenn Sorge uns zu entkommen droht?«

»Ja, das fürchte ich«, sagte Jacobi lakonisch. Fast im selben Augenblick sahen sie die Viper. Sie beschrieb stark übersteuernd die Zweihundertsiebzig-Grad-Kurve auf der Auffahrt A 10 Richtung Süden und fuhr eben unter der Berchtesgadener Straße durch, als Jacobi den Knoten Süd erreichte. Sekunden später war sie auf der Überholspur der Autobahn und zog wie ein roter Komet davon.

»Fluchtwagen gesichtet!«, brüllte Jacobi in den Sprechfunk. »Salzburg-Süd, Richtung Hallein auf A 10. Wird wahrscheinlich bei nächster Gelegenheit wieder abfahren, um mögliche Autobahnsperren zu umgehen. Häng mich dran. Jacobi, Ende!«

Er holte aus dem acht Jahre alten Quattro das Letzte heraus. Das Rallyefahrzeug war auf der Landstraße der Champion, auf der Autobahn dem Sportwagen aber eindeutig unterlegen.

Und doch sahen sie das karminrote Heck schon nach wenigen Minuten wieder. Die Viper schien auf der Überholspur zu stehen, so schnell verringerte sich die Distanz.

Aber es war keine optische Täuschung: Sie stand tatsächlich! Und etwa hundert Meter davor rannte eine Frau auf dem Grünstreifen entgegen der Fahrtrichtung. Ihre langen dunklen Haare flatterten im Luftzug vorbeidonnernder Transporter.

»Melanie!«, schrien Jacobi und Schremmer gleichzeitig. Sie überquerte Fahrbahn und Pannenstreifen und lehnte sich erschöpft an die Leitplanke, als die Viper wieder Fahrt aufnahm und davonraste. Jacobi war's egal. Sollten sich doch die Spezialeinheiten des Innenministeriums um Sorge kümmern. Er beorderte ein Sanitätsfahrzeug herbei und hielt auf dem Pannenstreifen vor Melanie. Schremmer sah das Wasser in seinen Augen stehen.

Sie sah furchtbar aus. Jeans und Lammfelljacke waren an mehreren Stellen zerrissen, sie blutete an Kopf, Schultern, Ellbogen und Knien. Aber sie war Sorge entkommen. Nur das zählte.

Als Jacobi mit zitternden Knien ausstieg und Melanie ihm schluchzend um den Hals fiel, dröhnten die Einsatzwagen des MEK mit abschwellendem Dopplereffekt ihrer Folgetonsirenen an ihnen vorbei.

»Du bist ja vollkommen durchgeknallt«, sagte er zärtlich. »Hundertmal geht so etwas schief, aber wahrscheinlich hast du einen ebenso durchgeknallten Schutzengel.«

»Ja, dich!« Sie klammerte sich fest an ihn. Schremmers Bodyguards hielten mit quietschenden Reifen neben ihnen.

»Ich musste fahren wie eine Irre, aber trotzdem kamst du immer näher. Sorge hat dich schon auf Höhe Hellbrunn hinter uns gesehen. Du bist aus dem Morzger Wald nur so hervorgeschossen.« Sie musste Luft holen, war noch kurzatmig.

»Der immer geringer werdende Abstand hat ihn nervös gemacht«, fuhr sie fort, »vor allem wegen der Anifer Kreuzung. Eine winzige Verzögerung – und du hättest an unsrer Stoßstange geklebt.«

Sie löste sich aus der Umarmung, stützte sich aber schwer auf ihn auf, als er sie zum Wagen begleitete.

»Dann hat er mich weiter Richtung Autobahn gejagt. Ursprünglich hatte er vorgehabt, sich in Anif in eine Seitengasse zu verkrümeln und euch vorbeizulassen, aber du warst ja zu dicht dran. Als ich beim Einfahren in die Kreuzung Zeit schinden wollte, hat er mir klipp und klar gesagt, dass die nächste unerzwungene Verzögerung meinen Tod bedeutet. Ich spürte, wie er abwog, ob ich ihm nicht ohnehin eher hinderlich war. – Ich glaube, mir wird schlecht.«

»Setz dich ins Auto!«, wies Jacobi an. »Du hast ein Schädelhirntrauma. Ich will nicht, dass du mir wegkippst und mit deinem Dickkopf noch einmal den Straßenbelag ruinierst.«

Sie grinste schwach, stieg aber ein.

»Und wie ging's weiter?«, fragte Schremmer, der sich über die offene Wagentür lehnte. »Wie ist es Ihnen gelungen …«

»Lassen Sie Melanie in Ruhe«, sagte Jacobi mit einem unmissverständlichen Unterton. »Außerdem möchte ich einmal erleben, dass Sie sich für ein Schlamassel entschuldigen, das Sie angerichtet haben. Ein einziges Mal nur! Meinetwegen können Sie sich in Lebensgefahr bringen, so oft Sie wollen, aber nicht ständig andere Leute. Und vor allem nicht solche, die mir wichtig sind.« Und nur für ihn verständlich fügte er leise hinzu: »Wäre Melanie mehr passiert, hätten meine eigenen Kollegen mich jetzt abführen müssen.«

Schremmer wurde blass, doch Jacobi war noch nicht fertig mit ihm. »Dass wir wegen Ihrer Alleingänge ständig Kindermädchen spielen müssen, mag ja grad noch angehen, aber dass ein mutmaßlicher Massenmörder aufgrund Ihrer Arroganz meine Verlobte als Geisel nehmen konnte, das nehme ich Ihnen sehr, sehr übel.«

Bei jedem »sehr« tippte er mit zwei Fingern energisch gegen Schremmers Brustbein.

Melanie Kotek zupfte ihn an der Lederjacke. »Ich wusste gar nicht, dass wir verlobt sind. Aber lass gut sein, Oskar. Ist ja glimpflich ausgegangen, Gott sei Dank. Seien wir froh darüber. Und ehe du dieselben Fragen stellst wie Kollege Kurt, lass mich einfach zu Ende erzählen.« Wieder holte sie tief Luft. »Sorge wollte mich also loswerden, und zwar so schnell wie möglich. Die Geiselnahme hatte ihm zunächst einen Vorteil verschafft: Indem er mich als Schutzschild benutzte, gelang es ihm, den Posten bei den Einsatzwagen niederzustrecken. Kaum aber saßen wir in der Viper, bereute er, mich nicht gleich miterschossen zu haben. Das sagte er mir jedenfalls ins Gesicht. Mein Entschluss, auszusteigen, stand daher fest, als er mich zur A 10 dirigierte. Nach den ersten paar Autobahnkilometern ergab sich eine Gelegenheit. Ein Fahrer älteren Semesters fuhr mit seiner Rostlaube exakt die erlaubte Höchstgeschwindigkeit und blockierte stur die linke Spur. Rechts ein Lkw hinter dem andern. Ich musste also die Viper von zweihundertdreißig auf hundertdreißig runterbremsen, während Sorge andauernd nach hinten guckte. Meine eigene Glock war währenddessen auf meine Nieren gerichtet. Als er dich weiter hinten auf die A 10 fahren sah, befahl er mir, schneller zu fahren.«

»Du hast Gas gegeben und bist dann vor der alten Rostlaube voll auf die Bremse gelatscht?«

»Du sagst es. Wie ich allerdings bei dieser Verzögerung den Gurt aufklinken und mich aus dem Wagen werfen konnte, darfst du mich nicht fragen. Sorge hat sofort geschossen, mich aber verfehlt.«

»Der vollautomatische Gurt muss ihn verrissen haben«, mutmaßte Jacobi. »Weil er zurückgeschaut und eben nicht sofort geschossen hat, als du gebremst hast.«

»Richtig, mein allerliebster Besserwisser! Jeder Beifahrer, der nach hinten schaut, während eine Vollbremsung stattfindet, erwartet unwillkürlich eine Auffahrsituation. Dieser Reflex war meine Chance.«

»Das war keine Chance, sondern purer Irrsinn. Du musst ja noch siebzig oder achtzig draufgehabt haben, als du dich hast rausfallen lassen.«

»Nein, so viel nicht. Die Verzögerung von Karbonbremsen ist gigantisch. Aber trotzdem hat es mich durch die Gegend gefetzt wie das Luder beim Windhundrennen.«

Jacobi schüttelte den Kopf. »Gut, dass ich es nicht gesehen habe. Hättest dir locker den Hals an der Leitschiene brechen können. Wirklich und wahrhaftig ein Wunder, dass du mit Prellungen und Platzwunden davongekommen bist.«

***

Als die Rettung eintraf, wurde Kotek auf eine Bahre gelegt und an Ort und Stelle von einer Ärztin untersucht. Sie erhielt zunächst eine den Kreislauf unterstützende Injektion, und nach dem Pupillencheck stand die Erstdiagnose fest: »Contusio cerebri – Schädelhirntrauma I, leichte bis schwere Gehirnerschütterung.« Wirbelsäule und Nervenbahnen schienen zum Glück heil geblieben zu sein. Anschließend wurden die äußeren Verletzungen untersucht.

»Puh!«, stöhnte Jacobi beim Anblick der Blessuren. »Die Blutergüsse werden sich im Urlaubsbikini besonders gut machen. Man wird glauben, ich prügle dich jeden Tag windelweich.«

»Ist bei der Vollbremsung eigentlich nicht der Motor abgestorben?«, fragte Schremmer, der taktlos auf den entblößten Oberkörper Koteks starrte.

»Natürlich ist er abgestorben«, sagte sie. »Trotzdem hat Sorge den Wagen auf Kurs gehalten und zum Stehen gebracht, ohne sich zu überschlagen.«

»Ein selten kaltschnäuziger Hund«, sagte Jacobi.

Sie nickte. »Als ich mich hochgerappelt hatte und wegrannte, hörte ich zu meiner Überraschung, wie der heiße Motor wieder ansprang.«

»Darauf haben Sie in Ihrer Todesangst geachtet?«, fragte Schremmer ungläubig.

»Und ob! Das Geräusch sagte mir ja, dass er momentan nicht auf meinen Rücken zielen konnte. Würde es Ihnen vielleicht was ausmachen, woandershin zu starren? Ein Womanizer wie Sie sieht doch jeden Tag genug nacktes Fleisch.«

»Aber nicht in dieser Qualität«, gab er ungerührt zurück. Erst

Jacobis Blick ließ ihn auf die schöne Aussicht verzichten, und er ging zu seinen Bodyguards hinüber.

Kotek wollte nach der medizinischen Erstversorgung gleich wieder mit Jacobi ins Büro fahren, doch die Notärztin war damit ganz und gar nicht einverstanden. Auch Jacobi schüttelte entschieden den Kopf.

»Deine unrealistische Einschätzung deines Zustands beweist nur, wie groß der Schock ist, Melli. Du hast eine Gehirnerschütterung, und ob du innere Verletzungen hast, kann man erst im UKH abchecken. Du fährst jetzt mit der Rettung mit, und keine Widerrede! Ich besuche dich heut Abend.«

***

Bevor Jacobi ins Präsidium zurückkehrte, informierte er sich bei den MEK-Leuten über den Stand der Dinge. Alle in Frage kommenden Ausfallstraßen waren mittlerweile durch Straßensperren abgeriegelt. Nur bei Hallein-Vigaun waren sie zu spät dran gewesen, und bei der Abfahrt Kuchl war Sorge nicht durchgekommen. Auch die inzwischen eingetroffenen Hubschrauber des Innenministeriums hatten den Flüchtenden noch nicht entdeckt. Auf der Autobahn schien er jedenfalls nicht mehr zu sein. Redls Truppe war gezwungen gewesen, sich zu teilen. Zwei Wagen hatten die Route nach St. Koloman eingeschlagen, zwei waren Richtung Seebachtal, zwei auf der Salzachtal-Bundesstraße nach Kuchl unterwegs, der Rest patrouillierte in Hallein und Umgebung.

Die Rettung war schon mit Kotek losgefahren, die MEK-Guards hatten den Auftrag, Schremmer nach Hause zu bringen und so lange auf ihn aufzupassen, bis Sorge gefasst war. Man konnte zu dem Journalisten stehen, wie man wollte, aber die Zerschlagung der Sökos ging hauptsächlich auf sein Konto. Auch Sorge würde das so sehen, was nicht unbedingt heißen musste, dass er jetzt sofort einen Anschlag auf ihn verüben würde. Doch nach dem blindwütigen Mord an seiner Frau durfte keine Möglichkeit außer Acht gelassen werden. Die Gefahr war umso höher, da etliche Sökos noch nicht gefasst waren und die Exekutionsbefehle der letzten Tage noch gelten konnten. Jacobi war nicht so blauäugig, anzunehmen, die Mitgliederdatei auf der Diskette sei vollständig.

Er hatte den Quattro bereits gestartet, als er den Motor wieder abstellte und Redl anrief.

»Lenz, habe ich dir eigentlich schon gesagt, dass Sorge Hobbyflieger ist und eine Cessna in Zell am See stehen hat?«

»Ja, Oskar, das hast du mir gesagt, und ich leide noch nicht an Alzheimer. Ein Cobra-Kommando ist schon dorthin unterwegs. Aber glaubst du, Sorge riskiert es, nach Zell zu fahren? Er muss doch mit der Überwachung der Cessna rechnen. Aber falls er es wirklich vorhat, welche Route würdest du an seiner Stelle wählen?«

»Über den Dürrnberg und das Deutsche Eck wird er es kaum versuchen. Es sei denn, er spielt va banque. Ich an seiner Stelle würde über St. Koloman und das Lammertal fahren und dann die Salzburger Dolomitenstraße nehmen. Und sobald ich mich nicht mehr unmittelbar verfolgt sähe, würde ich den Wagen wechseln, mich auf einer Alm verkriechen und ein paar Tage ins Land gehen lassen, bis die Aufmerksamkeit der Exekutive nachlässt. Erst dann würde ich mich – wenn überhaupt – im Morgengrauen an den Zeller Flugplatz heranpirschen, um mir meine oder eine andere Maschine zu schnappen.«

»Es könnte aber auch sein, dass er bei einem Söko unterkriecht, dessen Name nicht auf eurer Diskette auftaucht.«

»Du meinst, er könnte die Namen einiger Privilegierter gelöscht haben?«

»Ist das auszuschließen?«

»Nein. Obwohl ich spätestens seit dem Mord an seiner Frau nicht mehr an ein durchdachtes Vorgehen glaube. Seit Freitagabend steht er unter Dauerstress. Der vermeintliche oder tatsächliche Versuch seiner Gattin, ihn zu verraten, hat bei ihm alle Sicherungen durchbrennen lassen. Warum hat er sie sonst noch minutenlang verprügelt, ehe er sie erschoss? Er muss doch nach dem Telefonat mit unserm Kommen gerechnet haben. Und warum hat er die Leiche nicht im Geheimgang deponiert, wo wir sie erst weiß Gott wann gefunden hätten? Stattdessen hat er versucht, sie im BMW wegzuschaffen. Das alles riecht doch sehr nach Panik.«

»Trotzdem sollten wir ihn nicht unterschätzen. Ich fahre jedenfalls – wider jede Vernunft – über den Dürrnberg und das

Deutsche Eck nach Zell. Hab's im Gefühl, dass Sorge da irgendwo unterwegs ist. Ich melde mich, wenn sich etwas Neues ergibt.«

***

Jacobi hatte das Info-Center kaum betreten, da rief ihm Weider schon entgegen: »Sorge scheint tatsächlich nach Zell am See zu fahren. Ein aufmerksamer Gendarm in Unken hat die Viper gesehen und das Kennzeichen identifiziert. Redl und drei seiner Leute befinden sich im Moment auf der Panoramastraße zwischen Ramsau und Unken.«

»Ruf das Kommando Cobra an«, verlangte Jacobi. »Ich will Sorge lebend haben. Wenn er beim Zugriff erschossen wird, bleibt zu viel ungeklärt. Wie's aussieht, ist er die Nummer eins, mindestens aber die Nummer zwei der Sökos.«

Weider reichte ihm den Hörer. »Oberleutnant Rauhfuß von Cobra 6 ist dran. Sag's ihm halt selbst.«

Jacobi brachte sein Anliegen vor, und der Cobra-Offizier versprach, bei einer allfälligen Festnahme Sorges trotz der zu erwartenden Gegenwehr so rücksichtsvoll wie eben möglich vorzugehen.

»Er wurde hinter Lofer in Richtung Saalfelden gesichtet. Wir könnten ihn schon vor Saalfelden stoppen, lassen ihn aber bis zum Zeller Flugplatz fahren. Die Hubschrauber halten sich vorläufig zurück, um ihn nicht noch stärker unter Druck zu setzen. Wenn wir ihn uns am Flugfeld greifen, ist die Verletzungsgefahr für Passanten sehr gering. Außerdem kann er dort nicht im letzten Moment eine Geisel nehmen.«

»Hört sich nach einem guten Plan an. Sie halten uns auf dem Laufenden?«

»Machen wir, Hauptmann. Wir melden uns, sowie die Aktion in eine neue Phase tritt.«

»Du schaust so skeptisch«, sagte Weider, als Jacobi auflegte. »Was passt dir nicht?«

»Es geht mir zu glatt. Sorge befindet sich zweifellos in einem psychischen Ausnahmezustand, aber wenn er sich hätte umbringen wollen, hätte er das auch in seiner Villa durch das MEK erledigen lassen können. Dazu hätte er nicht nach Zell am See fahren müssen.«

Weider verstand und rief sofort Redl an. »Lenz, Oskar glaubt, Sorge ist unterwegs ausgestiegen und lässt die Viper von einem Strohmann nach Zell chauffieren.«

»Okay, Rauhfuß bleibt dran, wir kehren um. Konzentrieren uns von nun an auf Berchtesgaden, Reichenhall und Grödig«, kam es postwendend zurück. »Verständigt die Deutschen und spannt die Medien ein!«

Der Spitzenmann Redl hatte das neue Zielgebiet augenblicklich abgesteckt. Am Dürrnberg hatte Sorge den Tausch kaum vorgenommen, in der Einschicht fiel der Sportwagen zu sehr auf, und der Wechsel hätte beobachtet werden können. In einem Tourismuszentrum wie Berchtesgaden drehte sich dagegen kein Schulkind nach einem US-Flitzer um.

Das würde sich allerdings schlagartig ändern, wenn die Medien die Aufmerksamkeit der Bevölkerung auf Sorge lenkten. Weider informierte den ORF Salzburg und das LKA München, und eine Viertelstunde später sendeten der Bayerische Rundfunk und der ORF sowohl Fahndungsfotos von Sorge als auch Typenfotos der Dodge Viper. Besonders die Bürger im Rupertiwinkel wurden eindringlich vor dem flüchtigen Verbrecher gewarnt. Für einen zur Ergreifung führenden Hinweis wurde eine Belohnung von siebentausend Mark beziehungsweise fünfzigtausend Schilling ausgesetzt.

Noch während die TV-Fahndung lief, meldete sich Rauhfuß in der Zentrale und bestätigte Jacobis Vermutung: Der Mann in der Viper war definitiv nicht Sorge. Ein Cobra-Team, das als Verkehrspatrouille getarnt war, hatte den Sportwagen auf einer Saalfeldner Kreuzung aus nächster Nähe geblitzt. Der Fahrer wies nicht die geringste Ähnlichkeit mit Sorge auf.

»Anhalten, verhaften und an Ort und Stelle verschärft verhören«, ordnete Jacobi lakonisch an. Da war sie wieder, diese überraschende Härte. »Und vor Melanies Krankenzimmer wird sofort ein schwer bewaffneter Posten aufgestellt. Wer weiß, was Sorge in seiner ohnmächtigen Wut –«

»Melanie wird seit ihrer Ankunft im UKH von zwei MEK-Leuten bewacht«, unterbrach ihn Weider beleidigt.

Jacobi hob beschwichtigend die Hand. »'tschuldige, Hans. Hätt ich mir ja denken können, dass du daran gedacht hast. Ich hab in den letzten Tagen einfach zu wenig geschlafen.«

Der penetrante Signalton der Notrufzentrale ließ sie zusammenzucken. Stubenvoll nahm den Anruf entgegen.

»Sorge wurde angeblich in einem Supermarkt in Grödig gesichtet«, meldete er. »Ist möglicherweise auf dem Weg zurück nach Salzburg. Eine Verkäuferin in der Elektrowarenabteilung hat die Fahndungsfotos im Fernsehen gesehen und ihn wiedererkannt. Sagt, er habe keine zehn Meter von ihr entfernt mit ihrem Abteilungsleiter in dessen Büro gesprochen. Sie selbst sei unauffällig zwischen zwei Warenzeilen in Deckung gegangen und habe, nachdem die Luft rein war, den Notruf angewählt.«

MEK, Cobra und die auf Sorge angesetzten Gendarmerieeinheiten hörten von nun an jede eingehende Meldung über Telefonkonferenzschaltung mit. Die Kommunikation lief nicht mehr über den Polizeifunk, der abgehört werden konnte.

»Das wollte er doch schon seit Beginn seiner Flucht«, sagte Weider.

»Was?«, fragte Jacobi.

»Irgendwo in der Stadt untertauchen. Aber anfangs hatte er dazu keine Gelegenheit, weil er Melanie gekidnappt und dich am Arsch hatte.«

Jacobi hob die Augenbrauen. »Du meinst, er hat Melanie absichtlich entkommen lassen, um mich wieder loszuwerden?«

»Oder etwa nicht?«, antwortete Weider mit einer Gegenfrage.

»Möglich«, grunzte Jacobi. »Zuzutrauen wär's ihm. Lass vorsichtshalber den Abteilungsleiter dieses Supermarkts festnehmen und verhören. Vermutlich ist er einer der Sökos, die nicht auf der Diskette gespeichert sind. Kann sein, dass Sorge bei ihm untertauchen will.«

Wieder leuchtete das Lämpchen »Notrufzentrale« auf und wurde von dem schrillen Alarmton begleitet. Diesmal drückte Weider gleich auf die Lautsprechertaste.

»Hier ist noch einmal Zenzi Sabs, die Verkäuferin aus dem E-Markt Grödig. Ich bin dem Mann in die Tiefgarage gefolgt. Hab gesehen, in welchen Wagen er eingestiegen ist …«

»So eine Verrückte«, brummte Jacobi dazwischen.

»... und hab mir auch das Kennzeichen gemerkt. Salzburg Land A 5525. Ein dunkelblauer Opel Astra. Krieg ich jetzt die fünfzigtausend Schilling?«

»Sollte Ihr Hinweis zur Ergreifung des Gesuchten führen, ganz bestimmt, Frau Sabs«, versicherte Weider. »Aber eben erst dann. Geben Sie dem Kollegen noch einmal Namen, Telefonnummer und Adresse durch. Wir werden uns im Fall des Falles darum kümmern. Versprochen.« Er unterbrach die Verbindung und fragte: »Haben alle das Kennzeichen mitgeschrieben?«

»Haben wir«, antwortete Redl sofort. »Wenn es wirklich Sorge ist und er den Wagen in den nächsten fünf Minuten nicht ein zweites Mal wechselt, dann kriegen wir ihn.«

Jacobi ging zur Tür. »Und wohin willst du?«, fragte Weider.

»Zu Melanie«, sagte Jacobi gleichmütig.

»Jetzt, wo wir knapp davorstehen, Sorge zu erwischen?« Weider war fassungslos.

Jacobi zuckte mit den Achseln. »Ich glaube nicht, dass er in den nächsten Minuten den Wagen noch einmal wechselt, also wird ihn Lenz schnappen. Wenn es so weit ist oder wenn sich sonst was Wichtiges tut, wirst du mich ja benachrichtigen. Von Nilson noch immer keine Spur?«

Weider schüttelte den Kopf, und Jacobi breitete die Hände aus. Siehst du, was soll ich dann noch hier?, sollte das wohl heißen.

***

Aber Jacobi fuhr nicht zum Unfallkrankenhaus, das nur einen Katzensprung entfernt lag, sondern nach Großgmain hinaus zum Heiligenkreuz-Spital. Als er zum zweiten Mal an diesem Tag am Knoten Süd auf die A 10 fuhr, erreichte ihn die Meldung, der Opel mit dem Kennzeichen SL – A 5525 sei in der Moosstraße gesichtet worden. Die Jagd auf Sorge wurde nun doch wieder offen über den Polizeifunk koordiniert. Ein untrügliches Zeichen dafür, dass sich die Schlinge um ihn zusammenzog.

Das Autotelefon läutete. Redl war dran. »Der Astra gehört dem Mann, der die Viper nach Zell fahren sollte. Ein Mechaniker aus Grödig. Die Cobra-Leute haben ihn bereits mit Nachdruck verhört. Sorge und er haben die Autos in Berchtesgaden getauscht. Sorge ist zunächst nach Grödig, dann nach Glanegg gefahren und versucht nun über die Moosstraße in die Innenstadt zu gelangen. Ist jetzt auf Höhe Leopoldskron. Scheint aber, wie ich eben höre, die Straßensperre bei der Mariahilfkirche gerochen zu haben, und versucht nun nach rechts über den Sternhofweg auszubrechen.«

»Und wo bist du?«

»Dreimal darfst du raten. Du kennst die Neunzig-Grad-Kurve in dem Wäldchen kurz vor Sternhof? Dahinter warten wir zu viert auf ihn.«

Trotz des Ernstes der Situation grinste Jacobi. Kein Wunder, dass gleich drei Behörden Redl haben wollten! Vorauszuahnen, welche Richtung ein Flüchtiger einschlagen würde, war eine Instinktleistung, die man nicht auf der Akademie lernte. Redl daran zu erinnern, Sorge nach Möglichkeit lebend zu stellen, war überflüssig.

Er hielt den Quattro auf dem Pannenstreifen an und schaltete die Alarmblinkanlage ein. Weider gegenüber hatte er den Coolen gegeben, aber jetzt konnte er nicht weiterfahren. In den nächsten Minuten entschied sich Sorges Schicksal.

Jacobi stieg aus und zündete sich eine Zigarette an. Kaum halb geraucht trat er sie wieder aus. Da meldete sich Redl wieder.

»Tut mir leid, Oskar. Sorge ist aus dem Wagen gesprungen und hat mit seiner Automatik das Feuer auf uns eröffnet, obwohl vier StGs auf ihn gerichtet waren. Er hat es darauf angelegt, erschossen zu werden.«

»Ist er tot?«

»Nein, aber schwer verwundet. Muss sofort operiert werden. Wir haben versucht, ihn mit einem Schuss in die Schulter außer Gefecht zu setzen. Er ging zu Boden, feuerte aber im Liegen weiter. Unser quer gestellter Wagen bot nur unzureichende Deckung, einen meiner Männer hat Sorge am Bein erwischt. Da gab's dann kein Zögern mehr. Die zweite Kugel sitzt nahe an Sorges Herzen. Ein Notarztteam ist bereits vor Ort und versucht ihn so weit zu stabilisieren, dass er wenigstens den Transport ins LKH übersteht.«

»Ist er ansprechbar?«

»Er war noch kurz bei Bewusstsein. Stammelte einige Worte und sackte dann weg. Die Ärzte lassen mich jetzt nicht mehr zu ihm. Ich höre grad, eine Vernehmung ist frühestens morgen möglich, falls er dann noch lebt.«

»Was hat er gesagt?«

»Er sagte: ›... Frau ... nicht erschossen. Nilson muss ...‹ Dann ist er kollabiert.«

»Nicht uninteressant«, murmelte Jacobi. »Warum sollte er an der Schwelle zum Jenseits lügen und bestreiten, seine Frau getötet zu haben? Danke trotzdem, übrigens! Ich weiß, ihr habt euch große Mühe gegeben, ihn lebend zu kriegen. Aber gerade das wollte er ja vermeiden, als er keinen Ausweg mehr sah.«

»Du musst uns nicht trösten, Oskar. Es war unser Job, und den haben wir gemacht, so gut wir konnten. Sollte Sorge an unsern Kugeln sterben, werden sich unsere Gewissensbisse in Grenzen halten. Oder hast du noch irgendwelche Zweifel, dass er der Alpha-Wolf ist, nach dem Theater, das er heute aufgeführt hat?«

***

Behrens blieb provisorischer Leiter des Heiligenkreuz-Spitals, bis sich sein Nachfolger eingearbeitet hatte. Der Neue war ein asketischer Typ mit verkniffenen Gesichtszügen. Jacobi fand, er hätte viel besser als Kustos in eine Klosterbibliothek gepasst als in eine moderne Klinik als Vorstand. Kastner schien in puncto Fleischeslust kein noch so geringes Risiko mehr eingehen zu wollen.

Obwohl Behrens' Tage am HKS gezählt waren, wirkte er – wie schon auf der Jubiläumsfeier – unbeschwert und gelöst. Er begrüßte Jacobi, der ihm die Versetzung eingebrockt hatte, mit Handschlag und ließ Kaffee bringen.

»Ich weiß, ich sollte Ihnen eigentlich böse sein. Immerhin sind Sie für meinen Karriereknick verantwortlich«, griff er eine diesbezügliche Bemerkung Jacobis auf. Felicitas schenkte ihnen ein. Sie hatte rot geweinte Augen.

»Aber ganz objektiv betrachtet waren Sie, wenn auch unabsichtlich, mein Retter. Sie haben mich gezwungen, zu meinen Fehltritten zu stehen und zu meiner Berufung zurückzufinden. Und dafür haben Sie meinen Dank verdient, nicht Vorwürfe.«

Laut aufschluchzend lief Felicitas ins Vorzimmer hinaus und schlug die Tür hinter sich zu. Behrens hob entschuldigend die Schultern.

»Tut mir leid. Die Liebe fragt eben nicht, wohin sie fallen darf. Unser Konzept, mit attraktivem Personal zu arbeiten, ist marktwirtschaftlich voll aufgegangen, barg aber auch gewisse Risiken. Wie Sie sehen, bin ich schlussendlich nicht das einzige Opfer dieses Kalküls.«

Jacobi nickte. »Der Blick zurück ist fast immer mit Wehmut verbunden. Entweder beklagt man Versäumtes oder die Flüchtigkeit des Erlebten. Leider kann ich auf Befindlichkeiten keine Rücksicht nehmen, Pater. Ich möchte heute wissen, ob bestimmte Leute in den vergangenen Jahren Patienten am HKS gewesen sind.«

Behrens runzelte die Stirn. Jacobi wollte Einblick in die Patientendatei – und das ohne richterliche Ermächtigung.

»Der Pater General hat mir aufgetragen, Sie nach Kräften zu unterstützen. Also muss ich Ihnen wohl auch in dieser Angelegenheit helfen, selbst wenn sie eine grobe Missachtung des Datenschutzes darstellt.«

»Es geht nicht um Krankengeschichten«, wehrte Jacobi ab. »Ich suche lediglich nach Namen. Hatten Sie diese Bedenken eigentlich auch, als Schremmer Sie um denselben Gefallen bat?«

Behrens' Gesicht wechselte schlagartig die Farbe. »Woher wissen …? Bitte, erwähnen Sie das bloß nicht gegenüber dem Pater General! Er hat mir jeden Kontakt mit Schremmer untersagt.«

»Keine Angst. Ich wollte mich nur davon überzeugen, dass ich auf der richtigen Spur bin. Apropos *Spur*!« Aus der Innentasche seiner Jacke zog er eine Folie, die ein vergrößertes Passfoto enthielt, das Rolf Flotzinger zeigte. Jenen Söko, der Sarah Feldbach liquidieren sollte.

»Ist das der Blonde, der Sie nach Jutta Dietrich gefragt hat?«

»Ja, das war der Bursche. Augen wie ein Habicht, nicht wahr?«

»Sie sagen es. Vielen Dank, Pater.«

Felicitas ging Jacobi bei der Recherche zur Hand. Er ließ sie vier Namen in den PC eingeben und fand in Sekunden, wonach er gesucht hatte. Mit dem Versprechen, bestimmt nicht wiederzukommen, verabschiedete er sich und fuhr zurück ins Stadtzentrum zum Unfallkrankenhaus.

Zwei MEK-Leute saßen vor Melanies Krankenzimmer. Sie hatte keine inneren Verletzungen erlitten, und mit bleibenden Folgen ihres lebensgefährlichen Stunts war auch nicht zu rechnen, obwohl die vielen Verbände freilich das Gegenteil suggerierten. Jacobi blieb nicht lange, die Ärzte hatten der Patientin strikte Ruhe verordnet. Er war darüber nicht ungehalten. Auch er sehnte sich nach einem Bett.

ZWÖLF

Der Montagmorgen war grau und trostlos. Genauso grau wie die Gesichter Leo Feuersangs und Max Haberstrohs. Die Männer waren zum Umfallen erschöpft, aber verglichen mit Walter Pottasch wirkten sie fit und ausgeruht. Pottasch war am Ende. Wie ein nasser Lappen hing er im einzigen Sessel im Vernehmungsraum der VZA und zitterte wie ein Lämmerschwanz. Sein linkes Augenlid zuckte ununterbrochen.

Jacobi stand mit Feuersang und Haberstroh draußen vor der transparenten Spiegelglaswand und warf einen Blick auf seine Armbanduhr. Halb acht.

Obwohl er gut geschlafen hatte, war er um sechs aufgestanden. Sein Telefon hatte nicht mehr aufgehört zu klingeln. In- und ausländische Medien bombardierten ihn mit Fragen und forderten Interviews. Die ersten fünf Anrufer fertigte er noch höflich, aber entschieden ab und verwies sie auf die Pressekonferenz um zehn Uhr beziehungsweise an den Pressedienst des LGKs. Danach legte er den Hörer zur Seite und erledigte vom zweiten Hausanschluss aus selbst ein paar Telefonate.

Sorge hatte die Nacht überstanden, war aber sehr geschwächt. An eine Vernehmung war nicht zu denken. Ob es jemals noch dazu kommen würde, war mehr als fraglich. Sein Leben hing am berühmten seidenen Faden. Das Wagnis der Operation, die zunächst unerlässlich erschienen war, wollte das Chirurgenteam nicht mehr eingehen. Die zweite Kugel steckte direkt am Herzen. Dass Sorge überhaupt noch lebte, grenzte an ein Wunder. Die kleinste falsche Bewegung konnte ihn innerhalb von Minuten verbluten lassen, aber den Schock des Eingriffs würde er mit Sicherheit nicht überstehen.

Auch der Rapport Wegeners, der Nachtdienst gehabt hatte, war nicht erbaulicher gewesen. Bis in die frühen Morgenstunden seien nur noch drei Gamma-Sökos in Oberösterreich festgenommen worden, und bei der Fahndung nach Nilson trat man nach wie vor auf der Stelle.

Frustriert hatte Jacobi schließlich Melanie im UKH angerufen.

Doch auch die fünf Minuten Small Talk mit ihr vermochten ihn nicht wirklich aufzumuntern. Das gelang erst Leo Feuersang. Nach dessen Anruf hatte Jacobi sein Frühstück mit ins Auto genommen und war fünfzehn Minuten später in der VZA gewesen.

***

»Also? Was habt ihr aus diesem Häufchen Elend herausbekommen?«

»Gar nicht so wenig«, sagte Feuersang. »Für einen Junkie war er übrigens recht zäh, obwohl wir ihn ja schon seit gestern Vormittag vorkochen.« Pottasch hatte also kein Methadon zur Entzugsüberbrückung bekommen.

»Seit fünf Uhr früh singt er allerdings wie eine Nachtigall. Er hat Grabowsky gekannt. Beide waren vor mehr als zehn Jahren Mitglieder einer Bande, waren auf Villeneinbrüche spezialisiert. Der Anführer hörte auf den Spitznamen ›Simba‹, und eben dieser Simba hat sich über einen bestochenen Gefängniswärter nach langer Zeit wieder bei Pottasch gemeldet.«

»Und wie heißt Simba mit bürgerlichem Namen?«

»Hätte uns auch brennend interessiert, aber den kennt Pottasch nicht. Glaub mir, er hätte ihn uns verraten, wenn er ihn wüsste. Max hat's ihm echt nicht leicht gemacht. Aber wir haben eine Beschreibung Simbas und einige Details zur Person. Den Spitznamen verdankt er seiner blonden Löwenmähne, außerdem soll er gern Jeans und Lederjacken tragen – so wie du. Aber wie gesagt: Simbas wirklichen Namen hat Pottasch nie erfahren.«

»Das Geschäft ist über Vorauszahlung abgewickelt worden«, fuhr Haberstroh fort. »Der Auftraggeber hatte es eilig. Fünfzigtausend hat allein der erwähnte Beamte dafür erhalten, dass er ein Geschenk an Pottasch ungeprüft durchließ. Ein Schachspiel. Im doppelbödigen Klappbrett befanden sich hunderttausend Schilling, und in jeder Figur zehn Gramm Heroin, Eins-a-Qualität, insgesamt dreihundertzwanzig Gramm. Schon am Mittwoch, wenige Stunden nach der Festnahme Grabowskys, hatte Pottasch einen Kassiber mit folgendem Text zugesteckt bekommen: ›Grabowsky liegt auf der Krankenstation. Töte ihn! Simba.‹«

»Und woher wisst ihr von den Fünfzigtausend für den Wachbeamten?«

»Von Pottasch. Name und Summe standen auf der Rückseite des Kassibers.«

»Wann hat Pottasch das Geschenk erhalten?«

»Am Donnerstagmorgen. Es gehört einiges dazu, so eine Aktion so schnell zu organisieren. Noch am selben Vormittag hat Pottasch eine Infektion vorgetäuscht und wurde in die Krankenstation überstellt. Helfershelfer für das Ablenkungsmanöver waren rasch gefunden. Kostete ihn nur ein paar Tausender, von denen er ja mehr als genug hatte. Was dann folgte, wissen wir.«

Jacobi nickte zufrieden. »Okay. Habt ihr gut gemacht. Veranlasst die vorläufige Festnahme des Wachbeamten und bringt Pottasch ins LKH. Er braucht jetzt ärztliche Betreuung. Dann könnt ihr euch aufs Ohr hauen. Ihr habt euch den Schlaf verdient.«

***

Jacobi fuhr ins Präsidium. Weider war, wie nicht anders zu erwarten, bereits im Info-Center und kam zu ihm herüber.

»Morgen. Die Worte ›Einmal musste es zu Ende gehen!‹ hat Rottenstein selbst auf den Zettel geschrieben. Seine Motorik sei zwar beeinträchtigt gewesen, sagt der Grafologe …«

»Klar, er war ja auch stockbesoffen«, warf Jacobi ein.

»… aber die Schrift sei ihm eindeutig zuzuordnen«, fuhr Weider fort.

Jacobi schürzte die Lippen. »Dann stand sein Mörder eben neben ihm und hat ihn genötigt, das zu schreiben, ehe er ihn erschoss. Sonst noch was Neues?«

»Nein, nichts. Auch keine neuen Verhaftungen. Einige wenige Sökos müssen gewarnt worden sein. Ihnen scheint die Flucht ins Ausland geglückt zu sein.«

Jacobi zuckte mit den Achseln. »Früher oder später gehen sie einer Behörde ins Netz. Sie werden auf der ganzen Welt gesucht. So viel Geld haben sie dann doch nicht, dass sie in irgendeinem lukrativen Versteck in Frührente gehen könnten.«

»Abgesehen von Nilson«, schränkte Weider ein.

Jacobi nickte. »Ja, zehn Millionen Dollar wären ein nettes Polster. Aber dass er außer dieser Überweisung auf die Cayman Islands nicht die geringste Spur hinterlassen hat, das schmeckt mir nicht. Lass die Suche in Schörfling ausweiten und ordne einen größeren Radius an! Vielleicht lebt er ja gar nicht mehr. Andererseits lässt mir die Beteuerung Sorges, er habe seine Frau nicht umgebracht, keine Ruhe.«

»Weil er in diesem Zusammenhang Nilsons Namen genannt hat?«

»Du sagst es.«

»Folge deinem Instinkt! Der war schon immer das Beste an dir, Oskar«, lobte Weider hinterhältig. »Pernauer hat gesagt, dass Gudrun Sorges Ödeme von Misshandlungen herrühren. Allerdings wurden sie ihr bereits Stunden vor dem letalen Schuss zugefügt. Man hat sie also noch Sonntagnacht verprügelt.«

»Ergo müssen Schläger und Mörder nicht unbedingt identisch sein. Sorge kann vormittags kurzfristig außer Haus gewesen sein ...«

»Oder er wurde aus dem Haus gelockt«, präzisierte Weider. »Kaum ist er weg, sucht der Mörder Gudrun auf und ermuntert sie, uns anzurufen. Noch während sie mit uns spricht, erschießt er sie und verschwindet. Sorge kommt zurück, sieht seine erschossene Frau in der Diele liegen und begreift, dass er in eine Falle gelockt wurde. In Panik versucht er, die Leiche vom Grundstück zu schaffen, und wird dabei von uns erwischt.«

»So *könnte* es gewesen sein«, pflichtete Jacobi bei. »Naheliegender und logischer ist natürlich die einfachere Version: Die Sorges geraten schon in der Ballnacht aneinander. Warum, wissen wir nicht. Vielleicht haben die letzten Tage Gudrun Sorge die Augen geöffnet, was ihren Mann betrifft. Dann hat sie ihn zur Rede gestellt, und der Streit ist eskaliert.«

Weider schüttelte den Kopf. »Nicht die letzten *Tage*! Eine *Person* könnte ihr die Augen geöffnet haben.«

»Das kommt aufs Gleiche raus. Als Sorge sie dann am Vormittag erwischt, wie sie mit mir telefoniert, dreht er endgültig durch und erschießt sie.«

»Aber warum streitet er den Mord dann mit dem Tod vor Augen noch ab?«

Jacobi zuckte mit den Achseln. »Frag mich was Leichteres.«

»Okay. Wie geht es Melanie?«

»Gott sei Dank gut. Es ist bei der Erstdiagnose geblieben: Gehirnerschütterung und Rippenprellung. Sie darf in zwei Tagen nach Hause. Kandutsch hat sie übrigens auch schon besucht.«

»Wundert dich das? Bei so einer Augenweide wie Melanie schaut jeder gern vorbei.«

»Apropos Augenweide: Hast du Jutta Dietrich angerufen?«

»Hab ich. Sie hat versprochen, noch zwei Tage in der Hütte zu bleiben. Sie lässt dir ausrichten, das täte sie nur dir zuliebe, weil«, er schloss die Tür zum Info-Center, schlug mit der Faust in die offene andere Hand und flüsterte, »weil du so einen animalischen Appeal hast. Nein, aber im Ernst: Sie sagte, sie sei ein bisschen enttäuscht, weil du dich seit deinem Nacht-und-Nebel-Besuch nicht mehr gemeldet hast.«

»Dafür ist die Zufahrtsstraße ins Seidlwinkltal bis heute überwacht worden. Hast du ihr das nicht gesagt?«

»Natürlich. Auch, dass die Sökos identifiziert und zerschlagen worden sind. Sie ist fast ausgeflippt vor Freude und Erleichterung, und dann sind wir ein bisschen ins Plaudern geraten. Also, wenn diese Frau wieder in der Stadt ist, muss ich sie unbedingt mal treffen. Eine Stimme hat die, da zieht es dir ja glatt die –«

»Spar dir deine Kalauer«, unterbrach Jacobi seine Schwärmerei. »Die Dietrich ist nicht unsre Kragenweite. Auf so arme Würstl wie uns greift sie höchstens in Notzeiten zurück, wenn nichts anderes verfügbar ist – oder aus strategischem Kalkül.«

Weider hob vielsagend die Augenbrauen. »Also doch!« Er begann eine Melodie zu intonieren, warf sich wie ein Opernbuffo in Positur und sang: »Du warst für mich nur der Nagel der Not, weil sich mir hier oben nichts Besseres bot!«

Jacobi lachte. »Auch wenn du's partout nicht glauben willst: Da war nichts. Aber wer weiß? Vielleicht steht sie ja auf verhinderte Künstler und nimmt dich eines Tages mal im Vorbeigehen zur Brust. Nur – was wird Inge dazu sagen?«

Weider verzog das Gesicht zu einer tragikomischen Grimasse: »Mann, du bist wirklich ärger als das Kaltwasserbecken in der Sauna. Aber weil gerade von Kalauern die Rede war: Weißt du, warum sich die Sökos nicht an Politpensionären vergriffen haben?«

»Nein, warum nicht?«

»Weil dann das ganze Land hinter ihnen her gewesen wäre, um ihnen zu huldigen.«

»Copyright Conte?«

»Klar.«

»Dacht ich mir doch. Also, ich muss jetzt rauf zu Kandutsch. Er will sich vor der Pressekonferenz noch mit mir besprechen.«

»Wird auch nötig sein. Hast du die heutige ›K. u. K.‹ gelesen? Conte lässt seine Phantasie wild ins Kraut schießen. Gott sei Dank kennt er die authentischen Zahlen nicht. Aus den etwa hundert Morden, die wir angegeben haben, hat er eh schon über zweihundert gemacht.«

»Dann verlang eine Richtigstellung von ihm. Er darf nicht auf die Idee kommen, dass es sehr, sehr viel mehr waren. Und noch was: Was ist mit dem Anrufer, der Schremmer zum Lagerplatz gelockt hat? Kann man seine Stimme schon im Original hören?«

»Kann man. Aber sie sagt uns nichts. Die Person, vermutlich ein Mann, war übervorsichtig. Hat trotz Verzerrers zusätzlich mit verfremdeter Stimme gesprochen.«

***

Das sogenannte Pressefoyer befand sich neben Kandutschs Büro und quoll an diesem Vormittag fast über. Von den etwa fünfzig Journalisten hatten nicht alle einen Sitzplatz ergattert, sodass etliche stehen mussten.

Kandutsch, Staatsanwalt Rothmayer, Stapo-Direktor Firlinger und Jacobi saßen ihnen am langen Konferenztisch gegenüber. Ein Wald von Mikrofonen reckte sich ihnen entgegen.

Die Konferenz gestaltete sich zum Spießrutenlauf für die Behördenvertreter. Von Beginn an schossen sich die Reporter auf den Chefermittler der SOKO OGAS ein. Rothmayer, Kandutsch und Firlinger durften sich bald als vernachlässigte Randfiguren fühlen, waren darüber aber keineswegs traurig.

Das Interesse galt in erster Linie Rottensteins Tod und der wilden Verfolgungsjagd, die tags zuvor im Raum Salzburg stattgefunden hatte. Die länderübergreifende Verhaftungswelle schien erstaunlicherweise noch nicht als solche wahrgenommen worden zu sein. Dank der Diskretion der Eingeweihten wurden die Verhaftungen bisher nur sporadisch mit den Sökos in Verbindung gebracht.

Die Fragen nach Rottensteins Tod versuchte Jacobi zunächst mit dem Hinweis zu unterlaufen, es sei noch nicht geklärt, ob es sich um Suizid oder Mord handelte. Doch damit gaben sich die Journalisten natürlich nicht zufrieden.

Von allen Seiten in die Zange genommen kam der Beamte ganz schön ins Schwitzen, ließ sich aber nicht aus der Reserve locken. Je hartnäckiger nachgefragt wurde, umso beiläufiger blieb er. Man stünde erst am Anfang der Ermittlungen, und als Behördenvertreter dürfe er sich an Spekulationen nicht beteiligen.

Die häufig gestellte Frage nach den Hintermännern der Sökos parierte er mit entnervend unverbindlichen Floskeln: »Sie wissen, dass ich keine Namen von mutmaßlichen Verdächtigen nennen darf. Nicht in diesem frühen Stadium der Ermittlungen. Ich empfehle Ihnen die Doku ›Seniorenkiller‹ Ihres Kollegen Kurt Schremmer und das anschließende Liveinterview, beides wird morgen Abend ausgestrahlt. Sie werden all jene Infos erhalten, die preiszugeben mir das Gesetz verbietet.«

Aber so leicht machte es ihm die Meute nicht. Eine blutjunge einheimische Reporterin von der »Neuen« stellte die Frage, vor der ihm schon seit Tagen graute: »Herr Hauptmann, wie kann ein so unaussprechlicher Horror eigentlich in einer mitteleuropäischen Demokratie passieren? Wie kann so etwas jahrelang über die Bühne gehen, ohne dass die Exekutive auch nur das Geringste mitbekommt?«

»Nach unserm bisherigen Erkenntnisstand reden wir von etwa zwölf bis achtzehn Monaten«, präzisierte Jacobi mit treuherzigem Augenaufschlag. Außer den alten Hasen, die ihn kannten, wäre niemand auf den Gedanken gekommen, dass dieser Mann log. »Und vergessen Sie bitte nicht: Die Sökos haben im Schutz vollkommener Anonymität agiert. Keine Beziehung zu den Opfern, kein ersichtliches Motiv, kein Täterprofil. Die meisten ihrer Meuchelmorde wurden deshalb auch nicht als solche erkannt. Und bei den wenigen, die auffielen, ging man von individuellen Taten und Tätern aus. Kein rational denkender Mensch konnte mit dem Tatbestand eines organisierten Massenmords rechnen.«

Ihm war bewusst, dass er wie Schremmer bei ihrem ersten Treffen argumentierte, und er war nicht übermäßig stolz auf sich.

»Erst der Fall Cermak, der uns zum ersten Mal ein richtungweisendes Muster bot, machte uns hellhörig. Der Fall Feldbach bestätigte dann unsre Vermutung. Frau Sarah Feldbach konnte den Sökos vor einer Woche nur durch eine glückliche Fügung entkommen. Ihre Bestimmung als EBI, als etatbelastendes Individuum, wäre gewesen, in einem Gasteiner Bergsee ersäuft zu werden. Frau Feldbachs Kontakte ermöglichten uns in weiterer Folge die Zusammenarbeit mit Kurt Schremmer. Eine Zusammenarbeit, die nie friktionsfrei war, aber wir erfuhren von ihm Namen. Dass seine Recherchen letztlich zur Zerschlagung der Sökos führten, soll hier nicht verschwiegen werden. Auch nicht, dass Schremmer den Sökos schon auf der Spur war, als wir noch nicht die geringste Ahnung hatten.«

»Treiben Sie Ihre Auskunftsfreudigkeit noch auf die Spitze, Hauptmann Jacobi«, forderte ein deutscher Journalist ironisch, »und verraten Sie uns die tatsächlichen Motive der Sökos, wenn Sie schon keine Namen nennen wollen!«

Jacobi wechselte einen Blick mit Kandutsch und Rothmayer. Beide nickten.

»Vorige Woche haben wir ein Dossier von Schremmer erhalten. Ein Dossier, das keinerlei Beweiskraft hat, wohlgemerkt. Darin werden Todes- und Abgängigkeitsfälle angeführt, von denen auffällig viele spezifische Gemeinsamkeiten aufweisen und die er nachrecherchiert hat. Wir haben alle greifbaren Daten der betreffenden Personen in Rekordzeit in einem Rasterprogramm erfasst. Unsre anfängliche Vermutung, es könnte sich bei den Sökos um eine bizarre politische Sekte handeln, erwies sich nun als nur mehr bedingt zutreffend. Wie im Feldbach-Protokoll nachzulesen ist, glaubten die Gamma-Kader der Sökos, einer radikalen Idee zu dienen. Aber die eigentliche Zielsetzung ist geradezu erschütternd trivial: Es sieht so aus, als habe ein Versicherungsmakler versucht, seiner Gesellschaft durch die Ermordung von Kunden Geld zu ersparen. Die Indizien für diese Annahme sind erdrückend.«

Als mit der Erwähnung der Versicherung schließlich der Bogen zu Rottenstein geschlagen war, verwandelte sich der Konferenzraum augenblicklich in einen Hexenkessel. Das Fragengewitter zu den AIC-Managern brach nun erst recht über Jacobi herein.

»Generaldirektor Rottenstein dürfte nicht freiwillig aus dem Leben geschieden sein«, goss er noch zusätzlich Öl ins Feuer. »Jemand wollte ihn uns als Alpha-Söko präsentieren, um Zeit zu gewinnen.«

Er erwähnte den handgeschriebenen Zettel, den man bei der Leiche Rottensteins gefunden hatte, verschwieg aber die Diskette. »Ein Mann, der hingegen tatsächlich als Alpha-Söko in Betracht kommt, hat sich gestern der Festnahme mit Waffengewalt widersetzt und wurde dabei lebensgefährlich verletzt.«

Er schilderte kurz die Ereignisse, die mit der Ergreifung Sorges geendet hatten, ohne dessen Namen zu nennen. Die dadurch losgetretene Fragenlawine stoppte er mit der Feststellung: »Ehe wir diese Person nicht einvernommen haben, werde ich dazu keine weiteren Angaben machen.«

Kandutsch erhob sich. »Meine Damen und Herren, das war's fürs Erste. Wir werden Sie selbstverständlich auf dem Laufenden halten, sollte sich Neues ergeben. Für Detailfragen steht Ihnen unser Pressedienst zur Verfügung.«

***

Beim Mittagessen zu viert im »Krimplstätter« war Kandutsch mehr als aufgekratzt. Als Aperitif ließ er Champagner auffahren.

Dank Sarah Feldbach hatte das Referat 112 Schremmer auf der Zielgeraden abfangen können. Diesen Erfolg sah der SIDI nicht zu Unrecht als Krönung seiner bis dato eher unauffälligen Karriere an.

Jacobi wollte in diesem Moment kein Spielverderber sein. Bei Steinpilzschaumsüppchen, flambierten Hirschlendchen an Rotkraut, Maronipüree, Preiselbeermousse und einem süffigen St. Laurent ließ er seine Kollegen im Glauben, die Aufdeckung des »Sökos-Komplotts« sei so gut wie abgeschlossen. Als sich abzuzeichnen begann, dass Kandutsch das Essen zu einem Umtrunk ausdehnen wollte, empfahl er sich mit der Ausrede, er sei hundemüde, schließlich habe er tagelang nicht richtig ausschlafen können. Augenzwinkernd ließ man ihn ziehen.

»Grüßen Sie Melanie von uns, Jacobi«, trug ihm Kandutsch noch auf. »Sie soll sich gut erholen und uns bald wieder die Freude ihres Anblicks gönnen.«

***

Im Kiosk des Unfallkrankenhauses blätterte Jacobi etliche Illustrierte durch, ehe er fand, wonach er suchte: eine Gesellschaftskolumne über die Jubiläumsfeier der AIC. Er kaufte die Zeitschrift und besuchte anschließend Melanie. Wie schon am Vortag blieb er nur zu einem kurzen Gedankenaustausch. Er war unruhig, fast zappelig und verabschiedete sich schon nach zehn Minuten wieder. Melanie ließ ihn bis zur Tür gehen, dann schickte sie ihm das unvermeidliche »Bitte, sei vorsichtig!« hinterher.

Er wandte sich um und lächelte. »Ich werd aufpassen. Und morgen ist sicher alles vorbei. Es sei denn, Sorge stirbt uns weg, ohne einen weiteren Ton gesagt zu haben.«

***

Er fuhr zum »Drop in«. Bardame Mizzi mit Körbchengröße D wohnte im Stockwerk über dem Lokal. Er läutete – und hatte Glück: Sie war zu Hause.

»Moment, ich komm grad aus der Dusche.« Sie öffnete im Schlafrock und grinste breit, als sie sah, wer vor ihrer Tür stand.

»Ah, da schau her! Der Kiberer. Was darf's denn heute sein?« Sie ließ ihn eintreten, ging dann ins Schlafzimmer und setzte sich an den Schminktisch. Das »Drop in« kannte keinen Ruhetag.

»Leider wieder nur ein Blick auf ein Foto«, sagte er galant. Er legte die aufgeschlagene Illustrierte zwischen ihre Make-up-Tiegel und deutete auf eine bestimmte Aufnahme.

»Ja, das ist der Mann«, sagte sie sofort. »Der war damals mit der Dunkelblonden hier. Passen gut zusammen die zwei, nicht?«

»Doch, kann man sagen.«

»Neulich war übrigens ein Journalist da, Typ Latin Lover. Hat mir auch ein Foto von diesem Mann gezeigt und dieselben Fragen gestellt wie du.«

»Ah, was du nicht sagst! Du hast mir wieder sehr geholfen. Das war's auch schon. Vielen Dank.«

»Schade. Grad heut ist Freddy in München.«

Wieder im Wagen rief Jacobi im Referat an. Stubenvoll meldete sich, er hielt mit Wegener zusammen die Stellung. Feuersang und Haberstroh waren längst nach Hause gefahren, genauso wie Weider. In den letzten Tagen hatten ihre Familien sie selten zu Gesicht bekommen.

»Oliver, hat sich der Personenschutz von Schremmer schon abgemeldet?«

»Ja, Chef. Ist wie ausgemacht um vierzehn Uhr abgerückt.«

Jacobi wählte erneut. Das Freizeichen ertönte. Ein Mal, zwei Mal ... fünf Mal. Dann schaltete sich der Anrufbeantworter ein.

Jacobi probierte es noch einmal. Mit demselben Erfolg. Also wieder Stubenvoll.

»Oliver, versuchen Sie Schremmer zu erreichen. Ich fahre inzwischen zu seinem Haus.« Wie ein Selbstmörder raste er durch die Innenstadt.

***

Schremmer öffnete nicht. Auch nicht nach einer halben Minute Sturmläuten. Natürlich konnte er weggefahren sein. Seine Viper hatte man ihm am Vormittag zurückgebracht, außerdem besaß er als Zweitwagen einen Jeep.

Jacobi fluchte und haderte mit sich selbst. Idiot! Idiotischer Idiot! Warum nur musstest du den Abzug des Personenschutzes von der Festnahme Sorges abhängig machen.

Die Fenster im Parterre waren vergittert. Er kletterte an einem Spalierbaum bis zum ersten Stock und schlug eine Scheibe ein. Um die empörten Rufe einiger Passanten kümmerte er sich nicht.

Er inspizierte jeden Raum vom Dachboden bis zum Keller. Die Scheibe eines Kellerfensters war sauber ausgeschnitten worden. Schremmer befand sich nicht im Haus, sein Mobiltelefon lag auf dem Wohnzimmertisch, die Viper stand brav in der Garage, neben ihr der Jeep Cherokee. Es war nicht gerade ermutigend, dass die Haustür von innen verschlossen war und der Schlüssel steckte.

Die Glastür zur Gartenterrasse war angelehnt. Jacobi trat hinaus. Eine üppige Thujenhecke schützte vor neugierigen Blicken der Nachbarn. Im ungepflegten Rasen entdeckte er die Reifenspuren. Grobstolliges Profil. Vermutlich ein Offroader.

Zwischen Garagenmauer und Thujenhecke waren knapp zwei Meter Platz. Der Wagen war hier rigide durchgezwängt worden. Und zwar zwei Mal! Einmal nach hinten in den Garten und wieder zurück zur Straße.

Jacobi lief zurück ins Wohnzimmer und beorderte die Spusi zu Schremmers Haus, bevor er den Reifenspuren nach vorn zur Ausfahrt folgte.

»Da! Da ist er!« Ein Häufchen aufrechter Bürger hatte sich auf dem Gehsteig versammelt und starrte Jacobi feindselig an.

»Jetzt brechen sie schon am helllichten Tag ein. Sicher wieder so ein verdammter Asylant!«

»Schaut euch nur die Visage an! Und so was rennt noch frei rum!«

»Vielleicht ist er gar kein gewöhnlicher Einbrecher!«, kreischte eine fette Rothaarige. »Vielleicht ist er einer von diesen Seniorenkillern! Die können bei uns ja tun und lassen, was sie wollen.«

»Wo bleibt denn die Polizei?«, maulte ihr Begleiter. »Du hast doch angerufen?« Er reckte seinen Hopfenmuskel herausfordernd gegen Jacobi.

»Ja, wo bleibt die Polizei?«, schrie ein blasser Buchhaltertyp. »Wenn man irgendwo fünf Minuten falsch parkt, haben sie einen sofort am Wickel. Aber wehe, man braucht sie wirklich einmal, diese Fetzenschädel!«

»Ich bin von der Gendarmerie, Leute«, sagte Jacobi ruhig. »Ich suche den Besitzer des Hauses. Deshalb bin ich eingestiegen.« Er zog seinen Ausweis aus der Tasche.

»Gendarmeriehauptmann Jacobi, tatsächlich«, las die Rothaarige enttäuscht.

»Dürfen Sie das eigentlich? Einfach irgendwo einsteigen?« Der Hopfenmuskel mochte sich mit der neuen Situation nicht abfinden.

»Wenn Gefahr im Verzug ist, darf ich das. Und diese Situation ist gegeben. Also lassen Sie mich bitte zu meinem Wagen!«

Widerwillig traten die selbst ernannten Ordnungshüter zur Seite. Hinter sich hörte Jacobi die bessere Hälfte des Buchhalters schimpfen: »Du bist vielleicht ein Koffer, Herbert! Das ist doch der Kiberer, der vorhin im Fernsehen war …«

***

Der lang angekündigte Wettersturz machte sich auf der Autobahn doppelt unangenehm bemerkbar. Nach dem Ofenauer Tunnel reduzierte dichter Schneeregen die Sicht auf wenige Meter. Einige Pkws und ein Lieferwagen hatten bereits unliebsame Bekanntschaft mit den Leitplanken gemacht. Der alte Quattro war schon in den vergangenen Tagen etlichen Sonderprüfungen unterworfen worden, und die gegenwärtige auf der überfluteten A 10 würde nicht seine letzte sein, das war sicher. Der Wetterdienst meldete ergiebige Schneefälle am Tauernhauptkamm. Nicht ungewöhnlich für die Jahreszeit. Früher waren die Tauerntäler auch schon mal im Hochsommer im Schnee versunken.

Auf der matschigen Straße mit nahezu zweihundert Stundenkilometern dahinzubolzen, wäre für einen Sonntagsfahrer eine ziemlich verlässliche Methode gewesen, erfolgreich Selbstmord zu begehen, und auch für ein ehemaliges Rallye-Ass war das Risiko nicht gerade gering. Aber Jacobi musste sich beeilen, wollte er das Jagdhaus rechtzeitig erreichen.

Siebzehn Uhr fünfzehn.

Wenn der Geländewagen tatsächlich ins Innergebirg unterwegs war, hatte er mindestens eine Stunde Vorsprung. Auf der Autobahn und auf der Salzachtal-Bundesstraße konnte er mit den grobstolligen Reifen problemlos über hundert Stundenkilometer schnell fahren, und auf verschneiten Forststraßen war er ohnehin jedem Pkw überlegen.

»Der Teufel hält eben zu seinen Leuten«, knurrte Jacobi grimmig. Wieder unterdrückte er den Impuls, langsamer zu fahren, die Alpingendarmerie anzurufen oder Weider ins Vertrauen zu ziehen. Was hätte es gebracht, jemanden hinaufzuschicken oder Jutta Dietrich übers Telefon zu warnen? Sie hätte ihm nie und nimmer geglaubt.

Nicht zuletzt war da aber noch dieser letzte Rest an Ungewissheit. Die Angst, sich doch geirrt zu haben und hinterher als der Blamierte dazustehen.

Auf Höhe Bischofshofen läutete das Autotelefon. Jacobi drückte die Lautsprechertaste. Weider war dran.

»Oskar, wo treibst du dich rum? Melanie hat mich angerufen. Sie hat Angst um dich, besser gesagt: Sie hat Angst vor einem deiner berüchtigten Alleingänge. Bist du auf eine Spur von Nilson gestoßen?«

»Nicht direkt«, antwortete Jacobi ausweichend. »Aber Schremmer ist verschwunden, wie du ja inzwischen wissen wirst. Und vermutlich schwebt auch Jutta Dietrich in Lebensgefahr.«

»Jetzt noch?« Weider konnte seine Skepsis nicht verhehlen, verzichtete jedoch auf Anzüglichkeiten. »Warum glaubst du das?«

»Ich fürchte, Schremmer hat uns ein allerletztes Atout vorenthalten. Und eben damit hat er überreizt.«

»Du meinst, er lebt nicht mehr?«, fragte Weider entsetzt.

»Ich werde das Gefühl nicht los, ja. Hat die Spusi in seinem Haus was gefunden?«

»Falls du offensichtliche Spuren einer Gewalttat meinst, nein. Alles andere braucht seine Zeit. Aber vielleicht hilft es dir weiter, wenn ich dir die Einvernahme Sorges überspiele? Leo und ich durften fünfzehn Minuten zu ihm rein.«

»Jetzt auf einmal? Außerdem hat Stubi gesagt, du seist auf dem Heimweg.«

»War ich ja auch, als ein Arzt aus dem LKH anrief. Wenn wir Sorge vernehmen wollten, müssten wir das rasch tun. Er sei im Moment ansprechbar. Die eupathische Phase vor dem Exitus. Er wird den nächsten Tag nicht mehr erleben. Also habe ich Leo aus dem Bett geklingelt und bin ins LKH gerast. Ich sag dir, als ich Sorge da auf der Intensivstation hab liegen sehen, ist es mir kalt den Rücken runtergelaufen. Die Zahl der von ihm in den Tod Geschickten macht einen einfach fertig. Du *fühlst* dich nicht nur ohnmächtig, du *bist* es. Weißt nicht, wie du an einen so abstrakten Tatbestand herangehen sollst. Wir hätten so viele Fragen auf den Lippen gehabt, über seine Beweggründe und was er sich dabei gedacht hat, mussten uns aber aufs Dringlichste beschränken. Der verantwortliche Arzt hat uns nur eine Viertelstunde bewilligt, uns aber wenigstens die ersten Minuten mit ihm allein gelassen.«

Weider schaltete die Aufnahme zu. Vorweg hörte man Feuersang die Kenndaten zur Einvernahme sprechen, bevor er gleich mit der wichtigsten Frage begann: »Herr Dr. Sorge, wir haben bei Rottensteins Leiche eine Diskette gefunden. Darauf sind – ich tu mich schwer, es auszusprechen – etliche hundert Morde dokumentiert. Ich frage Sie nun: Haben Sie diese Morde in Auftrag gegeben?«

»Ja, hab ich«, kam es leise, aber verständlich zurück. Es war eindeutig Lysander Sorges Stimme, Jacobi erkannte sie sofort. Danach folgte Stille. Das prompte Geständnis hatte Feuersang wohl regelrecht erschlagen.

Mit beträchtlicher Verzögerung schloss sich seine nächste Frage an: »Wie ist einem zumute, wenn man so viele Menschenleben auf dem Gewissen hat, Herr Doktor?«

»Herr – äh …?«

»Feuersang, Abteilungsinspektor Leo Feuersang.«

»Herr Inspektor, beschränken Sie sich bitte auf Fragen, die für den Abschluss Ihrer Ermittlungen wichtig sind. Ich bin weder scharf darauf, noch hab ich die Kraft, die ethischen Aspekte meines Tuns mit Ihnen zu diskutieren. Nicht in einer Welt, in der es sich die *good guys* richten und die *bad guys*, die letztlich Schwächeren, die Zeche zahlen. Der Mensch war seit jeher ein kannibalischer Jäger – immer bereit, seine Artgenossen zu töten, um sich selbst Ressourcen zu sichern. Mehr werde ich dazu nicht sagen. Sollten Sie das nicht akzeptieren, so ist unser Gespräch hiermit beendet.«

»Schon gut, ich werde Sie nur das Allernötigste fragen«, beeilte sich Feuersang zu versichern. »Sie sind also die Nummer eins der Sökos?«

»So ist es. Aber meine Frau habe ich nicht umgebracht. Das muss Nilson gewesen sein.«

Es war grotesk: Sorge hatte hunderte von Menschenleben auf dem Gewissen, aber es schien ihm wichtig zu sein, nicht für den Mörder seiner Frau gehalten zu werden.

»Warum vermuten Sie das? Gehört er auch zu den Sökos?«

»Er ist die Nummer zwei. Hab ihn vor fünf Jahren gezwungen mitzumachen. Gestern hat er sich allerdings revanchiert. Hat mich aus dem Haus locken lassen und mir mit dem Mord an Gudrun eine Falle gestellt, um Zeit für sich zu gewinnen.«

»So wie Sie selbst durch die Ermordung Rottensteins Zeit gewinnen wollten, nicht wahr?«

»Stimmt. Diese Parallele hab ich noch gar nicht gesehen. Rottenstein umbringen zu lassen, war mir übrigens eine Genugtuung. Schließlich war er es, der mich in diesen Wahnsinn getrieben hat.«

»Diesen Wahnsinn, wie Sie es richtigerweise nennen, haben allein Sie zu verantworten.«

»Herr Inspektor, ich warne Sie kein drittes Mal. Verkneifen Sie sich Ihre Bewertungen.«

»Okay. Also hat Rottenstein Sie mit dem Beinahe-Crash der AIC zu diesem … äh, Kurs gezwungen?«

»Exakt. Unmittelbar nach Livias Tod stand ein wichtiger Abschluss mit der Global Investment AG an. Ich schlug Julius vor, mich die Verhandlungen zu Ende führen zu lassen. Er war damals angeschlagen, und für uns stand viel auf dem Spiel. Jeder Schilling, den ich besaß, steckte in der AIC. Aber nein, *er* wollte unbedingt die Verhandlung übernehmen.«

Sorge musste eine Pause einlegen. Sein Atem ging schnell und flach. Erst eine volle Minute später konnte er weiterreden.

»Hinter dem Sprecher der Global Investment, dem Griechen Achill Sorbas, stand ein Konsortium von Dutzenden von Finanzhaien. Für die waren wir ein mäßig großer, aber eben nicht zu verachtender Happen. Es kam, wie's kommen musste: Julius verließ sein Instinkt, er schloss das Geschäft ab und wurde dabei von Sorbas über den Tisch gezogen. Die Folgen waren katastrophal. Wir fuhren mit der Übernahme eines viel zu großen Obligationenpakets voll ein. Davon haben wir uns nie wieder erholt. Und neulich sagt der eingebildete Kotzbrocken doch plötzlich allen Ernstes, dank seines Einflusses im ANUBIS-Präsidium stünden wir gar nicht so schlecht da. Nein, mir tut dieses Bauernopfer kein bisschen leid.«

»Aber Nilson scheint entkommen zu sein«, insistierte Feuersang. »Sie wissen, dass er Firmengelder in Höhe von zehn Millionen Dollar auf die Cayman Islands hat überweisen lassen?«

»Diese Ratte«, keuchte Sorge. »Nein, das wusste ich nicht.«

»Sie dürfen sich nicht aufregen und nicht so viel sprechen«, meldete sich plötzlich eine vierte Person zu Wort, vermutlich der diensthabende Arzt. »Meine Herren, stellen Sie Ihre Fragen bitte so, dass der Patient nur kurze Antworten geben muss.«

»Wir werden uns bemühen«, sagte Weider. »Dr. Sorge, wie sind Sie auf die Idee verfallen, sich mit der Ermordung Ihrer Kunden über Wasser zu halten?«

»Durch Jirî Cermak. Er und viele seiner Pensionäre waren AIC-Kunden. Nilson hat mich darauf aufmerksam gemacht, dass der flotte natürliche Abgang in der Villa Cermak uns schon die eine oder andere Million erspart hatte.«

»Und daraufhin haben Sie Cermak genauer unter die Lupe genommen?«

»Ja. Eins fügte sich dann zum andern. Was Cermak konnte, konnten wir schon lange. Musste nur in größerem Stil aufgezogen werden, um als Rettungsanker für die AIC wirksam zu werden.«

»Nilson übernahm den Aufbau der Sökos und die Rekrutierung der Mitglieder?«

Sorge musste genickt haben, denn Jacobi konnte keine unmittelbare Antwort hören.

»Wir fingen mit fünf Amateuren an. Vier Männer und eine sehr anstellige junge Frau. Ihr Name ist auf der Diskette nicht angeführt. Sie war bis zum Schluss loyal, deshalb habe ich sie nicht preisgegeben. Eine Frau mit Format, wie ich mir Gudrun immer gewünscht habe. Hat aber nicht sollen sein. Diese fünf also haben die Aufbauarbeit geleistet, haben für das Geheimbundkolorit gesorgt und die sozialpolitische Legende entwickelt. Sie waren das Bindeglied zwischen uns und den später Hinzugekommenen, die weder Nilson noch mich kannten.«

»Sie sprechen vom Beta-Kader?«, vergewisserte sich Feuersang.

»Sie sagen es«, bestätigte Sorge.

»Warum haben Sie Ihre Frau nach der Ballnacht verprügelt?«, kehrte Weider unvermittelt zum Thema Gudrun Sorge zurück.

Wieder ließ Sorge fast eine Minute verstreichen, ehe er weinerlich antwortete: »Ich habe Gudrun geliebt, aber sie hat mich an Schremmer verraten. Wollte mich der Justiz ausliefern, um mit ihm gemeinsam das bisschen Geld, das ich noch besitze, zu verjubeln.«

»Woher wissen Sie das?«

»Ich erhielt einen anonymen Anruf.«

»Und daraufhin haben Sie Ihre Frau, die Sie so sehr lieben, sofort verprügelt?«

»Die Nachricht betraf nicht nur den Verrat. Der streng geheime Alpha-Code und zwei unbefugte Zugriffe auf die Datei wurden ebenfalls angeführt. Ich war wie vor den Kopf geschlagen. Nie wäre mir in den Sinn gekommen, dass Gudrun über die Sökos Bescheid wissen könnte.«

»Wusste sie auch nicht. Oder glauben Sie, sie hätte sich aus eigenem Antrieb an Ihren PC gesetzt, um einen bestimmten Code zu knacken? Dafür waren andere verantwortlich.«

Sorge schaltete schnell. »Sie meinen einen ihrer Liebhaber?«

»Was spricht dagegen?«, gab Weider die Frage zurück. »Welcher Code war denn eingegeben, ehe Sie die Diskette dem toten Rottenstein in die Tasche stecken ließen? Sie müssen uns übrigens für sehr beschränkt halten, wenn uns der Code ›Livia‹ nicht misstrauisch machen sollte.«

»Ein Fehler unter Zeitdruck. Der ursprüngliche Code lautete ›MUNICH 200886‹. Ich habe meine Frau am 20. August 1986 in München kennengelernt. Wir waren dort einige Tage lang sehr glücklich.«

»Was Sie nicht sagen. ›MUNICH 200886‹ wäre von einem Außenstehenden also nicht zu erraten gewesen. Ein Bettgenosse Ihrer Frau dagegen hätte mit etwas Glück und Geschick drauf stoßen können. Es gibt kaum etwas, worüber im Bett nicht gesprochen wird.«

»Warum haben Sie Grabowsky ermorden lassen?«, schaltete sich Feuersang wieder ein. »Hätte er einen Hinweis auf die AIC geben können?«

»Grabowsky war ein Söko der ersten Stunde, aber nur der Gamma-Kategorie. Er hätte mich nicht verraten können, weil er mich nicht kannte, und ich habe auch nicht den Auftrag erteilt, ihn zu liquidieren. Wüsste selbst gern, wer dafür verantwortlich ist. Seinen Kumpanen gegenüber hat er einen Jugendfreund erwähnt, der ihm das HKS empfohlen haben soll. Ob dieser Freund jedoch etwas mit seinem gewaltsamen Tod zu tun hat, kann ich freilich nicht sagen. Ist mir auch egal.«

»Was ist mit Jutta Dietrich? Ist die Ihnen auch egal?«

»Wer ist Jutta Dietrich?«

»Was soll das Versteckspiel? Kommt es Ihnen darauf noch an? Jutta Dietrich sollte Grabowsky im HKS euthanasieren – als Gesellenstück sozusagen. Stattdessen hat sie ihm erzählt, was man von ihr verlangt hat, und Grabowsky hat daraufhin über die Sökos ausgepackt.«

»Ich kenne keine Jutta Dietrich«, sagte Sorge. »Außerdem hätte ich gerade im HKS nie etwas Derartiges angeordnet. Gladius Dei ist ein AIC-Großkunde, mit dem wir fast ein Monopolabkommen haben. Es wäre gleichbedeutend mit einem öffentlichen Outing gewesen, dort Sökos einzuschleusen.«

Jetzt riss Feuersang doch der Geduldsfaden. »Sie selbst haben Schremmer vorige Woche zum Baufritz-Lagerplatz beim ›Welikije Luki‹ gelockt. Als Köder diente das Stichwort ›Marlene‹, der Spitzname von Jutta Dietrich.«

Sorge atmete heftiger. »Ich habe Schremmer nie irgendwohin gelockt. Eben das hat mich ja in den letzten Tagen so verrückt gemacht. Es geschahen immer wieder Dinge, die ich nie angeordnet hatte. Und wenn ich nachfragte, hieß es: Alpha-Order! Die Anordnung sei über den Code S 1/1-090767 erfolgt. Der 9. Juli 67 ist der Geburtstag meiner Frau. Ich versichere Ihnen, weder Grabowskys Ermordung noch die Anschläge auf Schremmer und Jacobi gehen auf mein Konto. Auch nicht auf das von Nilson. Diese Aktionen waren für die Sökos doch allesamt selbstzerstörerisch. Glauben Sie im Ernst, wir beide hätten so etwas veranlasst?«

»Also haben Sie niemanden ins HKS zu Pater Behrens geschickt, um sich nach dem Verbleib von Jutta Dietrich zu erkundigen?«

»Nein, zum Teufel, nein! Ich höre diesen Namen heute zum ersten Mal.«

»Und Sie haben auch nicht höheren Orts interveniert, um Hauptmann Jacobi diesen Fall entziehen zu lassen?«

»Wie hätte ich denn? Ich hab doch erst am Wochenende von Phryne erfahren, was da auf mich zukam. Als Grabowsky, Moospitzner und Klausen verhaftet wurden, habe ich eine Anwaltskanzlei beauftragt, sie zu vertreten, aber für weitere Maßnahmen fehlte mir die Zeit.«

»Jetzt ist Schluss, meine Herren«, sagte der Arzt sehr bestimmt. »Sie sehen, dem Patienten geht es schlecht. Eine Fortführung der Vernehmung ist nicht mehr zu verantworten.«

»Eine letzte Frage noch«, sagte Weider.

»Nein, ich hätte schon viel früher abbrechen müssen. Das Sprechen hat Dr. Sorge überanstrengt.«

»Haben Sie Schremmer Sonntagnacht einen Schließfachschlüssel aus der Brieftasche klauen lassen?«, versuchte es Weider trotzdem noch. »Ja oder nein?«

»Nein, ich weiß nichts von –« Damit war die Aufnahme zu Ende.

»Der Arzt hat den Rekorder abgeschaltet und uns hinausgeworfen«, erklärte Weider. »Ich hoffe, Sorges Aussage bringt uns trotzdem weiter.«

»Ich denke schon, Hans. Vielen Dank, ich melde mich wieder.«

***

Jacobi hatte selbst während der Zuspielung das Tempo nicht gedrosselt. Zwischen Bischofshofen und Taxenbach musste er auf den Offroader Zeit gutgemacht haben, falls dieser tatsächlich in Richtung Seidlwinkltal unterwegs war.

Die matschigen Landstraßen waren die Domäne des Quattro. Jacobi stellte ihn vor jeder Kurve an und jagte ihn mit Vollgas hindurch. Zum Glück gab es kaum Gegenverkehr. Ohne Zwang setzte sich bei diesem Wetter niemand in ein Auto. Der Regen war inzwischen zu einer undurchsichtigen Wand rasch fallender Flocken geworden, und die Straße begann sich weiß einzufärben.

Als Jacobi in Wörth Richtung Seidlwinkltal abbog, lagen bereits zehn Zentimeter Neuschnee. Doch der Niederschlag war griffig, und Jacobi kam auch noch über die Klausen hinauf gut voran. Erst nach der Gollehenalm begann der Kampf. Die steil ansteigende Forststraße hatte es in sich.

Der Hauptmann nahm die erste Steigung in Rallyemanier. Die Sperrdifferenziale taten ihre Schuldigkeit. Nur nicht hängen bleiben! Kehre um Kehre wühlte er sich höher, und je näher das Hochplateau rückte, umso häufiger wurden die Augenblicke, in denen er sich unwiderruflich festsitzen sah. Doch irgendwie bekamen die Reifen immer wieder das bisschen Grip, das den Quattro voranbrachte.

Aber der Geschwindigkeitsverlust in den Kehren war nicht das einzige Problem, der Schnee vor der Kühlerhaube wurde höher und höher.

Dennoch erreichte er das Plateau. Im Jagdhaus und auf der Veranda brannte Licht. Ringsum lag jungfräulicher Schnee. Kein Geländewagen, keine Reifenspuren vor der Garage, dabei hätte er schwören können, auf der Anfahrt verwehte Spurrillen gesehen zu haben.

Eine Zentnerlast fiel von Jacobi ab. Es verlangte kein fahrerisches Können mehr, rücklings in eine relativ schneefreie Mulde zwischen zwei Fichten einzuparken.

Es war neunzehn Uhr vorbei, der Rückruf an Melanie und Weider überfällig, aber der eilte nun nicht mehr. Er stieg aus und stapfte zum Jagdhaus hinüber.

Als das Außenlicht anging, stand wieder eine umwerfend schöne Jutta Dietrich in der Tür. Sie trug denselben Schlafrock wie bei ihrem ersten Zusammentreffen, hatte sich aber zusätzlich eine dicke Wolljacke um die Schultern gehängt.

»Sag, bist du total bescheuert, bei diesem Wetter hier heraufzufahren?«

Die Begrüßung war dem Temperatursturz angemessen. Immerhin duzte sie ihn noch.

»Na, komm erst mal rein!« Sie trat zur Seite, um ihn ins Haus zu lassen.

Davon, dass sie sich über die Zerschlagung der Sökos wahnsinnig freute, wie Weider es ausgedrückt hatte, war im Moment nicht viel zu merken. Aber sie lebte noch, das war das Wichtigste.

Im offenen Kamin der Jagdstube glommen einige Scheite. Sie legte eines nach, während er sich nicht auf die Eckbank, sondern auf einen Stuhl setzte. So konnte er die Zufahrt besser im Auge behalten.

»Hat Schremmer sich gestern oder heute bei dir gemeldet?«, fragte er.

»Nein, schon seit Tagen nicht mehr. Jetzt sag endlich, warum du ausgerechnet heute hier aufkreuzt. Du scheinst wirklich ein Faible für ausgefallene Besuchszeiten zu haben. Entweder kommst du zu nachtschlafender Zeit oder beim miesesten Wetter. Ein Wunder, dass du es überhaupt bis hier herauf geschafft hast.« Sie ging zur Bar, um ihm einen Drink einzuschenken.

»Ich komme aus demselben Grund wie schon beim ersten Mal: um dein Leben zu retten.«

Sie lächelte irritiert. »Um mich vor den Sökos zu retten? Aber die haben doch jetzt sicher andere Sorgen, als eine unwichtige Informantin in den Bergen abzumurksen.«

Jacobi winkte ab. »Ich weiß, dass du die Sökos nicht fürchtest – und nie gefürchtet hast. Warum auch? Sie kannten dich ja gar nicht.«

Sie brachte ihm den Drink an den Tisch. »Was soll das heißen? Natürlich kannten mich die Sökos. Glaubst du etwa, ich hab den blonden Typen, der mich erpresst hat, erfunden?«

Er schüttelte den Kopf. »Nein, den hast du nicht erfunden. Er hat *dich* erfunden, oder besser gesagt: deine Rolle in der Grabowsky-Saga. Die Idee ist ihm gekommen, als du ihm vom lustbetonten Freitod Kummetingers erzählt hast, übrigens das einzig Authentische an deiner Geschichte.«

Sie runzelte die Stirn. »Ich versteh nur Bahnhof. Was redest du da?«

»Ich rede von dem Typen, den du im ›Drop in‹ getroffen hast – freiwillig! Erpressen musste er dich gar nicht. Höchstens ein bisschen ködern. Die Frage ist nur, womit, schließlich hast du mit deinen achtundzwanzig Lenzen ja schon so einiges eingesackt. Was konnte dich also noch reizen? Ein Mann? – Wer zählt die Völker, nennt die Namen, die schon aus deiner Kammer kamen?«

»Wahnsinnig witzig. Der andere Kiberer in eurer Abteilung ist auch so ein Komiker.«

»Weider? Der ist schon in Ordnung. Leider fällt er ebenso leicht auf hilflose, bedrängte Mädchen rein wie ich. Weißt du, was wirklich komisch ist?«

»Du wirst es mir gleich sagen.«

»Allerdings. So viele Jahre hindurch konnten die Sökos völlig unbemerkt ihrem blutigen Handwerk nachgehen. Und plötzlich gelingt es uns, sie innerhalb einer Woche zu orten und zu zerschlagen. *Das* ist komisch! Wir müssten schon an manischer Selbstüberschätzung leiden, drängten sich uns da nicht leise Zweifel auf, dass dieser Erfolg allein der eigenen Tüchtigkeit geschuldet ist. Setz dich endlich hin!«, schnauzte er sie unvermittelt an. »Dieses Herumgetanze geht mir auf den Geist.«

Völlig verdattert setzte sie sich links von ihm auf die Sitzbank. Jacobi stützte beide Ellbogen auf der Tischplatte auf und legte die Fingerspitzen aneinander.

»Du hast den Blonden nicht erst im ›Drop in‹ getroffen, sondern kanntest ihn bereits. Vor einigen Monaten war er Patient im HKS. Hatte eine Sehnenscheidenentzündung. Ihr habt euch gesehen und gefunden. Nicht nur, weil ihr beide so attraktive Menschen seid, sondern weil jeder im andern die verwandte Seele erkannte. Und während eines Schäferstündchens, bei dem unter anderem die Zustände am HKS erörtert wurden, hast du ihm jene Idee geliefert, die er später mit deiner Hilfe in die Tat umsetzte. Deinen Preis kannte er. Ich tippe auf Anbahnung einer lukrativen Ehe mit einem reichen alten Knacker. Hab ich recht?«

»Ich habe keine Ahnung, wovon du redest.«

»Macht nichts. Wie auch immer die Abmachung lautete, sie ist inzwischen hinfällig. Sollte dein Partner jemals vorgehabt haben, sie einzuhalten: Jetzt ist das alles Makulatur. Durch die Pannen, die ihm unterlaufen sind, bist du zur untragbaren Mitwisserin geworden.«

Jutta Dietrich wurde blass. »Warum Mitwisserin? Ich habe kein Verbrechen begangen. Bin auch nie in eins verwickelt gewesen.« Ihre verschränkten Finger verkrampften sich.

»Das wird sich herausstellen. Jedenfalls kennst du den Erfinder der Grabowsky-Saga. Und eben der hat Grabowsky ermorden lassen.«

Sie sprang auf. »Was für ein Unsinn, die Sökos haben Grabowsky ermordet!«

»Damit hast du's grad zugegeben?«

»Was?«

»Dass du den Erfinder der Grabowsky-Saga kennst. Sonst

könntest du nicht wissen, dass der Mörder nicht zu den Sökos gehört. Und setz dich gefälligst wieder hin.«

Sie folgte seiner Anweisung, maulte aber aufmüpfig: »Ich habe gar nichts zugegeben.«

Jacobi zuckte mit den Schultern. »Mit deiner Vogel-Strauß-Attitüde machst du dich nur lächerlich. Wir haben seit letztem Mittwoch unsre Hausaufgaben nachgeholt.«

»Ach, was du nicht sagst.«

»Spar dir deine Süffisanz und hör lieber zu: Dein Partner hat durch einen Zufall, auf den ich noch zurückkommen werde, das grausige Geheimnis Sorges entdeckt – und den Alpha-Code der Sökos.«

»Wer ist Sorge?«, unterbrach sie ihn.

Jacobi stutzte. »Willst du mir allen Ernstes einreden, du wüsstest nicht, wer Sorge ist?«

»Ob im Ernst oder wie auch immer: Ich weiß es nicht.«

»Also gut«, sagte er verärgert, »Dr. Sorge ist der Chef der Sökos. Er hat heute Nachmittag ein umfassendes Geständnis abgelegt. Interessiert dich nicht, klar, weil du ihn ja nicht kennst. Kehren wir trotzdem zum Dreh- und Angelpunkt zurück. Dein Partner entdeckt irgendwann in den letzten Monaten die Sökos-Zentrale: die ANUBIS Insurance Company. Statt aber die Behörden zu informieren, wie es jeder normale Staatsbürger getan hätte, behält er sein Wissen für sich, will persönlichen Nutzen daraus ziehen. Im Gegensatz zu dir interessieren ihn die AIC und die gesamte ANUBIS AG außerordentlich. Um die geht es nämlich und – wie meistens in solchen Fällen – um eine Menge Geld.«

Sie zuckte mit den Achseln. »Und was habe *ich* damit zu schaffen?«

»Hör einfach zu! Die marode AIC ist die Schwachstelle des ANUBIS-Konzerns. Hier soll der Hebel angesetzt werden. Die Partner deines Partners – allesamt potente Finanzhaie – bereiten den Deal vor. Zu einem geplanten Zeitpunkt soll der Sökos-Skandal der angeschlagenen AIC den Gnadenstoß versetzen. Das würde auch den Gesamtkonzern in Schwierigkeiten bringen und empfänglicher für Beteiligungs- oder Übernahmeangebote machen.«

»Das alles willst du in einer Woche herausgefunden haben?«

»Mir schwante schon nach den Anschlägen auf Schremmer und mich, dass die Sökos ihrer Anonymität beraubt werden sollten. Nur wusste ich nicht, warum. Zunächst vermutete ich hinter dem Initiator einen abtrünnigen Insider, erst Sonntagnacht brachten mich Aussagen der vernommenen AIC-Manager auf die Spur deines Partners. Warum er selbst bei der Zerschlagung der Sökos nicht in Erscheinung treten wollte, kann ich nur vermuten. Hätte er nichts zu verbergen gehabt, dann hätte er sich das aufwendige Grabowsky-Theater auch sparen können. Er hätte nur Behörden und Medien zum gewünschten Zeitpunkt einschalten müssen, und schon wäre der Deal gelaufen gewesen.

Du hast ihm, wie ich schon sagte, mit der Kummetinger-Episode die Idee geliefert. Außerdem kanntest du Schremmer. Dich als Köder einzusetzen, war der logische nächste Schritt. Und Schremmer, der selbst ein Meister im Geschichtenerfinden war, biss tatsächlich an. Besorgte der verängstigten Gelegenheitsgeliebten sogar ein feudales Versteck in den Bergen. Ich nehme an, ihr habt euch darüber königlich amüsiert – du und dein Partner. Alles ließ sich wunderbar an, aber wer mit Entsetzen seinen Scherz treibt, der muss auch auf den Konter des Schicksals gefasst sein. Kennst du die Geschichte vom Hund des Odysseus?«

»N…nein, kenn ich nicht.«

»Der Sagenheld Odysseus hatte einen alten erblindeten Hund, der seinen Herrn auch nach zwei Jahrzehnten der Trennung an der Stimme wiedererkannte. Unmittelbar danach verendete er. Auch Grabowsky hat eine Stimme am Telefon erkannt, die er sehr lange nicht mehr gehört hatte. Simba hatte sich mit dem Alpha-Code bei ihm gemeldet, freilich ohne zu wissen, dass er einen alten Kumpan anrief, und ihm empfohlen, sich im HKS behandeln zu lassen.«

»Simba? Wer soll das nun wieder sein?«

»Stell dich nicht blöd! Von wem reden wir denn die ganze Zeit? Von deinem Partner! Simba war der Kopf einer Villenmarder-Bande, die nie gefasst wurde. Eine Integrationsfigur, zu der Grabowsky vor langer Zeit aufgeschaut hatte. *Er* hatte Simba nicht vergessen, aber Simba *ihn*.«

»Der Konter des Schicksals?« Jutta Dietrichs Gesicht war weiß wie ein Bettlaken geworden.

»So ist es. Grabowsky nahm an, sein früherer Bandenchef sei auch sein jetziger, ließ sich aber nicht anmerken, dass er ihn wiedererkannt hatte. Simba hätte ihn sonst sicher nicht als Köder für Schremmer ausgesucht, sondern die Farce sofort abgeblasen. Erst nach dem Aufenthalt im HKS legte Grabowsky seine Zurückhaltung ab und kontaktierte Simba seinerseits. Warum, weiß ich nicht. Auch nicht, wie er Namen und Adresse herausbekommen hat. Simba sah sich enttarnt und seine Existenz bedroht. Umso stärker, als Grabowsky kurz darauf verhaftet wurde. Das war sein Todesurteil. Wollte Simba nicht alles gefährden, was er bisher erreicht hatte, dann musste die Vergangenheit Vergangenheit bleiben. Sein früheres Doppelleben als Student und Villenmarder in Graz wäre ein wahres Fressen für die Medien gewesen. Auch wenn die Straftaten inzwischen verjährt waren, wäre seine Reputation zerplatzt wie eine Seifenblase.«

Jacobi nahm einen Schluck von seinem Drink und zündete sich eine Zigarette an. Jutta ging erneut zur Hausbar. Ihre Hände zitterten, als sie sich einen Schnaps einschenkte. Wieder zurück am Tisch setzte sie mehrmals zum Sprechen an, brachte aber keinen Ton heraus. Sie stand unter Schock. Endlich kam ihr die Frage über die Lippen, die sie seit geraumer Zeit beschäftigte: »Du … du sagtest vorhin, Schremmer *war* selbst ein Meister im Geschichtenerfinden. Das klingt so, als würde er nicht mehr leben. Was ist mit Kurt?«

»Du hast gut hingehört. Und ja, ich glaube nicht, dass wir ihn lebend wiedersehen. Schremmer war kein Anfänger. Dass du ihn nie mit Grabowsky hast reden lassen, hat ihn bei allem Jagdeifer doch misstrauisch gemacht.«

Sie starrte niedergeschlagen vor sich hin.

»Wie er letztlich hinter dein Geheimnis gekommen ist«, fuhr Jacobi fort, »werden wir wohl nicht mehr erfahren. Möglicherweise hat er Grabowsky ohne dein Wissen kontaktiert. Außerdem hat Behrens ihn an eure Patientendatei rangelassen, womit du nicht gerechnet hast. Da wird er auf den Namen deines Partners gestoßen sein. Ganz sicher aber hat er dich hier oben in deiner Eremitage überwachen lassen.«

»Ich habe nie jemanden gesehen«, sagte Jutta halb trotzig, halb resigniert.

»Einen Eingeborenen der Hohen Tauern siehst du nur dann, wenn er gesehen werden will. Schremmer stammte aus dieser Gegend. Er brauchte nur einen Forstarbeiter, Senn oder Hüterjungen beauftragen, dich im Auge zu behalten. Zum Beispiel wusste er darüber Bescheid, dass ich hier oben war. Hast du es ihm gesagt?«

»Nein.«

»Na also. Gut möglich, dass ihm auch der Besuch des Mercedes-G-Fahrers zugetragen wurde. Anhand des Kfz-Kennzeichens wäre es für ihn ein Leichtes gewesen, den Fahrzeughalter zu eruieren. Er muss Simba jedenfalls zu nahe gekommen sein, und deshalb hat der ihn als Opfer ausgewählt, um auf die Sökos aufmerksam zu machen. Als die Sökos-Killer dann von uns abgefangen wurden, glaubte Simba, Schremmer würde entgegen seinen Prinzipien mit uns zusammenarbeiten. Das hätte gleichen Informationsstand bedeutet. Ein wirklicher Schock für ihn! Der übereilte Versuch, nun auch mich zu beseitigen, beweist meine Theorie. Der Plastiksprengstoff muss unmittelbar nach dem missglückten Anschlag auf Schremmer unter meinem Bett deponiert worden sein. Aber wie wir beide wissen, hatte es mich just in jener Nacht zu dir gezogen. Mein Bett verabschiedete sich also ohne mich von seiner irdischen Bestimmung. Zwei von drei Mordversuchen waren missglückt. Simba muss ein paar sehr schlimme Stunden durchlebt haben. Erst im Morgengrauen konnte er aufatmen, denn während ich schlief, hast du ihn angerufen und ihm mitgeteilt, wie wenig ich wusste.«

»Es stimmt, dass ich angerufen habe. Alles andere ist Unsinn. Du hast zu viel Phantasie. Ein Bulle sollte sich an Tatsachen orientieren.«

»Diesen Rat hat man mir schon öfter gegeben.«

»Dann beherzige ihn endlich. Die Anschläge auf dich und Schremmer sind von Sökos verübt worden, das weiß ich definitiv. Auch der Mord an Grabowsky war ihr Werk.«

Jutta schien ihre Fassung zurückgewonnen zu haben, aber in ihren Augen stand noch immer die Angst.

Jacobi fasste sie am Handgelenk. »Jetzt geb *ich* dir mal einen guten Rat: Pack aus und erzähl mir, wie weit du in die Sache verstrickt bist. Ich kann mir gut vorstellen, dass Simba dir nicht alles gesagt hat, sondern nur, was für deine Rolle wichtig war. Auch die Geschworenen werden das so sehen. Wer hatte übrigens die Idee zum Treffen im ›Drop in‹? Er oder du?«

»Das war ich. War wohl auch nicht so gut.«

»Stimmt. Anfangs hat mich der blonde Typ irritiert, der Behrens aufgesucht und nach dir gefragt hatte. Ich kam nicht auf die Idee, dass er und der Blonde aus dem ›Drop in‹ zwei verschiedene Personen sein könnten. Doch Simba hat einfach einen Söko, der ihm ähnlich sah, beauftragt, sich bei Behrens nach dir zu erkundigen. Aber als ich der Pächterin vom ›Drop in‹ sein Foto zeigte, erkannte sie ihn sofort wieder. Zwei so schöne Menschen fallen eben auf. Profis hätten einen Friedhof um Mitternacht als Treffpunkt gewählt. Keine möglichen Zeugen, keine Komplikationen.

Auch Schremmer hat natürlich gecheckt, mit wem du dich in der Disco getroffen hast. Hätte er sich uns anvertraut, wären beide Fälle – Sökos *und* Simba – bereits abgeschlossen, und er würde noch leben. Ebenso wie Grabowsky, Rottenstein und Gudrun Sorge. So aber wurde der toughe Kurt das Opfer seiner eigenen pathologischen Geheimniskrämerei. Und Simbas drittes Opfer. Allein Rottenstein geht auf Sorges Konto. Du, meine liebe Jutta, wärst das vierte Opfer gewesen. Zum Glück war ich diesmal schneller.« Er sah zum Fenster hinaus. »Ich glaube nicht, dass er heute noch kommt.«

»Was faselst du immer von Simba! Wir sind doch hier nicht im Zoo! Wenn du seinen richtigen Namen kennst, dann sag ihn endlich! Sprich ihn aus!«

Aber so cool, wie sie sich gab, war sie keineswegs. Ihre Hände umkrallten das Schnapsglas. Es sah aus, als wollte sie sich daran festhalten.

Jacobi ließ sich nicht länger bitten. »Simba nannten ihn damals nur seine Kumpane. Als Student trug er sein blondes Haar lang wie eine Löwenmähne, außerdem heißt er mit Vornamen Leo. Wir reden von Leo Piritz, dem Vizepräsidenten der OSTBAU.«

Jutta Dietrich schwieg. Sie schaute an ihm vorbei zur angelehnten Küchentür. Er begriff erst, als die Tür aufschwang.

»Bravo, Jacobi. Für einen Beamten arbeitest du bemerkenswert flott, und ich muss schon sagen: Eine Zeit lang warst du gefährlicher als Schremmer.«

Leo Piritz musste sich bücken, um nicht gegen den Türrahmen zu stoßen. Er hielt eine Steyr Mannlicher M in der Rechten. Jacobi wandte den Kopf nach rechts, ließ aber die Hände, wo sie waren. Er fürchtete, Piritz würde bei der kleinsten verdächtigen Bewegung abdrücken.

»Das ist kein besonderes Lob«, sagte Jacobi, den Schock überspielend. »Schremmer kann ja niemandem mehr gefährlich werden.«

Piritz trat an ihn heran, presste ihm den Pistolenlauf hinters Ohr und nahm ihm die Dienstwaffe ab.

»Nun, das gleicht sich aus: du auch nicht. Aber es imponiert mir, wie gelassen du die Niederlage nimmst. Schlechte Verlierer sind mir ein Gräuel.«

»Meine Ruhe ist nur gespielt. In Wirklichkeit könnte ich mich ohrfeigen.«

Piritz setzte sich auf den längeren Teil der Eckbank. Von dort aus hatte er sowohl Jacobi als auch Jutta im Blickfeld. Sein Jäger-Outfit passte in die Umgebung wie die Faust aufs Auge.

»Kann ich verstehen. So knapp vor dem Sieg matt gesetzt zu werden, kann einen ganz schön wurmen. Vor allem, wenn es durch einen so lächerlichen Zufall wie einen Wettersturz geschieht.«

Jacobi wusste, was er meinte. Bei freundlicherem Wetter hätte sich Piritz längst auf dem Rückweg befunden – mit Juttas Leiche im Kofferraum. Auch dann wären sie sich begegnet, aber die Chancen wären anders verteilt gewesen. So jedoch hatte Piritz alle Trümpfe in der Hand. Außerdem würde es sich erübrigen, Juttas Leiche verschwinden zu lassen. Er würde beide Leichen malerisch in der Stube drapieren können: Ihn, Jacobi, mit Magnumpatronen gespickt, als hätte ihm Jutta in Panik ein ganzes Magazin in den Leib gejagt, sie mit einer neun Millimeter Parabellum im Herzen, abgefeuert aus der Glock des tödlich getroffenen Jacobi. Sollte Schremmers Leiche jemals gefunden werden, so würde man feststellen, dass er mit derselben Waffe erschossen worden war wie Jacobi. Wenn Jutta das jetzt nicht kapierte, dann hatte sie in den letzten Tagen geistig rapide abgebaut.

Als hätte Piritz Jacobis Gedanken gelesen, fügte er hinzu: »Der Quattro kann natürlich nicht hier oben stehen bleiben. Wir werden ihn zum Parkplatz hinunterschleppen.«

Jutta wird sich doch nicht an diesen Strohhalm klammern, dachte Jacobi.

Doch! Wahrscheinlich tat sie genau das, und er hätte an ihrer Stelle nicht anders reagiert.

»Dich werden wir ebenfalls woanders parken«, fügte Piritz an Jacobi gewandt kalt hinzu. »In einem Moorloch in der Klausen. Dort wirst du Schremmer bis zum Jüngsten Tag Gesellschaft leisten. Niemand wird euch jemals finden.«

Als Piritz die Pistole hob, machte die Todesangst Jacobi das Atmen schwer.

Da läutete das Funktelefon.

Piritz ließ es läuten, bis der Anrufer die Geduld verlor, dann knüpfte er dort an, wo das Läuten ihn unterbrochen hatte: »Tut mir leid, aber es geht nicht anders. Ich kann mir nicht von dir alles kaputt machen lassen. Und erwarte bloß keine Hilfe von Marlene! Ihr ist ein Leben in Reichtum und Freiheit auch lieber, als ihre schönsten Jahre wegen Beihilfe hinter Gittern zu verbringen. Sie wird meinen Freund Guido von Framberg-Mauthen heiraten. Er ist fünfundsiebzig und wird ihr in nicht allzu langer Zeit ein Vermögen hinterlassen, nach dem sich manche Jetsetterin schon vergeblich die Finger geleckt hat. Marlene, sag dem Herrn Hauptmann, wie viel du davon hältst, im Knast zu vertrocknen.«

»Gar nichts. Das hat er inzwischen hoffentlich geschnallt«, sagte sie patzig.

Piritz grinste zufrieden. »Hast du das gehört, Jacobi? Bis morgen hat der Schnee sämtliche Spuren verdeckt. Selbstverständlich haben Marlene und ich für nachmittags und abends ein bombensicheres Alibi. Dafür ist bereits gesorgt.«

»Und der Porsche in der Garage?«

»Kann bleiben, wo er ist. Wer fährt bei diesem Wetter auch schon mit einem Porsche durch die Gegend? Mein Chauffeur hat Marlene heute Nachmittag hier abgeholt. Er, meine Wirtschafterin und ich werden das bezeugen.«

Jacobi spielte sein letztes Atout aus. »Aber das hat doch alles keinen Sinn mehr, Piritz. Meine Leute wissen, dass ich zu Jutta gefahren bin. Deshalb auch der Anruf eben.«

Sein Gegenüber lächelte mitleidig. »Selbst wenn sie es wüssten, würde es ihnen schwerfallen, zu beweisen, dass ich hier oben war und dein Verschwinden verschuldet habe. Aber ich glaube gar nicht, dass du deine Mitarbeiter ausreichend informiert hast. Vorhin, als ich noch in der Küche stand, hast du Schremmers Geheimniskrämerei kritisiert, dabei bist du ihm gar nicht so unähnlich. Schon dein erster Nacht-und-Nebel-Besuch hier oben war eine Soloaktion. Später wird man über euch beide sagen: Sie waren zwei griesgrämige Dachse, die lieber für sich allein durch die Gegend schnüffelten. Aber nehmen wir meinetwegen ruhig mal an, deine Leute wüssten Bescheid. Heute schaffen sie's nicht mehr hier herauf, auch nicht mit Hubschraubern. Und morgen sind wir längst weg.«

»Der Mercedes steht hinterm Haus?«, fragte Jacobi.

»Klar. Deshalb hab ich ja Marlene gleich vor die Tür geschickt, als du mit dem Quattro angerumpelt kamst. Du solltest gar nicht erst auf die Idee kommen, dich genauer umzusehen. Aber dass du bei der Anfahrt meine Reifenspuren nicht gesehen hast, erstaunt mich doch. Na ja, der Wind und der Schneefall werden das ihrige dazu beigetragen haben. Außerdem bin ich erst zum E-Werk hinüber und von dort hinters Jagdhaus gefahren. Und trotzdem …« Piritz weidete sich unverhohlen an Jacobis Frust.

»Ich war zu sehr damit beschäftigt, nicht hängen zu bleiben«, sagte Jacobi ruhig, dabei hätte er am liebsten wie ein Kind losgeheult. Natürlich hatte er die Spurrillen gesehen, aber nach der letzten Kehre und oben am Plateau hatte das unberührte Weiß ihn seinen Verdacht nicht mehr ernst nehmen lassen.

»Du hast den Wagen schon bei deinem ersten Besuch gesehen«, legte Piritz nach. »Marlene erzählte es mir am Telefon, während du im Nebenzimmer geschnarcht hast. Ich war geschockt, als ich hörte, dass wir uns auf der Forststraße begegnet sind. Zu der Zeit hättest du längst bei deinen Ahnen sein sollen.«

Jacobi wunderte sich, dass Piritz Jutta ausschließlich beim Spitznamen nannte. Komisch, dachte er, welche Nebensächlichkeiten einem auffallen, wenn man nur noch Minuten zu leben hat.

»Und du warst in alles eingeweiht?«, wandte er sich plötzlich an sie.

»Anfangs nicht«, kam Piritz ihr mit der Antwort zuvor. »Da wusste sie nur über meine Pläne Phryne und ANUBIS betreffend Bescheid. Ich bin der Meinung, dass allzu viel Wissen nur belastet. Von den notwendigen Kurskorrekturen hat sie erst jetzt erfahren – durch dich. Aber sie wird es schon verkraften.« In Jacobis Ohren hörte sich das an wie: Das spielt ohnehin keine Rolle mehr.

Er beeilte sich, das Thema zu wechseln: »Ich hätte da schon noch ein paar Fragen. Auf eine Minute mehr oder weniger wird es ja nicht ankommen ...«

Eine Schwarzwälder Kuckucksuhr begann zu schlagen.

Piritz ließ den Vogel acht Mal »Kuckuck, Kuckuck« rufen, ehe er sich zu einer Antwort bequemte: »Meinetwegen. Die paar Minuten sollst du haben. Der Schneefall scheint ja jetzt nachzulassen, da sind wir später schneller unten.«

Jacobi war sich sicher, dass Piritz ihm die Galgenfrist nur aus einem Grund gewährte: Er wollte sich Klarheit darüber verschaffen, wie viel Jacobis Leute tatsächlich wussten. Und der Hauptmann klammerte sich an diesen Strohhalm – wie Jutta an den ihren.

»Wie ist es Ihnen heute gelungen, so schnell an Schremmer ranzukommen? Sie müssen sich mit den MEK-Leuten ja fast die Klinke in die Hand gegeben haben.«

»Das war kein Problem. Ich hatte vormittags Geschäftliches zu erledigen. Zu Mittag setzte ich mich ins ›Café Strizzi‹ in der Vogelweiderstraße. Von dort kann man die Pauernfeindstraße einsehen. Ich rechnete damit, dass die Bodyguards im Laufe des Nachmittags abrücken würden. Sorge war schließlich gefasst, und Personenschutz ist teuer. Marlene, du kannst übrigens Kaffee machen. Dem Herrn Hauptmann macht es unter den Gegebenheiten sicher nichts aus, so spät noch Kaffee zu trinken.«

Jutta alias Marlene erhob sich, und Jacobi verzichtete auf einen Kommentar. Von der Eckbank aus beobachtete Piritz Jutta beim Hantieren an der Kaffeemaschine.

»Um vierzehn Uhr rückten die zwei tatsächlich ab«, fuhr er fort. »Schremmer schien mit ihnen einen hochprozentigen Abschied gefeiert zu haben. In einem günstigen Moment schwang ich mich über den Gartenzaun und erreichte ungesehen das Kellerfenster neben der Garage. Alles andere war ein Kinderspiel. Ich hatte mich ja entsprechend ausgerüstet. Als ich die Kellerstiege hinaufschlich, hörte ich Schremmer schon schnarchen. Er lag im Wohnzimmer auf der Couch. Die Details erspare ich mir. Ich durchsuchte das Haus nach belastendem Material, nahm alles mit, das einen Hinweis auf mich hätte liefern können, dann ging ich wie ein Besucher durch den Vordereingang, holte den Mercedes und fuhr ihn nach hinten in den Garten. Um fünfzehn Uhr dreißig war ich auf der A 10. Nummernschild und Reifen wurden natürlich noch in dieser Nacht gewechselt.«

Als Jutta den Kaffee servierte, sagte Piritz warnend: »Ich hoffe, du bist nicht so kindisch und versuchst mir den Kaffee ins Gesicht zu schütten oder mit der Tasse nach mir zu werfen.«

»Nein, so kindisch bin ich nicht«, sagte Jacobi, der eine solche Aktion durchaus erwogen hatte. Aber Piritz brauchte nur abzudrücken und konnte eigentlich nicht danebenschießen. Selbst bei einem Handgemenge hätte er, Jacobi, den Kürzeren gezogen. Unbewaffnet hatte er gegen diesen Riesen keine Chance.

Jutta schenkte ein und setzte sich anschließend neben Piritz auf die Bank. Offenbar wollte sie bei einem allfälligen Verzweiflungsangriff Jacobis nicht in die Schusslinie ihres Partners geraten.

»Wie sind Sie eigentlich hinter Sorges Geheimnis gekommen?«, flüchtete sich Jacobi ins nächste Thema. »Das frag ich mich schon die ganze Zeit.«

»Das war kein Problem.« Piritz sagte offensichtlich gern, dass etwas kein Problem sei. Er war ein ausgesprochener Siegertyp. »Vor einigen Monaten verbrachte Ruth Maybaum das Wochenende bei mir auf der Jacht. Ich lag bei Pula vor Anker und hatte außer ihr keine anderen Gäste an Bord. Zu fortgeschrittener Stunde – wir waren schon ein wenig blau – fragte sie mich, ob ich es für möglich hielte, dass Versicherungen ihre Klienten ermorden ließen, um an ihrem Tod zu partizipieren. Da wurde ich um einige Grade nüchterner. Eine Journalistin wie sie stellt nicht aus Jux und Tollerei abstruse Hypothesen in den Raum. Selbst dann nicht, wenn sie blau ist. Ihre Frage musste also einen konkreten Hintergrund haben. Als ich nachhakte, wich sie aus. Offensichtlich bereute sie ihre Äußerung bereits. Ich ließ es dabei bewenden, da ich ja wusste, dass sie mit Paul Basidius befreundet war.«

»Trotzdem verbrachte sie das ganze Wochenende auf Ihrer Jacht?«, entfuhr es Jacobi.

Piritz grinste mitleidig. »Sie ist Journalistin, Jacobi. Außerdem – in welcher Welt lebst du? Wer nicht nimmt, was er kriegen kann, ist selbst schuld und gehört zu jenen, denen genommen wird. Ruth Maybaum ist vielleicht keine Marlene, aber glaub mir: Auch sie weiß, wo's langgeht. Aber wo waren wir stehen geblieben? Ach ja, bei Paul Basidius. Sein Vater Theo war einer der AIC-Direktoren. Ein Fingerzeig für mich, denn meine Freunde von der Global Investment und ich sind schon lange hinter der ANUBIS AG her. Der Mischkonzern stellt für die OSTBAU eine ideale Ergänzung dar. Ich intensivierte also meine gesellschaftlichen Kontakte zur AIC-Führung, in deren Folge Heidi Nilson und Gudrun Sorge sich an der Schlange vor meinem Bett anstellten. Ich flirtete mit beiden, hielt mich aber hauptsächlich an Gudrun, schließlich war Lysander die zentrale Figur bei der AIC. Vor fünf Jahren hatte er im letzten Moment eine feindliche Übernahme durch Global Investment verhindert. Die Dates mit Gudrun ließen sich über den Geheimgang der Villa leicht bewerkstelligen. Lysander und ich sind fast Nachbarn, mein Haus liegt ebenfalls im Montforter Weg. Gudrun hasste ihren Mann, also hatte sie nichts dagegen, dass ich in seinen Sachen stöberte, und sie verriet mir auch, wie verstohlen er mit dem PC in seinem Arbeitszimmer umging. Eine Diskette mit der nichtssagenden Aufschrift ›Haushaltsbudget‹ interessierte mich besonders.«

»Wie sind Sie auf den Code ›MUNICH 200886‹ gekommen?«, fragte Jacobi.

»Das weißt du auch schon? Kompliment, Jacobi! Durch Gudruns Erzählungen war mir eines klar geworden: Lysander liebte seine Frau so sehr, wie sie ihn hasste. Ich fragte sie einmal, ob sie überhaupt jemals etwas für ihn empfunden hätte, da sagte sie, am Tag ihres Kennenlernens in München hätte er ihr wenigstens noch imponiert. Zehn Minuten später hatte ich Zugriff auf die Daten der Diskette. Anhand der Aufzeichnungen begriff ich schnell, was Sorge da aufgezogen hatte, und mir stiegen die Grausbirnen auf.

Gleichzeitig wusste ich, dass wir ihn an den Eiern hatten und jederzeit eine strategische Baisse der ANUBIS AG erzwingen konnten. Es gab nur eine Schwierigkeit: Sollten die Rottensteins erfahren, wem sie dieses Debakel verdankten, konnte ich die Heirat mit Phryne in den Wind schreiben.«

»Und diese Heirat war und ist Ihnen wichtig?«

»Mindestens so wichtig wie Marlene die Heirat mit Guido. Parvenus brauchen das für ihr Ego, Jacobi, aber das kannst du wahrscheinlich nicht verstehen. Damals habe ich hin und her überlegt. Sollte ich oder sollte ich nicht? Und wieder kam mir der Zufall zu Hilfe.«

»Die Sehnenscheidenentzündung.«

»Richtig. Nach meinem Aufenthalt im HKS habe ich Marlene in meine Villa eingeladen. Die Szene spielte sich übrigens ganz ähnlich ab, wie du sie dir zusammengereimt hast: Wir lagen am Pool, und sie erzählte mir von Kummetinger, dem Bierbaron. Wir erörterten, was passieren würde, wenn Einzelheiten davon an die Öffentlichkeit gelangten. Da sagte sie mir, dass Schremmer ... Aber das soll sie dir selbst erzählen.«

Piritz trank einen Schluck Kaffee, ließ Jacobi dabei aber keine Sekunde aus den Augen.

Jutta Dietrich musste sich ein paarmal räuspern, ehe sie ein Wort hervorbrachte. »Ich hatte nach Kummetingers Tod Kurts Rat eingeholt. Schon damals beschäftigte er sich mit nichts anderem als mit den Seniorenkillern. Zwar hatte er noch keinen von ihnen ausfindig gemacht, wusste aber, wie sie vorgingen. Er fragte mich, ob ich oder sonst jemand vom HKS-Personal erpressbar sei.«

»Das also war der Auslöser«, sagte Jacobi. Und noch etwas war ihm klar geworden: Jutta hatte sich in einer schwierigen Situation an Schremmer gewandt. Er war nicht nur der erste Mann in ihrem Leben gewesen, sondern anscheinend auch so etwas wie eine Vaterfigur.

»Aber wie gerieten Sie ausgerechnet an Grabowsky?« Die Frage war an Piritz gerichtet.

»In Sorges Datei entdeckte ich hinter seinem Namen das Kürzel HIV, ein Kreuz und ein Fragezeichen. Demnach schien Sorge in Erwägung zu ziehen, den Risikofaktor Grabowsky zu eliminieren. Also addierte ich diese Info mit Schremmers Frage nach der Erpressbarkeit des HKS-Personals, und fertig war die Grabowsky-Saga mit Marlene als Hauptdarstellerin.«

»Kreuz und Fragezeichen hinter dem Namen hätten auch bedeuten können, dass Grabowsky in absehbarer Zeit an seiner Krankheit sterben würde«, wandte Jacobi ein.

»Spielt das jetzt noch eine Rolle für ihn?«, fragte Piritz.

»Nein, aber für Sie! Er erkannte Sie am Telefon, Sie ihn aber nicht. Dieser Fehler brachte Sie in der weiteren Folge ständig in Zugzwang – bis heute.«

Piritz lief rot an. »Als ob ich das nicht wüsste, du Gnom!«, brüllte er und hob die Waffe.

Jacobi machte sich fast in die Hosen, aber Piritz senkte die ausgestreckte Hand mit der Pistole wieder.

»Hör mal, Kiberer! Ich komme aus einer Arbeiterfamilie. Noch ehe Anfang der Achtziger die Stahlkrise in der Obersteiermark wirklich spürbar wurde, waren meine Eltern plötzlich Job und Wohnung los. Säufer sind immer die Ersten, die man entlässt. Du weißt nicht, was das heißt. Stammst ja von Bürgerlichen ab. O ja, ich weiß Bescheid. Phryne hat mir einiges über dich erzählt. Ich jedenfalls schwor mir damals, nicht so zu enden wie meine Alten. Und mir war jedes Mittel recht, um nach oben zu kommen. Deshalb gründete ich die Gang. Näheren Kontakt hatte ich nur mit zwei Studienkollegen, die anderen fünf kannte ich kaum …«

»Weil sie zu jenem Abschaum gehörten, den Sie hinter sich lassen wollten?«, warf Jacobi ein.

»Du sagst es. Als ich mein Studium mit summa cum laude abgeschlossen hatte, trennten sich unsre Wege. Mein Kapital aus den Beutezügen hatte ich inzwischen durch Spekulationen vervielfacht. Die Achtziger waren eine gute Zeit dafür. Als Uniabgänger war ich bereits Millionär. Niemand konnte meinen weiteren Aufstieg stoppen. Als ich Grabowsky anrief, hatte ich von den Steigbügelhaltern meiner Karriere mehr als zehn Jahre lang nichts gehört.«

»Bis zu dem Tag, an dem Grabowsky *Sie* anrief«, ergänzte Jacobi.

»Ja, verdammt! Er war wieder aus dem HKS entlassen worden.

Als hoffnungsloser Fall. Und ausgerechnet so ein Hundsfott musste mir in die Suppe spucken! Dabei war alles so prächtig angelaufen. Marlene hatte ihren Part super gespielt, Schremmer hatte angebissen und war hinter der AIC-Führung her wie der Teufel, Phryne und ich waren uns mittlerweile nähergekommen – sogar trotz meiner gelegentlichen One-Night-Stands mit Gudrun. Sorges Frau fühlte sich zwar benutzt und gab sich alle Mühe, mich bei Phryne madig zu machen, aber das alles waren keine echten Hindernisse. Und dann kam dieser Anruf von Grabowsky. Ein Schock! Er ließ durchblicken, er halte mich, seinen alten Kumpel Simba, für den Chef der Sökos, und bat mich, ihm einen Therapieplatz an der Mayo-Klinik in den USA zu besorgen und zu finanzieren. Ich sollte gar nicht erst erwägen, sein Problem kostengünstiger zu lösen, denn für diesen Fall habe er bereits einen Brief bei einem Notar hinterlegt, adressiert an Kurt Schremmer.«

»Er kannte Schremmer?« Jacobi wandte sich an Jutta: »Ich dachte, du hättest die beiden auf Distanz gehalten?«

Wieder antwortete Piritz an ihrer statt: »Schremmer hat ihn nach seinem Klinikaufenthalt kontaktiert. Grabowsky vertraute sich ihm an – und sagte ihm auch, wo der Brief hinterlegt war, sollte seine Erpressung nicht glattgehen.«

»Aha. Und Schremmer hat den Brief nach Grabowskys Tod gelesen und gleich beim Notar gelassen, falls auch ihm etwas zustoßen sollte.«

Piritz grinste. »Nein, so klug war er zum Glück nicht. Ich sagte ja vorhin schon, dass ich nichts in Schremmers Haus zurückgelassen habe, das einen Hinweis auf mich liefern könnte.«

Das nun einsetzende Schweigen ging Jacobi mehr durch Mark und Bein als Piritz' Wutausbruch zuvor. Das Feuer im Kamin war fast ausgegangen. Jutta Dietrich wollte nachlegen.

Piritz wehrte ab. »Lass nur, ist warm genug. Für die paar Minuten langt das allemal.«

»Wie du meinst.« Sie ging wieder an ihren Platz zurück.

Tatsächlich war es sehr warm in der Jagdstube. Trotzdem hatte Jacobi das Gefühl, als würde ihm jemand Eiszapfen unter den Hemdkragen stecken. Um der aufsteigenden Panik Herr zu werden, zwang er sich zum Weiterreden. »Schremmer hat mir die

Verhaftung Grabowskys förmlich aufgedrängt. Jetzt weiß ich auch, warum. Er wollte ihn nicht vor seinen Kumpanen schützen, sondern vor Ihnen. Wie konnten Sie eigentlich so schnell Kontakt mit Pottasch aufnehmen?«

»Grabowsky selbst hat mich auf die Idee gebracht. Als er am Telefon von den guten alten Zeiten faselte, erwähnte er auch Pottasch, der in der Salzburger VZA wegen Beschaffungsmord einsaß – lebenslang. Den Rest weißt du. Pottasch konnte mir nicht gefährlich werden, auch er kannte von früher nur meinen Spitznamen.«

»Aber es gibt sicher ehemalige Studenten aus Ihrem Jahrgang, die Simba einem bürgerlichen Namen zuordnen können?«

Piritz grinste wieder. »Unwahrscheinlich. Nur zwei Kommilitonen nannten mich so – und die gehörten zur Bande.« Das Grinsen wich jetzt nicht mehr aus seinem Gesicht.

»Was ist daran so amüsant?«, fragte Jacobi.

»Amüsant ist, dass es sich ausgezahlt hat, so lange mit dir zu quatschen, Kiberer. Deine Mitarbeiter wissen so gut wie nichts über meine Rolle im Fall Sökos. Das hast du eben bestätigt. Wenn ihnen das Pseudonym Simba noch Kopfzerbrechen bereitet, dann sind ihre Fortschritte in dieser Richtung nicht besonders. Alle, die ihnen weiterhelfen könnten, werden das ganz sicher nicht mehr tun.«

Das Kaminfeuer war nun endgültig erloschen.

»Haben Sie neulich interveniert, um mir den Fall wegnehmen zu lassen?«, fragte Jacobi überstürzt, um seinen dilettantischen Fehler zu überspielen. Aber es gab noch einen anderen Grund für seine Atemlosigkeit. Jutta Dietrich, die mit verschränkten Armen neben Piritz saß, hatte mit der verdeckten rechten Hand in Richtung Küche gezeigt. Schon zum zweiten Mal.

Ein winziger Hoffnungsschimmer? Schätzte Jutta ihre Lage vielleicht doch realistischer ein, als es die ganze Zeit den Anschein gehabt hatte?

Was hatte sie vor? Jacobi war auf alles gefasst. Was immer sie auch unternahm: Er wollte das Überraschungsmoment nicht ungenutzt verstreichen lassen.

»Hab ich, ja. Aber nicht persönlich«, sagte Piritz. Er war jetzt unverschämt locker. Nicht zu Unrecht glaubte er, wieder alles im

Griff zu haben. »Das habe ich Phryne machen lassen. Irgendein Sektionschef im Ministerium ist ganz wild auf ihre Höhere-Töchter-Fadesse.«

»Heißt der Mann vielleicht Kleiber?«

»Ja, ich glaube, das war der Name.«

»Sie haben Phryne also doch eingeweiht?«

»Bist du verrückt? Keine Spur! Ich hab mir am Geschichtenerzähler Schremmer ein Beispiel genommen und ihr eine Mischung aus Dichtung und Wahrheit aufgetischt. Zunächst die Story von Kummetingers Liebestod und dann die kleine Notlüge, er sei Aufsichtsratsmitglied bei OSTBAU gewesen. Ich gab zu bedenken, dass durch die Schnüffelei eines gewissen Kiberers nicht nur der Ruf von OSTBAU beschädigt werden würde, sondern auch das Image von Gladius Dei, eines Großkunden der AIC. Das genügte.«

»Sie haben noch ein zweites Mal intervenieren lassen – diesmal mit Erfolg.«

»Aber mit sehr flüchtigem.« Piritz setzte wieder sein joviales Lächeln auf. Er wirkte wie eine satte, böse Katze, die mit einer zur Flucht längst unfähigen Maus noch ein wenig spielen wollte.

»Mittwochabend habe ich umsonst auf die Vollzugsmeldung von Schremmers Liquidierung gewartet. Auf Rückruf erfuhr ich, wer für das Scheitern des Kommandos verantwortlich war. Ich befahl den Sprengstoffanschlag, rief zur Vorsicht aber auch Phryne an. Sie meldete sich umgehend zurück und berichtete, Kleiber würde die Angelegenheit nun nachdrücklich betreiben. Du allerdings scheinst über bessere Verbindungen als Phryne zu verfügen. Am Donnerstag hat man dich noch kaltgestellt, doch tags darauf warst du wieder mit dem Fall betraut. Phryne erzählte es mir voller Zorn noch am selben Abend. Von da an sah ich in dir den gefährlichsten Gegner – einen weitaus gefährlicheren als Schremmer, der in seiner Eitelkeit berechenbar blieb. Sonntagnacht rückten deshalb gleich *zwei* Kommandos aus. Aber nach dem Fehlschuss auf Schremmer untersuchte das MEK die Gegend so gründlich, dass sich auch das zweite Team zurückziehen musste.«

»Dadurch war es mir immerhin vergönnt, zwei Tage länger zu leben«, sagte Jacobi in einem Anflug von Galgenhumor. Er vermied es nun konsequent, Jutta direkt anzusehen, dennoch entging ihm keine ihrer Bewegungen. Er hatte ihren Blick zur Hängelampe über dem Tisch aufgefangen. Das Petroleumlampenimitat enthielt eine normale Sechzig-Watt-Mattglasbirne.

»Tja, du warst nicht schlecht«, resümierte Piritz gönnerhaft. »Hast die Dinge in kürzester Zeit zur Eskalation getrieben. Und dein Schachzug, Vogt aufzuklären, hat ungeheuren Aufruhr verursacht. Phrynes Nerven lagen blank, denn schon tags zuvor hatte die ANUBIS-Stammaktie stark nachgegeben. Am Freitag, knapp vor Börsenschluss, waren satte zwanzig Prozent auf den Markt geworfen worden. Der Wert des Papiers stürzte in den Keller. Wenn jetzt noch das Sökos-Gespenst durch die Medien geisterte, würden die Totenglocken für die AIC läuten, das war jedem Vorstandsmitglied klar. Deshalb wurde für Samstagvormittag eine Krisensitzung einberufen.«

»Sie und Ihre Freunde haben die Baisse losgetreten?«, fragte Jacobi bewusst naiv.

»Der Heilige Geist war's jedenfalls nicht.« Piritz blickte ihn nachdenklich an, fuhr aber nach einigen schweißtreibenden Sekunden fort: »Sogar Sorge geriet in Panik. Total untypisch für ihn. Der Niedergang der AIC *und* die drohende Enttarnung der Sökos-Führung – beides zusammen hat ihn ausgehebelt. Und er tat in seiner Lage das Verkehrteste, was man hätte tun können: Er ließ Rottenstein ermorden und schob ihn als Sündenbock vor. Damit brachte er die Staatsmacht auf Touren, und das Medieninteresse fokussierte sich auf die AIC. Auch ich ließ ihm keine Ruhe. Ich sandte ihm Sonntagmorgen eine SMS …«

»… des Inhalts, seine Frau habe ihn an die Polizei verraten, um mit Schremmer sein Vermögen durchzubringen«, ergänzte Jacobi. »Aber er tötete seine Frau nicht, wie Sie gehofft hatten. Er verprügelte sie nur.«

»Ja, leider. Sie hatte mich ein paar Stunden zuvor angerufen. In den Hörer geschluchzt, alles sei nur meine Schuld. Zum Glück schlief Phryne und wachte nicht auf.«

»Und daraufhin ließen Sie Sorge durch einen Anruf aus dem Haus locken und holten nach, was der Massenmörder nicht geschafft hatte: Sie erschossen seine Frau, während sie mit uns telefonierte.«

»Ich war bereits im Geheimgang, als Sorge wegfuhr, und wäre trotzdem fast zu spät gekommen. Sie stand in der Diele, sah ihm nach und griff zum Telefon. Von der Bibliothek aus, in die der Geheimgang mündet, hörte ich, wie sie dich zu sprechen verlangte. Ich konnte nicht länger zögern.«

»Aber warum auch sie? Wäre sie nicht durch ein anderes Vorgehen bei der Stange zu halten gewesen?«

»Nein. Sie hatte nicht Marlenes Qualitäten, war strohdumm. Die Schnepfe hatte gehofft, durch mich von ihrem Alten loszukommen. Als sie checkte, dass ich eigentlich hinter Phryne her war, begann sie durchzudrehen. Ich hätte sie schon viel früher aus dem Verkehr ziehen müssen. Denn kaum hatte Ruth Maybaum Schremmer im Club eingeführt, begann Gudrun sich ihm anzudienen. Sie stieß ihn förmlich mit der Nase auf Sorges PC – nur um mir eins auszuwischen.«

»Wie können Sie das wissen?«

»Sie rief mich doch dauernd an. Erzählte mir, wie und wo sie es mit dem coolen Kurt triebe und dass sie ihm gesteckt habe, was mich im Hause Sorge wirklich interessiert hätte. Mir blieb keine Wahl. Sie war eine wandelnde Zeitbombe.«

»Und wer war die junge Frau, die Schremmer den Schließfachschlüssel abgeluchst hat?«

Jutta Dietrich stand auf und räumte das Kaffeegeschirr ab.

»Was machst du?«, fragte Piritz misstrauisch.

Verwundert hob sie die Brauen. »Na, ich muss doch abwaschen. Oder sollen die Bullen seine Fingerabdrücke an der Tasse finden?« Sie deutete mit ihrem Kinn verächtlich in Richtung Jacobi und verschwand in die Küche.

Für einen Moment zielte die Steyr Mannlicher direkt auf ihren Rücken, und Jacobi hätte beinahe etwas sehr Unsinniges getan. Aber dann schwenkte Piritz' Arm zurück, und die Waffe zeigte wieder auf seine Brust.

Vermutlich ist ihm eingefallen, dass er sie besser mit meiner Glock erschießen sollte, dachte Jacobi, und sein Magen krampfte sich zusammen. War *er* jetzt an der Reihe?

»Was hast du eben gesagt?«, fragte Piritz, nun wieder ganz entspannt.

»Ich habe gefragt, wer die junge Frau war, die Schremmer auf der Jubiläumsfeier den Schließfachschlüssel abgenommen hat«, wiederholte Jacobi eilig.

Nach Juttas Blick auf die Lampe hatte er das rechte Bein unter dem Tisch allmählich in Sprungposition gebracht. Es war lebenswichtig, beim Start nicht mit den glatten Mokassinsohlen auszurutschen. Bei einem Seitenblick hatte er den Schlüssel im Türschloss der offen stehenden Küchentür gesehen – auf der richtigen Seite!

»Eine gewisse Barbara Oberhauser«, antwortete Piritz. »Taschen- und Einsteigdiebin, ehe die Sökos sie rekrutierten. Ein kleines Rädchen, aber tüchtig. Mit schwarzer Perücke sieht sie Ruth Maybaum zum Verwechseln ähnlich. Sie hat auch das Paket aus dem Schließfach geholt. Soweit ich informiert bin, ist sie mittlerweile wohl verhaftet worden.«

»Und wer ist diese Beta-Frau der ersten Stunde? Nilson soll sie angeworben haben. Sie taucht nicht auf der Diskette auf, die Sorge uns zugespielt hat, aber Sie hatten ja Einblick in die Originaldatei.«

Piritz glaubte zu wissen, was Jacobi dachte. »Marlene, das musst du dir wirklich geben: Er hält dich für eine Söko.«

»Der hat sie ja nicht mehr alle!«, rief Jutta Dietrich aus der Küche. Neben dem Abwasch stand die kleine Kaffeemaschine. Sie war noch eingeschaltet.

»Wie du hörst, liegst du mit deiner Vermutung ziemlich daneben«, sekundierte Piritz erheitert. »Es ist Carina Talbusch, die Geschäftsführerin des ›Paris-Lodron-Clubs‹. Sie dürfte Sorges rechte Hand gewesen sein. Hat aber zu Beginn ihres Engagements auch was mit Nilson gehabt, das weiß ich von Heidi …«

Plötzlich schnalzte es, und sie saßen im Dunkeln. Einen Sekundenbruchteil später drückte Piritz ab. Jacobi spürte, wie die Kugel das linke Achselpolster seiner Lederjacke zerfetzte.

***

Kein Spurtweltmeister startet so schnell wie eine Pistolenkugel, doch der Hauptmann war auf die Überraschung gefasst gewesen. Reflexartig hatte er sich zur Seite geduckt und sprang nun zur Küche hinüber. Piritz feuerte weiterhin in Richtung Stubentür in der Annahme, sein Opfer würde den direkten Weg nach draußen wählen.

Der Sturz auf den gefliesten Küchenboden war hart. Stöhnend rollte sich Jacobi zur Seite, während hinter ihm die Tür zuknallte und ein Schlüssel im Schloss knirschte. Schon pfiffen die Magnumgeschosse durch das weiche Zirbenholz.

Aber was war mit Jutta? Hatte Piritz sie getroffen, als sie so tollkühn die Tür zugezogen und abgeschlossen hatte?

Da spürte er ihre Hand an der Schulter und gleich danach ihren Atem am Ohr. »Komm mit! Die Küche hat noch einen anderen Ausgang.«

Im Zimmer nebenan wechselte Piritz das Magazin.

»Danke«, flüsterte Jacobi ebenso leise zurück. »Gibt es hier eine Taschenlampe?«

Er hörte das Rollen einer Schublade, und das Licht einer Stablampe blitzte auf.

»Gott sei Dank!«

Plötzlich ertönte ein dumpfer krachender Laut. Piritz hatte seine eins zweiundneunzig mit aller Kraft gegen die Küchentür geworfen. Zirbenholz ist nicht besonders hart, doch um eine außen angeschlagene Tür aus Massivholz zu zertrümmern, braucht es trotzdem mehr als breite Schultern. Zum Glück für Jutta Dietrich und Jacobi.

Jutta öffnete die Tür am anderen Ende der Küche. Ein kalter Luftzug wehte ihnen entgegen, es roch wie in einem Schlachthaus. Ein Kühlraum! Der Taschenlampenstrahl fiel auf einen rot gefliesten Boden, weiß gekachelte Wände, hakenbewehrte Stahlträger und stählerne Ablagen, auf denen ineinandergestapelte Alubottiche standen. Der einbeinige Tranchiertisch in der Raummitte war ebenfalls mit Stahlblech beschlagen. Die erhabenen Ränder der Tischplatte und die Blutrinne in der Mitte vervollständigten das gespenstische Szenario.

Jacobi zog ein Tranchiermesser aus einem Steckset an der Wand. Gegen eine Steyr Magnum eine dürftige Waffe, aber besser als nichts.

Draußen trat Piritz mit den Füßen gegen die Küchentür. Ein Paneel splitterte, trotzdem würde es noch eine Weile dauern, bis er sich durchgearbeitet hatte.

Jutta schloss die Kühlraumtür hinter sich und legte den Verschlusshebel um. »Das ist die Waidkammer«, erklärte sie. »Hier wird das Wildbret zerlegt, verpackt und gelagert.«

»Lässt sich die Tür jetzt nicht mehr von außen öffnen?«, fragte Jacobi, während er sich im Geiste schon auf dem polierten Stahlblech liegen sah.

»Nur mit dem dafür vorgesehenen Inbusschlüssel. Aber den wird Piritz nicht so schnell finden.« Der Lichtkegel schwenkte zu einer anderen Tür mit altertümlichem Schloss, die ins Freie führte. Der Schlüssel steckte. Jutta überprüfte, ob abgeschlossen war. »Wir könnten jetzt hinausrennen, aber die Frage ist, wie weit wir kämen.« Sie leuchtete ihre nackten Füße an und lüftete dann den Schlafrock. Darunter war sie bis auf den Slip nackt. Wieder einmal. Vermutlich hatte Piritz es als Verschwendung angesehen, sie umzubringen, ohne sich ein letztes Mal mit ihr vergnügt zu haben. Immerhin hatte ihr dieser Zeitvertreib das Leben gerettet. Bis jetzt.

»Aber es nützt ebenso wenig, uns hier zu verbarrikadieren. Leo ist durchaus imstande, das Haus in Brand zu stecken. Dann braucht er draußen nur auf uns zu warten.«

»Kennt er diese Tür?«, fragte Jacobi nervös. Er konnte nicht mehr hören, was sich in der Küche tat. Der Kühlraum war gut isoliert.

»Ja, leider. Ich habe ihn heute durch die Tür hereingelassen. Er war insgesamt dreimal hier oben. Zweimal hat er den Mercedes drüben beim E-Werk geparkt, für den Fall, dass Kurt überraschend auftauchen sollte. Die paar Meter durch den Wald ist er zu Fuß gegangen. Heute hat er die Vorsichtsmaßnahme wohl für überflüssig gehalten. Hat den Wagen hinter dem Haus abgestellt und hier geklopft.«

»Den Wagen hat er nur aus *einem* Grund hinter dem Haus geparkt«, sagte Jacobi ernst. »Er wollte deine Leiche damit unbemerkt abtransportieren. Doch als ich hier auftauchte, erübrigte sich der Plan. Das neue Arrangement hätte vorgesehen, dass wir uns beide gegenseitig erschossen haben.« Gern hätte er ihr auch zu ihrem Verhalten Schremmer gegenüber einiges gesagt, aber diese Zeit hatten sie nicht. Und ob sie sie jemals haben würden, entschieden die nächsten Minuten. »Gibt es Waffen im Haus?«

»In der Diele ist ein Gewehrschrank mit zwei Bockbüchsflinten, einem Stutzen und der dazugehörigen Munition. Ist aber abgeschlossen. Wir bräuchten ein Kanteisen, um ihn aufzubrechen. Doch bis dahin schaffen wir es ohnehin nicht.«

»Du hattest doch von Schremmer eine Pistole bekommen. Wo ist die?«

»Die hat Piritz. Die Steyr Mannlicher, mit der er eben geschossen hat. Sie lag oben in meinem Schlafzimmer, wo wir waren, als wir das Scheinwerferlicht deines Wagens sahen. Er hat von mir verlangt, dir seine Anwesenheit zu verheimlichen.«

»Und du hast natürlich brav gefolgt«, sagte er bitter.

»Ich hatte ja keine Ahnung, dass –«

»Schon gut. Wohin geht's da?«

Sie hatte eine schwere Falltür neben dem Tranchiertisch hochgewuchtet. »In den Keller. Ich glaube nicht, dass Leo von dieser Falltür weiß. So genau hat er sich hier nicht umgesehen. Eine zweite Kellertür ist in der Diele.«

Sie legte sich auf den Boden und leuchtete jeden einsehbaren Winkel des unterirdischen Gewölbes aus. »Scheint sauber zu sein«, flüsterte sie. »Ich glaub, er ist nach draußen gerannt, um uns an der Hintertür abzufangen.« Sie schien sich selbst Mut zuzusprechen. »An der Südflanke könnten wir durch ein Fenster ins Freie gelangen. Außerdem lagern dort unten alte Klamotten und Stiefel für mich.« Sie richtete den Lichtstrahl auf die steile Alugittertreppe und stieg die Stufen hinunter.

Nackte Füße zermalmen keine Steinchen oder Betonbrösel, schon gar nicht auf Alugittertreppen. Trotzdem war dieses ganz typische Knacken zu hören gewesen. Jacobi erwischte Jutta gerade noch unter den Achseln und lupfte ihre fünfundfünfzig Kilo mit einem Ruck nach oben. Die Schüsse hallten wie Donnerschläge durchs Gewölbe, Querschläger zirpten vom Treppengeländer davon. Keine Sekunde zu früh knallte die Falltür wieder zu. Magnumpatronen fraßen sich ins Holz – zum Glück in sehr flachem Winkel. Der Schütze musste auf der anderen Kellertreppe stehen.

»Schnell, den Schlachtertisch über die Tür!«, schrie Jacobi. Von Todesangst beflügelt rückten sie das zentnerschwere Möbel über die Falltür und hockten sich drauf. Wieder im letzten Augenblick. Von unten stemmte sich Piritz wie ein Stier dagegen. Der Tisch hob sich tatsächlich einen Zentimeter, plumpste dann aber wieder in seine ursprüngliche Position zurück.

»Nichts wie raus«, flüsterte Jacobi. »Wir haben nur diese eine Chance. Bis er wieder oben und ums Haus gelaufen ist, haben wir ein gutes Stück zwischen uns und das Haus gebracht.« Er lief zur Eisentür und sperrte sie auf.

»Barfuß nach draußen?«, rief Jutta entsetzt.

»Erfrieren ist immer noch besser, als erschossen zu werden«, sagte Jacobi und riss die Widerstrebende mit sich. »Taschenlampe aus«, zischte er. Er nahm sie ihr ab, dann stolperten sie in die totale Finsternis und das Schneetreiben.

Der Wind biss fürchterlich. Bei jedem Schritt sanken sie fast bis zu den Knien ein, doch nach ein paar Sekunden spürten sie die Eiseskälte an den Füßen schon gar nicht mehr.

Jacobi sandte ein Stoßgebet zum Himmel, dass sie nicht im Kreis liefen. Das Plateau war groß und wies nur eine sanfte Neigung auf. Am Weiher, der rechts vom Haus lag, stand auch sein Quattro. Sie hingegen waren nach links gelaufen, wo der Wald näher ans Haus heranreichte und der Weg zum E-Werk hinüberführte. – Jedenfalls hatte Jacobi das vorgehabt. Jetzt hatte er keine Ahnung mehr, wo sie sich befanden.

Hilfe kam – wenn auch ungewollt – von Piritz. Sie hatten schon etliche Meter zurückgelegt, als das Licht im Haus wieder anging. Auch Jacobi ließ die Taschenlampe kurz aufblitzen. Zum Glück, sonst wären sie gegen den nächsten Baum gerannt.

»Warum tust du das?«, fragte Jutta wütend. »Jetzt weiß er, wo wir sind.«

»Weiß er nicht. Er war eben am Schaltkasten und hat den Kurzschluss behoben, also kann er nicht gleichzeitig am Küchenfenster nach uns Ausschau gehalten haben.«

Sie gingen hinter ein paar dicht zusammenstehenden jungen Fichten in Deckung. Nur einen Augenblick später durchdrangen die starken Scheinwerfer des Mercedes G das Schneegestöber. Das Licht fiel zufällig in ihre Richtung, nicht aber auf ihre Spuren, die bergwärts im Dunkeln lagen.

Der Motor sprang an, der G setzte sich in Bewegung, und die Scheinwerferkegel wanderten talwärts.

»Das ist grauenhaft«, wimmerte Jutta. »Ich halte das keine Minute länger aus!« Ihre Zähne schlugen wie Kastagnetten aufeinander. Jacobi gab ihr seine Lederjacke. »Zieh sie an und setz dich auf meine Schultern!« Er hockte sich auf den Boden.

»Was?«

»Du sollst dich auf meine Schultern setzen! Nur für ein paar Minuten, damit ich deine Füße abreiben kann.«

Jutta ließ sich das nicht zweimal sagen.

***

Piritz verlor keine Zeit, er fuhr nach vorn, von wo er auch den Quattro im Auge behalten konnte.

»Du hast recht«, flüsterte Jacobi. »Wir halten das nicht lange durch, und das weiß er auch. Eigentlich braucht er nur zu warten, bis unsre Gliedmaßen so klamm geworden sind, dass wir uns nicht mehr von der Stelle rühren können. Oder dass wir in den Quattro kriechen – oder uns ins Haus zurückschleichen. Können wir nicht irgendwo beim E-Werk unterkriechen? Und gibt's dort ein Telefon?«

»Zweimal nein. Da steht nur ein kleiner Geräteschuppen. Die Tür hat ein Vorhängeschloss, und der dazugehörige Schlüssel hängt in der Küche.«

»Scheiße! Also gut, hör zu!«

Während er unentwegt ihre eisigen Füße knetete, erklärte er ihr seinen Plan. Einen Plan, der weniger irgendeinem Kalkül als schierer Verzweiflung entsprungen schien. Dann gab er ihr die Taschenlampe zurück und ließ sie mit brennenden Füßen zurück in den Schnee gleiten.

***

Mittlerweile hatte Piritz den G strategisch optimal positioniert und den Motor wieder abgestellt. Die Scheinwerfer waren auf den Audi gerichtet, aber er konnte auch die Hausfront im Auge behalten, die vom Licht auf der Veranda beleuchtet wurde. Die Hintertür war sicher wieder längst versperrt.

Piritz hatte alle Trümpfe in der Hand und die Geduld eines Jägers. Er wusste, dass die Möglichkeiten des Wildes praktisch gleich null waren. Von Minute zu Minute sank die hypothetische Chance der Ausreißer. Nur zu bald würden ihre Hände und Füße gefühllos werden und den Dienst versagen.

***

Zehn lange Minuten verstrichen, in denen sich außer den Schneeflocken nichts zu bewegen schien.

Dann plötzlich ertönte ein lautes Krachen und Splittern auf der Rückseite des Hauses: das Küchenfenster! Jutta hörte den Lärm so deutlich, als stünde sie daneben.

Sie hatte es geschafft, den von Jacobi angegebenen Platz zu erreichen. Gerade noch. Anfangs waren die Schmerzen unerträglich gewesen, aber je länger sie durch den verschneiten Wald stolperte, umso weniger spürte sie. Ihre Füße wurden taub. Nur einmal ließ sie die Taschenlampe aufflackern – dicht am Boden, den Lichtstrahl richtete sie vom Haus weg.

Jetzt hockte sie keine fünf Meter vom Quattro entfernt hinter einem Nadelgehölz, das zum Teil von den Mercedesscheinwerfern angestrahlt wurde.

Ihre Füße bluteten, die Hände fühlten sich schwer und klobig an, als wären sie Fremdkörper. Wie sollte sie damit den Quattro aufsperren und startklar machen? Außerdem musste Piritz von dort drüben wegfahren – zum Haus hinüber! Er *musste* fahren! Musste, musste, musste …

Doch er tat es nicht, verharrte an Ort und Stelle. Das Ablenkungsmanöver war zu plump, zu durchsichtig gewesen. Aus. Vorbei.

Jacobi würde jetzt wie ein Wahnsinniger durch den stockfinstren Wald rennen. Und sollte er wider Erwarten ohne Taschenlampe hierherfinden, war trotzdem alles umsonst.

Was hatte er gesagt? Besser erfrieren, als von Piritz erschossen zu werden. Sie teilte seine Meinung nicht, wollte nicht wie ein Tier in einer Schneekuhle verrecken. Vielleicht konnte sie sich mit Piritz ja doch noch irgendwie …?

Nein, es war aussichtslos! Jacobi hatte ihr die Augen geöffnet – öffnen *müssen*, weil sie sie bereits viel zu lange zugekniffen hatte, nichts hatte sehen wollen. Piritz durfte sie nicht leben lassen, wollte er seinen Platz an der Sonne behaupten.

Nun, dann wurde sie eben erschossen. Sie konnte und wollte nicht mehr! Warum hatte sie diesen idiotischen Fluchtversuch überhaupt eingefädelt? Wenn die Zeit eines Menschen abgelaufen war, dann war sie abgelaufen. Es war sinnlos, sich dagegen zu sträuben.

Die lähmende Kälte drang auch in ihren Kopf. Sie erhob sich aus der Hocke und war im Begriff, ins Scheinwerferlicht zu torkeln, als der Motor des Geländewagens ansprang.

Wie ein elektrischer Schlag durchzuckte sie der zurückkehrende Lebenswille, und sie ging wieder in Deckung.

Piritz hatte sich tatsächlich zum Stellungswechsel entschlossen und fuhr zur Verandatreppe hinüber. Um in den Quattro zu gelangen, blieben ihr nur wenige Sekunden. Piritz würde vor der Treppe wenden und die Scheinwerfer erneut auf Jacobis Wagen richten.

Sie musste auf der dem Haus abgewandten Beifahrerseite einsteigen. Auf keinen Fall durfte sie die Taschenlampe zu Hilfe nehmen, um das Schlüsselloch zu finden. Deren Aufblitzen würde im Rückspiegel des Mercedes zu sehen sein. Außerdem hatte Jacobi ihr eingeschärft, die Wagentür behutsam hinter sich zuzuziehen, damit nicht allzu viel Schnee vom Dach fiel.

Das Türschloss war weder vereist noch schwer zu ertasten, und doch schien es ihr, als bräuchte sie eine Ewigkeit, um den Schlüssel hineinzustecken und die Tür zu öffnen.

Kaum hatte sie sie hinter sich zugezogen, machte der tödliche Scheinwerferstrahl kehrt. Sie hockte im Fußraum des Beifahrersitzes. Duckte sich, so tief es ging. Wieder wurde der Quattro in grelles Licht getaucht.

Piritz spielte hervorragend Poker. Jutta hatte Gelegenheit gehabt, ihn auf dem Landsitz derer von Framberg-Mauthen dabei zu beobachten.

Natürlich konnte das eingeworfene Fenster auf der Rückseite des Hauses ein Bluff sein, ein Ablenkungsmanöver, aber es konnte auch das sein, wonach es sich angehört hatte: der Versuch, ins Warme zu gelangen. Für die Flüchtenden gab es unter den widrigen Umständen nur zwei Möglichkeiten: Haus oder Auto!

Jetzt kam es drauf an: Bluffte Piritz seinerseits, oder hatte er tatsächlich vor, den Urheber der zerbrochenen Fensterscheibe im Haus zu stellen?

Immerhin wurden in der Diele Gewehre aufbewahrt, und in der Jagdstube befand sich das Funktelefon, wenn Piritz es nicht schon längst an sich genommen hatte. Warum bloß in Dreiteufelsnamen hatte sie ihm Schremmers Pistole zeigen müssen! Und warum, um alles in der Welt, war sie überhaupt von ihm so fasziniert gewesen?

Aber genau das war es doch gewesen: *um alles in der Welt!* – Der Wunsch, zu jenen dazuzugehören, die alles haben konnten: Das war ihr Antrieb gewesen. Gräfin von Framberg-Mauthen! Damit hatte er sie gewonnen. Mein Gott, wie hatte sie nur so naiv sein können!

Er verließ seinen Wagen nicht. Warum auch? Er brauchte keine neuen Karten. Hatte noch immer sein Fullhouse in der Hand, und das gegnerische Blatt war nur ein wertloses Paar.

Einen Augenblick lang spielte sie mit dem Gedanken, den Quattro zu starten und allein loszufahren. Der Schlüssel steckte.

Aber das wäre bei dieser Schneelage idiotisch gewesen. Außerdem kannte sie den Wagen nicht. Und – Jacobi hatte es nicht verdient, dass sie ihm in einem Anfall hysterischer Panik die letzte Chance verdarb.

Eine Wagentür schlug zu. Fast hätte sie dem Impuls nachgegeben und den Kopf gehoben. Doch auch davor hatte Jacobi sie gewarnt.

Schritte im Schnee! Sie kamen näher. Noch tiefer kauerte sie sich auf die Fußmatte.

Nein, es war eine Sinnestäuschung gewesen. Ihre Nerven waren überreizt. Piritz war ausgestiegen und zur Verandatreppe gegangen.

»Pst!« Sie hatte die Berührung an ihren gefühllosen Beinen nicht gespürt und auch nicht gehört, dass die angelehnte Beifahrertür einen Spaltbreit geöffnet worden war.

Jacobi! Eine Welle der Zuneigung erfasste sie. Schremmer hatte es nicht geschafft, aber vielleicht konnte ja dieser kleine Mann Piritz Paroli bieten, auch wenn er im Moment zitterte wie ein Hammelschwanz. Alles hing vom Timing ab.

»Gleich ist er oben«, flüsterte er. »Während er Diele und Gewehrschrank inspiziert, muss er damit rechnen, dass ich hinter irgendeiner Tür stehe. Jedenfalls ist er gezwungen, den Wagen für ein paar Sekunden aus den Augen zu lassen.«

Gegen das Scheinwerferlicht und hinter dem Schleier der Schneeflocken war die Gestalt auf der Veranda kaum zu erkennen. Hatte Piritz das Haus schon betreten?

Jacobi ließ es darauf ankommen. »Jetzt!«

Er öffnete die Beifahrertür gerade so weit, dass er in den Wagen kriechen konnte. Selbst mit halb erfrorenen Gliedmaßen wird man in Lebensgefahr zum gelenkigen Fakir.

Vielleicht hatte der Quattro zu stark geschaukelt, vielleicht hatte Piritz trotz des Schneefalls eine Bewegung hinter den Fensterscheiben gesehen, schwer zu sagen, jedenfalls war plötzlich das Versteckspiel vorbei. Mit Riesenschritten sprang er über die Verandastufen hinunter und schoss im Laufen. Eine Kugel durchschlug die hintere Seitenscheibe, die anderen verfehlten den Wagen. Der Audi-Motor röhrte auf, aber Piritz kam immer näher.

Jetzt machte es sich bezahlt, dass Jacobi den Wagen unter zwei großen Bäumen geparkt hatte. Die vier Räder griffen, und der Quattro tat einen Satz nach vorn. Piritz, der keine zehn Meter mehr entfernt war, blieb stehen, um einen platzierten Schuss abzugeben. Jutta schrie auf, glaubte, das Herz müsse ihr stehen bleiben: Jacobi hatte nicht in den Forstweg eingelenkt, um schleunigst Boden zu gewinnen, sondern den Wagen herumgeworfen. Wild schlingernd raste das Fahrzeug auf Piritz zu.

»Runter!« Sie duckten sich. Es knallte, knisterte in der Windschutzscheibe, und dann krachte etwas gegen das Chassis.

Die Scheinwerfer hatten Piritz geblendet. Seine Kugel hatte die Scheibe knapp unterm Dach durchschlagen. Er selbst war vom ausbrechenden Heck des Wagens gestreift und zur Seite geschleudert worden.

Jacobi kurbelte wie besessen am Lenkrad, warf den Quattro mit Handbremseneinsatz herum – und atmete auf. Die Räder hatten sich nicht eingegraben, der Wagen konnte wieder Fahrt aufnehmen. Der untere Teil der Windschutzscheibe war einigermaßen sichtklar geblieben. Jetzt bloß nicht an den Schneeverwehungen hängen bleiben, sonst wäre die Partie zu Ende. Jutta blickte zurück und sah, wie sich Piritz hochrappelte und zum Mercedes hinkte.

»Ich glaube, er hat die Pistole verloren!«, jubelte sie mit verdächtig hysterischem Unterton.

»Möglich, aber er hat mindestens noch zwei weitere«, warnte Jacobi. Sie durfte jetzt nicht durchdrehen. »Schnall dich an. Sollten wir abstürzen, haben wir vielleicht eine größere Chance, zu überleben, wenn wir nicht aus dem Wagen geschleudert werden.«

Er hatte sich erneut bis zum Forstweg vorgewühlt. Die Spurrillen seiner Anfahrt waren kaum noch zu erkennen. Im Rückspiegel beobachtete er, wie sich der Mercedes in Bewegung setzte.

»Was kann uns jetzt noch passieren?«, fragte sie mit starrem Blick. »Mit dem Quattro bist du doch viel schneller als er mit dem schweren Geländewagen.« Sie steigerte sich zusehends in eine Euphorie hinein, für die nicht der geringste Anlass bestand.

»Jutta, wir sind nicht auf der Landstraße oder auf der Autobahn. Hier heißt es, auf den Geraden nicht aufzuschwimmen und abzufliegen und in den Kehren nicht hängen zu bleiben, und in diesen Disziplinen ist uns Piritz mit seiner hochbeinigen Karre haushoch überlegen.« Er war absichtlich barsch gewesen. Sie musste sich auf neuen Stress einstellen. Besser, sie heulte jetzt und klappte dafür in den entscheidenden Momenten nicht zusammen. Aber Jutta Dietrich blieb cool.

Jacobi schämte sich für seinen Chauvinismus. Wie viele Männer hätten an Juttas Stelle in der letzten halben Stunde wohl das Richtige getan – so wie sie? Und wie viele von ihnen wären kläglich gescheitert?

***

Das Gefälle der schmalen Straße nahm zu, aber der Quattro kam trotz hoher Schneelage gut voran. Piritz folgte in einigem Abstand. Zweifellos konnte er einen Wagen nicht so an die Grenzen des Möglichen heranführen wie Jacobi, aber er hatte das geeignetere Fahrzeug zur Verfügung – und war ein nicht ungeübter Offroadfahrer. Die Gejagten registrierten seine Fähigkeiten mit wachsender Angst.

Piritz wusste um seine Vorteile. Die Kehren stellten das größte Problem für den Quattro dar. Schon auf der Anfahrt hatten sie Jacobi zu schaffen gemacht. Bis zur Seidlwinklstraße hinunter waren es insgesamt acht, er hatte sie gezählt. Es würde schon genügen, wenn es ihm auch nur in *einer* der acht misslang, den Wagen mit optimalem Drive um die Kurve zu zirkeln. Vier angetriebene Räder würden sich unter Umständen rascher eingraben als zwei, Piritz würde ein Scheibenschießen veranstalten und ihre Leichen anschließend in dem bewussten Moorloch in der Klausen versenken.

Aber auch er hatte viel zu verlieren. Seine Freiheit, vielleicht sogar das Leben – zumindest jenes, das er sich mit großer Skrupellosigkeit aufgebaut hatte. Die Anspannung würde ihren Tribut fordern. Schon oben am Jagdhaus hatte er unnötige Fehler gemacht. Um weitere zu provozieren, war Jacobi nun seinerseits gezwungen, mit größtem Risiko zu fahren. Bei dreißig Zentimeter Neuschnee der helle Wahnsinn. Dagegen war die Anfahrt der reinste Spaziergang gewesen. Auf den langen Transversalen drohte ständig die Gefahr des Abflugs – über die extrem steile Böschung hinein in die Bäume. Richtungskorrekturen durften nur mit Lenkrad und Gaspedal vorgenommen werden, der Tritt auf die Bremse konnte tödlich sein.

»Siehst du die Decke im Fond?«, fragte er, während er den Wagen an einer abschüssigen Stelle gerade noch einfangen konnte. »Reib dir damit die Füße so lange, bis du wieder etwas spürst. Hör ja nicht eher auf.«

Vorläufig machte sich das Risiko bezahlt. Der Geländewagen fiel zurück, obwohl er auf ausgespurtem Geläuf folgen konnte. Doch jetzt kam die erste Kehre.

Zum Anstellen war eigentlich kein Platz, trotzdem schlenzte Jacobi das Hinterteil des Quattro mit Gas und Handbremse durch die Kurve. Die seitlichen Fliehkräfte brachten den Wagen fast zum Stillstand, ein kritischer Augenblick.

»Brav, mein Alter. Gut gemacht.« Jutta wusste nicht, ob Jacobi damit sich selbst oder den Quattro meinte. Sie knetete ihre Füße hektischer, so als könnte sie den Rädern dadurch mehr Grip verschaffen. Unendlich langsam – ihrem Empfinden nach – nahm der Wagen wieder Fahrt auf.

Jacobi beschleunigte keinen Augenblick zu früh. Auch Piritz näherte sich bereits der Kurve und versuchte quer über die Böschung hinunter einen Glücksschuss zu setzen. Eine Kugel streifte das Dach des Quattro. Jutta bemerkte ihn gar nicht, so beschäftigt war sie damit, die Blutzirkulation in Händen und Füßen wieder in Gang zu bringen.

»Spürst du was?«, fragte Jacobi. Die Heizung war auf das Maximum eingestellt. Trotz der kleinen Einschusslöcher in den Fensterscheiben begann sich die Luft im Wageninneren zu erwärmen.

»In den Händen habe ich wieder Gefühl, es sticht grauenhaft. Aber meine Füße sind noch immer taub.« Ihre Stimme klang spröd. Jacobi ahnte, dass zu ihrer Angst vor Piritz nun noch eine andere, ebenso schreckliche hinzukam. Jutta war schließlich Diplomkrankenpflegerin. Über erfrorene Gliedmaßen brauchte ihr bestimmt niemand etwas zu erzählen.

Er schaltete das Innenlicht ein. »Mit dem Autotelefon rufst du jetzt meine Dienststelle an. Kurzwahl drei. Dann drückst du die Lautsprechertaste. Erzähl ihnen so knapp wie möglich, was Sache ist, und vergiss nicht, den Namen des ehrenwerten Herrn hinter uns zu nennen. Egal, ob er uns erwischt oder nicht: Piritz darf nicht ungeschoren davonkommen.«

Jutta wählte, und am anderen Ende wurde abgehoben. »Landesgendarmeriekommando Salzburg, Delikte gegen Leib und Leben, Inspektor Stubenvoll.«

Stubenvolls Stimme war wie ein Gruß aus der fernen Außenwelt, von der sie abgeschnitten waren – vielleicht für immer. Die Schneedecke wuchs und wuchs. Solange es bergab ging, schaffte es der Quattro noch, seine Nase oben zu behalten, doch spätestens im Tal würde damit Schluss sein.

»Jacobi hier. Bin in einer scheußlichen Lage. Jutta Dietrich wird Ihnen alles Nähere sagen.«

Jutta gab die wichtigsten Daten durch, während sie weiterhin ihre Zehen massierte. Jacobi musste sich auf Kehre Nummer zwei konzentrieren. Der G war zwar zurückgefallen, aber das konnte sich rasch wieder ändern. Weiter unten würde Piritz todsicher seine Chance bekommen.

Kehre zwei bereitete keine nennenswerten Probleme. Jacobi wurde nicht mehr unmittelbar verfolgt, und die Forststraße besaß hier, verglichen mit der obersten Transversalen, eine fast großzügige Breite.

Unmittelbar hinter der Kurve erhöhte er drastisch die Geschwindigkeit und steigerte das kalkulierte Risiko wieder zu einem selbstmörderischen Va-banque-Spiel. Einen lebensverlängernden Vorsprung konnte er nur jetzt herausfahren, in wenigen Minuten wäre die Möglichkeit hinfällig.

Plötzlich war Weider in der Leitung: »Oskar?«

»Ja, Alter, ich höre dich. Du, ich –«

»Ich weiß Bescheid, konzentrier dich aufs Fahren! Wir haben die Alpingendarmerie Zell am See verständigt. Halt durch! Jede Minute, die du herausschindest, kann wichtig für eure Rettung sein. Lass dich von diesem Yuppie bloß nicht aufs Kreuz legen, hörst du? Du bist schon mit viel ärgeren Typen fertiggeworden.«

Jacobis Blick fiel auf die Uhr. Einundzwanzig Uhr fünfzig. Und noch etwas bemerkte er: das gnadenlose Orange der Tankwarnanzeige. Hatte sie nicht schon während der Anfahrt geleuchtet?

»Hans, wann kann die Alpingendarmerie bei der Gollehenalm sein?«

Weiders Antwort kam verzögert. »In einer knappen Stunde, denke ich.«

Zu spät. Viel zu spät! Hinzu kam, dass Weider log, um ihnen Mut zu machen. Schon die Anfahrt von Zell nach Wörth dauerte, und bis zur Klausen würden sie es jetzt ohnehin nur mehr mit speziellen Offroadfahrzeugen schaffen.

»Übrigens – wir haben Nilson gefunden«, sagte Weider, um das beredte Schweigen zu überbrücken. »Besser gesagt: seine Leiche. Lag in unmittelbarer Nähe seines Bootshauses in vier Metern Tiefe im See, in eine Persenning gewickelt und mit einem Werkzeugkasten beschwert. Er ist von hinten mit einem Stilett erstochen worden. Die Arbeit eines Profis.«

»Der Profi ist vermutlich seine Freundin Carina Talbusch, die Geschäftsführerin des ›Paris-Lodron-Clubs‹«, klärte Jacobi ihn auf. »Beta-Führerin und Protegé von Sorge. Er hat sie frühzeitig gewarnt, sodass sie ihre Flucht planen konnte. In der Jubiläumsnacht hat sie Nilson ermordet und von seinem PC aus der Hausbank der AIC den Auftrag erteilt, die zehn Millionen Dollar auf die Cayman Islands zu überweisen. Unmittelbar danach hat sie seine Leiche nach Schörfling rausgeschafft. Vielleicht erwischt ihr sie noch, aber ich bezweifle, dass sie sich überhaupt noch in Europa aufhält.«

Kehre Nummer drei hatte er hart am Innenradius angefahren, um dem Tiefschnee in der Kurvenmitte auszuweichen. Die rechten Räder hatten einigermaßen Grip am Fuß der kurveninneren Böschung, doch der Wagen drohte umzukippen. Jutta schrie auf, und beide lehnten sich reflexartig nach rechts, sodass der Quattro wieder auf alle viere zurückfiel.

»Was ist los? Meldet euch!«, rief Weider entsetzt.

»Nichts, bin nur etwas zu knapp um die Kurve gefahren.«

»Ich … ich hab Lenz heute Nachmittag gesagt, dass du zu Frau Dietrich raufgefahren bist«, stotterte Weider. »Jetzt kann ich ihn aber nicht erreichen.«

»Schon gut, Hans. Er käme ohnehin zu spät. Du hast dir nichts vorzuwerfen. Ich war der Idiot. Grüß Nadine und Melanie von mir, falls … falls wir nicht planmäßig nach Hause kommen.«

Er bedeutete Jutta, die Verbindung zu beenden. »Wer ist dieser Lenz, den –?« Die Worte blieben ihr im Hals stecken. Keine zwanzig Meter vor ihnen wechselte ein Rudel Rehe über den verschneiten Forstweg, doch Jacobi durfte nicht bremsen. Die letzte Rehgeiß schaffte den Sprung über die Böschung nicht mehr rechtzeitig, der Quattro büßte einen Scheinwerfer ein, das Tier sein Leben. Jacobi hatte nicht zu Unrecht das Gefühl, als würde Jutta in diesem Moment etwas Zuspruch benötigen.

»Beruhig dich. Alles paletti! Massier deine Füße weiter.«

Als er anschließend selbst in Schweigen verfiel, spürte Jutta seine Hoffnungslosigkeit.

***

In der sechsten Kehre war es so weit: Obwohl es kaum noch schneite, lag der Schnee für den Quattro bereits zu hoch. Der Wagen blieb mit durchdrehenden Rädern stecken und begann sich einzugraben. Jacobis Stirnfalten vertieften sich.

»Tut mir leid, wir müssen raus! Im Kofferraum sind zwei Gummimatten, die wir vor die Hinterräder stecken. Du springst erst dann wieder in den Wagen, wenn er Fahrt aufnimmt. Aber pass auf, dass du dabei nicht ausrutschst, klar?«

»Klar.«

Sie stiegen rasch aus, griffen sich die Matten und zwängten sie vor die Räder, während sie unentwegt hinter sich horchten. Der G brummte auf der Trasse über ihnen. Schon in ein, zwei Minuten konnte er sie eingeholt haben.

»Fertig!«, rief Jutta. »Mach schnell!«

Am veränderten Motorengeräusch hörten sie, dass Piritz die Kehre hinter ihnen erreicht hatte. Der Offroader zog durch die Kurve, als würde er auf trockenem Asphalt fahren, und beschleunigte wieder.

Jacobi sprang in den Quattro und ließ die Kupplung kommen. Die Hinterräder wälzten sich auf die Matten, bauten Grip auf. Jutta musste sich sehr anstrengen, um ihren Beifahrersitz noch zu erreichen.

»Für ein nächstes Mal haben wir keine Matten mehr«, sagte sie lakonisch. Jacobi beschloss, die letzten Kehren mit Vollgas zu nehmen.

Piritz hatte inzwischen bis auf zweihundert Meter aufgeschlossen. Die Matten, die er jeden Moment passieren musste, würden ihn wahrscheinlich zusätzlich anspornen.

»Ich … ich spüre meine Füße wieder!«, rief Jutta plötzlich glücklich, als gäbe es keinen Piritz, keinen Herbstschnee und keinen leeren Benzintank. Das nochmalige Kältebad hatte ihrer Blutzirkulation anscheinend gutgetan. Jacobi gönnte ihr das kleine Glück, befürchtete aber, dass es in wenigen Minuten keine Rolle mehr spielen würde, ob sie gesunde oder erfrorene Füße hatte.

Entgegen seinen Befürchtungen durchfuhr er die letzten Kehren ohne Schwierigkeiten. Der Schneefall hatte aufgehört, und ein kalter Vollmond und der einäugige Quattro beleuchteten die schneebedeckte Gollehenalm. Auf der Anfahrt hatte Jacobi im kleinen Auwald noch hier und da schwarze Moorflecken gesehen, jetzt waren sie verschwunden. Alles war weiß und starr.

Er hatte den Schwung von der Forststraße auf die Seidlwinklstraße mitgenommen und wühlte sich, so schnell es die Schneedecke erlaubte, die sanfte Steigung zur Gollehenalm hinauf. Einen Moment lang spielte er mit dem Gedanken, in die Hütte einzubrechen, um Zeit zu gewinnen, verwarf ihn aber wieder. Almhütten waren winterfest versperrt und verriegelt. Er hatte zwar Werkzeug im Kofferraum, aber bis er sich Zutritt verschafft hätte, hätte Piritz sie zehnmal eingeholt gehabt.

Doch Jacobi war schon heilfroh, es überhaupt bis auf die Kuppe vor der Gollehenhütte geschafft zu haben. Danach ging es wieder bergab – hinunter in die Klausen. Das Problem dabei würde nicht so sehr die steile Straße, sondern der dichte Mischwald darüber sein. Von den Ästen würde jede Menge Schnee auf die Fahrbahn fallen. Trotzdem waren die Karten nun anders verteilt als noch vor einer halben Stunde. Schafften er und Jutta es durch die Klausen zum Parkplatz hinunter, so wurde es für Piritz zusehends schwieriger, sie einzuholen.

»Ruf Weider noch einmal an!«, verlangte Jacobi von seiner Beifahrerin. »Sag ihm, wir sind bei der Gollehenalm, und frag ihn, wie weit die Alpingendarmerie schon gekommen ist!«

Doch in der engen Klamm kam keine Verbindung zustande.

Jacobi stürzte sich die Klausen hinunter. Die Bäume warfen tatsächlich ihre Schneelast ab – oder hatten sie bereits abgeworfen. Wiederholt schwamm der Quattro auf Schneerieden auf, aber ebenso oft schaffte es Jacobi, Distanz zum Abgrund zu halten. Das Steilstück jedoch musste im ersten Gang gefahren werden, egal, ob Piritz dabei näher kam oder nicht. Die Gefahr, im zerklüfteten Bett der Ache zu landen, war zu groß.

Schließlich hatten sie auch dieses abschüssige Straßenstück hinter sich gebracht, und der Parkplatz war keinen Kilometer mehr entfernt.

Da begann der Motor zu stottern, starb ab und ließ sich auch nicht mehr starten. Kein Benzin mehr. Aus. Vorbei. Wie zum Hohn baute sich vor ihnen auch noch eine meterhohe Schneeverwehung auf. Links die schroff abfallende Klamm, rechts der extrem steile Bergwald – und hinter ihnen Piritz.

Ihr Verfolger hatte gerade das Steilstück erreicht. Sie konnten den Diesel brummen und die Automatik zurückschalten hören. In den nächsten zwei Minuten würde Piritz den Quattro sehen.

»Es ist gleich halb elf«, beschwor Jacobi die apathisch dasitzende Jutta. »Willst du dich wirklich so kurz vor unserer Rettung noch erschießen lassen – nur weil du nicht mehr in den Schnee hinauswillst?«

»Wer sagt dir denn, dass sie um elf kommen? Weider hat was von einer Stunde gesagt, und selbst das war gelogen, weil er uns nicht mit der Realität konfrontieren wollte.«

»Aber Piritz wird hier genauso wenig wie wir weiterkommen. Auch er wird zu Fuß gehen müssen. Also nimm jetzt die Decke und komm. Ich trag dich später huckepack, nur über die Verwehung musst du auf deinen eigenen Füßen. Raus mit dir, oder muss ich erst grob werden?«

Sie lächelte traurig. »Du gibst wohl nie auf, was? Bist einer von der Sorte, an denen sich selbst die Käfer im Sarg noch die Zähne ausbeißen.« Aber sie stieg aus.

»Es wird nur am Anfang wehtun«, versuchte er sie zu trösten. »Später spüren wir dann nichts mehr.«

»Ja, später spüren wir dann wirklich nichts mehr«, wiederholte sie tonlos, hüllte sich aber in die Decke und stakste hinter ihm her. Er bemühte sich, große Stapfen für sie zu machen.

»Übrigens haben Käfer keine Zähne, sondern Kiefer.« Er bekam keine Antwort.

Sie hörten den Mercedes jetzt extrem langsam fahren. Piritz schien großen Respekt vor der abschüssigen Straße zu haben. Vielleicht blieb ihnen noch eine Minute, bis er den Quattro sah.

»Wir müssen da hinauf«, keuchte Jacobi und zeigte auf eine Rinne in der bergseitigen Böschung. »Laufen wir die Straße entlang, dann holt er uns in kürzester Zeit ein.«

***

Schon nach wenigen Metern im Tiefschnee waren beide am Ende ihrer Kräfte.

»Das ist …« Jutta japste nach Luft. »Das ist viel zu steil. Bei *dem* Schnee kommen wir da nie rauf. Außerdem kann Leo uns dort oben genauso erschießen wie auf der Straße …« Wieder musste sie durchatmen. »Wir hätten im Wagen bleiben sollen. Da war es wenigstens warm und trocken.«

In diesem Augenblick rollte der G das letzte Steilstück herunter. Längst hatte Piritz den abgestellten Quattro und die Flüchtenden entdeckt.

»Aber er muss noch aussteigen und uns nachklettern«, sagte

Jacobi mehr zu sich selbst als zu seiner Leidensgefährtin. Die Todesangst verlieh ihnen noch einmal zusätzliche Kraft. Wiederholt rutschten sie ab, doch nach einer Ewigkeit erreichten sie die unterste Fichte auf der Böschung und gingen auf ihrer Hangseite in Deckung.

Jacobis Lungen schmerzten, die Mokassins hingen ihm in Fetzen von den Füßen. Juttas Zehen und Knöchel hatten wieder zu bluten begonnen, doch sie jammerte nicht. Er nahm sie huckepack.

Vielleicht schafften sie es ja noch bis zum nächsten Baum hinauf, aber darüber sah es zunehmend trostlos aus. Nur noch Felsen und Steilrinnen. Jeder Schritt konnte eine Lawine auslösen. Piritz hatte den Mercedes ein Stück auf die Schneeriede hinaufgefahren, um mit den Scheinwerfern die Böschung auszuleuchten, hütete sich aber davor, den Wagen in eine unmanövrierbare Position zu bringen. Schließlich würde er ihn später brauchen, um die Leichen zu entsorgen. Dass dies längst nicht mehr so spurlos vor sich gehen konnte, wie er es ursprünglich geplant hatte, musste ihn vor Wut fast zerspringen lassen. Sicher hatte er sich schon tausendmal dafür verflucht, Jacobi nicht gleich bei seiner Ankunft im Jagdhaus erschossen zu haben. Nur durch seine Überheblichkeit war er in diese Zwangslage geraten, und in naher Zukunft würde er ebenso tief fallen wie Sorge, den er in den Tod getrieben hatte. Der Himmelsstürmertraum des Parvenus Piritz war in dem Moment zerplatzt, als seine beiden letzten Opfer Zeit gefunden hatten, mit der Außenwelt Verbindung aufzunehmen.

Der Hass musste in ihm kochen wie Lava. Ein Hass, der sich nur durch ihre Vernichtung Befriedigung verschaffen konnte. Der Versuch, mit ihm zu reden, wäre zwecklos gewesen.

Piritz war ausgestiegen. Stapfte zügig über die Schneeverwehung. In der Rechten hielt er Schremmers Pistole, in der Linken eine Stablampe. Angst, blinde Wut und Mordlust sprachen aus jeder seiner Bewegungen. Bis zum zweiten Baum über der Böschung, den die Flüchtenden eben erreicht hatten, waren es gut dreißig Meter. Sehr steile dreißig Meter.

Er leuchtete mit der Stablampe nach oben. Jacobi und Jutta hockten hintereinander hinter dem dicken Stamm. Jacobi überlegte, in die Steilrinne hinauszuspringen, ehe Piritz ihnen zu nahe kam. Vielleicht ließ sich so eine kleine Lawine lostreten, die Piritz aufhielt. Sicher würde er sich dabei die eine oder andere Kugel einfangen, aber er sah keine Alternative und war zum Äußersten entschlossen.

Plötzlich hörten alle drei das hochtourige Kreischen von Zweitaktern. Motorsägen! Waren Forstarbeiter in der Nähe? Piritz war stehen geblieben.

Nein, das waren keine Motorsägen. Die auf- und abschwellenden Geräusche näherten sich. Und das rasch. Dann sahen sie die Lichter weit vorn in der Kurve. Scheinwerfer! Und schon rasten sie heran. Wie Wölfe eines Hightechzeitalters jagten sie über den Schnee. Zwei, drei ... fünf!

»Ski-Doos!«, brüllte Jacobi. »Sie sind da, Jutta! Sie sind doch noch gekommen!«

Vor lauter Erleichterung hätte er beinahe ihre Deckung hinter dem Baum vernachlässigt.

Piritz tobte, schrie und weinte vor Wut. »Du verdammtes Affengesicht!«, schäumte er mit überschnappender Stimme. »Alles aus! Alles im Arsch, nur wegen eines Scheiß-Provinzbullen! Aber so kommt ihr mir nicht davon! Euch nehm ich mit, ihr dreckigen Kakerlaken!«

Er feuerte ein ganzes Magazin auf den Baum, hinter dem er seine Todfeinde wusste. Keine der Kugeln traf.

Inzwischen waren auch die Ski-Doos in Schussdistanz und hielten an.

»Piritz! Bleiben Sie stehen und lassen Sie die Waffe fallen!«

Jacobi erkannte das knorrige Pinzgauer Organ sofort. Tränen traten ihm in die Augen. »Das ist Lorenz Redl vom MEK«, sagte er zu Jutta, die ausgepumpt noch immer auf seinem Rücken hing. »Weiß der Teufel, wo der jetzt herkommt. Hauptsache, er ist da!«

Piritz dachte gar nicht daran, der Aufforderung Folge zu leisten. Er rammte ein neues Magazin in die Steyr und stapfte keuchend weiter, doch die Laserleuchtkegel dreier StG 77 hatten ihn längst erfasst.

»Das hat doch keinen Sinn mehr, Piritz!«, rief ihm Jacobi zu. »Sowie Sie die Waffe heben, sind Sie ein toter Mann!«

»Fick dich, du Arsch!« Piritz riss die Steyr hoch, bei den Ski-Doos blitzte es auf, und der Vizepräsident der OSTBAU sackte in sich zusammen und fiel mit dem Gesicht nach unten in den Schnee.

Die fünf MEK-Leute markierten mit einer Phosphorfackel ihre Position, starteten ihre Ski-Doos und fuhren zu ihm hin. Ein Sanitäter untersuchte ihn.

»Exitus«, vermeldete er. »Drei Treffer. Einer in die Schulter, zwei darunter ins Herz.«

Redl nickte. »Ist gut, Lipp. Lass ihn so liegen und deck ihn mit einer Plane zu. Die Alpingendarmerie wird bald da sein und alles aufnehmen.«

Zwei MEK-Männer kämpften sich zur Fichte hoch. Ehe sie die Geretteten erreichten, zog Jutta Jacobi am Hemdkragen zu sich heran und küsste ihn auf den Mund. »Dank dir, du verdammtes Affengesicht.« Auch ihre Augen waren nass.

Die MEK-Beamten hüllten sie in Decken und transportierten sie auf Planen vorsichtig zur Straße hinunter, wo man sich sofort ihrer Füße annahm. Die Behandlung war schmerzhaft, aber wirksam.

Redl trat zu ihnen. »War knapp diesmal, Oskar«, sagte er lakonisch, lächelte aber dabei.

Jacobi nickte mit wehleidig verzogenem Gesicht. »Kannst du laut sagen. Dank dir, Lenz. Zigarette?« Und dann kopfschüttelnd: »Wie bist du überhaupt hierhergekommen? Das geht doch nicht mit rechten Dingen zu …«

DREIZEHN

»Das konnte tatsächlich nicht mit rechten Dingen zugegangen sein!«, platzte Nadine heraus. Die Aufregung hatte ihr Gesicht gerötet. »Wie konnte Lenz wissen, wie es um Paps stand?«

Es war zwanzig Uhr. Weider hatte vier Stunden lang erzählt. Nadine und Alex hatten ihn kaum unterbrochen, aber jetzt suchte sich die Spannung der letzten Minuten ein Ventil.

Weider schielte nach der vierten Flasche Bleifrei, die zur Neige ging. »Erinnert euch. Als ich Oskar um Viertel nach fünf die Vernehmung Sorges durchgegeben habe, erfuhr ich so nebenbei, er sei auf dem Weg ins Seidlwinkltal – aber kein Sterbenswörtchen darüber hinaus. Dabei hatte er Piritz, den Joker im Hintergrund, schon am Vortag ausgemacht, als er seinen Namen in der Patientendatei des HKS entdeckt hatte. Piritz kannte Jutta Dietrich also. Und er hatte zur selben Zeit wie Grabowsky Maschinenbau studiert. Dennoch erschien Oskar die Theorie, der Vizepräsident der OSTBAU sei Simba, zu abenteuerlich, um sie uns anzuvertrauen. Indizien hin oder her.«

»Ja, wenn Paps seine eigenen Theorien anzweifelt, bleibt er zugeknöpft wie ein Kartäuser«, bestätigte Nadine. »Da hat er wahnsinnig Schiss, sich zu blamieren.«

»Wem sagst du das!«, seufzte Weider. »Immerhin versprach er, sich zu melden, wenn er die Bockkaralm erreicht hatte. Etwa um sechs fand die Spusi Nilsons Leiche im Attersee. Um acht rief ich deinen Vater an. Bis dahin hatte ich vergeblich auf seinen Rückruf gewartet. Als er nicht ranging, informierte ich Lenz. Der teilte meine Bedenken, meinte aber, auf eine bloße Vermutung hin könnten wir die Alpingendarmerie nicht ausrücken lassen.«

»Stattdessen ist er selbst ausgerückt, ohne das groß anzukündigen«, folgerte Alex.

Weider nickte. »Später sagte er, er habe bei meinem Anruf sofort ein scheußliches Gefühl gehabt. Er glaubte, zwischen Nilsons Tod und Oskars Fahrt zum Jagdhaus bestünde ein Zusammenhang.«

»Ein Irrtum, der Paps und Jutta Dietrich das Leben rettete«, warf Nadine ein.

»Allerdings. Lenz beorderte vier gute Leute zu sich und rief einen Bekannten in Wörth an, den Hagmoar-Bauern. Der stellte ihm fünf Ski-Doos bereit. So war es möglich, dass er schon um halb elf in der Klausen war.«

Nadine ließ ihren Atem geräuschvoll zwischen den nur leicht geöffneten Lippen entweichen. »Jetzt beginne ich zu begreifen, was Sechserpack wirklich bedeutet.«

»Hat man Schremmers Leiche gefunden?«, fragte Alex.

Weider nickte. »Schon am nächsten Tag. In der Klausen gibt es kein Moor im eigentlichen Sinn, nur eine Auswaschung, die sich mit angewehter Krume und Morast füllt. Die einheimischen Kollegen wussten also, wo sie zu suchen hatten. Beim Begräbnis war alles anwesend, was Rang und Namen hatte. Behrens nahm die Einsegnung vor. Auch Ruth Maybaums Doku über die Sökos, die wegen Piritz' Anteil daran verschoben worden war, wurde an diesem Tag ausgestrahlt. Das Echo war entsprechend. Im Tod wurde Schremmer endlich jener Ruhm zuteil, dem er zeitlebens hinterhergejagt war. Piritz wurde klammheimlich eingeäschert. Zur Beisetzung erschienen weder Vertreter der OSTBAU noch Mitglieder des ›Paris-Lodron-Clubs‹ oder sonstige Honoratioren. Auch Phryne Rottenstein ließ sich nicht blicken. Das letzte Geleit gab Piritz nur sein Bruder, um den er sich zu Lebzeiten nie gekümmert hatte. Jetzt erbte der arbeitslose Maschinenbauer ein Millionenvermögen. Der noch von Piritz eingefädelte Deal ging planmäßig über die Bühne, und nicht nur die Profiteure von Global Investment waren sehr zufrieden damit.«

Nadines Brauen hoben sich. »ANUBIS Insurance Company musste also nicht Konkurs anmelden? Trotz des Sökos-Skandals?«

Weider lächelte wehmütig. »Im Gegenteil: Wenn zwei Riesen wie OSTBAU und die ANUBIS AG fusionieren, treibt das die Kurse augenblicklich in den Stratosphärenbereich. Natürlich war die Aktie erst stark gefallen – wie von Piritz beabsichtigt –, aber der Sturz wurde von Global Investment abgefangen, die ebenso emsig wie günstig gekauft hatte. Bei Bekanntgabe der Fusion stieg das Papier wie eine Rakete, und Phryne, die neue Generaldirektorin, war fein raus.«

»Und Vogt? Habt ihr euch bei ihm entschuldigt, dass ihr ihn fälschlicherweise verdächtigt habt?«

»Soweit kommt's noch! Oskar war mit ihm quitt und wollte nichts mehr mit ihm zu tun haben.«

»Und wie hat die Öffentlichkeit auf die ›Causa Sökos‹ reagiert?«, wollte Alex wissen.

»Zunächst hat sich stummes Entsetzen breitgemacht – umso stärker, als sich die Medien in Ermangelung von Fakten in wüsten Spekulationen ergingen. Aber eben nur in Spekulationen. So sah es auch die Bevölkerung. Man hielt die Meldungen für übertrieben, und der kleine Kreis der Eingeweihten, Behördenvertreter und Politiker hielt erstaunlicherweise dicht. Die Existenz der Sökos-Diskette wurde nie bekannt, so auch die darauf vorhandenen Daten. Wir behaupteten, Sorge und Nilson hätten neben anderen Grauslichkeiten die definitive Anzahl der Opfer mit ins Grab genommen, daher sei man auf Schätzungen angewiesen. Die angegebenen Zahlen blieben somit *state of common*, und man nahm sie uns ab – wenn auch mit Vorbehalt. So war es möglich, das tatsächliche Ausmaß des Verbrechens auf eine verkraftbare Dimension schrumpfen zu lassen, und bald darauf verdrängten andere Dinge die Sökos aus dem kollektiven Bewusstsein, etwa die ambivalent empfundenen Folgen des EU-Beitritts Österreichs oder die ständigen Umwälzungen im ehemaligen Ostblock oder auch die Vorgänge in den benachbarten Balkanländern.«

»Vielleicht hättet ihr doch die authentische Zahl nennen sollen«, monierte Nadine. »So fand nur eine Verdrängung statt, keine Bewältigung.«

Weider wiegte zweifelnd den Kopf. »Eine so monströse Zahl wäre erst recht angezweifelt worden und hätte den Verdrängungseffekt nur verstärkt.«

»Ich denke auch, dass die Wahrheit zumutbar gewesen wäre«, stellte sich Alex auf Nadines Seite. »Selbst dann, wenn sie – wie Max Frisch den ›Eisenring‹ sagen lässt – komischerweise niemand glaubt.«

»Aber wer kennt schon die Wahrheit? Ich meine, die *ganze* Wahrheit?«, konterte Weider. »Wir wissen ja nicht einmal, ob Sorges Datei vollständig war. Die vermerkten Fälle wurden in jahrelanger Arbeit aufgerollt, in den wenigsten konnte nach so langer Zeit ein Gewaltverbrechen nachgewiesen werden. Im Umkehrschluss wäre also auch eine noch höhere Anzahl an Opfern denkbar.«

»Und wie urteilten die Gerichte?«, fragte Nadine.

»Ein Geheimtribunal erkannte Sorges Geständnis und seine Aufzeichnungen als Beweise an. Eine Verantwortlichkeit von der AIC wurde allerdings nicht bestätigt. Die Taten seien von Einzelpersonen aus privaten Interessen begangen worden, damit wären also auch eventuelle Entschädigungsforderungen abgewiesen worden, hätten die Verhandlungen nicht unter Ausschluss der Öffentlichkeit stattgefunden.«

»Du meinst, auch wenn man die Angehörigen der Opfer *nicht* in Ahnungslosigkeit belassen hätte«, präzisierte sie. »Aber was war mit der Buchhaltung? Anhand der Zahlen mussten sich die Verbrechen doch rekonstruieren lassen?«

»Wieder ein Trugschluss. So wenig greifbar die Sökos selbst lange Zeit gewesen waren, so wenig greifbar waren die Einsparungen, die ihre Morde für die AIC bewirkt hatten. Schließlich reden wir hier von virtuellen Größen. Die Prüfer konnten einzig und allein den sogenannten Ausgleichsfond aufspüren, über den Nilson den Killern Prämien zukommen hatte lassen. Daran und an der Täter-Opfer-Zuordnung auf der Diskette ließen sich einige der Morde festmachen. Als Empfänger der Prämien waren verstorbene AIC-Kunden angegeben. Jede Auszahlung war von Sorge gegengezeichnet worden. Wie hätte da ein Dritter jemals Verdacht schöpfen sollen?

Ohne Diskette, ohne Sorges Amoklauf und Geständnis wäre es kaum jemals gelungen, juristisch haltbare Beweise beizubringen. In Panik ist Sorge nur wegen Piritz' Aktionen geraten, andernfalls hätte er wohl eine Mauer von Anwälten um sich errichtet und in aller Ruhe seine Flucht vorbereitet.«

»Du hast gesagt, Sorge und Nilson hätten ihre Geheimnisse mit ins Grab genommen«, erinnerte ihn Nadine. »Wann ist Sorge denn nun definitiv gestorben?«

»Wie von den Ärzten angekündigt: noch in jener Nacht. Ging ganz schnell. Millionen Menschen, die nie einer Fliege was zuleide getan haben, müssen oft elendig zugrunde gehen, doch Ungeheuer wie Sorge vertschüssen sich, von moderner Medizin schmerzfrei gestellt, so rasch und glatt, als hätte ihnen jemand einfach den Stecker rausgezogen.«

»Und was war mit der Talbusch, der Geschäftsführerin vom ›Paris-Lodron-Club‹?«, wollte Alex wissen. »Von der war bisher kaum die Rede. Habt ihr sie erwischt?«

Weiders Lippen verzogen sich zu einer leidvollen Grimasse. »Nein. Vermutlich verfügte sie über falsche Pässe und tauchte in der Karibik unter. Hat ihre Spuren jedenfalls so clever verwischt, dass wir sie bis heute nicht gefunden haben.«

»Na ja, es rennen ja auch noch andere Massenmörder frei herum«, tröstete ihn Nadine. »Da kommt's auf einen mehr oder weniger wohl nicht an. Hauptsache, euch ist nichts passiert.«

Doch Alex' Neugierde war noch nicht gestillt. »Und Waschhüttl und Kleiber? Welche Folgen hatte der Fall für sie?«

Weider setzte ein säuerliches Grinsen auf. »Dreimal dürft ihr raten.«

»Da muss ich nicht raten«, sagte Nadine verächtlich. »Das weiß ich. Waschhüttl ist nach Linz versetzt worden, durchaus nicht zu seinem Nachteil. An meinem achten Geburtstag wurde sein Nachfolger Leo Dürnberger zum Leiter der Kriminalabteilung bestellt. Paps kam damals zu spät zu meiner Feier.«

»Ganz ungeschoren kam Waschhüttl allerdings nicht davon«, schränkte Weider ein. »Ich sagte ja vorhin schon, dass sämtliche auf der Diskette angeführten Fälle nachrecherchiert wurden. Diese Sisyphusarbeit schanzte man ihm zu. Und die SOKO OGAS blieb an ihm hängen, bis sie erst vor drei Jahren aufgelöst wurde. So lange wurde Waschhüttl Tag für Tag an deinen Vater erinnert.«

»Geschah ihm ganz recht«, meinte Alex zufrieden. »Aber für Kleiber hatte die Intervention sicher kein Nachspiel. Da wett ich mein Karbonbike gegen dein klappriges Waffenrad, Hans.«

»Die Wette hättest du gewonnen. Wie sagte Kandutsch so bezeichnend? Einen Sektionschef knackt man nicht wie eine Walnuss.«

»Apropos Nachspiel«, knüpfte Nadine an. »Wie hat Jutta Dietrich die unfreiwillige Kneipp-Kur im Schnee überstanden?«

»Das Skalpell blieb ihr zum Glück erspart. Sie hatte nur Erfrierungen ersten Grades erlitten und behielt all ihre Zehen. Trotzdem werden Kreislaufstörungen in den Füßen und Hautrötungen sie zeitlebens an die Flucht von der Bockkaralm erinnern.«

»Und wie ging ihre Verhandlung aus?«

»Ebenfalls glimpflich. Dank Oskars Zeugenaussage wurde sie vom Vorwurf der Beihilfe freigesprochen. Ausschlaggebend war ihr mutiges Verhalten im Jagdhaus, mit dem sie Oskar zweifellos das Leben gerettet hat. Spät, aber noch rechtzeitig hatte sie begriffen, dass sie sich mit einem mehrfachen Mörder eingelassen hatte. Trotzdem beschönigte sie vor Gericht nicht, welche Vorteile sie sich von der Bekanntschaft mit Piritz versprochen hatte. Auch ihre Ehrlichkeit wurde honoriert. Beruflich zeigten sich die Auspizien allerdings weniger geneigt. Die neue Leitung des HKS kündigte ihr fristlos. Das konnte sie freilich locker verschmerzen, denn noch am Tage des Freispruchs machte ihr Guido Graf von Framberg-Mauthen einen Heiratsantrag – wie ursprünglich geplant. Mittlerweile ist sie nicht nur Gräfin, sondern auch Mutter von zwei blaublütigen Sprösslingen, und der putzmuntere Guido hat nach wie vor eine Affenfreude an ihr und lässt ihr jede Freiheit.«

»Tja, Frauen wie sie fallen eben immer auf die Butterseite«, sagte Jacobi, der lässig an der Küchentür lehnte. Niemand hatte ihn die Wohnung betreten hören. Weiders Gesicht nahm die Farbe reifer Tomaten an, aber Jacobi blieb friedlich. Nadine glaubte zu wissen, warum.

»Du hast mein neues Arbeitszimmer gesehen, nicht wahr?«

Jacobi nickte. »Es ist wirklich toll geworden. Danke, Hans. Wenn du uns jetzt noch hilfst, die Einrichtungen beider Schlafzimmer auszuwechseln, dann bin ich sogar geneigt, über diesen beispiellosen Bruch der Amtsverschwiegenheit hinwegzusehen.«

»Erpresser«, sagte Weider, grinste dabei aber erleichtert.

Nadine errötete ebenfalls – vor Freude. »Mann, Paps, das ist ja … Mir fehlen die Worte!« Sie flog auf ihn zu und umarmte ihn. »Aber was wird Melanie dazu sagen? Wo ist sie überhaupt?«

Jacobi löste sich von seiner Tochter. »Sie hat noch im Büro zu tun, aber die Schlafzimmer-Rochade ist mit ihr abgesprochen. Erst war sie gar nicht begeistert, aber als ich ihr sagte, wie sich das neoklassizistische Mobiliar auf –, na, eigentlich ist das kein Thema, das man mit seiner Tochter bespricht.«

Sie knuffte ihn liebevoll in die Seite. »Apropos Schlafzimmer: Was hat sich bei deinem ersten Besuch auf der Bockkaralm wirklich zugetragen? Ich meine, zwischen dir und Jutta Dietrich?«

Jacobi warf Weider einen bösen Blick zu. »Hans, welche Zoten hast du da wieder erfunden?«

»Nur die, die du *mir* erzählt hast«, antwortete Weider gelassen.

»So? Na, dann ist es ja gut.« Er zuckte mit den Schultern und breitete die Arme aus. »Mehr gibt es dazu auch nicht zu sagen.«

GLOSSAR

Aspasia – berühmte Hetäre der Antike, Freundin des Perikles

Blitzgneißer – siehe: gneißen

Bleifrei – (ugs.) alkoholfreies Bier

EDOK – operative Einsatzgruppe für organisierte Kriminalität

EKIS – Datenspeicher der österreichischen Exekutive

gamsig – brunftig, brünstig

Gerontozid – in Anlehnung an *Genozid*: Systematische Ermordung von Senioren

GÖS – Generaldirektor der öffentlichen Sicherheit

gneißen – (mda.) bemerken, durchschauen; Blitzgneißer – (iron.) jemand, der schwer von Begriff ist

Häfenbruder – (ugs.) Gefängnisinsasse

häkerln – (Wiener Dialekt) jemanden auf den Arm nehmen

kakanisch – Adjektiv von *Kakanien* (von Karl Kraus geprägte Chiffre für Österreich)

Kiberer – (auch Kiwerer; österreichisches Dialektwort) Kriminalbeamter

Latschen – Bergkiefern, Legföhren, Knieholz

Lercherl – (österreichischer Diminutiv von Lerche) Geringfügigkeit

LGK – Landesgendarmeriekommando

MEK – Mobiles Einsatzkommando

Powidl – Pflaumenmus; als Redensart: Belanglosigkeit

Quargel – kräftig duftender Weichkäse

Quod licet Jovi, non licet bovi! – Was Jupiter erlaubt ist, ist dem Rinde nicht erlaubt!

Reisgänger – Angsthase

Scherben – Nachttopf; den Scherben aufhaben: die Folgen tragen müssen

schmähstad – (mda.) in totalem Argumentationsnotstand befindlich

VZA – Vollzugsanstalt

Georg W. D. Gracher
HAHNBALZ
Broschur, 272 Seiten
ISBN 978-3-89705-667-1

»Die Geschichte ist spannend konzipiert, mit viel Lokalkolorit gewürzt und geizt auch nicht mit einer nötigen Portion Humor.« Alpenadria

»Ein Wespennest aus Leidenschaft, Korruption, Verrat und Rache.« Gasteiner Kulturkreis